프라하의 묘지
IL CIMITERO DI PRAGA

프라하의 묘지 ❶

움베르토 에코 장편소설   이세욱 옮김

IL CIMITERO DI PRAGA
by UMBERTO ECO

Copyright © 2010 RCS Libri S.p.A./Bompiani, Milano
Korean translation copyright © 2013 The Open Books Co.
All rights reserved.

This Korean edition is published by arrangement with Umberto Eco c/o
RCS Libri S.p.A. through Shin Won Agency Co.

이 책은 실로 꿰매어 제본하는 정통적인 사철 방식으로 만들어졌습니다.
사철 방식으로 제본된 책은 오랫동안 보관해도 손상되지 않습니다.

제1권 차례

1. 어느 행인이 있어 그 우중충한 아침나절에   9
2. 나는 누구인가?   15
3. 마늬 레스토랑   59
4. 할아버지 시대   91
5. 카르보나로 행세를 하는 시모네   153
6. 정보기관의 정보원 노릇을 하다   177
7. 천인대와 함께   205
8. 헤라클레스호   251
9. 파리   285
10. 당황한 달라 피콜라   301
11. 졸리   303
12. 어느 날 밤 프라하에서   339
13. 달라 피콜라는 자신이 달라 피콜라가 아니라고 한다   375
14. 비아리츠   377

일러두기
- 여기 이 소설은 이탈리아의 대문호 움베르토 에코 선생의 『프라하의 묘지』라 하는 세계적 화제작을 이탈리아어에서 우리말로 옮긴 것이라.
- 움베르토 에코 선생이 깊은 뜻을 담아 짐짓 예스러운 필치로 이야기를 엮어 나가는지라 역자도 그런 문체를 따랐으되, 처음에는 조금 낯선 듯해도 이내 그 색다른 글맛을 즐기게 되시리라.
- 이 소설은 세 목소리가 갈마드는 독특한 구성을 취하고 있는바, 움베르토 에코 선생은 친절하게도 세 목소리를 각기 다른 활자체로 나타내는 방식을 취했으니, 우리 독자 제현도 그 점에 유념하시라.
- 기호학과 언어의 달인이기도 한 움베르토 에코 선생은 간간이 이탈리아어 원문에 프랑스어나 라틴어 등을 섞어 쓰는바, 그런 낱말이나 글월이 나올 때는 음역을 하고 괄호 안에 그 뜻을 적되 본래의 외국어는 각주에 제시하였으니 이 기법의 별난 재미를 충분히 즐기시라.

우리가 여기에 시민 백 명이 광장에서 교수당한 일이며 수도사 두 명이 산 채로 화형당한 일이며 혜성이 출현한 사건을 수록하고, 백 차례의 무술 시합에 관한 묘사와 맞먹으며 전례 없이 독자의 정신을 주된 사실에서 벗어나게 할 만한 온갖 묘사를 집어넣은 것은 그런 일화들 역시 필요하기 때문이기도 하고, 그것들이 역사적인 실화의 중요한 부분을 구성하기 때문이기도 하다.

— 카를로 텐카, 『개들의 집』

1
어느 행인이 있어
그 우중충한 아침나절에

어느 행인이 있어 1897년 3월의 그 우중충한 아침나절에 위험을 각오하고 모베르 광장, 또는 무뢰한들이 라 모브라고 부르는 곳(중세에는 비쿠스 스트라미네우스,[1] 즉 푸아르 거리의 파리 대학 학예 학부 학생들이 자주 모이던 대학 생활의 중심이었고, 나중에는 에티엔 돌레 같은 자유사상의 사도들이 사형을 당했던 곳)을 건너갔다면, 그 행인은 악취 나는 골목들이 얼키설키한 동네의 한복판에서, 오스만 남작의 파리 재개발 사업 때 드물게 허물리지 않은 장소 한 곳을 마주하게 되었을 터인즉, 이 동네는 비에브르 천(川)을 경계로 두 구역으로 나뉘어 있었는데, 오래전에 복개되어 파리의 내장 속에 갇혀 버린 비에브르 천은 이 동네에서 다시 빠져나와 열에 들뜬 채 신음과 독소를 뿜어내면서 센 강으로 흘러들고

---

1 〈짚자리 동네〉라는 뜻의 라틴어. 중세에 이곳의 대학생들이 짚자리를 깔고 강의를 들은 데서 연유한 이름. 바로 뒤에 나오는 프랑스어 거리 이름 푸아르Fouarre 역시 〈밀짚〉이라는 뜻.

있었더라. 모베르 광장의 한쪽 부분은 생제르맹 대로가 생기면서 싹둑 잘려 나갔으되 나머지 부분은 여전히 거미줄처럼 얽힌 골목들로 통하고 있었으니, 메트르 알베르 거리, 생세브랭 거리, 갈랑드 거리, 뷔슈리 거리, 생쥘리앵 르 포브르 거리, 위셰트 거리가 바로 그 골목들인바, 이 골목들에는 불결한 여관들이 여기저기에 흩어져 있었고, 여관 주인들은 대개 오베르뉴 지방 사람들이었는데, 탐욕스럽기로 악명이 높은 이 숙박업주들은 첫날엔 1프랑을 받고 그다음 날부터는 40상팀을 받았다(한데 시트를 원하는 손님들에게는 20수[2]를 추가로 요구했다).

만약 그 행인이 훗날 프레데릭 소통 거리라 불리게 될 앙부아즈 거리로 들어섰다면, 이 길의 중간쯤에서 막다른 골목 또는 외통골목을 발견했을 터인데, 맥줏집으로 위장한 갈보집과 막포도주를 곁들인 점심을 2수에 제공하는 식당 사이로 꺾어 드는 이 골목은 그 시절에 이미 앵파스 모베르라 불리고 있었으나 1865년 이전에는 퀴드사크 당부아즈라 불렸다. 몇 해 전만 해도 타피 프랑(무뢰한들의 용어로, 대개 전과자가 운영하고 도형지에서 갓 돌아온 범법자들이 자주 드나들던 싸구려 식당이나 여인숙) 하나가 여기에 들어앉아 있었고, 그와 더불어 이 골목에 슬픈 명성을 안겨 준 사연이 또 하나 있으니, 18세기에 독살을 잘하기로 유명했던 세 여자가 여기에 있던 작업장에서 독약을 조제했는데, 어느 날 저희가

---

2 1수*sou*는 5상팀, 그러니까 20수는 1프랑.

화덕에서 증류하고 있던 독극물의 증기에 질식사한 채로 발견되었다 하더라.[3]

 이 골목의 중간쯤에는 〈고급 고물상〉이라는 빛바랜 간판이 달린 고물가게가 있었는데, 그 진열창은 행인들의 눈길을 전혀 끌지 못하기가 일쑤였다 — 창유리에 새까만 먼지가 두껍게 앉아서 진열창이 불투명하기도 했거니와, 유리창 자체가 한 변이 20센티미터쯤 되는 네모난 창유리들을 나무 창살에 끼워 놓은 격자창이라서 가게 안에 진열해 놓은 물건을 제대로 들여다볼 수가 없었음이라. 행인은 이 진열창 옆에서 항시 닫혀 있는 문 하나를 보았을 터이고, 설렁줄 옆에서 가게 주인이 일시적으로 부재중임을 알리는 안내판을 보았으리라.

 그런데 만약 어쩌다 그랬듯이 문이 열려 있고 그래서 행인이 가게 안으로 들어갔다면, 그는 그 음산한 곳을 비추는 희미한 불빛 속에서, 드문드문 불안정하게 서 있는 진열장들과 역시 뒤뚱뒤뚱하게 놓인 몇 개의 책상 위에 갖가지 물건들이 쌓여 있는 것을 어렴풋이 보았을 것이다. 그것들은 첫눈에 보면 탐나지만, 자세히 보면 아무리 헐하게 판다 해도 정직한 흥정에는 도통 걸맞지 않는 것으로 판명될 법한 물건들이었으니, 이를테면 어느 벽난로에 갖다 놓든 그 벽난로를 욕

---

3 모베르 외통골목에 관한 이 기술은 프랑스 작가 조리스-카를 위스망스가 1898년에 출간한 『비에브르 천과 생세브랭 구역』이라는 책의 「생세브랭 구역」편 5장을 전거로 삼고 있다. 위스망스의 이 진기한 저서는 파리의 뒷골목에 관한 일종의 모노그래피인데, 에코는 이후에도 19세기 말엽 파리 서민들의 삶을 재현하는 데에 이 책을 여러 차례 활용하고 있다.

되게 하기가 십상인 장작 받침쇠 한 짝, 칠이 벗겨진 파란 법랑 추시계, 아마도 한때는 자수의 빛깔이 선명했을 방석들, 사랑을 상징하는 발가숭이 아이들로 예쁘게 장식되어 있지만 가장자리가 깨어져 나간 도자기 화병들, 어느 시대의 양식인지 알 수 없는 기우뚱한 소형 원탁, 종이쪽지며 명함 따위를 담아 두는 녹슨 철제 바구니, 낙화(烙畵)를 그려 넣은 용도 미상의 상자들, 중국 문양으로 장식된 흉물스러운 자개 부채, 호박(琥珀)으로 만든 것처럼 보이는 목걸이, 버클에 아일랜드 모조 다이아몬드가 박힌 모직 무도화 한 켤레, 가장자리가 떨어져 나간 나폴레옹 흉상, 태 먹은 유리 덮개 안에 들어 있는 나비들, 왕년에는 투명했을 게 분명한 종 모양의 덮개를 씌워 놓은 울긋불긋한 대리석 과일 모형들, 코코야자 열매들, 꽃을 그린 소박한 수채화들을 모아 놓은 낡은 화첩들, 액자에 끼워 놓은 몇 장의 은판 사진(당시에는 골동품 축에도 끼지 못했던 것들) 등이라 — 이렇듯 예전에 형편이 어려워진 가정들에서 압류한 재산들의 수치스러운 잔재일 법한 것들이지만, 혹시라도 이런 물건들을 병적으로 탐하는 사람이 있어 경계심을 잔뜩 품은 주인을 마주하고 가격을 물어 보았다면, 기형적인 골동품을 모으는 가장 변태적인 수집가조차 흥미가 싹 가실 만한 대답을 들었을 터이다.

그리고 만약 그 방문객이 모종의 통행 허가를 얻은 덕택에 가게 내부와 건물 위층을 가르는 두 번째 문을 통과하여, 건물 정면의 너비가 현관문의 너비를 넘지 않는 좁다란 파리 건물들(서로 비스듬히 기댄 채 다닥다닥 붙어 있는 집들) 특유의 위태위태한 나선계단을 올라갔다면, 그는 널따란 거실로 들어서서 1층의 고물들과는 만듦새가 전혀 달라 보이는 물건들을 보았을 것인즉, 독수리 머리 모양의 장식이 들어간 제1제정기 양식의 삼발이 원탁, 날개 달린 스핑크스 모양의 까치발을 받쳐 놓은 선반, 17세기풍의 장롱, 모로코가죽으로 훌륭하게 장정된 백여 권의 책들을 죽 꽂아 놓은 마호가니 책장, 프랑스 말로 스크레테르라고 하는 책상과 비슷하게 둥근 덮개를 내려 상판을 가릴 수 있고 많은 서랍이 달렸지만 통상 미국식이라고 일컬어지는 책상이 바로 그것이라. 이어서 방문객이 옆방으로 건너갔다면, 그는 천개(天蓋)가 달린 호사스러운 침대, 투박한 선반에 올려놓은 세브르산(産) 도자기들과 터키 수연통과 설화 석고로 만든 커다란 술잔과 크리스털 단지를 발견했을 것이고, 안쪽 벽면에서는 신화 속 장면들을 그려 넣은 패널들, 역사와 희극을 관장하는 뮤즈들을 형상화한 커다란 유화 두 점, 또한 벽들에 다양한 방식으로 걸려 있는 아라비아의 겉옷과 캐시미어로 된 동양의 다른 옷들, 옛날에 순례자들이 가지고 다니던 물통, 나아가서는 대야 받침대와 그것에 딸린 작은 선반에 놓인 값비싼 몸단장 도구들을 보게 되었으리라 — 요컨대, 일관되고 세련된 취향이 아니라 부유함을 과시하려는 욕망을 분명하게 보여 주는 신기하고 비싼 물건들의 이상한 집합이라 하겠다.

다시 거실로 나온 방문객은 골목의 인색한 빛살이 새어드는 하나뿐인 창문 앞에서, 책상을 마주하고 앉아 있는 실내복 차림의 늙은이를 발견했을 터이고, 그의 어깨 너머를 훔쳐볼 수 있었다면 그가 글을 쓰고 있음을 알게 되었을 것이다. 우리는 이제부터 바로 그 글을 읽어 나갈 참이고, 화자는 이따금 독자가 따분함을 느끼지 않도록 그 글을 요약해 줄 것이다.

화자는 독자가 이 인물을 대하는 순간 앞서 언급된 어떤 사람임을 알아보고 깜짝 놀랄 거라는 식으로 귀띔하지 않는다. 독자 역시 그것을 기대해서는 안 된다. 그도 그럴 것이 (이 이야기는 이제 막 시작된 터라) 앞서 이름이 언급된 사람은 아무도 없고, 화자 자신도 글을 써나가는 그 신비로운 인물의 정체를 아직 모른다. 화자 자신과 독자가 모두 호기심 많은 불청객이 되어 그 인물이 펜으로 종이에 적어 나가는 기호들을 따라가는 동안, 화자는 그가 누구인지 (독자와 더불어) 알아 가고자 한다.

2

나는 누구인가?

1897년 3월 24일

막상 글을 쓰려고 하니 약간 당황스러운 기분이 든다. 마치 한 독일 유대인(또는 오스트리아 유대인, 그게 그것이기는 하지만)의 명령 — 빌어먹을, 명령이라니! 암시라고 해두자 — 에 따라 내 영혼을 발가벗기고 있는 것만 같다. 나는 누구인가? 아마도 내 인생에 무슨 사건들이 있었는지 자문하기보다 내가 무엇에 열정을 바쳤는지 물어보는 편이 더 유용할 것이다. 나는 누구를 좋아하는가? 내가 사랑한 얼굴들이 머릿속에 떠오르지 않는다. 내가 맛있는 요리를 좋아한다는 것은 알고 있다. 〈라 투르 다르장〉[1]이라는 이름을 입에 올리기만 해

---

[1] 파리 5구 라 투르넬 강변로에 자리한 유서 깊은 레스토랑. 센 강과 노트르담 대성당이 건너다보이는 아름다운 전망과 19세기 말부터 일련번호를 매겨서 파는 특별한 오리 요리로 유명하다. 레스토랑 측의 주장에 따르면 16세기 말에 문을 열어 그 역사가 430년에 달한다고 하지만 사료를 통해 입증된 바는 없다. 〈라 투르 다르장〉이라는 이름은 은으로 된 탑이라는 뜻이다.

도 전율 같은 것이 온몸으로 스쳐 간다. 이런 게 사랑일까?

나는 누구를 증오하는가? 대뜸 유대인들이라는 말이 나오려고 한다. 그러나 그 오스트리아(또는 독일) 의사의 사주를 이토록 고분고분하게 받아들인다는 사실은 내가 저주받은 유대인들에게 반감을 가지고 있지 않다는 것을 말해 준다.

유대인들, 그들에 대해서 내가 알고 있는 거라곤 그저 내 할아버지가 나에게 가르쳐 주신 것밖에 없다. 할아버지는 내게 이르셨다. 「그들은 신을 믿지 않는 민족의 전형이니라. 행복은 저승이 아니라 이승에서 실현되어야 한다는 생각을 삶의 바탕으로 삼고 있지. 그래서 오로지 이 세상을 정복하기 위해 노력하고 있는 게다.」

내 어린 시절은 유대인들의 유령 때문에 음울해지고 말았다. 할아버지의 묘사에 따르면, 우리를 염탐하는 그들의 눈은 우리를 질리게 할 만큼 위선적이고, 미소는 끈적끈적하며, 하이에나를 닮은 입술은 이빨이 드러나도록 위로 말려 올라가 있고, 눈빛은 투미하고 탁하고 멍하며, 코와 윗입술 사이에는 언제나 증오심과 불안감을 드러내는 주름이 잡혀 있고, 코는 남반구에 사는 어느 새의 흉측한 부리를 닮았으며…… 눈알, 아, 그 눈알을 볼작시면…… 구운 빵 빛깔의 눈동자에 신열이 오른 채로 뒤룩거리면서 간에 병이 있다는 것을, 다시 말해서 1천8백 년을 이어 온 증오심에서 비롯된 분비물 때문에 간이 썩어 버렸다는 것을 보여 준다. 눈을 자꾸 찡그림으로써 눈가에 자글자글하게 생겨나는 잔주름은 나이가 들면서 더욱 도드라져 보이기 때문에 유대인은 스무 살만 되어도 벌써 늙은

이처럼 시들해 보인다. 그들이 눈웃음을 칠 때면 부풀어 오른 눈꺼풀이 반쯤 감기면서 보일 듯 말 듯 가느다란 선을 남기는데, 혹자는 그것을 교활함의 증표라고 말하나 할아버지는 음욕의 증표라고 분명히 이르셨다. 내가 말귀를 알아들을 만큼 성장했을 때, 할아버지가 다시 일깨워 주신 바에 따르면, 유대인은 에스파냐 사람처럼 허영심이 강하고, 크로아티아 사람처럼 무지하며, 근동 사람처럼 탐욕스럽고, 몰타 사람처럼 배은망덕하며, 집시처럼 뻔뻔하고, 영국인처럼 더러우며, 칼미크 사람처럼 기름기가 많고, 프로이센 사람처럼 오만하며, 피에몬테 지방의 아스티 사람처럼 험담을 잘할 뿐만 아니라, 발정을 억누르지 못해 간통을 쉽게 저지른다 — 그 주체할 수 없는 발정은 할례에 기인한 것으로서, 돌출물의 끄트머리 살가죽을 끊어 내는 할례는 크기가 왜소한 것에 비해 해면체가 발달하는 괴이한 불균형을 야기함으로써 그들이 더욱 쉽게 발기하도록 만든다.

나는 몇 해 동안 밤마다 꿈에서 유대인들을 보았다.

다행히 그들을 만난 적은 없다. 다만 소년 시절에 토리노의 게토에서 만난 나쁜 계집애(만나긴 했지만 두 마디 넘게 말을 나누지는 않았다)와 그 오스트리아(또는 독일, 그게 그것이지만) 의사는 예외다.

독일인들은 내가 겪어 보기도 하고 그들을 위해 일한 적도 있어서 잘 알거니와, 우리가 상상할 수 있는 인류의 가장 낮은 수준에 해당한다. 독일인 한 명이 평균적으로 생산하는 인

나는 몇 해 동안 밤마다
꿈에서 유대인들을 보았다.

분의 양은 프랑스인에 비해 갑절이나 많다. 뇌 기능을 저하시킬 만큼 장 기능이 지나치게 활발하다는 점, 그게 그들의 생리학적 열등성을 입증한다. 야만적인 침략을 일삼던 시대에, 게르만족 무리들은 어디를 거쳐 가든 상궤를 벗어난 엄청난 똥 무더기로 저희의 자취를 남겼다. 어디 그뿐이랴, 지난 몇 세기 동안에도 프랑스에서 알자스 지방을 거쳐 독일로 가는 여행자는 길가에 누어 놓은 대변이 보통 사람의 똥자루보다 왕청 굵은 것을 보면 자기가 국경을 넘었다는 것을 단박에 알아차렸다. 그 정도로는 성에 차지 않는다는 듯, 독일인들은 액취증, 그러니까 땀에서 고약한 냄새가 나는 증상이 유독 심하다. 또한 다른 종족들의 오줌에는 질소가 15퍼센트 정도 들어 있는데 독일인의 오줌에는 20퍼센트나 들어 있다는 사실도 입증된 바 있다.

독일 사람들은 맥주를 너무 많이 마시고 돼지고기 소시지를 과도하게 포식하는 탓에 언제나 장이 불편한 상태로 살아간다. 나는 딱 한 차례 뮌헨으로 여행을 갔다가, 어느 날 저녁, 신성을 잃은 대성당이라 할 만큼 웅장하고, 안개 낀 영국 항구처럼 연기가 자욱하며, 돼지기름과 비곗살의 악취가 진동하는 건물 안에서 그들을 보았다. 그들은 남녀가 쌍쌍이 앉아서, 코끼리나 하마 같은 동물들 한 무리가 와도 너끈히 갈증을 풀어 줄 수 있을 법한 커다란 맥주 항아리들을 두 손으로 감싼 채, 마치 코를 킁킁거리며 서로 냄새를 맡는 두 마리 개들처럼 얼굴을 맞대고 야만스러운 애욕의 말들을 주고받으면서 시끄럽고 천박한 웃음, 목구멍소리가 많이 섞인 그들 특유의 탁한 웃음을 터뜨려 댔다. 그들의 얼굴과 팔뚝에는 개기름이 번들거려서, 마치 살갗에 기름을 바른 고대 원형 경기장의 격투기 선수들처럼 보였다.

그들은 알코올을 〈가이스트〉, 즉 정기(精氣)라고 부르면서 그것을 입안에 쏟아 붓지만, 맥주의 정기는 그들을 젊은 시절부터 바보가 되게 만든다. 라인 강 너머 독일에서 흥미로운 예술 작품이 도통 나오지 않는 이유가 거기에 있다. 예술 작품이라고 해봐야 혐오스러운 얼굴을 그린 그림 몇 점과 따분하기 짝이 없는 시들이 고작이다. 그들의 음악에 대해서는 이러고저러고 논할 말이 없다. 바그너의 그 요란스럽고도 장송곡 같은 음악이 이제 프랑스인들마저 바보로 만들고 있다는 것은 더 말할 필요도 없고, 내가 조금 들어 본 바로 판단하건대 바흐가 작곡한 것들은 화음이 빈약하기 짝이 없는 데다 겨울 아침처럼 차가우며, 베토벤이라는 자의 교향곡들은 상스러움의 난무라 할 만하다.

독일인들은 맥주를 너무 많이 마신 탓에 저희의 상스러움을 전혀 깨닫지 못하는 지경에 이르렀거니와, 그 상스러움의 극치는 저희가 독일인임을 수치스럽게 여기지 않는다는 사실이라. 그들은 탐욕스럽고 음란한 루터 같은 수도사(수도사가 수녀원에서 도망친 수녀와 결혼한다는 게 웬 말이냐?)를 아주 중요하게 생각하지만, 그 이유라는 게 고작 성경을 저희 언어로 번역한답시고 황폐하게 만들었다는 것뿐이다. 누가 그랬던가? 독일인들은 유럽의 두 가지 중요한 마취제, 즉 알코올과 기독교를 남용한다고.

「그들은 탐욕스럽고 음란한 루터 같은 수도사
(수도사가 수녀원에서 도망친 수녀와
결혼한다는 게 웬 말이냐?)를 아주 중요하게 생각하지만,
그 이유라는 게 고작 성경을 저희 언어로 번역한답시고
황폐하게 만들었다는 것뿐이다.」

그들이 저희 자신을 심오하다고 여기는 것은 그들의 언어가 모호하기 때문이다. 독일어는 프랑스어만큼 분명하지 않고 이르고자 할 바를 정확히 나타내지 못하므로, 독일인들은 저희가 말을 해놓고도 그 말뜻을 저희가 알지 못한다 — 그런 불분명함을 도리어 심오함으로 여기는 꼴이라니. 독일인들을 상대하는 것은 여자들을 상대하는 것이나 진배없어서 절대로 그들의 깊은 속내를 측량할 수가 없다. 표현력이 부족할 뿐만 아니라 동사가 마땅히 있어야 할 자리에 있지 않아서 문장을 읽을 때마다 고심하면서 눈으로 찾아야 하는 언어, 불행하게도 할아버지는 그런 언어를 배우라고 내가 어렸을 때부터 강요하셨다 — 할아버지는 이탈리아에 대한 오스트리아의 지배를 나쁘지 않게 여기셨으니 그리 놀랄 만한 일도 아니다. 그래서 나는 그 언어를 싫어했고, 나에게 그 언어를 가르치러 오던 예수회 수도사가 막대기로 손가락들을 때렸기에 더더욱 싫어했다.

고비노라는 프랑스 작가가 인종들의 불평등에 관한 책을 쓴 뒤로, 어떤 사람이 다른 민족을 헐뜯으면 제 민족을 우월하게 여기고 있기 때문에 그러는 것이려니 생각하게 된다. 나로 말하자면 그런 편견이 없다. 나는 프랑스 사람이 된 뒤로(사실 나는 어머니 쪽의 혈통으로 이미 반은 프랑스인이었다), 나의 새 동포들이 어떤 사람들인지 깨닫게 되었다. 프랑스인들은 게으르고, 사기를 잘 치며, 복수심이 강하고, 샘이 많으며, 오만하기가 그지없어서 프랑스인이 아닌 사람은 야만인이라고 생각하고, 남의 질책은 죽어도 받아들이지 않는다. 하지만 나는 프랑스인이 저희 족속에게 결함이 있다는 것을 스스로 인정하게 하는 간단한 방법이 있다는 것을 깨달았다. 프랑스인 앞에서 다른 민족을 두고 험담을 하는 게 바로 그 방법이다. 예를 들면 〈우리 폴란드 사람들에게는 이러저러한 결점이 있다〉는 식으로 말하는 것이다. 그러면 프랑스인들은 어느 분야에서든 남에게 뒤지는 것을 원치 않기 때문에, 즉시 〈아이고, 말도 마시오, 여기 프랑스에서는 훨씬 심해요〉 하는 식으로 응답하고 저희 프랑스인들을 마구 헐뜯다가 제가 함정에 빠졌음을 뒤늦게 알아차리고 나서야 입을 다문다.

프랑스인들은 남을 사랑하지 않는다. 남 덕분에 이익을 볼 때조차 그러하다. 프랑스의 식당 주인은 세상 누구보다 입이 험하고, 마치 손님들이 싫어서(이건 아마도 사실일 것이다) 없어지기를 바라는 것만 같다(프랑스인들은 매우 탐욕스러우니 이건 사실이 아닐 게다). 일 그로뉴 투주르(그들은 노상 툴툴거린다).[2] 그들에게 무언가를 물어보라, 필시 세 파, 무아(낸들 알겠소)[3] 하면서 마치 입으로 방귀라도 뀌듯 입술을 삐죽 내밀 테니.

프랑스인들은 악독하다. 심심파적으로 사람을 죽일 정도다. 여러 해 동안 시민들끼리 서로 목을 베는 데에 혈안이 되었던 사례를 그들 말고 세상 어느 민족에게서 찾을 수 있으랴. 나폴레옹이 그들의 분노를 이민족들 쪽으로 돌려서 유럽

2 *Ils grognent toujours.*
3 *Sais pas, moi.*

을 파괴하기 위한 대오를 짓게 한 것은 그들 편에서 보면 그나마 다행스러운 일이었다.

그들은 자기네 국가가 강력하다고 자랑하면서도 그 국가를 전복하기 위한 시도를 하느라고 세월을 보낸다. 민보(民堡)를 쌓는 일에서는 프랑스인들을 따를 국민이 없다. 무슨 빌미만 잡혔다 하면 바람이 조금만 살랑거려도, 대개는 영문도 모르면서 가장 고약한 천민들에게 이끌려 거리로 나서는 사람들이니까. 프랑스인들은 저희가 무엇을 원하는지 제대로 알지 못한다. 다만 저희가 현재 가지고 있는 것이 저희가 원하는 게 아니라는 것은 기막히게 잘 안다. 그리고 그것을 표현하기 위해 그들이 할 줄 아는 것이라곤 그저 노래를 부르는 것밖에 없다.

그들은 온 세상 사람들이 프랑스어를 하는 줄 안다. 수십 년 전에 브랭 뤼카 때문에 벌어진 소동을 생각해 보라. 그는 도둑질한 옛날 종이와 국립 도서관의 고서에서 오려 낸 면지들을 가지고 여러 위인들의 글씨체를 흉내 내어 3만 건의 가짜 친필 문서들을 만들어 낸 천재적인 인물이었다. 비록 그 솜씨가 나만큼 좋았던 것은 아닐지언정……. 그는 가짜 문서들을 정확히 얼마인지는 모르지만 어마어마한 가격에 미셸 샬이라는 멍청이에게 팔았다(내가 듣기로 샬은 위대한 수학자이자 과학 아카데미 회원이었다는데, 대단한 얼간이이기도 했던 모양이라). 브랭 뤼카는 그 가짜 고문서들을 프랑스어로 작성했다. 말하자면 칼리굴라나 클레오파트라나 율리우스 카이사르가 프랑스어로 편지를 쓰고, 파스칼과 뉴턴과

갈릴레이가 프랑스어로 서신을 주고받았다는 얘기가 되는 셈인데, 미셸 샬뿐만 아니라 아카데미에 속한 그의 동료들 가운데 다수가 그것을 당연하게 받아들였다. 파스칼과 뉴턴 시대의 학자들이 라틴어로 서신을 주고받았다는 것은 삼척동자도 아는 사실이거늘. 프랑스의 현학자들은 다른 민족들이 프랑스어 이외의 다른 언어로 말한다는 것을 생각할 수 없었다. 게다가 브랭 뤼카가 날조한 편지들에는 파스칼이 뉴턴보다 20년 먼저 만유인력을 발견했다는 내용이 담겨 있었고, 제 나라가 으뜸이라는 오만한 사고방식에 사로잡혀 있던 소르본 대학의 교수들은 그런 내용에 눈이 멀어 다른 것을 보지 못한 것이라.

아마도 그런 무지는 그들의 인색함 — 그들이 미덕으로 여기며 검약이라 부르는 국민적인 악덕 — 에서 비롯되는 게 아닌가 싶다. 인간극이라 불리는 소설 가운데 한 편을 구두쇠에게 바치는 짓을 프랑스가 아닌 다른 나라에서 상상이나 할 수 있겠는가. 그 지독한 노랑이 그랑데 영감에 대해서 더 무슨 말을 하랴.

그들이 얼마나 인색한가는 먼지가 더께로 앉은 그들의 공동 주택이며 한 번도 손본 적이 없는 벽걸이 융단, 조상 대대로 사용하던 것을 물려받은 욕조, 좁은 공간을 착살맞게 활용하느라고 위태위태하게 설치해 놓은 목조 나선계단 따위를 보면 알 수 있다. 나무에 접을 붙이듯이, 프랑스인을 유대인(되도록이면 독일계 유대인)과 접붙여 보라, 오늘날의 프랑스 정치 체제인 제3공화국을 얻게 되리니······.

내가 스스로 프랑스인이 된 것은 이탈리아인으로 사는 것을 견딜 수 없었기 때문이다. 나는 피에몬테 사람으로서(태어나기를 피에몬테 사람으로 태어나서), 나 자신을 그저 프랑스를 상징하는 갈리아 수탉의 희화(戱畵), 그러니까 갈리아 수탉과 비슷하긴 하되 생각이 더 편협한 아류로 느꼈다. 피에몬테 사람들은 무엇이든 새로운 것을 대하면 질색을 하고, 뜻밖의 것을 만나면 기겁을 한다. 사르데냐 왕국이 양(兩)시칠리아 왕국을 정복하여 이탈리아를 통일하던 시절에 피에몬테 사람들을 움직여 시칠리아로 원정을 가게 하기 위해서는(사실 시칠리아를 공격한 가리발디의 의용대에 피에몬테 사람들은 아주 적었지만), 두 명의 리구리아 사람, 즉 열혈 남아 가리발디와 저주를 뿌리는 마법사 마치니가 필요했다. 내가 시칠리아의 팔레르모에 파견되었을 때(그게 정확히 언제였더라? 그 이야기는 앞으로 재구성해 나가야 한다), 거기에서 무엇을 발견했는가에 대해서는 이야기하지 않기로 하자. 그곳 백성들을 좋아한 사람은 그 허영주머니 프랑스 작가 알렉상드르 뒤마밖에 없었다. 뒤마가 그들을 좋아했던 것은 아마도 프랑스인들보다 그들이 더 자기를 사랑해 주었기 때문이리라. 사실 프랑스인들은 뒤마를 좋아하면서도 혼혈인이라고 얕잡아 보았다. 반면에 나폴리 사람들과 시칠리아 사람들은 저희들 역시 혼혈이라서 그랬는지 뒤마를 무척 좋아했다. 그들은 화냥년 같은 어미의 잘못 때문이 아니라 여러 세대의 역사를 거쳐 오는 동안 혼혈이 되었다. 그들은 신뢰할 수 없는 근동 사람들과 땀에 젖어 끈적거리는 아랍인들과 퇴화한 동고트족의 교배에서 생겨났고, 그 혼혈의 조상들에게서 각 민족의 가장 나쁜 점을 물려받았으니, 사라센인에게서는 게으름을, 게르만의 일파인 수에비족에게서는 사나움을, 그리스인에게서는 우유부단과 머리카락 한 올을 넷으로 쪼갤 만큼 시시콜콜한 수다에 빠져드는 기질을 전해 받은 것이다. 더 길게 말할 것도 없이 나폴리 거리에서 돌아다니는 소년들을 보라. 상한 토마토를 얼굴에 잔뜩 묻혀 가면서 스파게티를 손으로 집어 목이 멜 정도로 아귀아귀 먹어 댐으로써 외국인들의 눈길을 사로잡는다는 사내아이들. 내가 기억하기로 나는 그 아이들을 본 적이 없지만, 그런 것쯤은 알고 있다.

이탈리아인들은 불성실하고, 거짓말을 잘하며, 비열하고, 신의를 쉽게 저버리며, 검을 차기보다는 단도를 숨기고 있을 때 더 편안함을 느끼고, 약보다는 독을 더 잘 쓰며, 흥정을 할 때는 끈덕지고, 바람의 방향이 바뀌면 어김없이 깃발을 바꾼다는 점에서만 한결같은 면모를 보인다 — 가리발디가 이끌던 모험가들과 피에몬테의 장군들이 시칠리아에 나타났을 때, 양시칠리아 왕국의 장군들에게 무슨 일이 일어났는지 나는 보았다.

이탈리아인들이 그렇게 된 것은 그들의 성격이 사제들을 본보기로 삼아 형성되었기 때문이다. 기독교가 고대 종족의 긍지를 약화시키고 그 때문에 로마 제국의 그 타락한 마지막 황제가 야만인들에게 비역질을 당한 뒤로, 이탈리아인들을 진정으로 지배한 세력은 사제들이었다.

사제들이라⋯⋯ 내가 어떻게 그들을 알게 되었던가? 할아버지 댁에서 경험한 일이 아닌가 싶은데, 어렴풋이 기억나는 것들이 있다. 상대와 눈을 맞추지 못하는 불안정한 시선, 망가진 잇바디, 독한 입구린내, 내 뒤통수를 쓰다듬으려고 하던 축축한 손. 정말 역겹도다. 무위도식하는 그들은 도둑이나 부랑배처럼 위험한 부류에 속한다. 어떤 사람이 스스로 사제나 수도사가 되는 것은 그저 놀고먹기 위함이고, 그 무위도식은 그들의 수(數)로 보장된다. 만약 인구 천 명당 한 명꼴로 사제가 있다면, 그들은 할 일이 너무 많아서 살진 고기닭이나 잡아먹고 배꼽이나 긁적이면서 세월을 보낼 수는 없을 터. 지배자들은 가장 자격이 없는 사제들 중에서도 가장 멍청한 자들을 골라 주교로 임명한다.

사제들은 그대가 태어나자마자 그대 주위를 어슬렁거리기 시작하니, 그대는 사제에게서 세례를 받고, 그대 부모가 사제들에게 그대를 맡길 만큼 꽉 막힌 신앙인이라면 학교에서 그들을 다시 만나게 되며, 이어서 첫 영성체와 교리문답 교육과 견진성사를 받게 된다. 그대가 혼인할 때는 사제가 혼배 성사를 집전하면서 그대가 침실에서 무엇을 해야 하는지 일러 주며, 이튿날이 되면 고해 성사를 한답시고 그대가 간밤에 그 일을 몇 번이나 했는지 물으면서 고해실의 철망 뒤에서 제 풀에 달뜬다. 그들은 성행위를 입에 올릴 때마다 싫은 기색을 드러내지만, 정작 자기들은 하느님의 딸들과 동침하는 근친상간의 행태를 보이기가 일쑤다. 그들은 손도 씻지 않은 채로 미사에 임하여 주님의 몸과 피를 먹고 마시며, 그 뒤에는 똥과 오줌으로 그것을 배설한다.

그들은 자기들의 왕국이 이승에 있지 않다고 입버릇처럼 되뇌면서, 자기들이 훔쳐 갈 수 있는 것은 무엇이든 손에 넣는다. 세상에 마지막으로 남은 교회당의 마지막 돌이 마지막 사제의 머리에 떨어지지 않는 한, 그리하여 세상이 그 족속에게서 해방되지 않는 한, 문명은 완전함에 이르지 못할지라.

공산주의자들은 종교가 인민의 아편이라는 사상을 퍼뜨렸다. 그들의 주장은 사실이다. 종교는 백성들이 유혹에 빠져드는 것을 억제하는 데 이바지한다. 만약 종교가 없다면, 거리에 민보를 쌓는 사람들이 배로 늘어날 터인즉, 파리 코뮌 때에는 그들의 수가 별로 많지 않았기 때문에 진압 부대가 별로 지체하지 않고 그들을 죽일 수 있었다. 그런데 그 오스트리아 의사에게서 콜롬비아 마약의 효능에 관한 이야기를 들은 마당이라 나는 이렇게 말하련다. 종교는 인민의 코카인이니, 그 까닭인즉 종교가 사람들을 전쟁으로, 이교도에 대한 대학살로 몰아갔고 여전히 몰아가고 있기 때문이라. 이는 기독교인들과 이슬람교도와 여타의 우상 숭배자들에게 두루 해당하는 이야기다. 아프리카 흑인들은 저희끼리 서로 싸우고 죽이는 것으로 그쳤지만, 선교사들은 그들을 개종시켜 식민지 군대를 만들면서 그들을 전선에서 죽는 것을 마다하지 않을 뿐만 아니라 도시로 쳐들어가 백인 여자들을 겁탈하는 짓도 서슴지 않는 병사들로 탈바꿈시켰다. 인간의 악행이 아무리 심하다 한들, 종교적인 신념 때문에 악을 행할 때만큼 완전하고 열렬하지는 못할 터이다.

모든 사제들 가운데 가장 고약한 자들은 예수회 신부들이다. 내 느낌에는 내가 그들에게 몇 차례 골탕을 먹이지 않았는가 싶다. 아직 잘 기억나지는 않지만, 나에게 못된 짓을 한 자들이 바로 그들이 아닐까 싶기도 하다. 아니 어쩌면 나에게 해를 끼친 자들은 그들과 피를 나눈 형제들인 메이슨들일지도 모른다. 예수회와 비교할 때 프리메이슨회는 조금 더 혼란스럽다. 전자는 그나마 하나의 신학을 가지고 있고 그것을 다룰 줄도 알지만, 후자는 너무 많은 신학을 가진 탓에 스스로 혼동에 빠져 있다. 나는 할아버지에게서 프리메이슨회에 관한 이야기를 들었다. 그들은 유대인들과 한통속이 되어 임금의 목을 잘랐다. 카르보나리[4]를 생겨나게 한 것도 그들이다. 카르보나리는 조금 더 멍청한 메이슨들이었으니, 그 이유인즉 초기에는 총살을 당하기 일쑤였고 나중에는 폭탄을 만들다가 실수를 해서 저희 모가지를 날리기도 했으며 사회주의자나 공산주의자가 되기도 했고 파리 코뮌에 가담하기도 했음이라. 파리 코뮌에 가담한 카르보나리의 후예들은 모두 총살당했다. 잘했어, 티에르.[5]

프리메이슨과 예수회. 예수회는 여자 옷을 입은 프리메이슨이다.

---

4 19세기 초 나폴리에서 결성되어 급진적인 입헌 자유주의의 기치를 내걸고 투쟁한 혁명적인 비밀 결사 〈카르보네리아〉의 회원들(단수는 카르보나로).
5 1871년 파리 코뮌을 진압한 프랑스 제3공화국의 초대 대통령 루이 아돌프 티에르(1797~1877)를 가리킨다.

예수회는 여자 옷을 입은
프리메이슨이다.

나는 여자들을 증오한다. 여자들에 대해서 적게나마 아는 바가 있어서 싫어하는 것이다. 나는 여러 해 동안 갖가지 무뢰한들이 모여드는 브라스리 아 팜(여자 나오는 맥줏집)[6]에 집착했다. 그런 색싯집은 창가(娼家)보다 나쁘다. 창가들은 다른 건 몰라도 이웃 주민들의 반대 때문에 어디든 들어앉기가 쉽지 않지만, 맥줏집들은 그저 술을 마시러 가는 곳으로 여겨지기 때문에 어디에서나 문을 열 수 있다. 그러나 알고 보면 1층에서는 술을 팔고 위층에서는 매음을 벌인다. 맥줏집마다 하나의 테마가 있고, 여자들의 복장은 그 테마에 맞춰져 있다. 예를 들어 어느 맥줏집에서는 독일 여자로 분장한 접대부들이 나오고, 법원 맞은편의 맥줏집에서는 법복을 입은 여자들이 술시중을 든다. 그런가 하면 이름만 들어도 색싯집인지 알 수 있는 집들도 있다. 이를테면 소르본 대학에서 멀지 않은 곳에 있는 브라스리 뒤 티르퀴(엉덩이 도둑의 맥줏집),[7] 브라스리 데 벨 마로켄(모로코 미녀들의 맥줏집),[8] 또는 브라스리 데 카토르즈 페스(열네 엉덩이들의 맥줏집)[9] 같은 집들 말이다. 그런 술집들을 운영하는 자들은 거의 언제나 독일인이니, 이야말로 프랑스인들의 도덕성을 마비시키는 방법이 아니겠는가. 파리 5구와 6구 사이에만 해도 그런 술집이 적어도 60군데나 있고, 파리 전체에서는 거의 2백 군데를

---

6 *brasserie à femmes*.
7 Brasserie du Tire-cul.
8 Brasserie des belles marocaines.
9 Brasserie des quatorze fesses.

헤아릴 수 있다. 게다가 이 술집들은 모두 새파란 젊은이들까지 드나들 수 있는 곳들이다. 소년들은 먼저 호기심에 이끌려서, 그다음에는 악습에 물들어서 들어갔다가, 결국에는 오줌을 눌 때마다 요도가 따끔거리는 임질에 걸리고 만다—그나마 운이 좋을 때의 얘기다. 술집이 학교 옆에 있는 경우에는 학생들이 하굣길에 문 너머로 여자들을 염탐한다. 나는 술을 마시기 위해 그런 술집에 간다. 또한 밖에서 문 너머로 염탐하는 학생들을 안에서 문 너머로 염탐하기 위해서 가기도 한다. 물론 내가 학생들만을 관찰하는 것은 아니다. 거기에 가면 어른들의 관습과 교제 방식에 관해서 많은 것을 배우게 되고, 그것은 언제나 유익하게 쓰일 수 있다.

무엇보다 재미있는 것은 식탁들 앞에 앉아 대기하고 있는 여러 기둥서방들의 특성을 알아내는 일이다. 그들 가운데 일부는 마누라를 등쳐먹고 사는 남편들인데, 이자들은 옷을 번드르르하게 빼입고 저희끼리 모여 앉아서 담배를 피우며 카드놀이를 한다. 주인이나 여자들은 이들을 두고 오쟁이를 진 사내들이 유유상종한다고 말한다. 그런가 하면 소르본 대학 주위의 라틴어 구역에서 포주 노릇을 하는 사내들 중에는 왕년에 대학생이었다가 신세를 망친 자들도 많거니와, 이들은 누가 저희의 정기적인 수입을 빼앗아 갈까 저어하며 늘 긴장해 있고 툭하면 칼부림을 벌인다. 반면에 도둑들이나 살인자들은 느긋하기 이를 데 없다. 이들은 못된 짓을 꾸미느라 왔다 갔다 할 뿐, 여자들의 배신 따위는 걱정하지 않는다. 여자들이 어떻게 감히 그자들을 배신하랴. 그랬다가는 이튿날 아침에 비에브르 천에 둥둥 떠다닐진대.

개중에는 더없이 추잡한 서비스를 제공하겠다며 변태 성욕에 빠진 남녀들을 꾀어 들이는 데에 몰두하는 동성애자들도 있다. 이들은 팔레 루아얄이나 샹젤리제에서 고객들을 찾아내어 저희끼리 정해 놓은 신호로 그들을 유인한다. 그러면 경찰관으로 변장한 공범들이 방으로 들이닥쳐 고객을 체포하겠다고 으름장을 놓고, 고객은 한 번 봐달라고 애원하면서 호주머니에서 돈을 꺼내어 듬뿍듬뿍 쥐여 준다.

나는 그런 색주가에 갈 때면, 무슨 일을 당할 수 있는지 아는 터라 조심스럽게 들어간다. 돈깨나 있어 보이는 손님이 들어오면, 주인의 신호에 따라 한 여자가 접근한 뒤에 손님을 살살 꾀어서 다른 여자들까지 모두 그 테이블로 오게 한 다음 가장 비싼 것들을 마구 시켜 댄다 ─ 하지만 그 계집들은 취하지 않기 위해 색소를 탄 물을 마시면서 아니제트 쉬페르핀(최고급 아니스 술)[10]이나 카시스 팽(고급 까막까치밥나무 열매 술)[11]을 마시는 척하고 손님은 그 맹물 값을 비싸게 치른다. 이어서 그녀들은 손님을 졸라 밤참 내기 카드 판을 벌이는데, 당연히 저희끼리 신호를 하면서 치기 때문에 손님은 내기에서 지게 마련이라, 여자들에게는 물론이고 주인과 그 마누라에게까지 한턱을 단단히 내야 한다. 그쯤에서 손님이 그만두려고 하면, 여자들은 돈내기 대신 그가 한 판을 이길 때마다 여자들 가운데 하나가 옷을 하나씩 벗기로 하자고 제안

10 *anisette superfine*.
11 *cassis fin*.

하는데…… 막상 손님이 이겨서 여자들의 레이스 속옷이 하나씩 떨어져 나갈 때마다 드러나는 것을 볼작시면, 혐오스러운 허연 살, 퉁퉁 붇은 젖무덤, 역한 냄새를 풍기는 거무튀튀한 겨드랑이…….

나는 단 한 번도 위층에 올라가지 않았다. 누구 말마따나 계집들이란 그저 수음이라는 고독한 악습의 대용품일 뿐이다. 다만 수음에는 더 많은 상상력이 필요하다. 그래서 나는 집으로 돌아와 밤마다 그 계집들을 머릿속에 그리며 몽상에 젖는다. 어쨌거나 나도 목석은 아닌지라 그 여자들에게서 자극을 받기는 하는 것이다.

나는 티소[12] 박사의 책을 읽었고, 그 여자들이 멀리에서도 해를 끼친다는 것을 잘 알고 있다. 동물의 정기와 정액이 같은 것인지는 잘 모르겠으되, 그 두 가지 유체가 약간의 유사점을 지니고 있는 것은 분명한지라, 밤중에 한참 수음을 하고 나면 기력이 빠질 뿐만 아니라 몸이 야위고 안색이 창백해지며 기억이 가루가 되고 눈이 흐려지며 목소리가 거칠어지고 뒤숭숭한 꿈 때문에 잠을 설치며 눈에 통증을 느끼고 얼굴에 붉은 반점이 생기는가 하면, 어떤 자들은 담이 끓거나 맥이 빨라지고 숨이 가빠지거나 기절을 하기도 하고, 또 어떤 자들은 변비증이나 암내가 갈수록 역해지는 증상을 호소하기도

---

12 사뮈엘 오귀스트 티소(1728~1797). 스위스의 의사. 정액을 많이 쏟으면 체력과 기억력이 저하된다는 취지로 수음의 해악을 논한 저서 『오나니슴』과 『국민 건강에 관한 권고』로 당대는 물론이고 19세기 말까지 유럽인들에게 큰 영향을 미쳤다.

2. 나는 누구인가?

한다. 그러다가 급기야는 눈이 멀기도 한다.

말을 하고 보니 다소 과장이 있어 보인다. 수음을 많이 하면 얼굴에 붉은 반점이 생긴다고 했는데, 나는 소년 시절에 얼굴에 여드름이 많았다. 그러니까 여드름은 수음과 무관하게 그 나이에 두루 나타나는 특징일 테다. 아니면 모든 소년들이 용두질을 하고, 일부 소년들은 밤낮으로 제 물건을 주무르며 과도하게 쾌감을 얻는다는 얘기가 된다. 어쨌거나 나는 이제 쾌락을 적절하게 조절할 줄 안다. 꿈자리가 뒤숭숭해질 때가 없는 것은 아니지만 그건 색주가에 다녀온 뒤의 일일 뿐이다. 많은 사내들은 길거리에서 그저 여자가 지나가는 것만 보아도 아랫도리가 불뚝거린다지만, 나에겐 그런 일이 일어나지 않는다. 나는 일이 있기에 풍속의 문란에 물들지 않는다.

그런데 왜 내가 겪은 일들을 재구성할 생각은 않고 이렇듯 사변을 늘어놓고 있는가? 아마도 엊그제 내가 무엇을 했는가와 아울러 나의 내면이 어떠한지도 알고 싶어 하기 때문이리라. 나에게 내면이 있다는 것을 인정한다면 말이다. 영혼이란 그저 사람이 행하는 바로 드러나는 것일 뿐이라고 사람들은 말한다. 하지만 내가 누군가를 증오하고 이렇듯 원한을 품고 있다면, 그건 하나의 내면이 존재한다는 것을 의미하지 않는가! 이런 깨달음을 철학자는 어떤 식으로 설파했던가? 오디 에르고 숨(나는 증오한다, 고로 존재한다).[13]

---

13 *Odi ergo sum.*

조금 전에 아래층에서 초인종이 울렸는데, 웬 멍청이가 무언가를 사고 싶어 하는 게 아닌가 하고 겁을 먹었다. 하지만 곧이어 티소가 보낸 사람이구나 하는 생각이 퍼뜩 머리를 스쳤다 — 나는 왜 그런 암호를 선택했을까? 그자는 본푸아라는 사람의 서명이 들어간 친필 유언장을 원하고 있었다. 유언의 수혜자는 기요라는 사람이었다(틀림없이 그자가 바로 기요렷다). 그는 본푸아라는 사람이 사용하고 있거나 사용하던 편지지들을 가지고 있었다. 본푸아의 필체를 그대로 흉내 내는 데 필요한 견본 문서도 가져왔다. 나는 기요를 데리고 사무실로 올라가서, 펜과 적당한 잉크를 고른 다음, 필체를 연습해 보지도 않고 쓱쓱 문서를 작성했다. 완벽한 솜씨로다. 기요는 비용을 익히 알고 있다는 듯, 자기가 물려받을 재산의 규모에 걸맞은 사례금을 내밀었다.

그러니까 이게 내 직업이란 말이렷다! 멋진 일이로고. 아무것도 없는 상태에서 공증 문서를 지어내고, 진짜처럼 보이는 가짜 편지를 만들어 내며, 남을 모함하는 자백서를 날조하고, 누군가를 파멸로 몰아갈 문서를 꾸며내는 것, 정말 위력적인 재주가 아닌가······. 나 자신에게 상을 주는 뜻으로 카페 앙글레[14]에 한번 들를 만하다.

---

14 19세기 파리에서 가장 명성이 높았던 레스토랑 가운데 하나. 1802년에 문을 열었고(그해에 프랑스와 영국 사이에 체결된 아미앵 강화 조약을 기리기 위해 〈영국 카페〉라는 뜻의 상호를 붙였다). 제2제정기에 전설적인 셰프 아돌프 뒤글레레가 운영을 맡으면서 파리 최고의 레스토랑 반열에 올랐다. 발자크의 소설 『고리오 영감』과 『잃어버린 환상』, 플로베르의 『감정 교육』, 프루스트의 『잃어버린 시간을 찾아서』 등에 언급되어 있으며, 덴마크 작가 카렌

내 코에도 분명 기억이 있을 터인데, 그 레스토랑의 유명한 메뉴 냄새를 맡아 본 지가 몇 세기는 된 것만 같다. 수플레 알라 렌(왕비식 수플레), 필레 드 솔 알라 베니시엔(베네치아식 서대 순살 구이), 에스칼로프 드 튀르보 오 그라탱(얇게 저민 가자미 그라탱), 셀 드 무통 퓌레 브르통(브르타뉴 식 퓌레를 곁들인 양고기 엉덩잇살 구이)을 시작으로…… 앙트레(전식)로는 풀레 알라 포르튀게즈(포르투갈식 닭고기)나 파테 쇼 드 카유(메추라기 고기를 다져서 만든 뜨거운 파테)나 오마르 알라 파리지엔(파리식 바닷가재 요리) 또는 그 세 가지를 한꺼번에, 그리고 플라 드 레지스탕스(주요리)로는 뭐가 있더라, 칸통 알라 루아네즈(루앙식 새끼 오리 구이) 또는 오르톨랑 쉬르 카나페(토스트에 올린 멧새 고기), 이어서 앙트르메(사이 요리)로는 오베르진 알레스파뇰(에스파냐식 가지 요리), 아스페르주 앙 브랑슈(아스파라거스 어린 줄기 구이), 카솔레트 프랭세스(공주식 향로형 사기그릇 요리)…… 포도주로는 뭐가 있는지 잘 모르겠지만, 연도에 따라서 샤토 마르고나 샤토 라투르나 샤로 라피트를 선택하면 될 것이다. 그리고 끝으로는 봉브 글라세(폭탄 모양의 아이스크림).[15]

블릭셴의 소설 및 동명 영화 『바베트의 만찬』에서는 주인공 바베트가 이 레스토랑의 셰프였다가 파리 코뮌 때 덴마크로 피신한 것으로 되어 있다. 스탕달, 발자크, 외젠 쉬 같은 작가들이 단골손님이었다고 한다. 1913년에 문을 닫았고, 그 자리에는 아르누보풍의 새 건물이 들어섰다.

15 작가는 시치미를 뚝 떼고 있지만, 이상은 카페 앙글레의 셰프 뒤글레레가 역사적인 대만찬을 위해서 짰던 전설적인 메뉴다. 1867년 파리 만국 박람회 때 러시아 황제 알렉산드르 2세와 황태자, 그리고 비스마르크를 대동한 프로이센 왕 빌헬름 1세가 카페 앙글레에서 장장 8시간에 걸친 만찬을 벌였

나는 언제나 성행위보다 맛있는 음식에서 더 큰 만족을 느꼈다 — 이는 아마도 사제들이 나에게 남겨 놓은 흔적이리라.

내 마음속에는 늘 구름이 끼어 있고, 그 구름 때문에 뒤를 돌아보지 못하는 것 같은 느낌이 든다. 그런데 베르가마스키 신부의 옷을 입고 알 비체린[16]을 몰래 드나들었던 일이 문득 기억의 수면 위로 다시 떠오르는 이유는 무엇일까? 나는 베르가마스키 신부를 까맣게 잊었다. 그가 누구였더라? 나는 직관에 따라 빠르게 펜을 놀려 씨 내려가는 것을 좋아한다. 그 오스트리아 의사의 말에 따르면, 나는 기억을 더듬어 가다가 진정 고통스러운 대목에 이르게 될 것이며, 그래야만 내가 갑자기 그토록 많은 것을 기억 속에서 지워 버린 이유를 깨닫게 되리라고 한다.

어제, 그러니까 내가 짐작한 바로는 3월 22일 화요일, 잠에서 깨어나 보니 내가 누구인지 아주 잘 아는 것 같은 기분이 들었다. 그 짐작대로라면, 나는 시모니니 대위이고 예순일곱 살을 먹었지만 아주 정정하다(풍채가 의젓하다는 소리를 듣기에 딱 좋을 만큼 뚱뚱하다). 나는 프랑스에 온 뒤로 내 할아

고, 그 메뉴에는 〈세 황제의 만찬(러시아 황태자는 나중에 알렉산드르 3세가 되었고, 빌헬름 1세도 몇 해 뒤에 독일 제국의 황제로 등극했으므로)〉이라는 이름이 붙었다.

16 1763년에 문을 열어 오늘날까지 유구한 역사를 이어 오고 있는 토리노의 카페. 에스프레소와 핫초콜릿과 우유를 층층이 포개듯 한 잔에 담아서 마시는 피에몬테 지방의 전통 음료 〈비체린〉의 명소.

버지를 기리는 뜻으로 대위를 자칭하면서, 가리발디의 천인의용대에서 무훈을 세운 듯이 냄새를 피우고 다닌다. 가리발디는 이탈리아에서보다 이 나라에서 더 존경을 받기 때문에 그의 수하에서 싸웠음을 내세우면 약간의 영예를 얻게 되는 것이다. 시모네 시모니니는 토리노에서 태어났으며, 아버지는 토리노 사람이었고 어머니는 프랑스 사람(사르데냐 왕국의 땅이었던 사보이아 사람이지만, 어머니가 태어나고 몇 해 지나지 않아서 사르데냐 왕국은 사보이아를 프랑스에 양도했다)이었다.

계속 침대에 누운 채로 상념에 잠겨 있노라니…… 문득 러시아인들(러시아인들이라고?)이 나를 노리고 있다는 사실에 생각이 미쳤다. 내가 즐겨 찾는 레스토랑들에는 이곳에든 저곳에든 모습을 드러내지 않는 게 상책일 터였다. 나 혼자서 무언가를 요리할 수 있을 것이다. 몇 시간 동안 정성을 기울여 맛있는 음식을 준비하다 보면 마음이 편안해진다. 예를 들어 코트 드 보 포요(포요식 송아지 갈비)[17]는 이렇게 만들면 된다. 갈비는 두께가 최소한 4센티미터쯤 되도록 두툼하게 자르되 당연히 두 사람 몫을 준비하고, 중간 크기의 양파 두 개, 빵의 속살 50그램, 강판에 간 그뤼예르 치즈 75그램, 버터 50그램을 준비한다. 먼저 빵의 속살을 체에 넣고 문질러 가루를 내고

---

17 *côtes de veau Foyot*. 포요는 루이 필리프 왕의 궁정 주방장이었는데, 1848년 왕정이 무너지자 파리 투르농 거리에 레스토랑을 차리고 자기 이름을 내건 몇 가지 요리를 내놓음으로써 큰 명성을 얻었다(1938년 폐점). 이 레스토랑은 소설의 후반부에 나오듯이 1894년 4월 1일에 일어난 아나키스트 테러 사건의 무대가 되기도 했다.

그뤼에르 치즈와 섞은 다음, 양파를 벗겨 잘게 썰고 버터 40그 램을 작은 냄비에 넣고 녹이는 동안 다른 냄비에 양파와 남은 버터를 넣고 살살 볶는다. 우묵한 접시 바닥에 양파의 절반을 깐다. 고기를 소금과 후추로 간하고 접시에 담은 다음 그 위에 남은 양파를 올린다. 고기를 접시 바닥에 착 들러붙게 하면서 그 전체에 치즈와 섞은 빵가루가 한 켜를 이루도록 입히고 그 것을 한 손으로 지그시 누르면서 녹인 버터를 붓는다. 그 위에 다시 치즈와 섞은 빵가루를 한 켜 입히고 녹인 버터를 첨가하여 둥근 지붕과 비슷한 모양이 되게 한 다음, 백포도주와 육수를 그 위에 골고루 붓되, 고기가 반 이상 잠기지 않게 한다. 그 전체를 오븐에 넣고 포도주와 육수로 계속 적셔 가면서 30분 동안 익힌다. 버터에 데친 꽃양배추를 곁들인다.

시간이 조금 걸리는 일이긴 하지만, 요리가 주는 즐거움은 미각의 쾌감보다 먼저 시작되는 법이고 음식을 준비한다는 것은 미리 맛보며 즐긴다는 뜻이다. 그래서 나는 어제 아침 아직 침대에 누워 있으면서도 벌써부터 즐거움을 느꼈던 것이다. 바보들은 외로움을 느끼지 않기 위해 여자나 소년을 저희 이불 속에 거느리고 있어야 한다. 입안에 도는 침이 발기보다 낫다는 사실을 모르는 자들이다.

그뤼에르 치즈와 고기를 빼고는 집에 모든 재료가 다 있었다. 고기는 다른 날 같으면 모베르 광장의 푸줏간에 가서 사 왔을 텐데, 무슨 까닭인지 화요일에는 그 푸줏간이 문을 닫는다. 나는 2백 미터 더 가면 생미셸 대로에 다른 푸줏간이 있다는 것을 알고 있었다. 가볍게 산책하는 셈 치고 거기에 다녀오는 것도 나쁘지 않겠다 싶었다. 나는 옷을 입었고, 방을 나서기 전에 대야 위쪽에 놓인 거울 앞에서 평소처럼 검은 콧수염과 멋진 턱수염을 달았다. 그런 다음 가발을 쓰고, 빗을 물에 살짝 적셔 가며 가발에 빗질을 해서 한복판에 가르마를 탔다. 이어서 프록코트를 걸친 뒤에 사슬 달린 은시계를 조끼 주머니에 넣고 사슬이 눈에 잘 띄게 늘어뜨렸다. 나는 퇴역한 대위처럼 보이기 위해, 말을 할 때면 거북의 등딱지로 만든 작은 상자를 가지고 손장난하는 것을 좋아한다. 이 상자에는 마름모꼴 감초 사탕이 가득 들어 있고, 뚜껑 안쪽에는 어떤 여자의 초상이 붙어 있는데, 못생겼지만 옷을 잘 입은 이 여자는 아마도 내가 각별하게 생각하는 어떤 고인일 것이다. 때로는 감초 사탕 하나를 입에 넣고 혀로 이리저리 굴리기도 하는데, 그러면 저절로 말이 느려진다 — 그리고 듣는 사람은 내가 하는 말에는 별로 신경을 쓰지 않고 내 입술의 움직임을 눈으로 좇게 된다. 문제는 그러다 보면 지력이 형편없는 사람처럼 보인다는 것이다.

나는 집 앞 골목으로 내려가서, 앙부아즈 거리로 접어들기 위해 모퉁이를 돌 때 색주가 앞에서 걸음을 멈추지 않도록 애썼다. 이른 아침인데도 그 집에서는 벌써 윤락녀들의 거친 목소리가 어지럽게 들려오고 있었다.

모베르 광장은 이제 〈기적의 마당〉[18]이 아니지만, 지금으

---

18 옛날에 걸인들과 부랑배가 많이 모여 살던 파리의 몇몇 구역을 일컫는 프랑스어 〈쿠르 데 미라클〉을 옮긴 것. 이런 곳들에 〈기적〉이라는 수식어를

로부터 30년 전, 내가 처음으로 발을 들였을 때만 해도, 재생 담배를 파는 자들이 우글거렸으니, 그들은 피우다 남은 엽궐련이나 담뱃대 속에 들러붙은 찌꺼기를 모아 굵게 썬 담배를 얻고 지궐련 꽁초를 모아 가늘게 썬 담배를 얻어서, 굵게 썬 것은 반 킬로그램에 1프랑 20상팀을 받고, 가늘게 썬 것은 1프랑 50상팀에서 1프랑 60상팀을 받고 팔았다(이것도 생업이라면 생업이지만 예나 지금이나 벌이가 시원치는 않아서, 부지런히 꽁초를 모아 판다고 해도 수입의 상당 부분을 술값으로 날리고 나면 밤에 잠잘 곳을 마련하지 못하기가 십상이다). 또한 그들의 뒤를 봐주며 돈을 뜯어내는 자들도 많았으니, 그들은 다른 데서 빈둥거리다가 오후 2시나 되어서야 나타나서는 형편이 좋은 연금 생활자들처럼 벽에 기대어 담배를 뻐끔거리며 나머지 낮 시간을 보내다가, 어둠이 깔리면 양 떼를 몰아가는 목양견들처럼 행동에 나서곤 했다. 그런가 하면 도둑들도 덩달아 들끓었는데, 이들은 처지가 서로 비슷한 사람들 것을 훔치는 좀도둑일 수밖에 없는 것이 어느 부르주아도(시골에서 올라온 한량이 아닌 다음에야) 감히 이 광장을 지나가려 하지 않았기 때문이니, 나만 하더라도 만약 지팡이를 휘두르면서 군인처럼 씩씩하게 걷지 않았더라면 그들의 좋은 먹이가 되었으리라 — 나중에 그 소매치기들은 나와 안면을 트게 되었고 더러는 나를 대위님이라고 부르면서 인사를 건네는 치들도 있었으니, 이를테면 나를 저희와 같은 숲

붙인 것은. 가짜 불구자 행세를 하던 거지들이 날이 어두워지기만 하면 〈기적적으로〉 말짱해졌기 때문이다.

에 사는 늑대로 여기고 늑대들끼리는 서로 잡아먹지 않는다는 식으로 나온 셈이라. 당시의 모베르 광장에는 퇴물이 다 된 창녀들도 적지 않았으니, 아직 호감을 주는 여자들이었다면 색주가에서 일하지 거리로 나서지 않았을 터인지라, 그네는 그저 넝마주이와 좀도둑과 악취를 풍기는 꽁초 장수들에게 몸을 팔 수밖에 없었는데, 그러다가 옷을 말쑥하게 차려입고 솔질이 잘된 실크해트를 쓴 신사가 오는 것을 보았다 하면 땀과 뒤범벅이 된 싸구려 향수 냄새가 코를 찌르도록 바싹 다가들어서는 무람없이 손을 슬쩍 갖다 대거나 팔을 잡기까지 했다. 그건 너무나 불쾌한 경험이라서(그 여자들이 꿈에 나타날까 두려웠다), 나는 그 여자들 가운에 하나가 다가오는 것을 보면, 마치 내 주위에 범접할 수 없는 보호 구역을 만들어 내려는 듯 지팡이를 세차게 흔들어 댔고, 그 여자들은 재빨리 눈치를 알아차렸다. 그도 그럴 것이 그녀들은 명령을 받는 데에 익숙해져 있었고, 몽둥이 든 사람을 존중했음이라.

끝으로 경찰 정보원들도 그 무리에 섞여 어슬렁거리면서 무샤르(끄나풀)[19]나 밀고자를 현장에서 모집하기도 하고, 어떤 사람이 자기 말소리가 북새판에 묻힐 거라고 생각하면서 목청을 너무 높여 다른 사람에게 쑥덕거리는 이야기에서 우범자들이 꾸미는 나쁜 짓거리에 관한 아주 소중한 정보를 재빨리 얻어듣기도 했다. 그러나 그들은 과장되게 악당 같은 모습을 하고 있어서 사람들은 대개 첫눈에 그들을 알아보았다.

---

19 *mouchards*.

진짜 악당은 악당처럼 보이지 않는 법인데, 그자들은 예외다.

그랬던 모베르 광장에 이제는 전차까지 다니고 있으니 예전만큼 편안한 기분이 들지는 않지만, 그래도 사람을 알아보는 눈이 있다면 길모퉁이에 기대고 서 있는 자들 중에서, 또는 카페 메트르 알베르의 문턱이나 인접한 골목길에서 자기에게 도움이 될 만한 자들을 여전히 찾아낼 수 있다. 아무튼 연필깎이처럼 생긴 에펠탑이 어느 각도에서나 보이도록 멀리 뾰족하게 솟아난 뒤로 파리는 예전과 전혀 다른 도시로 변한 것이다.

됐다, 그런 얘기는 그만하자. 나는 감상에 잘 빠지는 사람도 아니고, 내게 필요한 것은 여전히 다른 곳에서 얻을 수 있으니까. 어제 아침에는 고기와 치즈가 필요했고, 그런 것을 구하기에는 모베르 광장도 아직 괜찮았다.

치즈를 사고 나서 단골 푸줏간을 지나다 보니 문이 열려 있었다.

「어인 일로 화요일인데 문을 열었소?」

가게로 들어서면서 그리 물었더니

「뭔 말씀이세요, 오늘은 수요일입니다, 대위님.」

하고 푸주한은 웃으며 대답했다.

내가 머쓱하여 사과를 하고 늙으면 기억이 흐려진다고 덧붙이자, 그는 내가 아직 젊다면서 잠이 덜 깼을 때 정신이 멍한 것은 누구에게나 일어나는 일이라고 말했고, 나는 고기를 고른 뒤에 에누리 따위는 입 밖에 내지도 않고 돈을 치렀다 — 이는 장사꾼들에게 존중을 받는 유일한 방법이다.

나는 그렇다면 오늘이 며칠인가 하고 생각하면서 다시 집으로 올라왔다. 혼자 있을 때면 늘 그러듯이 콧수염과 턱수염을 떼어 내겠다 생각하고 침실로 들어갔다. 그제야 어울리지 않는 자리에 와 있다 싶은 어떤 것이 눈에 띄면서 가슴이 덜컹 내려앉았다. 서랍장 옆 외투 걸이에 기다란 옷이 걸려 있는데, 분명 성직자가 입는 수단이었다. 나는 그리로 다가가다가 서랍장 위에 금발에 가까운 밤색 가발이 놓여 있는 것을 보았다.

내가 지난 며칠 동안 어떤 비렁뱅이에게 숙식을 제공했을까 하고 자문하는데, 문득 내가 가짜 콧수염과 턱수염을 달고 다니는 것으로 보아 변복도 하는 게 아닐까 하는 생각이 들었다. 때로는 부유한 신사로, 때로는 성직자로 변장하는 사람, 내가 그런 사람일까? 그렇다면 어찌하여 성직자로 변장했던 기억이 전혀 없는가? 그게 아니라면 어떤 이유로(어쩌면 체포 영장을 피하기 위해서) 콧수염과 턱수염을 붙여 변장을 하고 다니면서도 그 와중에 신부로 변장한 어떤 사람에게 숙식을 제공해 주고 있는 것일까? 그런데 만약 그 가짜 신부(진짜 신부라면 가발을 쓰지 않을 테니)가 나와 함께 사는 거라면, 내 집에는 침대가 하나밖에 없는데 그는 어디에서 자는 거지? 아니면 그는 내 집에 사는 것이 아니라 무슨 사정이 있어서 전날 내 집에 피신했다가 변장을 벗어 버리고 무언가를 하러 어딘가로 간 것일까?

머릿속 한 부분이 휑하니 비어 있는 느낌이었다. 마치 마땅

히 기억해야 하는데 기억나지 않는 어떤 것을 눈앞에 보고 있
는 기분, 이를테면 남의 기억에 속하는 어떤 물건을 보고 있
는 기분이었다. 그래, 남의 기억이라는 말이 적합하다. 그 순
간에 나는 내가 외부에서 자기 자신을 관찰하고 있는 다른 사
람이라고 느꼈다. 시모니니는 갑자기 자기가 누구인지 정확
히 모르는 것 같은 기분을 느끼고 있었고, 어떤 사람이 그런
시모니니를 관찰하고 있었다.

차분하게 생각을 가다듬어 보자, 하고 나는 스스로를 타일
렀다. 내가 겉으로는 브리카브라크(고물)[20]를 파는 척하면서
실제로는 가짜 문서를 만들어 파는 사람이고, 파리에서 가장
기피할 만한 구역에서 사는 것을 선택한 사람이라면, 그리 깨
끗하지 않은 음모에 연루된 어떤 사람에게 은신처를 마련해
주는 것도 있을 법하지 않은 일은 아니었다. 하지만 누군가에
게 은신처를 마련해 주고도 그 사람이 누구인지 잊어버린다
는 것은 정상으로 보이지 않았다.

내 뒤를 캐보고 싶은 욕구가 일면서 갑자기 내 집조차 다른
비밀들을 감추고 있는 이상한 장소로 보였다. 나는 마치 남의
집에 들어오기라도 한 것처럼 집을 조사하기 시작했다. 주방
을 나서면 오른쪽에는 침실이 있고 왼쪽에는 통상의 가구들
을 갖춘 거실이 있었다. 서재의 책상 서랍들을 열어 보니 내
작업 도구들, 그러니까 펜이며 여러 가지 잉크가 들어 있는

20 *bric-à-brac*.

잉크병이며 시대와 규격을 달리하는 아직 하얀(또는 노랗게 변한) 종이들이 들어 있었고, 책꽂이에는 책들 말고도 문서들을 보관하는 상자들과 오래된 호두나무로 만든 성합이 놓여 있었다. 성체를 모셔 두는 성합을 무엇하러 거기에 놓아두었을까 하고 기억을 더듬던 참에, 아래층에서 초인종 소리가 들려왔다. 나를 성가시게 하는 자가 누구든 당장 쫓아 버릴 생각으로 내려갔더니, 한 노파가 보였다. 노파는 나를 잘 아는 것 같았다. 창유리 너머로 노파가 말하기를, 〈티소가 보내서 왔어요〉 하니 문을 열어 주어야만 했다 — 내가 왜 그 암호를 선택했는지 어서 알아봐야겠다.

노파는 안으로 들어오더니 가슴에 품고 있던 보자기를 풀어 면병 스무 개를 보여 주었다.

「달라 피콜라 신부가 당신이 관심을 가질 거라고 하더군요.」

나는 〈물론이오〉 하는 대답에 스스로 놀라면서 얼마냐고 물었다. 노파는 한 개당 10프랑이라고 대답했다.

나는 장사꾼 기질에 이끌려 타박을 놓았다.

「당신 미쳤구려.」

「정작 미친 사람은 거기에서 흑미사를 지내는 당신들이에요. 면병을 구하기가 어디 쉬운 줄 알아요? 사흘 동안 성당 스무 곳에 가서, 입안을 바싹 마르게 해놓고 영성체를 한 다음, 신부나 내 옆에 있는 사람들이 알아차리지 못하도록 무릎을 꿇고 두 손으로 얼굴을 가린 채 면병이 침에 젖기 전에 입에서 꺼내어 앙가슴에 품고 있는 작은 주머니에 담아야 해요. 그런 불경한 짓을 해서 지옥에 가게 생긴 것은 말할 필요도 없고요. 그러니까 생각이 있으시면 2백 프랑을 내세요. 싫으시다면 불랑 신부한테 가볼게요.」

「불랑 신부는 죽었소. 그것에 대해서 깜깜한 걸 보니 한동안 면병 장사를 안 했구먼.」

거의 아무 생각도 하지 않았는데 그런 대꾸가 술술 나왔다. 그래서 나는 어차피 머릿속이 혼란스러운 마당이니 이것저것 따지지 않고 직감에 따르기로 했다.

「그 얘긴 그만둡시다. 내가 사겠소.」

나는 면병 값을 치렀다. 그리고 그것들을 찾는 단골손님이 나타날 때까지 서재에 있는 성합에 넣어 두어야 한다는 사실을 깨달았다. 그것도 내가 하는 사업들 가운데 하나인 것이다.

대체로 보면 그 모든 것이 일상적이고 친숙하게 느껴졌다. 하지만 무언가 사위스러운 낌새가 주위에 감도는 것 같기는 한데, 그게 무엇인지 알 수가 없었다.

다시 서재로 올라가서 살펴보니 안쪽에 커튼으로 가려진 문이 있었다. 그 문을 열 때 나는 이미 어두컴컴한 복도가 나오리라는 것과 그래서 램프가 필요하리라는 것을 잘 알고 있었다. 복도는 연극용 소도구들을 파는 가게나 탕플 구역에 있는 헌옷 가게의 뒷방과 비슷해 보였다. 벽에는 농부의 옷을 비롯해서, 숯쟁이, 사환, 거지의 옷이나 병사의 윗도리와 바지에 이르기까지 매우 잡다한 옷들이, 그리고 이 옷들 옆에는 그것들과 짝을 이루는 모자들이 걸려 있었다. 한 선반에는 가발을 씌운 머리 모형 열두 개가 가지런히 놓여 있었다. 안쪽에는 연극배우들의 분장실에 있는 것과 비슷한 쿠아푀즈(경대)²¹가 놓여 있었는데, 그 위를 빼곡하게 덮고 있는 작은 단지들에는 백분이며 입술연지며 검정과 터키석 빛깔의 연필들이며 토끼 다리로 만든 브러시며 분첩이며 붓이며 솔 따위가 담겨 있었다.

어느 지점에 이르자 복도가 직각으로 꺾이고 그 안쪽에 또 다른 문이 보였다. 그 문을 열고 들어서자 내 방들보다 환한 방이 나왔는데, 이 방이 그렇게 환한 것은 좁다란 모베르 골목이 아닌 다른 길에서 빛이 들어오기 때문이었다. 아닌 게 아니라 창가로 다가가서 밖을 내다보니 창문이 메트르 알베르 거리로 나 있었다.

이 방에서 작은 층층대를 통해 거리로 나갈 수 있다는 점만 빼면 특별한 것이 없었다. 단칸 사글셋방과 하숙방의 중간쯤 되는 한 칸짜리 외딴 방일 뿐이었다. 방에는 어두운 빛깔의 간소한 가구들, 그러니까 책상 하나와 기도대 하나와 침대 하나가 놓여 있었고, 출입구 옆에는 작은 부엌이, 층계참에는 세면대를 갖춘 시오트(변소)²²가 딸려 있었다.

필시 어느 성직자의 피에타테르(임시 거처)²³일 터였고, 우리 두 사람의 거처가 서로 통해 있는 것으로 보아 내가 그 성직자와 상당한 친분을 맺고 있는 게 분명했다. 그러나 그 모든 것을 보았으니 무언가 생각나는 것이 있을 법도 한데, 정

---

21 *coiffeuse*.
22 *chiotte*.
23 *pied-à-terre*.

작 내 느낌에는 그 방을 처음으로 와본 것 같았다.

책상으로 다가가 보니 봉투에 담긴 편지들이 한 묶음 놓여 있었는데, 편지들의 수신자는 모두 같은 사람, 즉 지극히 존귀하신 달라 피콜라 신부님 또는 매우 존귀하신 피콜라 신부님으로 되어 있었다. 편지들 옆에 글이 적힌 종이가 몇 장 놓여 있기에 살펴보니, 여자가 쓴 게 아닌가 싶을 만큼 글씨체가 가늘고 우아한 것이 내 필체와는 사뭇 달랐다. 글의 내용은 어떤 선물에 감사를 표하거나 누구랑 만나기로 약속한 것을 확인하는 따위의 대수롭지 않은 편지들의 초안이었다. 맨 위에 놓인 종이의 글은 도통 두서가 없어서, 마치 몇 가지 숙고해야 할 것들을 잊지 않기 위해 적바림을 해둔 것처럼 보였다. 나는 약간의 어려움을 느끼며 읽어 나갔다.

이 모든 게 정말 현실인가 싶다. 마치 내가 다른 사람이 되어 나 자신을 관찰하고 있는 것만 같다. 이게 꿈이 아님을 확인하기 위해 서면으로 기록해 두자.

오늘은 3월 22일이다.

수단과 가발은 어디로 갔을까?

어젯밤에 나는 무엇을 했을까? 머릿속에 안개가 낀 것 같다.

방 안쪽에 나 있는 문이 어디로 통하는지 그것조차 기억이 나지 않는다.

나는 옷이며 가발이며 배우들이 쓰는 연지와 분이 널려 있는 복도를 발견했다(전에는 본 적이 없었을까?)

옷걸이에는 재단이 잘된 수단 한 벌이 걸려 있었고, 선반에서는 가발뿐만 아니라 가짜 눈썹까지 찾아냈다. 황토색 분으로 광대뼈 주위에 조금 발그스레한 기색이 돌게 하자, 창백하면서도 약간 열에 들뜬 것처럼 보이면서 나는 다시 내가 나라고 믿는 사람이 되었다. 고행자. 그게 내 모습이다. 나는 누구인가?

내가 알기로 나는 달라 피콜라 신부다. 다시 말하면, 나는 사람들이 달라 피콜라 신부로 알고 있는 사람이다. 하지만 그 사람처럼 보이기 위해 분장을 해야 한다는 점으로 미루어 볼 때 나는 분명코 그 사람이 아니다.

저 복도는 어디로 통하는 것일까? 복도 끝까지 가기가 두렵다.

위에 써놓은 것을 다시 읽어 보자. 상기한 바를 정말 내가 쓴 거라면, 그 일은 실제로 내게 일어난 것이다. 내가 쓴 글을 믿어야 한다.

누군가 나에게 미약(媚藥)을 먹인 것일까? 불량이 그랬을까? 그자는 그러고도 남을 위인이다. 아니면 예수회 사람들? 그것도 아니면 메이슨들? 내가 그들과 무슨 관계가 있지?

유대인들! 그래, 그랬을 법도 하다.

여기가 안전하지 않다는 느낌이 든다. 밤중에 누가 들어와서 내 옷들을 도둑질해 갔을 수도 있고, 심지어는 내 문서들을 훔쳐 봤을 수도 있다. 어쩌면 어떤 작자가 모든 사람들을 상대로 달라 피콜라 신부 행세를 하면서 파리 시내를 돌아다니고 있을지도 모를 일이다.

오퇴유로 피신해야 한다. 아마도 다이애나는 알 것이다. 다이애나가 누구지?

달라 피콜라 신부의 기록은 거기에서 끊겼고, 내가 그에 대해서 알아낼 수 있는 것도 더는 없었다. 이상하게도 그는 그토록 비밀스러운 문서를 가져가지 않았는데, 이는 그가 혼란에 빠져 있다는 증거일 터였다.

나는 모베르 골목 쪽의 거처로 돌아와서 책상 앞에 앉았다. 달라 피콜라 신부의 삶은 내 삶과 어떤 식으로 얽혀 있는 것일까?

당연히 나는 가장 분명해 보이는 경우를 가정해 보지 않을 수 없었다. 달라 피콜라 신부와 내가 같은 사람일 경우였다. 만약 사정이 그러하다면 모든 것이 설명될 수 있을 터인즉, 둘로 나뉜 거처는 결국 하나인 셈이고, 나는 달라 피콜라의 옷을 입고 시모니니의 거처로 돌아와서 수단과 가발을 벗어 놓은 뒤에 잠이 들었다는 얘기가 된다. 다만 한 가지 설명할 수 없는 점이 있기는 하다. 정말 시모니니가 달라 피콜라라면, 어째서 나는 달라 피콜라에 대해서 전혀 모르고 그를 나 자신으로 느끼지도 못하며 달라 피콜라는 왜 시모니니에 대해서 전혀 모르는가 — 달라 피콜라의 생각과 감정을 알기 위해서 나는 그의 기록을 읽어야만 하지 않는가? 그리고 만약 내가 달라 피콜라이기도 하다면, 나는 오퇴유에 있는 집에 가 있어야 하는데, 그 집에 대해서 달라 피콜라는 아주 잘 알고 있는 모양이지만 나는 아는 바가 전혀 없다. 게다가 다이애나는 누구지?

다른 가능성이 있다면, 내가 어떤 때는 시모니니가 되어 달라 피콜라를 잊어버리고, 또 어떤 때는 달라 피콜라가 되어 시모니니를 잊어버리는 것일 수는 있다. 그런 일을 겪은 사람이 예전에도 있었다고 들은 듯하다. 이중인격의 사례를 나한테 얘기해 준 사람이 누구더라? 다이애나가 바로 그런 증상을 겪는 환자인가? 도대체 다이애나가 누구지?

나는 차근차근 추적해 보기로 했다. 나는 내가 할 일을 수첩에 적어 둔다는 것을 알고 있었고, 그 수첩에서 다음과 같은 메모를 찾아냈다.

3월 21일, 미사
3월 22일, 탁실
3월 23일, 본푸아 유언장 건으로 기요
3월 24일, 드뤼몽네 집?

21일에 미사 참례를 하러 간 모양인데, 그게 어떻게 된 일이지? 나는 신앙인인 것 같지가 않다. 어떤 사람이 신앙인이라고 할 때는 무언가를 믿어야 한다. 과연 내가 무언가를 믿고 있을까? 그렇다는 느낌이 들지 않는다. 따라서 나는 불신자다. 하지만 그냥 넘어가자. 사람들이 미사를 보러 가는 이유는 한두 가지가 아니고, 때로는 신앙과 무관한 이유로도 미사에 참석할 수 있지 않은가.

내가 화요일이라고 생각했던 날이 실제로는 3월 23일 수요일이었다는 게 더욱 확실해졌다. 기요라는 사람이 찾아와서 본푸아의 유언장을 작성해 달라고 한 날이 그날이었으니까. 그게 23일이었는데 나는 22일이라고 생각했다. 그렇다면

22일에는 무슨 일이 있었던 것일까? 탁실은 또 뭐지? 사람인가 사물인가?

그리고 목요일에는 드뤼몽이라는 사람을 만나기로 한 모양인데, 그건 이제 생각할 수도 없는 일이 되어 버렸다. 나 자신이 누구인지도 모르는 판에 어떻게 남을 만날 수 있겠는가? 어찌된 영문인지 분명히 알게 될 때까지는 숨어 지내는 게 상책이다. 드뤼몽…… 보아하니 나는 그가 누구인지 잘 알고 있는 듯한데, 그에 관해서 생각하려고 하자 마치 술기운 때문에 정신이 몽롱해지는 것 같았다.

몇 가지 가정을 해보자, 하고 나는 생각했다. 먼저, 달라 피콜라가 나와 다른 사람일 경우다. 이유는 알 수 없지만 그는 자기 거처와 다소 비밀스러운 통로로 연결되어 있는 내 거처로 종종 건너온다. 3월 21일 밤, 그는 모베르 골목으로 해서 내 집으로 들어온 뒤에 자기 수단을 벗어 놓고(이유는?) 자기 집으로 자러 갔다가 이튿날 아침에 기억을 잃은 채로 깨어났다. 그 뒤로 이틀이 지난 아침에 나도 그처럼 기억을 잃은 채로 잠에서 깨어났다. 하지만 만약 일이 그렇게 된 거라면, 나는 22일 화요일에 무엇을 했기에 이튿날 아침에 기억을 잃은 채로 깨어났을까? 그리고 달라 피콜라는 왜 내 집에서 옷을 벗은 다음 수단을 입지 않고 자기 집으로 돌아갔을까 — 또 몇 시에 돌아갔을까? 갑자기 공포가 엄습해 왔다. 혹시 달라 피콜라가 그날 밤 몇 시간을 내 침대에서 보낸 것은 아닐까……. 세상에, 여자들이 아무리 나에게 혐오감을 불러일으킨다 한들, 신부가 불러일으키는 혐오감에 비하랴. 나는 성행위를 꺼리는 사람일 뿐, 변태 성욕자는 아닐진대…….

그런 게 아니라면 달라 피콜라와 나는 같은 사람이다. 내 방에 수단이 걸려 있었던 것으로 보아, 미사가 있던 날(21일) 밤에 나는 달라 피콜라로 변장한 채 모베르 골목을 통해 귀가했을 것이고(내가 어떤 미사에 참석해야 하는 상황이었다면, 신부 복장을 하고 갔을 공산이 더 크다), 수단과 가발을 벗어 놓은 채로 있다가 나중에 신부의 거처로 자러 갔을 것이다(수단을 시모니니의 집에 벗어 놓았다는 사실을 잊은 채로). 이튿날, 그러니까 3월 22일 화요일 아침에, 나는 달라 피콜라로 깨어나서 내가 기억을 잃었다는 것과 침대 발치에 있어야 할 수단이 어딘가로 사라졌다는 사실을 깨달았을 것이다. 그렇게 기억이 없는 달라 피콜라인 채로 나는 복도에서 여벌의 수단을 찾아냈을 것이고, 같은 날 오퇴유로 몸을 피했지만 해질녘에 생각을 바꾸고 용기를 내어 다시 파리로 돌아왔으리라. 오퇴유에 다녀오는 것은 시간상으로 충분히 가능한 일이었을 것이다. 나는 밤늦게 모베르 골목 쪽의 거처로 돌아와서 수단을 침실의 외투 걸이에 걸어 놓았을 것이고, 수요일에 다시 기억을 잃은 채로 깨어났을 터인데, 이번에는 시모니니로 깨어났기 때문에 아직 화요일이라고 생각했을 것이다. 그러니까 나는 3월 22일 화요일에는 달라 피콜라로서 기억을 잃은 채로 하루를 보낸 것이고, 23일에는 기억이 없는 시모니니로 돌아온 것이다. 뱅센에 진료소를 가지고 있는 그 의사가 가르쳐 준 바에 따르면, 이와 비슷한 증상을 보이는 환자들이 있다. 그런데…… 그 의사 이름이 뭐더라?

다만 한 가지 작은 문제가 남아 있다. 내 기록을 다시 읽어 보니, 일이 그런 식으로 이루어진 거라면 23일 아침에 시모니는 자기 침실에서 한 벌이 아니라 두 벌의 수단을 발견했어야 할 것이다. 달라 피콜라가 21일 밤에 벗어 놓고 간 수단과 22일 밤에 벗어 놓고 간 수단 말이다. 하지만 시모니니의 침실에는 한 벌밖에 없었다.

천만에, 멍청하긴. 달라 피콜라는 22일 밤 오퇴유에서 돌아올 때 메트르 알베르 거리 쪽의 거처로 들어와서 거기에다 수단을 벗어 놓았고, 모베르 골목 쪽의 거처로 건너가서 잠자리에 든 뒤에 이튿날(23일) 아침 시모니니로 깨어났다. 따라서 그가 외투 걸이에서 발견한 수단은 한 벌일 수밖에 없다. 그런데 일이 정말 그런 식으로 돌아간 거라면, 내가 달라 피콜라의 거처에 들어갔을 때, 나는 그 방에서 그가 22일 밤에 벗어 놓은 수단을 발견했어야 한다. 그러나 달라 피콜라가 수단을 방에 두지 않고 원래 있었던 자리인 복도에 걸어 두었을 수도 있지 않은가. 그건 복도에 가서 확인해 보면 되는 일이었다.

램프에 불을 붙여서 들고 복도를 따라 걷노라니 무섬증이 조금 일었다. 만약 달라 피콜라가 나 자신이 아니라면, 복도 반대쪽 끝에서 그가 나타나는 것을 보게 될 수도 있으리라는 생각이 들었다. 그 역시 램프를 들고 나타나지 말라는 법이 없지 않은가······. 다행히도 그런 일은 벌어지지 않았다. 나는 복도 안쪽에 걸려 있는 수단을 찾아냈다.

한데, 한데······ 달라 피콜라가 정말 오퇴유에서 돌아와 수단을 벗어 놓고 복도를 지나 내 거처로 들어와서 주저 없이 내 침대에 누웠다면, 그건 그 대목에서 달라 피콜라가 나를 기억해 냈기 때문이다. 그는 우리가 동일한 사람이므로 자기 거처에서 잘 수도 있고 내 거처에서 잘 수도 있다는 것을 알고 있었다. 그러니까 달라 피콜라는 자기가 시모니니라는 것을 알면서 잠자리에 든 반면, 이튿날 아침에 잠에서 깨어난 시모니니는 자기가 달라 피콜라임을 몰랐던 것이다. 다시 말해서, 먼저 달라 피콜라가 기억을 잃었다가 되찾은 다음, 한잠을 푹 자고 나서 기억 상실을 시모니니에게 넘겨준 셈이다.

기억 상실…… 기억이 사라져 버리는 것을 뜻하는 이 말 덕분에 내가 잊어버린 시간의 안개 속에 빠끔하게 틈새가 생겨났다. 지금으로부터 10년도 더 지난 일이지만, 나는 마늬 레스토랑[24]에서 기억 상실자들에 관한 이야기를 나누곤 했다. 나의 이야기 상대는 부뤼와 뷔로, 뒤 모리에, 그리고 그 오스트리아 의사였다.

---

24 1842년 요리사 마늬가 파리 시내 콩트르스카르프 도핀 거리(오늘날 제6구 앙드레 마제 거리)에 문을 연 레스토랑. 이미 오래전에 사라졌지만, 조르주 상드나 공쿠르 형제들을 비롯한 19세기 문호들이나 학자들의 서간문과 일기에 많이 언급되어 있다. 특히 1862년 작가들과 화가들을 치료하던 한 의사의 권유에 따라 작가 생트뵈브가 주관하고 고티에, 플로베르, 상드, 공쿠르 형제, 화학자 베르틀로 등 프랑스 제2제정기를 대표하는 유명 인사들이 참가하던 정례적인 〈마늬 만찬〉으로 명성을 얻었다.

3

마늬 레스토랑

1897년 3월 25일, 새벽

 마늬 레스토랑······ 내가 알기로 나는 맛있는 요리를 아주 좋아하는 사람인데, 내 기억이 맞는다면, 콩트르스카르프 도핀 거리의 그 레스토랑에서는 음식 값이 한 사람당 10프랑을 넘지 않았고, 음식의 질도 그 가격에 걸맞게 별로 높지 않았다. 하지만 매일같이 포요 레스토랑에 갈 수는 없지 않은가. 옛날에는 많은 사람들이 고티에나 플로베르처럼 이미 명성을 얻고 있던 작가들을 멀리서 경탄하며 바라보기 위해, 그리고 무엇보다 바지를 입고 돌아다니는 어느 덜떨어진 여자에게 얹혀살던 그 폐병쟁이 폴란드 피아니스트를 보기 위해서 그 레스토랑에 가곤 했다. 나는 어느 날 저녁 거기에 가서 쓱 둘러보고는 즉시 도로 나와 버렸다. 예술가라는 작자들은 멀리서 보기에도 역겹다. 사람들이 자기를 알아보는지 확인하느라고 주위를 두리번거리는 그 꼴이라니.

그 뒤에 그 〈유명 인사들〉은 마늬를 버리고 푸아소니에르 대로에 있는 문학 카페 브레방 바셰트로 옮겨 갔다. 거기에서는 더 잘 먹는 대신 돈도 더 많이 내야 하는데, 보아하니 카르미나 단트 파넴(시가 빵을 준다)[1]인 모양이다. 말하자면 그자들이 떠남으로써 마늬가 정화된 것이었고, 나는 1880년대 초인 그 무렵부터 이따금 거기에 가기 시작했다.

알고 보니 마늬의 단골손님들 중에는 과학자들과 의사들이 많았는데, 예를 들면 베르틀로 같은 저명한 화학자들과 살페트리에르 병원의 여러 의사들이 그들이었다. 살페트리에르 병원이 지척에 있는 것은 아니었지만, 아마도 그 의사들은 환자의 보호자들이 가는 불결한 가르고트(싸구려 식당)[2]에서 식사를 하는 대신 라틴어 구역을 가로질러 간단하게 산보를 하는 데서 즐거움을 느끼는 게 아닌가 싶다. 의사들은 언제나 다른 어떤 사람의 약점을 화제에 올리기 때문에 그들의 대화를 엿듣는 재미가 여간 쏠쏠하지 않은 데다, 마늬에서는 소음을 이겨내려고 모두가 큰 소리로 떠들어 대기 때문에 미립이 트여 귀가 밝아진 사람이라면 언제나 흥미로운 것을 얻어들을 수 있다. 남의 얘기를 엿들을 때는 어떤 사실을 알아내려고 애쓰는 것을 능사로 여기면 안 된다. 중요한 것은 어떤 사실을 알아내되, 내가 알고 있음을 남들이 알지 못하게 하는 것이다.

---

1 *Carmina dant panem.* 라틴어 격언 〈시는 빵을 주지 않는다 *Carmina non dant panem*〉를 뒤집은 것.
2 *gargottes.*

문인이며 예술가들은 언제나 동아리를 지어 같은 식탁에 둘러앉았지만, 과학자들이나 의사들은 대개 나처럼 혼자 식사를 했다. 그래도 몇 차례 옆 테이블에 앉아서 식사를 하다 보면 친분이 생기게 마련이다. 내가 처음으로 사귄 사람은 뒤 모리에 박사였는데, 그 낯빛이 어찌나 고약하던지 정신과 의사라는 사람의 상판대기가 그렇게 혐오스러워서야 환자들에게 신뢰감을 줄 수 있겠나 하는 생각이 들 정도였다. 저 자신을 영원한 2인자라고 생각하는 듯 늘 시샘이 그득하고 핏기가 없는 얼굴이었다. 사실 그는 파리 동쪽 교외의 뱅센에서 신경병 환자들을 위한 작은 클리닉을 운영하고 있었는데, 그 진료소가 저명한 블랑슈 박사의 클리닉처럼 명성을 얻고 막대한 소득을 올리는 일은 절대로 없으리라는 것을 분명히 알고 있었다 — 하지만 뒤 모리에는 블랑슈 박사에 대한 험담을 빼놓지 않았으니, 그가 빈정거리는 말투로 속삭여 준 바에 따르면, 30년 전에 네르발이라는 사람(그의 말대로라면 상당한 재능을 지닌 시인)이 그 유명한 블랑슈 클리닉에 머물렀는데 치료를 잘못 받는 바람에 자살을 하고 말았다고 한다.

나와 식사를 같이 하면서 좋은 인연을 맺은 의사들이 두 명 더 있으니, 바로 부뤼 박사와 뷔로 박사라는 특이한 인물들이었다. 그들은 마치 쌍둥이 형제처럼 언제나 마름새가 거의 같은 검은 옷을 입고 다녔고 똑같은 콧수염에 턱은 맨송맨송했는데, 옷깃은 언제나 조금 더러웠으니 그도 그럴 것이 그들은 파리에 사는 것이 아니라 로슈포르 의학교에 근무하면서 한 달에 며칠 동안만 파리에 올라와서 샤르코 박사의 실험에 참가하고 있던 터였다.

「어째서 오늘은 파가 없는 거요?」

어느 날 부뤼가 볼멘소리로 종업원에게 묻자 뷔로는 덩달아 분개했다.

「파가 정말 없는 거요?」

남자 종업원이 사과를 하고 있을 때, 나는 옆 테이블에서 말참견을 했다.

「파 대신 아주 맛있는 선모 뿌리가 있습니다. 제 입맛에는 파보다 선모 뿌리가 낫습니다그려.」

그러고 나서 나는 씩 웃으며 노래를 읊조렸다. 투 레 레큄(모든 채소들이) / 오 클레르 드 륀(달빛 아래에서) / 에테 탕 트랭 드 사뮈제(즐겁게 놀고 있었어요) / 에 레 파상 레 르가르데(그리고 행인들은 그들을 바라보았어요). / 레 코르니숑(꼬마 오이들은) / 당세 탕 롱(원무를 추었고), / 레 살시피(선모들은) / 당세 상 브뤼(소리 없이 춤을 추었죠)······.[3]

나의 두 끼니 동무는 확신을 얻고 선모를 선택했다. 그로써 한 달에 이틀 정도 만나서 식사를 하는 정겨운 관행이 시작되었다.

부뤼가 나에게 설명했다.

「그래요, 시모니니 씨, 샤르코 박사는 히스테리를 철저하게

---

3 *Tous les légumes / au clair de lune / étaient en train de s'amuser / et les passants les regardaient. / Les cornichons / dansaient en rond, / les salsifis / dansaient sans bruit*······. 「채소들의 춤」이라는 프랑스의 동요, 오늘날에도 여전히 불리고 있다.

옛날에는 오로지 여성에게서만 나타나고
자궁의 기능 장애 때문에 생기는 현상이라고 생각했어요.

규명하려고 애쓰고 있소. 히스테리는 신경증의 한 유형으로 정신 운동, 감각, 자율 신경과 관련된 다양한 증상으로 나타나지요. 옛날에는 오로지 여성에게서만 나타나고 자궁의 기능 장애 때문에 생기는 현상이라고 생각했어요. 하지만 샤르코가 직감한 대로 히스테리 증상은 남성과 여성에게서 두루 나타나고, 마비, 간질, 실명이나 청각 장애, 호흡 곤란, 언어 장애, 음식을 잘 삼키지 못하는 증상 등을 포함할 수 있지요.」

「내 동료가 아직 말하지 않았지만」 하고 뷔로가 끼어들어 「샤르코는 그런 증상들을 치료하는 방법을 개발했다고 주장하고 있어요.」

「그러잖아도 말하려던 참이었어.」 부뤼는 감정이 상한 어조로 대꾸하고 말끝을 달아 「샤르코는 최면술을 이용하는 방법을 선택했어요. 예전에는 독일 의사 메스머 같은 사기꾼들이 영업 자산으로 삼았던 방법이지요. 환자들은 최면 요법을 통해 히스테리의 근원으로 거슬러 올라가서 자기들 마음에 큰 상처를 안긴 사건들을 다시 불러내어 의식의 지평으로 끌어올립니다. 그럼으로써 히스테리가 치유된다는 것이지요.」

「정말 치유가 됩니까?」

「난점은 바로 거기에 있어요, 시모니니 씨.」 하고 뷔로가 말을 받아 「우리가 보기에 살페트리에르 병원에서 벌어지고 있는 일은 정신과 치료보다 연극에 더 가까워요. 오해하지 말고 들으세요, 이건 대가의 빈틈없는 진단 능력에 이의를 달자는 것이 아니라······.」

「그럼요, 그의 능력을 의심하기 때문에 하는 말이 아니죠.」

샤르코는 최면술을 이용하는 방법을 선택했어요.
예전에는 독일 의사 메스머 같은 사기꾼들이
영업 자산으로 삼았던 방법이지요.

하고 부뤼가 장단을 맞추더니「문제는 최면술 자체가…….」

부뤼와 뷔로는 최면술의 여러 가지 방식을 설명해 주었다. 파리아 신부라는 사람(나는 뒤마의 소설에 나오는 그 이름에 귀가 번쩍 뜨였지만, 따지고 보면 뒤마가 진짜 연대기와 실제로 일어난 사건들을 도용했다는 것은 널리 알려진 사실이 아닌가)이 사용했던 아직 사기성이 농후한 방식부터 진정한 선구자라 할 수 있는 스코틀랜드 의사 브레이드의 과학적인 방식에 이르기까지 그 갈래가 많다는 것이었다.

「오늘날 제대로 된 최면술사들은 더 간단한 방법을 사용하지요.」

뷔로의 말에 부뤼가 설명을 보태어

「더 효과적인 방법이기도 해요. 환자의 눈앞에 메달이나 열쇠를 내밀고 그것을 똑바로 바라보게 하면서 이리저리 흔드는 겁니다. 그렇게 1분에서 3분 정도가 지나면 환자의 눈동자가 진자 운동을 하고 맥박이 느려지다가 눈이 감기고 얼굴에 편안하게 쉬는 기색이 나타나지요. 이런 최면 상태는 20분이나 지속될 수 있어요.」

「사실은 환자에 따라 달라요.」하고 뷔로가 나서서 바로잡아 말하되「최면은 그 어릿광대 같은 메스머가 주장한 것과는 달리 신비로운 유체를 옮겨 주는 행위가 아니라 자기 암시를 통해 일어나는 현상이거든요. 인도의 수행자들처럼 자기 코끝을 골똘히 바라보거나 아토스 산의 수도사들처럼 자기 배꼽을 응시하는 방법으로도 똑같은 결과를 얻을 수 있지요.」

「우리는 그런 자기 암시의 방식들을 별로 신뢰하지 않아요.」하고 뷔로가 동을 달아「하지만 샤르코가 직감으로 깨달았다는 것을 실제로 해보는 수밖에 없어요. 샤르코는 최면술에 그토록 매달리기 전에 이미 직감으로 그 유용성을 알아차렸다고 하더군요. 우리가 지금 맡고 있는 환자들은 인격의 변이를 겪는 사람들, 다시 말해서 이날은 자기를 아무개로 생각하다가 저 날은 또 다른 아무개로 생각하는 환자들, 두 인격이 서로 모르는 채로 갈마드는 환자들입니다. 작년에 루이라는 사람이 우리 병원에 들어왔어요.」

「흥미로운 사례죠.」하고 부뤼가 설명하되「그에게 나타나는 증상은 한두 가지가 아니었어요. 반신불수, 지각 마비, 연축, 근육 경련, 감각 과민증, 함구증, 피부 염증, 출혈, 기침, 구토, 간질 발작, 긴장병, 몽유병, 시드넘 무도병, 구음 장애…….」

「이따금 그는 자신을 개나 증기 기관차로 여겼어요.」하고 뷔로가 덧붙이고는 다시 말끝을 달아「그뿐만 아니라 피해망상에다 시야 축소, 환미와 환후와 환시, 의사 결핵성 폐 충혈, 두통, 위통, 변비, 거식증, 탐식증, 혼수상태, 도벽…….」

「요컨대」하고 부뤼가 아퀴를 지어「영락없는 히스테리 환자죠. 우리는 최면에 의존하는 대신 환자의 오른팔에 쇠막대를 부착했어요. 그러자 마치 마법을 쓴 것처럼 새로운 인물이 우리 앞에 나타나더군요. 마비와 무감각 증상이 몸의 오른쪽에서 사라져 왼쪽으로 옮겨 간 것이죠.」

「환자는 딴사람이 되어 있었어요.」하며 뷔로가 설명을 이어「조금 전의 자기에 관해서 아무것도 기억하지 못하더군요. 어떤 상태에서는 술을 한 방울도 못 마시던 사람이 다른 상태로 넘어가면 술주정뱅이 같은 태도를 보였지요.」

「이 대목에서 유의할 것은」하고 부뤼가 말끝을 이어「물질의 기운이 원거리에서도 작용한다는 사실입니다. 예를 들어, 환자가 알아차리지 못하게 그의 의자 아래에 술이 담긴 작은 병을 놓아둡니다. 그러면 환자는 최면 상태에서 취기의 모든 징후를 보여 줄 겁니다.」

뷔로가 말을 맺었다.

「이해하셨는지 모르지만, 우리 두 사람은 환자의 의식을 온전하게 유지하는 방법을 사용하지요. 최면술은 환자의 의식을 잃게 하는 반면에, 물질의 기(氣)를 이용하는 방식을 쓰면 어느 기관에 갑작스러운 충격을 가하지 않고 신경총을 서서히 자극할 수 있어요.」

듣고 보니 부뤼와 뷔로가 따끔따끔하게 하는 물체들을 이용해서 불쌍한 정신 착란자들을 괴롭히는 얼간이들이라는 확신이 들었다. 옆 테이블에서 그 대화를 줄곧 듣고 있던 뒤 모리에 박사가 여러 차례 고개를 설레설레 흔드는 것을 보았기 때문에 그 확신이 더욱 굳어졌다.

이틀 뒤에 뒤 모리에 박사가 내게 말했다.

「이봐요 벗님, 샤르코와 마찬가지로 로슈포르의 두 의사는 환자들의 살아온 내력을 분석하지도 않고 의식이 둘로 나뉜다는 게 무엇을 뜻하는지 따져 보지도 않소. 대신에 최면술이나 쇠막대를 이용해서 환자들에게 영향을 미칠 수 있는가 하는 문제에 몰두해 있지요. 문제는 많은 환자들의 경우에 한 인격에서 다른 인격으로 넘어가는 일이 자기들도 의식하지 못하는 사이에 예측할 수 없는 방식으로, 예측할 수 없는 순간에 일어난다는 거요. 그런 점에서 우리는 자기최면이라는 말을 사용할 수 있지 않을까 싶소. 내가 보기에 샤르코와 그의 제자들은 아장 박사가 장기간에 걸쳐 연구한 펠리다의 증례를 충분히 검토하지 않았어요. 우리는 그 현상들에 관해서 아직 아는 게 별로 없소. 기억 장애는 아직 알려지지 않은 뇌의 어느 부분에 피가 제대로 돌지 않아서 생기는 것일 수도 있어요. 또한 혈관이 일시적으로 수축되면서 히스테리 상태가 야기될 수도 있지요. 그런데 기억이 상실되는 경우에는 피가 제대로 돌지 않는 부위가 어디일까요?」

「그게 어딘가요?」

「어려운 문제지요. 아시다시피 우리 뇌는 두 개의 반구로 이루어져 있소. 그러니까 이런 환자들이 존재할 수 있어요. 어떤 때는 온전한 쪽의 반구로 사고하고, 어떤 때는 기억 능력에 결함이 생긴 불완전한 반구로 사고하는 환자들 말이오. 내 클리닉에 펠리다의 경우와 아주 비슷한 증상을 보이는 환자가 있소. 스무 살을 갓 넘긴 젊은 여자인데, 이름은 다이애나요.」

이 대목에서 뒤 모리에는 마치 고이 간직해 온 무언가를 털어놓기가 저어되는 듯 잠시 말을 멈췄다.

「내가 그 환자를 맡은 것은 두 해 전의 일이오. 한 여자가 자기 친척을 치료해 달라면서 다이애나를 나한테 맡겼소. 얼마 뒤에 그 여자는 죽었고, 그에 따라 다달이 내던 입원비도 끊겼지만, 어쩌겠소, 환자를 길거리로 내쫓을 수는 없는 노릇 아니오? 나는 그녀의 과거에 대해서 아는 게 별로 없소. 그녀 말로는 사춘기 때부터 갑자기 감정이 북받치고 나면 대엿새 동안 관자놀이에 통증을 느끼다가 수면과 비슷한 상태에 빠져드는 증상이 시작되었다더군요. 그녀가 수면이라고 일컫는 것은 사실 히스테리 발작이오. 그 상태에서 깨어나거나 진정이 되면, 그녀는 이전과는 전혀 다른 사람이 돼요. 말하자면 아장 박사가 〈제2의 상태〉라고 명명한 인격으로 변하는 것이지요. 다이애나는 우리가 정상으로 규정하는 상태에 있을 때면 프리메이슨의 어떤 사이비 분파를 추종하는 사람으로 행동하는데…… 이렇게 말한다고 나를 오해하지 마시오, 나 역시 〈대(大)동방〉 회당, 다시 말해서 선량한 사람들의 프리메이슨회에 속해 있소. 그런데 잘 아시겠지만, 메이슨의 분파 중에는 성전 기사단의 전통을 잇는다면서 〈수도회〉를 자처하고 기이하게 신비학에 경도하는 여러 파당이 있는데, 그들 가운데 일부는(다행스럽게도 물론 소수이오만) 사탄 숭배 의식을 치르기도 하는 모양이오. 다이애나는 불행하게도 우리가 정상이라고 규정할 수밖에 없는 상태에서 자신을 루시퍼의 종, 또는 그와 비슷한 존재로 생각하면서, 음란한 말을 지껄이고 논다니처럼 방탕하게 놀아난 일화들을 들려주는가 하면 남자 간호사들에게 꼬리를 치는 것도 모자라서 나까지 유혹하려고 들어요. 이런 말을 하기는 뭣하지만, 그건 여간 거북한 일이 아니오. 그녀가 흔히 하는 말로 매력적인 여자라서 더욱 그렇소. 내가 보기에 다이애나는 그런 상태에 빠지면 자기가 사춘기 때에 겪었던 트라우마를 다시 느끼는 것이고, 그래서 이따금 제2의 상태로 들어감으로써 그 기억에서 벗어나려고 하는 게 아닌가 싶소. 제2의 상태로 들어가면, 다이애나는 온순하고 천진하기 그지없는 여자로 보여요. 선량한 기독교인으로 변해서 기도서를 달라고 하고 미사 참례를 하겠다며 나가고 싶어 하지요. 그런데 한 가지 특이한 현상이 있소. 아장 박사가 연구한 펠리다에게도 똑같이 나타났던 증상이오. 제2의 상태에서, 그러니까 정숙한 다이애나일 때, 그녀는 보통 때 자기가 어떠했는지를 똑똑히 기억하고 있어요. 그래서 격하게 화를 내고 자기가 어떻게 그처럼 사악할 수 있었는지 이해를 못하겠다면서 맨살에 꺼슬꺼슬한 고행의 허리띠를 둘러 스스로를 벌하지요. 오죽하면 제2의 상태를 〈정신이 말짱한 상태〉라 부르고, 보통의 상태를 환각에 사로잡혀 있는 때라고 말하겠소. 반면에 보통의 상태로 돌아오면 다이애나는 제2의 상태에서 자기가 무엇을 했는지 전혀 기억하지 못해요. 두 상태는 예측할 수 없는 간격으로 갈마들고, 그녀는 이 상태 또는 저 상태에 며칠씩 머물러 있기를 되풀이하지요. 아장 박사는 이런 것을 두고 〈완전한 몽유병〉이라고 하는데 일리가 있어요. 사실 몽유병 환자들뿐만 아니라 마리화나, 벨라도나, 아편 따위의 마약을 사용하거나 술을 과도하게 마시는 사람들도 깨어나고 나면 자기들이 한 일을 기억하지 못하지요.」

내가 다이애나의 병에 관한 이야기에 그토록 강한 호기심을 느낀 이유는 잘 기억나지 않지만, 내가 뒤 모리에에게 했던 말은 생각이 난다.

「내 지인 중에 그런 불쌍한 환자를 돌봐 줄 만한 사람이 있어요. 그이한테 얘기하면, 부모 없는 아가씨를 입원시킬 수 있는 곳을 주선해 줄 거요. 달라 피콜라 신부를 박사에게 보내리다. 종교 단체들 쪽에서는 아주 막강한 힘을 가진 성직자라오.」

그러니까 뒤 모리에와 이야기를 나누던 때에, 나는 달라 피콜라를 알고 있었다는 얘기가 된다. 다른 건 몰라도 그의 이름은 알고 있었던 게 분명하다. 그런데 나는 왜 그 다이애나라는 여자에게 그토록 신경을 썼던 것일까?

몇 시간째 엄지손가락이 아프도록 쉬지 않고 글을 쓰는 중이다. 식사도 그냥 책상 앞에서 빵에 파테와 버터를 발라 먹는 것으로 때우고 기억이 더 잘 나도록 샤토 라투르 포도주를 몇 잔 마셨다.

브레방 바셰트 같은 곳에 가서 식사를 하고 싶었지만, 내가 누구인지 모르는 마당이라 함부로 나돌아 다닐 수가 없다. 그래도 조만간 위험을 무릅쓰고 모베르 광장에 나가서 먹을 것을 구해 오긴 해야 한다.

당장에는 그 생각을 하지 말고 글이나 계속 쓰기로 하자.

그 무렵에(짐작건대 1885년 또는 1886년), 나는 마늬 레스토랑에서 내가 줄곧 오스트리아 의사로 기억하고 있는 그 남자를 알게 되었다. 마침 그의 이름이 생각난다. 바로 프로이드(Froïde라고 쓰지 않나 싶다)이다. 그는 서른 살쯤 된 의사였는데, 그가 마늬에 자주 온 이유는 그저 더 나은 곳에 갈 형편이 못 되고 샤르코 문하에서 수련을 받던 시절이었기 때문이다. 그와 나는 대개 서로 이웃한 식탁에 앉았고, 처음엔 정중한 고갯짓을 주고받는 것으로 그쳤다. 내 짐작에 그는 성격이 우울하고 낯선 이국땅에서 조금 어리바리하게 굴었으며, 누구한테 자기 속내 이야기를 털어놓음으로써 불안을 조금 떨쳐 버릴 수 있기를 내심으로 바라고 있었다. 그래서 두세 번 나하고 인사를 트고 지낼 만한 구실을 찾았지만, 나는 매번 경계심을 늦추지 않았다.

프로이드라는 이름의 울림이 슈타이너나 로젠베르크 따위와 비슷하지는 않지만, 나는 파리에 살면서 부자가 된 유대인들은 모두 독일식 성을 가지고 있다는 것을 알고 있었다. 게다가 코끝이 아래로 굽은 것이 아무래도 수상쩍어서 어느 날 뒤 모리에에게 물어보았더니, 그는 뜻이 분명치 않은 손짓을 하면서 〈나도 잘 모르긴 하지만, 어쨌거나 그자를 멀리하고 있소. 유대인이면서 독일인이라, 그건 내가 질색하는 결합이오〉 하고 말했다.

나는 다시 물었다.

「그는 오스트리아 사람 아닌가요?」

「그게 그거 아니오? 언어도 같고 사고방식도 같잖소. 나는 프로이센 놈들이 샹젤리제에서 행진했던 사실을 잊지 않고 있소.」

「유대인들이 가장 많이 종사하는 직업에 관해서 이야기하

3. 마늬 레스토랑 73

는 것을 들었는데, 그게 의료업과 고리대금업이라는군요. 이러니 돈을 빌릴 생각도 하지 말고 병에 걸리지도 않는 게 상책이지요.」

「하지만 기독교인 의사들도 있지 않소?」

뒤 모리에는 차갑게 미소를 지었다. 내가 실언을 한 것이었다.

파리의 지식인들 중에는 유대인들에 대한 혐오감을 표시하기에 앞서 으레 자기와 절친한 친구들 가운데 몇몇은 유대인이라는 식으로 한 수 접어주고 들어간다. 이는 위선이다. 나는 유대인 친구를 두지 않았고(하느님이 보우하사), 평생 유대인들을 피하면서 살아왔다. 아마도 나는 본능적으로 그들을 피했을 것인즉, 유대인은 (묘하게도 독일인과 마찬가지로) 고약한 냄새를 풍기기 때문이라(빅토르 위고 같은 대작가도 그 냄새를 일컬어 페토르 유다이카[4]라 하지 않았던가), 마치 남색자들이 저희만의 암호로 짬짜미를 하듯 유대인들은 이 냄새를 신호의 하나로 삼아 저희끼리 서로 알아본다. 내 할아버지가 이르시길, 그들의 냄새는 마늘과 양파의 무절제한 남용에 기인하는 것이고 양고기와 거위 고기를 많이 먹는 것과도 무관하지 않을 것이며, 몸을 흑담즙질로 만드는 끈적거리는 당분 때문에 냄새가 더욱 진해진다고 하셨다. 그러나 종족 자체의 특성이나 오염된 피, 구부정한 허리에 기인하는

---

4 *fetor judaica*.

바도 없지 않을 것이다. 그들은 모두 공산주의자이다. 마르크스와 라살레를 보라. 그런 점에서 어쩌다 한 번이기는 하지만 나를 가르친 예수회 사제들이 옳았다.

내가 줄곧 유대인들을 피할 수 있었던 것은 성씨에 주의를 기울인 덕분이기도 하다. 오스트리아의 유대인들은 부자가 되자마자 돈을 내고 성씨를 갈았는데, 그들이 선택한 성들은 꽃이나 보석이나 귀금속 이름을 딴 우아한 것들이었으니, 실버만이나 골트슈타인 따위가 거기에 해당한다. 그들만큼 부유하지 못한 자들은 그륀스판(녹청) 같은 성을 얻었다. 프랑스나 이탈리아에서는 유대인들이 저희의 신분을 감추기 위해 라벤나, 모데나, 피카르, 플라망처럼 도시나 지역의 이름을 딴 성들을 선택했고, 더러는 프랑스 혁명력의 달 이름을 본보기로 삼아 저희의 성을 지어내기도 했다(프로망, 아부안, 로리에[5] 하는 식으로) — 저희 아비들이 국왕을 처형한 시역의 숨겨진 장본인들이었다는 점에 비추어 이는 당연한 귀결이었다. 하지만 성에만 신경을 쓰지 말고 이름에도 유의해야 한다. 이름들 중에는 더러 유대계 이름을 감추고 있는 것들이 있으니, 모리스는 모세에서 유래했고, 이지도르는 이삭에서, 에두아르는 아론에서, 자크는 야곱에서, 알퐁스는 아담에서······.

지그문트는 유대계 이름인가? 나는 직감이 시키는 대로 그 돌팔이 의사를 친근하게 대하지 않기로 작정했다. 그런데 어

---

5 앞에서부터 차례로 〈밀, 귀리, 월계수〉라는 뜻.

느 날, 프로이드가 소금 통을 집다가 뒤집어엎고 말았다. 식탁을 이웃하고 있는 손님들끼리는 몇 가지 예의범절을 지켜야 하는 터라, 나는 그에게 내 소금 통을 건네주었다. 그러면서 어떤 나라에서는 소금을 엎지르면 불길한 징조로 여긴다고 일러 주었다. 그러자 그는 빙긋 웃으면서 자기는 미신을 믿지 않노라고 말했다. 그날부터 우리는 몇 마디 말을 주고받기 시작했다. 그는 프랑스어가 서툰 것을 양해해 달라고 했지만, 비록 말하는 게 유창하지는 않아도 그의 말을 알아듣는 데는 아무 문제가 없었다. 그들은 방랑의 악습을 버리지 못하는 자들이라 모든 언어에 적응해야만 한다. 나는 상냥하게 말해 주었다.

「이제 형씨의 귀를 프랑스어에 더 길들이기만 하면 되겠구려.」

그러자 그는 고맙다면서 미소를 지어 보였다. 끈적거리는 미소였다.

프로이드는 유대인이면 유대인답게 행동해야 하는데, 그 점에서도 진실하지 않았다. 내가 늘 들었던 바에 따르면, 유대인들은 저희 율법에 맞게 조리한 특별한 음식만 먹어야 하고 그래서 언제나 저희끼리 게토에 사는 것이라는데, 프로이드는 마늬에서 권하는 모든 음식을 아귀아귀 먹어 댔고 끼니때마다 맥주를 곁들여 마시는 것도 마다하지 않았다.

그러더니 어느 날은 숫제 될 대로 되라 하는 식으로 굴었다. 그는 이미 맥주를 두 잔 시켜서 마신 터였는데, 디저트를 먹은 뒤에 담배를 뻐끔거리면서 맥주 한 잔을 더 시켰다. 어느 순간, 그는 두 손을 내저으면서 이야기에 열을 올리다가 다시 소금을 엎질렀다.

그는 변명하듯 말했다.

「내가 데퉁맞아서가 아니라 마음이 어수선해서 그래요. 약혼녀한테서 편지를 못 받은 지 사흘이 되었거든요. 그녀가 나처럼 거의 매일같이 편지를 쓴다는 얘기는 아니지만, 이 침묵이 나를 불안하게 해요. 건강이 좋지 않은 사람인데, 곁에 있어 주지 못해서 너무 마음이 아파요. 게다가 나는 무슨 일을 하든 그녀의 동의를 얻어야 해요. 내가 샤르코 박사님 댁의 만찬에 갔던 것에 대해서 그녀가 어떻게 생각하는지 편지로 알려 주었으면 좋겠어요. 사실, 며칠 전에 그 대가의 자택에서 만찬이 열렸는데, 제가 초대를 받았거든요. 이건 살페트리에르 병원에 와서 수련을 받고 있는 젊은 의사들 누구에게나 일어나는 일이 아니에요. 외국인에게는 더더욱 드문 일이지요.」

나는 속으로 생각했다. 이런, 이 유대인이 조금 성공을 하더니 더 크게 출세하려고 명망 높은 가문들 속으로 비집고 들어갈 작정이로군. 그리고 약혼녀 때문에 저렇게 신경을 쓴다는 것은 언제나 성애에 사로잡혀 있는 유대인의 관능적이고 음탕한 성향을 말해 주는 것이 아니겠는가? 네 이놈, 밤마다 그 여자 생각하지, 아니냐? 게다가 그 여자를 머릿속에 그리면서 용두질을 할 거야. 너도 티소의 책을 읽어야 되겠구나. 속으로 그렇게 생각하면서도 나는 그가 이야기를 계속하도록 그냥 가만히 있었다.

「만찬에는 귀빈들이 왔더라고요. 알퐁스 도데의 아들, 슈트라우스 박사, 파스퇴르의 조수, 파스퇴르 연구소의 베크 교수, 이탈리아의 위대한 화가 에밀리오 토파노. 그런 사람들이 참석하는 만찬의 격식에 맞추느라고 나는 15프랑을 들여 검은 함부르크 넥타이, 흰 장갑, 새 셔츠, 그리고 내 평생 처음으로 연미복을 샀지요. 그리고 내 평생 처음으로 턱수염을 프랑스식으로 짧게 깎았어요. 소심증도 문제였지만, 코카인을 조금 써서 혀가 굳지 않게 했지요.」

「코카인요? 그건 독이 아닌가요?」

「과용하면 모든 게 독입니다. 술도 마찬가지죠. 하지만 나는 두 해 전부터 그 경이로운 물질을 연구해 왔어요. 아시다시피, 코카인은 코카의 잎에서 추출하는 알칼로이드인데, 아메리카 인디언들은 안데스 산맥의 고지에서 견디기 위해 코카 잎을 씹는답니다. 아편이나 알코올과는 달리, 코카인은 정신의 고양 상태를 야기하기는 하나 해로운 효과를 내지는 않아요. 마취제로 효험이 아주 좋아서 특히 안과에서 또는 천식 치료를 할 때 사용되고, 알코올 중독과 마약 중독의 치료에 유용하며, 뱃멀미에 완벽한 효험을 나타내고, 배고픔과 졸음과 피로를 요술처럼 사라지게 합니다. 게다가 코카인은 담배의 대용품 노릇을 하고, 소화 불량, 복부 팽만, 복통, 위통, 심기증, 척수염, 화분증을 치유하며, 폐결핵 환자들에게 원기를 주고, 편두통을 낫게 하죠. 충치 때문에 고통이 격심할 때는 이가 침식되어서 생긴 구멍에 4퍼센트 용액을 무명베 조각에 묻혀 끼워 넣으면 즉시 통증이 가라앉아요. 무엇보다 신통한

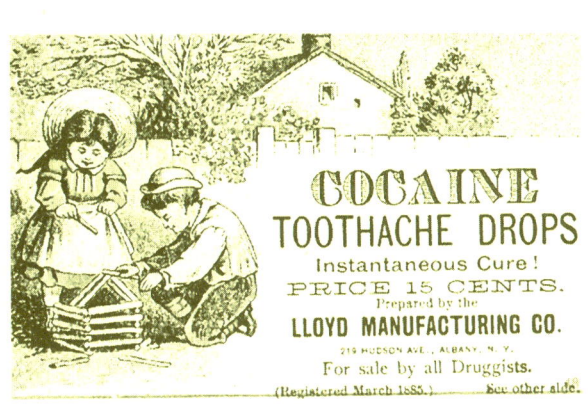

충치 때문에 고통이 격심할 때는
이가 침식되어서 생긴 구멍에 4퍼센트 용액을
무명베 조각에 묻혀 끼워 넣으면 즉시 통증이 가라앉아요.

것은 우울증 환자들에게 자신감을 주고, 마음의 짐을 덜어 주며, 활기와 낙관을 갖게 한다는 것이죠.」

그는 이제 맥주를 네 잔째 마시고 있었고, 술기운이 오르면서 우수에 빠져든 게 분명했다. 그는 속내 이야기를 털어놓으려는 사람처럼 내 쪽으로 몸을 기울였다.

「코카인은 나 같은 사람에게 아주 좋아요. 내가 어떤 사람이냐 하면 말이죠, 이건 나의 사랑스러운 마르타에게도 늘 하는 말이지만, 나는 스스로 생각하기에 이렇다 할 매력이 없는 남자이고, 젊은 시절에는 젊은이다운 적이 없었으면서 서른을 넘긴 지금에는 어른이 되지 못하고 있는 사람이죠. 한때는 야심과 배우고자 하는 열정으로 가득 차 있었지만, 날이 갈수록 의기가 꺾이는 기분을 느끼고 있어요. 만물의 어머니이신 자연은 이따금 관대함을 베풀어 어떤 사람에게 뛰어난 재능을 주시면서 나한테는 그런 천재의 징표를 찍어 주시지 않았다는 사실에 실망해서 말입니다.」

그는 갑자기 말을 멈추더니, 자기 영혼이 발가벗겨졌음을 알아차린 사람의 표정을 지었다. 비탄에 젖은 딱한 유대인이로고, 하는 생각이 들었다. 그래서 나는 그를 궁지에 몰아넣기로 작정했다.

「듣자 하니 코카인은 최음제라던데, 아닌가요?」

내 물음에 프로이드는 낯을 붉혔다.

「그런 효능도 있지요. 내가 알기론 그렇지만…… 그런 쪽으로는 전혀 경험한 바가 없어요. 나는 남자로서도 그런 욕구에 별로 민감하지 않고, 의사로서도 성애라는 주제에 많은 관심을 가지고 있지 않아요. 하지만 요즘 들어 성애에 관한 이야기들이 부쩍 많이 나오는 것은 사실이에요. 살페트리에르 병원에서도 마찬가지죠. 샤르코 박사의 환자들 중에 오귀스틴이라는 여자가 있는데, 이 여자가 히스테리 증상을 심하게 보이던 어느 날, 어린 시절에 당한 성폭행 때문에 트라우마가 생겼다는 사실을 고백했어요. 물론 나는 히스테리를 유발하는 트라우마들 가운데 성과 관련된 현상들이 있을 수 있다는 것을 부정하지 않아요. 그건 누구도 부정하지 않을 거예요. 다만 모든 것을 성으로 귀결시키는 건 침소봉대 같은 느낌이 들어요. 아니 어쩌면 얌전을 빼는 소시민의 태도가 나한테 있어서 그런 문제와 거리를 두고 있는지도 모르죠.」

아냐, 하고 나는 속으로 말했다. 너한테 얌전을 빼는 태도가 있어서 그런 게 아니라, 네 종족의 할례받은 사내들이 모두 그렇듯이 너는 성애에 집착하고 있지만, 그것을 잊으려고 애쓰는 게야. 네가 불결한 손으로 그 마르타라는 여자를 취하면 어떻게 처신할지 자못 궁금하구나. 그 여자에게 유대인의 자식들을 주렁주렁 낳게 하지 않을지, 그리고 그 여자의 진을 빼서 폐병 환자처럼 창백하게 만들지는 않을지······.

그러는 사이에도 프로이드는 말을 이어 갔다.

「나한테 정작 문제가 되는 것은 비축해 두었던 코카인이 다 떨어져서 다시 우울증에 빠져들고 있다는 거예요. 옛날 의사들 같으면 내가 흑담즙을 과도하게 분비한다고 말했을 겁니다. 예전에는 메르크와 게헤라는 제약사에서 가공한 코카인을 구했는데, 그들은 이제 품질이 나쁜 원료만 받게 되었다 해서 생산을 중단해 버렸어요. 싱싱한 잎을 가공하는 것은 아메리카에서나 가능한 일이다 보니, 디트로이트의 파크 앤드 데이비스 제품이 최고예요. 물에 더 잘 녹고 순수한 백색을 띠는 방향성의 제품이죠. 전에는 그것을 제법 비축해 두고 있었는데, 여기 파리에서는 누구한테 부탁해야 할지 모르겠어요.」

모베르 광장의 모든 비밀을 훤히 꿰고 있는 사람에게는 그런 부탁을 받는 것이 여간 즐겁지 않다. 나는 코카인을 구해 줄 만한 자들을 알고 있었다. 코카인이든 다이아몬드나 박제한 사자나 황산이 담긴 호리병이든 그냥 물건의 이름을 말하기만 하면 이튿날 바로 가져다주는 자들이었다. 어디서 구하는지는 물어볼 필요도 없었다. 코카인은 독약이야, 유대인 하나를 독살하는 데 기여하는 일이니 내가 마다할 이유가 없지, 하고 나는 생각했다. 그래서 프로이드 박사에게 며칠 내로 그가 찾는 알칼로이드를 한동안 비축해 놓고 쓸 수 있을 만큼 구해 주겠노라고 약속했다. 당연히 프로이드는 내가 떳떳하지 못한 방식으로 코카인을 구하는 것은 아닌지 의심하지 않았다. 아시다시피 우리 골동품 장수들은 별의별 사람을 다 알고 있죠, 하고 나는 말했다.

나하곤 아무런 상관도 없는 일에 내가 나섰다는 것은 결국 우리가 서로 속내를 털어놓고 이런 얘기 저런 얘기를 나누는 사이가 되었음을 말해 주는 것이다. 프로이드는 입심이 좋고 재치가 많았다. 어쩌면 유대인이 아닌데 내가 잘못 생각했는지도 모를 일이었다. 사실 그와 이야기를 나누는 것은 부뤼와 뷔로를 상대하는 것보다 편했다. 마침 그들 두 의사의 실험이 화제에 올랐을 때 나는 뒤 모리에의 환자를 넌지시 언급하고 나서 물었다.

「그런 환자를 부뤼와 뷔로의 자석으로 치료할 수 있다고 생각하시오?」

「벗님」 하고 프로이드가 대답하기를 「우리가 진료하는 많은 환자들을 놓고 보면 사람들은 몸의 병을 너무 중하게 생각해요. 몸에 갑자기 탈이 나는 것은 마음의 병에서 기인하기 십상이라는 사실을 잊고 있는 것이지요. 병이 마음을 다쳐서 생긴 것이라면 몸이 아니라 마음을 치료해야 해요. 외상성 신경증의 경우에 병의 진짜 원인은 상해가 아니라 최초의 심리적인 트라우마예요. 상해라는 것은 그 자체로 보면 대개 대수로운 것이 아니지요. 사람들이 격한 감동을 느낀 나머지 기절하는 경우가 있지 않습니까? 그런 경우에 신경병을 치료하는 사람들은 어떻게 의식을 잃는가를 문제 삼기보다 의식을 잃게 한 격한 감동이 어떤 것이었는지를 알아내려고 합니다.」

「하지만 그걸 어떻게 알아내지요?」

「보세요, 벗님, 뒤 모리에가 돌보고 있다는 그 환자처럼 명백한 히스테리 증상들을 보이는 경우에는, 최면을 이용해서 그와 똑같은 증상들을 인위로 나타나게 할 수 있고, 그럼으로써 최초의 트라우마로 거슬러 올라갈 수도 있을 겁니다. 하지만 도저히 감내할 수 없는 일을 겪은 환자들은 그것을 잊어버리려고 자기들 마음속의 다다를 수 없는 구역에 묻어 두지요.

그 구역은 너무나 깊은 곳에 있기 때문에 최면을 걸어도 거기에 도달할 수가 없어요. 하기야 우리가 깨어 있을 때보다 최면에 걸린 상태에서 더 명민한 정신 능력을 보이란 법은 없지 않겠어요?」

「그렇다면 끝내 알아낼 수 없다는 얘긴데…….」

「분명하고 확실한 대답을 요구하지는 마세요. 아직 온전한 틀을 갖추지 않은 생각들을 털어놓고 있을 뿐이니까요. 때로는 우리가 꿈을 꿀 때만 그 깊은 곳에 도달할 수 있지 않을까 하는 생각이 들기도 해요. 꿈이 우리 마음속에 감춰진 것을 드러낸다는 사실은 고대인들도 알고 있었지요. 이건 내 예감인데요, 만약 어느 환자가 자기 말에 귀를 기울여 줄 수 있는 사람을 만나서 며칠이고 이야기를 할 수 있다면, 그래서 자기가 꿈에서 본 것까지 이야기할 수 있게 된다면, 병의 원인이 된 트라우마가 문득 의식의 표면으로 떠오르면서 분명하게 모습을 드러낼 수도 있을 겁니다. 그런 것을 영어로는 토킹 큐어라고 하죠. 아마 이런 것을 경험해 보셨을 텐데, 누군가에게 아득한 옛날의 사건들을 이야기하다 보면, 잊어버렸던 자잘한 대목들, 아니 잊어버린 줄 알았지만 뇌의 은밀한 주름 속에 간직되어 있던 요소들을 다시 떠올리게 됩니다. 내 생각엔 그런 재구성이 치밀하게 이루어질수록 문제의 사건이 더 잘 떠오르지 않을까 싶어요. 그건 하나의 사건이 아니라 어떤 하찮은 사실이나 미묘한 낌새 같은 것일 수도 있어요. 일견 대수롭지 않은 것이 도저히 견딜 수 없을 만큼 마음을 뒤흔들어서 뭐랄까…… 아프트레눙(분리), 또는 베자이티궁(제거)

같은 현상을 야기할 수도 있으니까요. 그런 현상을 정확히 뭐라고 불러야 할지 모르겠네요. 영어로는 리무벌이라고 할 것 같은데, 프랑스어로는 어떤 기관을 잘라 낸다고 할 때 뭐라고 하더라⋯⋯ 아블라시옹인가요? 그래요, 바로 그기로군요, 독일어로는 아마 엔트페르눙이라고 하는 게 정확하겠군요.」

드디어 이 유대인이 본색을 드러내는군, 하고 나는 생각했다. 내가 기억하기로 당시에 나는 이미 유대인들의 갖가지 음모에 관심을 가지고 있었고, 저희 자식들을 의사와 약사로 만들어서 기독교인들의 몸과 마음을 아울러 통제하려는 그 종족의 계획에도 촉각을 곤두세우고 있었다. 내가 아프면, 너는 내가 나 자신을 네 손에 맡기고 나에 관한 모든 것을, 심지어는 나 자신도 모르는 것까지 너한테 다 털어놓기를 바라겠지? 내가 그렇게 하면 너는 내 영혼의 지배자가 되는 것이냐? 그건 예수회 신부에게 고해를 하는 것보다 더 고약한 일이다. 신부에게 고해를 할 때는 그나마 격자창의 보호를 받으며 말할 수 있고, 모든 신자가 하는 말들, 그래서 그것들을 일컫는 용어가 생겨날 정도가 되어 버린 고백의 문장들, 이를테면 저는 도둑질을 했습니다, 저는 간음을 했습니다, 저는 부모를 공경하지 않았습니다 따위를 되뇌면 그만인데, 너한테는 내가 생각하는 바를 말해야 하니까 말이다. 네 언어 자체가 네 꿍꿍이를 드러내고 있어. 제거니 기관의 절제니 하는 걸 보면, 네가 나의 뇌를 잘라 내려고 하는 게 아니냐⋯⋯.

내가 그런 생각을 하는 동안, 프로이드는 껄껄 웃으며 맥주 한 잔을 더 시켰다.

「하지만 내가 말하는 것을 곧이곧대로 받아들이면 안 돼요. 의지가 박약한 자의 상상일 뿐이니까요. 나는 오스트리아로 돌아가면 결혼을 할 것이고, 가정을 꾸려 나가려면 의원을 차려야 해요. 그러면 샤르코 박사한테서 배운 대로 얌전하게 최면 요법을 사용할 것이고, 내 환자들의 꿈을 꼬치꼬치 캐는 짓은 하지 않을 거예요. 꿈의 길흉을 따지는 점쟁이 노릇을 할 수는 없지요. 뒤 모리에의 환자에 관해서 한 마디 하자면, 코카인을 조금 사용하는 게 좋지 않을까 하는 생각이 드는군요.」

대화는 그렇게 끝났고 내 기억에 이렇다 할 흔적을 남기지 않았다. 그럼에도 지금 그 모든 일이 뇌리에 다시 떠오르는 것은 내가 다이애나와 비슷한 상황, 아니 그 정도까지는 아닐지라도 정상에 가깝지만 기억의 일부를 잃어버린 사람의 처지에 놓여 있기 때문일 것이다. 지금 프로이드가 어디에 있는지를 알아내는 것도 문제지만, 설령 알아낸다 해도 내가 내 삶을 이야기하는 일은 절대로 없을 것이다. 선량한 기독교인에게도 하지 않는 이야기를 어찌 유대인에게 하겠는가. 나는 직업상(내 직업이 뭐지?) 돈을 받고 남들에 관한 이야기를 하지만, 나 자신에 관한 이야기는 어떠한 일이 있어도 하지 않는다. 그래도 나와 관련된 일들을 나 자신에게 이야기할 수는 있다. 부뤼(또는 뷔로)가 그렇지 않았는가. 인도의 수행자들은 자기 배꼽을 응시하면서 스스로에게 최면을 건다고.

그래서 나는 이 일기를 써나가기로 한 것이다. 비록 뒷걸음을 치는 형국이기는 하지만, 내 과거가 머릿속에 떠오르는 대로 지극히 하찮은 것까지 나 자신에게 이야기할 것이고, 그러다 보면 신경증의 원인이 된 요소(그걸 뭐라고 하더라?)가 스스로 출구를 찾아내어 모습을 드러낼 것이다. 나는 미치광이들을 치료하는 의사들의 손에 나를 내맡기지 않고 스스로 치유하기를 바란다.

시작하기에 앞서(정확히 말하면 이미 어제 시작했지만), 이런 유형의 최면에 필요한 심리 상태에 놓이도록 몽토르게유 거리에 있는 레스토랑 셰 필리프에 가고 싶었다. 거기에 갔다면 느긋하게 자리를 잡고 앉아, 저녁 6시부터 자정까지 제공하는 메뉴를 놓고 오래도록 숙고하다가, 포타주 알라 크레시(크레시식 수프)[6]와 케이퍼 소스를 친 가자미 구이, 쇠고기 안심 구이, 랑그 드 보 오 쥐(고기 국물에 적신 송아지 혀)[7]를 주문했을 것이고, 후식으로는 쌉쌀한 버찌 술을 넣은 소르베와 여러 가지 과자를 먹었을 것이며, 식사 내내 오래된 부르고뉴산 포도주 두 병을 곁들여 마셨을 것이다.

만약 더 기다렸다가 자정을 넘겨서 들어갔다면 밤참 메뉴판을 보고, 바다거북 수프(뒤마의 조리법을 따른 아주 맛있는 바다거북 수프가 문득 생각난다—그렇다면 내가 뒤마를 만난 적이 있단 말인가?)며 꼬마 양파를 넣고 조리한 언어와 함께 자바 후추를 친 아티초크를 먹었을 것이고, 후식으로는 럼주를 넣은 소르베와 향신료를 넣은 영국 과자를 시켰을 것이

6 *potage à la Crécy*.
7 *langue de veau au jus*.

다. 만약 밤 1시가 넘었다면 아침 메뉴의 진미, 다시 말해서 그맘때면 파리 중앙 시장의 하역 인부들이 먹으러 오는 수프 알로뇽(양파 수프)[8]을 맛보면서 그 천한 것들과 어울리는 기쁨을 느꼈을 것이다. 그런 다음에는 활기찬 아침을 맞이하기 위해 아주 진한 커피 한 잔을 마시고 이어서 코냑과 키르슈를 반반씩 섞은 푸스카페(커피 다음에 마시는 브랜디나 리큐어)[9] 한 잔으로 마무리를 했으리라.

그러고 나면 사실 조금 무지근한 기분이 들기는 했을 테지만, 그래도 덕분에 마음은 느긋해졌으리라.

오호 애석한지고, 그 감미로운 방종을 스스로에게 허락할 수 없음이여. 나는 자신에게 타일렀다. 너는 기억을 잃었으니, 레스토랑에서 누군가 너를 아는 사람을 만나면 그를 못 알아볼 수도 있느니라. 그러면 그가 어떻게 나오겠느냐?

나는 누가 가게로 나를 찾아왔을 때 어떻게 처신해야 하는가에 대해서도 생각했다. 본푸아의 유언장을 만들어 달라고 한 사내와 면병을 팔러 온 노파를 상대로 해서는 일이 잘 돌아갔지만, 매번 그렇게 되리란 법이 없었다. 그래서 문밖에 〈한 달 동안 주인이 가게를 비울 것입니다〉라고 쓴 알림판을 내걸되, 그 한 달이 언제 시작해서 언제 끝나는지는 밝히지 않았다. 무언가를 더 알아내기 전까지는 집에 틀어박혀서 지내야 하고 외출은 그저 이따금 먹을 것을 사기 위해 나가는 것으로 국한해야 한다. 어쩌면 금식이 나에게 유익할지도 모

[8] *soupe à l'oignon*.
[9] *pousse-café*.

른다. 지금 나에게 벌어지고 있는 일이 내가 스스로에게 허락한 과도한 향연의 결과일 수도 있지 않은가……. 정말 그런 향연이 있었다면 그게 언제였을까? 문제의 그 21일 밤이었을까?

그나저나 만약 내 과거를 되짚어 보는 일을 시작하기 위해 뷔로가 말한 대로(아니 부뤼가 그랬던가?) 내 배꼽을 들여다봐야 한다면, 나는 나이에 걸맞게 살이 쪄서 배가 불룩하기 때문에 거울에 비친 배꼽을 응시하면서 기억을 더듬어 가야 했을 것이다.

그러나 나는 어제 책상 앞에 앉아 쉬지 않고 글을 쓰면서 회상을 시작했다. 딴 것에는 마음을 팔지 않았고, 먹는 것은 이따금 무언가를 깨지락거리는 것에 그치되 포도주를 마시는 것에는 제한을 두지 않았다. 이 집의 가장 훌륭한 점은 지하실에 좋은 포도주가 저장되어 있다는 것이다.

4

할아버지 시대

1897년 3월 26일

내 어린 시절. 토리노…… 포 강 건너의 언덕, 엄마와 함께 발코니에서 놀고 있는 나. 그다음에 떠오른 장면에서는 어머니가 더 이상 보이지 않았고, 아버지는 석양이 비치는 강 건너 언덕을 마주하고 발코니에 앉아서 울고 있었으며, 할아버지는 그것이 하느님의 뜻이라고 말하고 있었다.

나는 어머니하고 말을 나눌 때면 좋은 가문의 피에몬테 사람이라면 누구나 그러듯 프랑스어를 썼다[내가 여기 파리에서 프랑스어를 말할 때면 사람들은 내가 그르노블에서 프랑스어를 배운 것으로 여기는데, 이는 그곳의 프랑스어가 파리 사람들의 바빌(수다)[1]과는 달리 더없이 순수하다는 얘기이다]. 어려서부터 나는 피에몬테 사람이라면 누구나 그러듯

---

1 babil.

자신을 이탈리아 사람이라기보다는 프랑스 사람으로 여겼다. 내가 프랑스인들을 지긋지긋하게 여기는 이유가 바로 거기에 있다.

*

나는 부모가 아니라 할아버지 슬하에서 어린 시절을 보냈다. 어머니는 나한테 귀띔도 하지 않고 세상을 떠나 버렸고, 그런 어머니가 나는 미웠다. 어머니가 떠나는 것을 막기 위해 그 무엇도 하지 못한 아버지도 미웠고, 일이 그렇게 되도록 결정하신 하느님도 미웠으며, 하느님이 그렇게 결정하신 것을 당연하게 여기는 것 같은 할아버지도 미웠다. 아버지는 언제나 어딘가 다른 곳에 가 있었다─통일된 이탈리아를 건설하기 위해서라고 아버지는 일쑤 말했다. 그런데 나중에 이탈리아는 아버지를 파멸시켰다.

할아버지. 조반니 바티스타 시모니니. 한때 사보이아 왕실 군대의 장교였으나 내 기억이 맞는다면 나폴레옹 군대가 침입했을 때 사보이아 군대를 떠나 피렌체의 부르봉 왕실 휘하로 들어갔고, 나중에 토스카나 대공국 역시 나폴레옹의 침입을 받아 나폴레옹의 누이 엘리자 보나파르트의 통치 아래로 들어가자 대위로 퇴역하고 토리노로 돌아와 와신상담의 세월을 보냈다.

할아버지는 코에 종기가 울퉁불퉁하게 나서 할아버지가 나를 가까이에 붙들어 두실 때면 내 눈에는 그 코만 보였다. 그리고 내 얼굴에는 할아버지가 튀기는 침이 날아들었다. 할아버지는 프랑스인들이 시드방[2]이라 부르던 사람, 다시 말해서 프랑스 혁명 이전의 구체제를 동경하며 혁명의 폐해를 어찌할 수 없는 일로 받아들이지 않는 사람이었다. 언제나 퀼로트(짧은 바지)[3]를 입으셨고 — 그 연세에도 장딴지가 아직 볼 만했다 — 무릎 아래로 내려오는 그 가랑이 끝을 황금 버클로 졸라매고 다니셨다. 할아버지가 신으시던 신발은 황금 버클이 달린 에나멜 구두였다. 검은 정장에 조끼, 검은 넥타이를 차려입고 나서실 때면 약간 성직자처럼 보였다. 지나간 시대의 품격 높은 복식을 따르기로 말하자면 분을 바른 가발도 써야 했지만, 할아버지는 그것을 포기하셨다. 이유인즉 로베스피에르처럼 기독교인을 살해하는 자들마저 분 바른 가발로 치장하고 다닌다는 것이었다.

할아버지가 부자였는지는 어린 내가 가늠할 수 없었지만, 맛있는 요리를 마다하지 않으셨던 것은 분명하다. 할아버지와 내 어린 시절에 관한 추억 중에서 무엇보다 또렷하게 생각나는 것은 바냐 카오다이다. 그것은 테라코타 용기에 올리브 기름을 넣고 안초비와 마늘과 버터를 첨가한 뒤에 숯불 화덕에 올려놓고 보글보글 끓이면서, 아티초크(먼저 차가운 레몬수에 담가 두었던 것 — 할아버지는 그런 식으로 했지만 어떤 사람들은 우유에 담가 두기도 했다)며 날고추 또는 구운 고추, 사보이아 양배추의 고갱이, 돼지감자, 아주 연한 꽃양배추를 적셔 먹는 요리였다 — 아니면 그런 채소들 대신 끓는 물

2 ci-devant.
3 culottes.

4. 할아버지 시대

에 데친 푸른 채소들이나 양파, 순무, 감자, 당근 따위를 적셔 먹을 수도 있었다(하지만 할아버지 말씀에 따르면 그건 가난뱅이들을 위한 푸성귀였다). 나는 먹는 것을 좋아했고, 할아버지는 내가 새끼 돼지처럼 통통해진다면서(할아버지의 어조는 다정했다) 즐거워하셨다.

할아버지는 나에게 침을 튀기면서 당신의 소신을 피력하곤 하셨다.

「얘야, 프랑스 혁명 때문에 우리는 신을 믿지 않는 국가의 노예가 되었느니라. 세상은 옛날보다 더 불평등해졌고 형제들은 원수로 변하여 서로를 카인처럼 여기고 있다. 너무 자유로운 것은 좋은 일이 아니고, 필요한 것을 다 갖는 것 역시 좋은 일이 아니야. 우리 아버지들은 우리보다 가난했으되 자연을 벗하며 살았기에 더 행복했느니라. 새 세상이 우리에게 가져다주었다는 증기 기관은 들판을 오염시키고, 방직 기계는 숱한 가난뱅이들에게서 일자리를 빼앗았지만 정작 예전보다 많은 옷감을 생산하지는 못하지 않느냐. 인간은 제멋대로 행동하도록 내버려두면 너무 못되게 굴기 때문에 무조건 자유를 주면 안 되는 게야. 약간의 자유는 인간에게 도움이 되겠지만, 그런 자유도 군주가 보장해 주어야 하는 것이니라.」

할아버지가 가장 좋아하시던 화제는 바뤼엘 신부였다. 어린 시절의 나를 생각하면 바뤼엘 신부가 거의 눈앞에 보일 듯이 삼삼하게 떠오른다. 그는 오래전에 죽은 사람이었을 텐데도 마치 우리 집에 살고 있는 것만 같았다.

할아버지의 목소리가 귀에 쟁쟁하다.

어린 시절의 나를 생각하면
바뤼엘 신부가 거의 눈앞에 보일 듯이 삼삼하게 떠오른다.
그는 오래전에 죽은 사람이었을 텐데도 마치 우리 집에
살고 있는 것만 같았다.

「들어 봐라 애야, 혁명의 광기에 휩쓸려 유럽의 모든 나라가 전복된 뒤에, 혁명의 배후를 폭로하는 목소리가 일었으니, 성전 기사단이 옥좌와 제단에 맞서, 그러니까 임금님들 특히 프랑스 국왕들과 우리의 지극히 거룩한 교회에 맞서 세계 전역에 걸쳐 음모를 주도했고, 프랑스 혁명은 그 음모의 마지막 국면 또는 최신의 국면일 뿐이라 했느니라. 그 목소리의 주인공이 누구였는고 하니…… 바로 지난 세기에 『자코뱅주의의 연혁사에 이바지하기 위한 회상록』을 쓴 바뤼엘 신부이니라.」

「그런데 할아버님, 성전 기사단이 무슨 이유로 그 일에 관여한 것인가요?」

나는 그 이야기를 달달 외고 있으면서도 그렇게 물었으니, 이는 할아버지가 당신이 좋아하는 화제를 놓고 같은 얘기를 마음껏 되풀이하시도록 하기 위함이었다.

「애야, 성전 기사단은 매우 강력한 기사단이었는데 프랑스 임금이 그들의 재산을 가로채기 위해 그들을 파멸시키고 그들 가운데 상당수를 화형대로 보냈느니라. 한데 생존자들이 프랑스 임금에게 복수할 목적으로 비밀 기사단을 결성한 게야. 아닌 게 아니라, 혁명이 일어나고 기요틴의 칼날에 루이 임금의 목이 잘렸을 때, 이름이 알려지지 않은 어떤 사내가 단두대에 올라가서 그 가엾은 임금의 머리를 들어 올리며 〈자크 드 몰레여, 그대의 원수를 갚았도다!〉 하고 소리쳤다는구나. 그 몰레가 누구인고 하니, 바로 임금의 명령에 따라 파리 센 강의 시테 섬 끄트머리에서 화형당한 성전 기사단의 우두머리였느니라.」

「한데 그 몰레가 화형당한 것이 언제 적 일인가요?」

「1314년이지.」

「제가 셈을 좀 해보겠습니다, 할아버님. 프랑스 혁명보다 거의 5백 년 앞서 일어난 일이로군요. 그 5백 년 동안 성전 기사단의 기사들은 어떻게 숨어 지냈을까요?」

「그들은 옛날에 대성당들을 지었던 석공들의 동업 조합에 침투해 들어갔고, 그 동업 조합에서 영국의 자유 석공회가 생겨났느니라. 그 단체를 그렇게 부르는 것은 그 조합원들이 스스로를 프리메이슨, 즉 자유로운 석공이라 칭하기 때문이다.」

「그런데 그 석공들이 왜 혁명을 하겠다고 나섰을까요?」

「바뤼엘 신부가 알아낸 바에 따르면, 원래의 성전 기사단 기사들과 자유 석공들은 〈바이에른 일루미나티〉라는 비밀 결사에 장악되어 타락해 버렸단다. 그 비밀 결사는 바이스하우프트라는 자가 창설한 가공할 사이비 종교 집단인데, 각 회원은 제 직속상관만 알 뿐, 더 높은 곳에 있는 우두머리들이나 그들의 의도에 대해서는 전혀 알지 못했다더라. 이 집단의 목적은 옥좌와 제단을 파괴하고 나아가서는 법률과 도덕이 없는 사회를 건설하는 것이었느니라. 재산에 네 것과 내 것의 구분이 없고 여자까지 공유하는 사회를 만들려고 한 게야. 어린것에게 이런 얘기를 한다고 하느님이 노하실지 모르겠다만, 사탄의 술책을 알아보는 눈을 가져야 하느니라. 바이에른 일루미나티와 아주 긴밀한 관계를 맺은 자들 중에는 일체의 신앙을 부정하고 그 파렴치한 『백과전서』를 만들어 낸 자들도 있어. 이를테면 볼테르, 달랑베르, 디드로와 그 떨거지들 말이다. 그들은 일루미나티를 모방하여 프랑스에서는 〈빛의 세기〉를 운위했고, 독일에서는 〈계몽〉 또는 〈계명〉을 논했지. 그러다가 마침내 비밀리에 한데 모여 임금들을 몰락시킬 계략을 짜고 자코뱅 클럽을 만들었어. 바로 자크 드 몰레의 이름을 딴 클럽이지. 그자들이 음모를 꾸며서 프랑스 혁명이 발발한 게다.」

「그 바뤼엘이라는 분이 모든 비밀을 알아내신 거로군요……」

「그이도 미처 알아차리시지 못한 게 있어. 어떻게 기독교를 믿는 기사단의 핵심부에서 그리스도를 적대하는 이단 종파가 생겨날 수 있었는가 하는 것이야. 그건 말이다, 빵 반죽에 들어 있는 효모와 같은 것이니라. 효모가 없으면 반죽이 발효되지 않고 부풀어 오르지 않아서 빵을 만들 수 없어. 성전 기사단과 자유 석공회가 아직 건전한 비밀 단체였을 때 어떤 개인 또는 운명 또는 악마가 효모를 접종해서 모든 시대를 통틀어 가장 악마적인 이단 종파로 만들어 버린 게야. 그렇다면 그 효모의 정체는 무엇이었겠느냐?」

할아버지는 이 대목에 이르면 으레 말을 멈추고, 마치 정신을 더 집중하려는 듯 두 손을 한데 모은 채, 장난기 어린 미소를 지으며 짐짓 겸손하고도 의기양양한 태도로 털어놓으셨다.

「가장 먼저 용기를 내어 그것을 말한 사람, 그게 누구였더냐? 사랑하는 손자야, 그게 바로 네 할아버지란다. 나는 바뤼엘의 책을 독파하고 주저 없이 그에게 편지를 보냈더니라.

얘야, 저기 안쪽에 가면 작은 목궤가 있을 게다. 그걸 가져오너라.」

내가 시키는 대로 하면, 할아버지는 늘 목에 걸고 다니는 금박 열쇠로 작은 목궤를 여신 다음, 40년 세월을 겪으며 누렇게 바랜 종이 한 장을 꺼내셨다.

「자 이것이 내가 바뤼엘 신부에게 보냈던 편지의 원본이니라.」

할아버지가 연극 대사를 읊듯 잠깐씩 동을 두어 가며 읽던 모습이 눈에 선하다.

「〈신부님, 소생은 비록 무지한 군인이오나 지난 세기의 책들 가운데 가장 훌륭한 책이라 불러 마땅한 존하의 저작을 접하고 더없이 신실한 경하의 마음을 표하오니 받아 주소서. 오! 적(敵)그리스도의 길을 열고자 하는 그 파렴치한 이단 종파의 가면을 벗겨 내신 것은 참으로 잘하신 일입니다. 그자들은 기독교뿐만 아니라 모든 신앙, 모든 사회, 모든 질서의 악착스러운 원수들입니다. 그런데 존하께서 그저 가볍게만 다루고 넘어가신 원수가 하나 있습니다. 짐작건대 존하께서는 일부러 그러셨을 것입니다. 그 원수는 가장 잘 알려져 있고 따라서 우리가 느끼는 두려움이 가장 덜하니까 말입니다. 하오나 소생이 보건대, 오늘날 그 원수가 막대한 부를 얻어 유럽의 거의 모든 나라에서 보호를 받고 있음을 고려한다면 우리의 원수들 가운데 가장 무시무시한 세력이라 아니할 수 없습니다. 이미 짐작하셨을 터이지만, 소생이 말하는 원수는 유대 민족의 이단 종파입니다. 이 종파는 다른 이단 종파들과 완전히 갈라서서 원수가 되어 있는 듯 보이지만 실상은 그렇지 않습니다. 사실 다른 이단 종파들 가운데 하나가 그리스도의 이름을 거부하는 모습을 보일라치면, 유대인들은 그 집단을 두둔하고 매수하고 보호합니다. 그들이 황금과 돈을 물 쓰듯이 써가며 현대의 궤변가들이며 자유 석공회, 자코뱅주의자, 일루미나티를 지원하고 이끄는 것을 우리가 이미 보았고 지금도 보고 있지 않습니까? 그러니까 유대인들은 여타의 모든 이단 종파들과 더불어 단 하나의 파당을 이루어 기회만 있으면 기독교 신앙을 파괴하려 하고 있는 것입니다. 신부님, 이 모든 것이 소생 한 사람의 과장된 언사려니 생각하지 마십시오. 소생은 오로지 유대인들에게서 직접 들은 이야기만을 진술하고자…….〉」

「그런데 할아버님은 어떻게 그런 얘기를 유대인들에게서 직접 들으셨나요?」

「내가 스물을 갓 넘긴 나이에 사보이아 왕실 군대의 청년 장교로 봉직하고 있을 당시, 나폴레옹이 사르데냐 왕국에 쳐들어왔느니라. 우리는 밀레지모 전투에서 패했고, 피에몬테는 프랑스에 합병되었어. 하느님을 믿지 않는 보나파르트주의자들의 승리였지. 그들은 사르데냐 왕국의 장교들인 우리를 추적해서 교수대로 보내려고 했다. 우리는 군복을 입고 다닐 수도 없었고, 남들 눈에 띄지 않도록 나돌아 다니는 것 자체를 삼가야 하는 신세였더니라. 네 증조부는 상업에 종사하셨는데 고리대금업을 하던 어느 유대인과 인연을 맺으신 적이 있었다. 그 유대인은 무슨 일인가로 네 증조부에게 신세를 진 자였는데, 네 증조부는 내 은신처를 마련하시려고 그자에게 도움을 청하셨어. 분위기가 진정되면 토리노를 빠져나가 피렌체의 친척집에 갈 수 있으니까 그 전까지는 몇 주 동안 숨어 지내는 게 좋겠다고 생각하신 게야. 그 유대인이 두름성 좋게 주선한 덕에 나는 게토에서 작은 방을 — 당연히 매우 비싼 가격으로 — 구했더니라. 당시에 게토는 우리 건물 바로 뒤, 그러니까 산필리포 거리[4]와 로지네 거리 사이에 있었지. 그 더러운 족속과 어울리는 것은 마뜩지 않은 일이었지만, 게토는 아무도 발을 들이려고 하지 않는 유일한 장소였느니라. 유대인들은 거기에서 나올 수가 없었고, 선량한 사람들은 거기에 가까이 가려고 하지 않았지.」

이 대목에서 할아버지는 마치 눈 뜨고는 차마 볼 수 없는 광경을 피하려는 듯 두 손으로 눈을 가리셨다.

「그리하여 나는 폭풍이 지나가기를 기다리며 그 돼지우리 같은 빈민굴에서 살았더니라. 그곳의 어떤 가족은 여덟 식구가 단칸방에 부엌세간과 침상과 오물통을 들여놓고 복닥거리며 살고 있었는데, 모두가 빈혈에 걸려 얼굴이 초췌하고 밀랍 같은 살가죽에는 세브르 도자기의 푸르스름한 빛이 보일 듯 말 듯 감돌았지. 그들은 틈만 나면 촛불 하나만 달랑 밝혀 놓은 구석 자리로 기어들었어. 노리끼리한 낯빛에 핏기라곤 조금도 찾아볼 수가 없었으며, 머리털은 부레풀 색깔인데 수염은 딱히 무어라고 말하기 어려운 불그스름한 빛깔이었고,

---

4 오늘날의 이름은 마리아 비토리아 거리.

더러 수염이 검은 사내가 있긴 해도 그 검은색은 물 빠진 프록코트의 색조를 띠었다고나 할까……. 아무튼 나는 거처에서 나는 악취를 견디다 못해 다섯 군데의 마당을 오가며 바람을 쐬었더니라. 지금도 생생하게 기억하거니와, 그 마당들의 이름은 〈큰 마당〉, 〈사제들의 마당〉, 〈포도밭 마당〉, 〈술집 마당〉, 〈테라스 마당〉이었고, 이 마당들은 지붕이 있는 으스스한 통로로 연결되어 있었으며, 그 통로들을 〈캄캄한 주랑〉이라고 불렀다. 이제는 카를리나 광장에서도 유대인을 볼 수 있고, 사보이아 왕조가 물러 터져서 거기뿐만 아니라 도처에서 유대인들을 보게 생겼다마는, 당시만 해도 유대인들은 햇볕도 잘 들지 않는 그 좁다란 골목들에 밀집해 있었고, 나는 기름때가 덕지덕지한 그 천한 무리 속에서 (보나파르트주의자들에 대한 두려움 때문이었는지도 모르지만) 기가 죽은 채로 지냈는데…….」

할아버지는 잠시 말을 멈추고, 마치 입에서 참을 수 없는 뒷맛을 없애 버리려는 듯 손수건으로 입술을 훔치셨다.

「그들 덕분에 내 목숨을 부지하고 있는 셈이었으니 굴욕도 그런 굴욕이 없었지. 한데 우리 기독교인들이 그들을 경멸하고 있었다면, 그들은 우리에게 불친절했고 심지어는 우리를 증오하고 있더구나. 하기야 그들은 오늘날에도 여전히 우리를 증오하고 있지. 나는 그런 사정을 알아차리고 너스레를 피웠더니라. 내 신분을 속여 말하길, 리보르노의 유대인 가정에서 태어났고, 아주 어려서 친척들 손에 자랐는데 불행하게도 그들 때문에 세례를 받긴 했지만, 내 마음속으로는 언제나 유대인이었다고 했지. 그들은 내 고백을 무덤덤하게 받아들이는 것 같았는데, 그게 왜 그런고 하니 — 이건 그들의 말이다만 — 나 같은 처지에 놓인 유대인들이 너무 많아서 그런 얘기는 이제 그들의 관심거리가 되지 않았던 게야. 그래도 그 얘기를 한 덕분에 한 노인의 신뢰를 얻게 되었더니라. 그 노인은 테라스 마당에 면한 집에서 누룩을 넣지 않은 빵을 구우며 살아가고 있었다.」

이 대목에서 할아버지는 아연 신명을 내며 그 만남을 이야기하셨고, 눈알을 이리저리 굴리고 두 손을 내저으면서 그 유대인의 흉내를 내기도 하셨다. 그러니까 그 모르데카이라는 노인의 이야기인즉 이러하다. 그는 시리아 태생인데 다마스쿠스에서 슬픈 사건에 연루되었다. 이 도시에서 아랍 소년 하나가 실종되었는데, 처음에는 사람들이 그 사건을 유대인들과 연결시키지 않았다. 유대인들은 자기들의 종교 의식을 위해 아이들을 죽이더라도 오로지 기독교도의 아이들을 죽인다고 생각한 것이었다. 그런데 어느 우물의 바닥에서 어린아이의 것으로 보이는 유해가 발견되었다. 누군가 아이의 시신을 아주 잘게 토막 내어 절구통에 넣고 갈아 버린 것으로 추정되었다. 그 범행 수법은 사람들이 흔히 유대인들의 소행으로 여기는 유아 살해 방식과 아주 비슷했고, 그래서 포교들은 유대인들을 의심하기 시작했다. 유대인들이 유월절을 앞두고 무교병의 반죽을 만들기 위해 기독교인의 피가 필요했는데, 기독교도의 아들을 납치하는 데 실패하자 대신 아랍 소년을 납치하여 기독교의 세례를 준 다음 살해한 것으로 추정한 것이었다.

그 세례를 두고 할아버지는 이렇게 설명하셨다.

「네가 알아야 할 게 있다. 세례란 주는 사람이 누구이든 간에 그 사람이 거룩한 로마 교회의 뜻에 따라 세례를 주고자 하는 거라면 언제나 효력이 있는 게야. 음흉한 유대인들은 그 점을 잘 알고 있기에, 뻔뻔하게도 이렇게 말하지. 〈내가 너에게 세례를 주노라. 이는 그리스도인이 세례를 주는 것과 같으니, 나는 비록 그리스도인의 우상 숭배를 믿지 않으나 너는 그것을 온전히 믿으면서 그리스도를 따를지라.〉 그렇게 세례를 받았으니 그 불쌍한 소년 순교자는 그래도 천국에 가는 행운을 얻은 셈이야. 그 공로는 악마에게 돌아가겠지만 말이다.」

모르데카이는 즉시 범인으로 의심을 받았다. 심문자들은 그의 자백을 받아 내기 위해 두 손을 등 뒤로 결박해 놓고 두 발에 무거운 저울추를 매단 뒤에, 도르래로 그를 끌려 올렸다가 땅바닥으로 뚝 떨어뜨리기를 열두 번이나 되풀이하였다. 그다음에는 그의 코밑에 유황을 들이댔고, 그것도 모자라서 그를 얼음처럼 차가운 물에 빠뜨리고 그가 고개를 들 때마다 물속에 다시 처넣었다. 결국 그는 입을 열었다. 말하자면, 고문을 중단시키기 위해 비열하게도 그 사건과 아무 상관도 없는 유대인 다섯 명의 이름을 댔다는 얘기였다. 다섯 유대인은 사형 선고를 받은 반면, 그는 사지가 너덜거리는 몰골로 석방되기는 했으나 이미 분별력을 잃은 뒤였다. 때마침 어떤 선량한 사람이 그를 제노바로 가는 상선에 태워 주었기에 망정이지, 하마터면 다른 유대인들의 돌팔매에 맞아 죽고 말았을 터였다. 혹자는 말하기를, 그가 그 배를 타고 오던 중에 성(聖) 바오로회의 수도사를 만나 세례를 받으라는 권유를 받았는데, 속마음으로는 자기 조상들의 종교를 버리지 않았음에도 사르데냐 왕국에 상륙하면 도움을 얻을 생각으로 개종을 받아들였다고 했다. 그렇다면 그는 기독교인들이 〈마라노〉[5]라 부르는 자가 된 것이었다. 하지만 토리노에 도착하여 게토에서 거처를 구해야 하는 처지가 되자, 그는 자기가 개종했다는 것을 부인했고, 많은 유대인들은 그를 가슴속에 기독교 신앙을 간직하고 있는 가짜 유대인으로 여겼다 — 이를테면 그는 두 번이나 마라노가 된 셈이었다. 하지만 아무도 바다 건너에서 날아온 그 모든 풍문을 입증할 수 없었고, 심신 상실자에 대해서는 누구나 연민을 느끼게 마련인지라 사람들은 그가 게토에서 살아가도록 용인해 주었다. 모두가 선심을 베푼 덕에 그는 몸을 누일 단칸 누옥도 얻을 수 있었다. 다만 그들의 선심이 매우 쩨쩨하여 그 거처는 게토에서 태어난 자라도 들어가 살 엄두를 내지 못할 만큼 누추했다.

청년 장교였던 할아버지가 보시기에, 다마스쿠스에서 무슨 짓을 했든 간에 그 늙은 유대인은 결코 미치광이가 된 것이 아니었다. 다만 그의 마음속에는 기독교도에 대한 증오심이 꺼지지 않는 불꽃처럼 이글거리고 있었다. 창문도 없는 그 누추한 집에서 노인은 떨리는 손으로 시모니니 대위의 손목을 잡고 어둠 속에서 번득이는 눈으로 그를 응시하며 자기 여

---

5 Marrano. 가톨릭으로 개종한 유대인을 경멸적으로 일컫는 말. 〈돼지〉를 뜻하는 에스파냐 말에서 유래.

4. 할아버지 시대

생을 복수에 바치겠노라고 말했다. 노인은 자기들의 탈무드에 기독교도에 대한 증오가 어떻게 규정되어 있는지, 기독교도를 타락시키기 위해 자기네 유대인들이 어떻게 프리메이슨회를 창설했는지 이야기했다. 그리고 자기가 나폴리에서 런던에 이르는 광범한 지역의 프리메이슨 회당들을 통솔하는 얼굴 없는 지도자들 가운데 하나가 되었지만, 곳곳에서 자기를 추적하고 있는 예수회 사람들에게 칼을 맞지 않기 위해 따로 떨어져서 숨어 지내야만 한다고 털어놓았다.

모르데카이는 말을 하면서 마치 단도를 든 예수회 사제가 어두운 방구석에서 튀어나오기라도 할 것처럼 주위를 자꾸 두리번거렸다. 그러고는 요란하게 코를 풀어 가면서 자기의 서글픈 처지를 한탄하기도 하고, 세상 사람들이 자기가 얼마나 무시무시한 힘을 지니고 있는지 모르는 게 재미나다는 듯 짓궂음과 앙심이 담긴 미소를 짓기도 하다가, 짐짓 다정하게 시모니니의 손을 더듬으며 몽상을 이어 나갔다. 그리고 말하기를, 만약 시모니니가 원한다면, 자기네 단체에서 그를 기꺼이 받아들여 가장 비밀스러운 프리메이슨 회당의 일원이 되게 해주겠다고 했다.

모르데카이가 털어놓은 바에 따르면, 마니교를 창시한 페르시아의 예언자 마니, 그리고 자객들을 마약에 취하게 한 뒤에 십자군의 장수들을 암살하도록 파견했다는 그 파렴치한 암살교단의 창시자 〈산중 장로〉도 유대 족속의 일원이었다. 프리메이슨회와 일루미나티를 창설한 것도 두 명의 유대인이었고, 기독교와 적대하는 이단 종파들의 기원을 살펴보면 예외 없이 유대인들이 있다. 또한 그의 주장대로라면, 유대인들은 세계 전역에 걸쳐 인구가 많이 불어나서 성별과 신분과 지위와 사는 형편을 불문하고 그 수가 수백만에 달해 있었고, 성직자가 된 자들도 아주 많았으며, 추기경의 지위에 오른 자도 몇 명 있는 터라, 머지않아 자기들 쪽에서 교황이 나오리라는 기대마저 품고 있었고(훗날 할아버지는 그들의 그런 희망에 관해 평하시기를, 비오 10세처럼 모순된 인물이 교황의 자리에 오르는 것으로 보아 그런 일이 일어나지 말라는 법도 없다고 하셨다), 기독교인들을 더 잘 속이기 위해 스스로 기독교인 행세를 하면시 한 나라에서 다른 나라로 여행할 때도 타락한 신부에게서 산 가짜 세례 증명서를 지니고 다니는 경우가 많았다. 그런가 하면 그들은 이미 여러 나라에서 그랬던 것처럼 돈과 이면공작을 통해 모든 정부로부터 시민권을 얻어 내려 하고 있었으며, 시민권을 얻게 되면 주택과 토지를 사들이기 시작할 것이고 고리대금업을 통해 기독교인들의 부동산과 보물을 빼앗아 갈 것이었다. 또한 그들은 한 세기 이내에 세계의 지배자가 되리라 스스로 다짐하면서, 저희 종파가 널리 퍼져 나가도록 다른 모든 종파를 폐지하며 기독교인들의 교회만큼이나 많은 유대교 회당을 건설하고 기독교인들을 노예로 전락시키리라 벼르고 있었다.

할아버지는 그 유대인 늙은이의 이야기를 마무리하면서 말씀하셨다.

「내가 바뤼엘에게 알려 준 것이 바로 그것이니라. 어찌면 단 한 사람의 유대인이 나한테 털어놓은 것을 모든 유대인의 이야기라는 식으로 말했으니까 내가 조금 침소봉대를 했다고 볼 수도 있겠지만, 나는 그 노인이 진실을 말했다고 확신했고 여전히 그렇게 믿고 있느니라. 그래서 이렇게 썼지. 네가 듣고 싶다면, 그 편지를 마저 읽어 주마.」

그러고 나서 할아버지는 편지를 다시 읽어 나가셨다.

「〈신부님, 유대 민족의 음험한 계획이 이와 같습니다. 소생이 두 귀로 직접 들은 이야기입니다……. 사정이 이러하므로 간절히 바라옵건대, 존하처럼 탁월하고 힘찬 필치를 지니신 분이 나서서 위에서 말한 정부들의 눈을 틔워 주고 그들을 가르침으로써 유대 민족을 그 비천함에 걸맞은 상태로 돌아가게 해야 합니다. 우리보다 경륜에 능했고 사리 분별이 더 분명했던 우리 조상님들이 언제나 그 민족을 비천한 상태에 두는 것에 유념했듯이 말입니다. 그런 연유로 소생이 한 개인의 이름으로 존하께서 나서 주시기를 청하는 것입니다. 이 서한에서 온갖 종류의 실수를 접하시게 되더라도 이탈리아인이자 일개 군인의 글임을 감안하여 너그러이 용서해 주시기를 바랍니다. 존하께서 광휘로운 글로 하느님의 교회를 풍요롭게 하신 일에 대하여 하느님께서 더없이 활수하게 상을 내려 주시기를, 그리고 소생이 그런 영광을 누렸듯이 존하의 글을 읽는 모든 사람들에게 하느님께서 존하에 대한 더없이 높고 깊은 존경심을 고취시켜 주시기를 기원합니다. 존하를 충실히 따르는 보잘것없는 종, 조반니 바티스타 시모니니 올림.〉」

그러고 나면 할아버지는 으레 편지를 목궤에 다시 넣어 두셨고, 나는 이렇게 물었다.

「그러자 바뤼엘 신부는 뭐라고 하셨나요?」

「그는 답장을 주지 않았어. 하지만 로마 교황청에 친한 벗들이 있어서 알아봤더니, 그 겁쟁이는 내가 알려 준 진실이 퍼져 나가면 유대인들에 대한 학살이 벌어질까 두려워했고, 그들 중에는 아무 죄가 없는 사람들도 있다고 생각했기 때문에 용기 있게 나서지 못했다고 하더구나. 뿐만 아니라 당시에 프랑스 유대인들이 꾸미던 몇 가지 음모도 부담이 되었을 게다. 공교롭게도 나폴레옹이 자신의 야심에 대한 지지를 얻기 위해 프랑스 유대인들의 최고 의회인〈대(大) 산헤드린〉의 대표들을 만나기로 결정했던 때였거든 ─ 누군가 바뤼엘 신부에게 평지풍파를 일으키면 안 된다고 알려 주었을 게야. 한데 바뤼엘은 용기가 없어서 내놓고 말하지는 못하면서도 그냥 침묵하고 있을 수는 없어서 내 편지를 교황 비오 7세에게 보냈어 ─ 여러 주교들에게는 사본을 보내고. 일은 거기에서 끝나지 않았어. 바뤼엘은 내 편지에 관한 이야기가 나폴레옹의 귀에 들어가도록 하기 위해 그것을 당시 갈리아 수석 대주교였던 페슈 추기경[6]에게도 보냈어. 그리고 파리 경찰의 우두머리에게도 알려 주었지. 그래서 듣자 하니 파리 경찰이 내가 신뢰할 만한 증인이지 알아보느라고 로마 교황청에 조회를 했다더구나 ─ 젠장칠, 나야 신뢰할 만한 증인이지, 추기경들도 아니라고는 못했을 게다! 요컨대 바뤼엘은 돌을 던지고 손을 감췄던 셈이야. 예전에 자기 책이 일으킨 물의보다 더 큰

---

[6] 갈리아 수석 대주교는 리옹 대주교의 별칭이고, 페슈 추기경은 나폴레옹의 외삼촌이다.

소동이 벌어지는 것은 원치 않았지만, 아무 말도 안 하는 척하면서 내가 밝혀낸 사실을 세상 사람들의 반이 알도록 여기저기에 알렸던 것이지. 이 대목에서 네가 알아야 할 것이 있다. 바뤼엘은 루이 15세가 예수회 수도사들을 프랑스에서 추방하기 전까지 예수회 신학교에서 공부를 했고, 그다음에는 수도회 사제가 아닌 교구 사제로 서품을 받았지만, 비오 7세가 재차 예수회에 온전한 적법성을 부여해 주자 다시 그 수도회의 회원이 되었느니라. 한데 너도 알다시피 나는 열렬한 가톨릭 신자이고 수단을 입은 사제라면 누구에 대해서든 지극한 경의를 표하고 있지만, 확실히 예수회 회원은 어디까지나 예수회 회원이야. 이런 것을 말하면서 저런 일을 하고, 저런 것을 말하면서 이런 일을 하지. 바뤼엘도 그와 다르지 않게 처신했던 셈이고……」

할아버지는 몇 개 남지 않은 치아들 사이로 침을 뱉으시면서 당신의 무례한 독설이 재미있다는 듯 비웃음을 흘리셨다.

그러면서 이렇게 아퀴를 지으셨다.

「내 이야기는 여기까지다. 내 손자 시모니노야, 나는 늙었어. 광야에서 외치는 목소리 노릇을 하기에는 적합하지 않아. 사람들은 내 외침에 귀를 기울이지 않았다만, 대신 영원한 아버지 앞에서 그 무관심에 대해 책임을 지게 될 게다. 나는 이제 증언의 횃불을 너희 젊은이들에게 넘겨주려고 한다. 혐오스럽기 짝이 없는 유대인들이 갈수록 강력해지고, 우리 사르데냐 왕국의 카를로 알베르토 왕은 겁쟁이라서 유대인들에게 점점 더 관대한 태도를 보이고 있어. 하지만 그는 결국 그들의 음모 때문에 쓰러질 것이고…….」

「그들이 여기 토리노에서도 음모를 꾸미고 있나요?」

할아버지는 마치 누가 듣고 있기라도 하듯 땅거미가 밀려 드는 어스레한 방 안을 휘휘 둘러보며 말씀하셨다.

「여기뿐만 아니라 어디에서나 그러고 있지. 그들은 저주받은 족속이야. 그들의 탈무드를 읽을 줄 아는 사람이라면 누구나 하는 얘기지만, 그 책의 가르침에 따르면, 유대인들은 하루에 세 번씩 기독교인들을 저주해야 하고, 기독교인들이 전멸되게 해달라고 야훼에게 기도해야 하며, 만약 낭떠러지 가장자리에서 기독교인을 만나면 그를 낭떠러지 아래로 떼밀도록 되어 있어. 네 이름을 왜 시모니노라고 지었는지 아니? 내가 네 부모에게 그러자고 했다. 성(聖) 시모니노를 기리자는 뜻이었지. 성 시모니노는 아기 순교자야. 15세기에 트렌토에서 유대인들에게 납치되었는데, 유대인들은 자기들의 제례에 사용할 피를 구하기 위해 그 아기를 죽여 토막을 냈다 하더구나.」

*

〈네가 말을 안 듣고 당장 자러 가지 않으면, 오늘 밤에 그 무시무시한 모르데카이가 너를 찾아올 게다.〉 할아버지는 종종 그런 식으로 나에게 겁을 주셨다. 그런 날이면 나는 지붕 밑의 작은 방에서 잠을 이루려고 애쓰면서, 오래된 집에서 으레 나기 마련인 아주 작은 삐걱거림에도 귀를 쫑긋 세우곤 했다. 그러노라면 작은 나무 계단에서 나를 잡으러 오는 그 무시무시한 늙은이의 발소리가 정말로 들리는 듯했고, 그자가 나를 자기의 지옥 같은 거처로 데려가서 어린 순교자들의 피를 섞어 반죽한 무교병을 억지로 먹일 거라는 생각에 몸서리를 쳤다. 그럴 때면 테레사 할멈한테서 들은 다른 이야기들도 한몫 거들었다. 한때 내 아버지의 유모 노릇을 했고 여전히 우리 집에서 기신기신 돌아다니던 그 늙은 하녀의 이야기들과 할아버지의 이야기가 뒤죽박죽이 되면서, 내 귀에는 모르데카이가 침을 흘리면서 음탕하게 중얼거리는 소리가 들려왔다. 〈옳지, 옳지, 어린 기독교인의 냄새가 나는군.〉

*

열네 살이 다 되어 갈 무렵, 나는 여러 차례 게토 안에 들어가 보고 싶은 유혹을 느꼈다. 피에몬테 지방에서 유대인들에 대한 여러 제한이 폐지되어 가던 상황이라서, 토리노의 게토는 당시에 벌써 예전의 경계선 밖으로 조금씩 영역을 넓혀 가고 있었다. 아마도 나는 그 금단 구역의 경계선 어름을 어슬렁거리다가 더러 유대인들과 마주치기도 했을 것이다. 다만 사람들 말대로 많은 유대인이 조상 대대로 내려오던 차림새를 버렸기 때문에 알아보지 못했으리라. 할아버지는 그들이 변장을 하고 우리 곁을 스쳐 가면 우리는 그 사실을 알아차리지도 못한다고 하셨다. 나는 게토 주변을 배회하다가 한 소녀를 만났다. 매일 아침 카를리나 광장[7]을 지나 근처의 가게로

---

7 이는 주로 토리노 사람들이 부르는 이름이고 정식 명칭은 카를로 에마누엘레 2세 광장이다.

그리노라면 작은 나무 계단에서 나를 잡으러 오는
그 무시무시한 늙은이의 발소리가 정말로 들리는 듯했고,
그자가 나를 자기의 지옥 같은 거처로 데려가서
어린 순교자들의 피를 섞어 반죽한 무교병을
억지로 먹일 거라는 생각에 몸서리를 쳤다.

헝겊에 덮인 바구니를 가져가는 검은 머리 소녀였다. 그런데 눈빛이 형형하고, 눈매가 곱고, 살빛이 가무스름한 것이······ 유대인 소녀 같지가 않았다. 할아버지가 묘사한 대로라면 소녀의 부모는 맹금의 상호에 눈매가 독살스러운 사람들일 텐데 그런 부모에게서 그 소녀 같은 딸이 태어날 리가 없겠다 싶었다. 하지만 소녀가 게토가 아닌 다른 곳에서 나왔을 리도 없었다.

내가 테레사 할멈이 아닌 여자를 제대로 바라본 것은 그때가 처음이었다. 나는 아침마다 그 근처를 이리저리 지나갔다. 그러다가 멀리서 소녀를 보게 되면 가슴이 콩닥거리는 것을 느꼈다. 소녀가 보이지 않는 아침나절에는 마치 도망갈 길을 찾으면서도 모든 길을 거부하는 사람처럼 광장을 배회했고, 집에서 할아버지가 식탁에 앉아 나를 기다리시며 성난 손길로 빵의 속살을 짓이기고 있을 때도 계속 거기에 있었다.

어느 날 아침, 나는 용기를 내어 소녀에게 다가가서는 눈을 내리뜬 채로 물었다. 바구니 옮기는 것을 도와주어도 되겠느냐고. 소녀는 자기 혼자서도 아주 잘 들고 갈 수 있다고 대답했다. 사투리로 도도하게. 소녀는 나를 몬수[8]라 부르지 않고 가뉴, 즉 사내애라고 불렀다. 나는 두 번 다시 그 계집애를 찾지도 않았고 보지도 않았다. 시온의 계집애에게 모욕을 당한 것이었다. 내가 뚱뚱했던 탓일까? 사실을 말하건대 하와의 딸들을 상대로 한 나의 전쟁은 바로 거기에서 시작되었다.

[8] 남자에 대한 경칭 〈시뇨레〉에 해당하는 사투리. 프랑스어 〈므시외〉가 변형된 말이다.

*

할아버지는 어린 시절 내내 나를 왕국의 학교에 보내려고 하지 않으셨는데, 그 이유인즉 거기에서는 그저 카르보나리와 공화주의자들만이 선생질을 하기 때문이라는 것이었다. 나는 그 긴 세월을 혼자 집에서 보냈고, 다른 아이들이 강둑에 나와서 놀고 있을 때면 마치 그 애들이 나에게 속한 무언가를 빼앗아 가기라도 한 것처럼 적개심을 가지고 그 애들을 바라보았다. 나머지 시간에는 방 안에 틀어박혀서 예수회 신부와 함께 공부를 했다. 이 독선생은 언제나 할아버지가 당신 주위의 사제들 중에서 내 나이에 맞게 선택해 주셨다. 그런데 나는 열네 살 무렵에 가르친 선생님을 싫어했다. 그것은 그이가 막대기로 손가락을 때려 가면서 가르쳤기 때문이기도 하고 아버지가 (어쩌다 한가롭게 나와 이야기를 나눌 때면) 나에게 사제들에 대한 증오심을 불어넣었기 때문이기도 하다.

「하지만 제 선생님들은 사제들이에요, 예수회 신부님들이라고요.」

내 말에 아버지는 이렇게 반박하셨다.

「그들이 훨씬 더 나빠. 예수회 신부들을 믿으면 안 돼. 어느 거룩한 사제가 뭐라고 썼는지 아니(내가 사제라고 말한 것에 유의해야 해. 사람들이 나를 두고 말하는 것과 같은 메이슨이나 카르보나로나 사탄의 일루미나티가 아니라 천사처럼 착한 조베르티 신부님이 하신 말씀이거든)? 예수회의 도덕규범은 자유로운 정신을 타고난 인간을 폄하하고 괴롭히고 상심

시키고 중상하고 박해하고 손상한다. 예수회의 도덕규범은 공공의 일자리에서 선량하고 유능한 사람들을 몰아내고 대신 한심하고 비루한 자들을 끌어들인다. 예수회의 도덕규범은 공교육과 사교육을 무수한 방식으로 억제하고 속박하고 약화하고 타락시키며, 개인들, 가족들, 계급들, 국가들, 정부들, 민족들 사이에 분명하게 또는 암암리에 원한과 불신과 적의와 증오와 분쟁과 갈등을 야기한다. 예수회 체제는 나태함으로 지성을 약화시키고 용기와 의지를 길들이며, 맥 빠진 규율로 청년들을 무기력하게 만들고, 비굴하고 위선적인 도덕으로 장년들을 타락시키며, 대다수의 우리 시민들이 품고 있는 우정과 가족애와 효심과 조국에 대한 거룩한 사랑을 냉각시키거나 꺼트린다……. 예수회처럼 그렇게 인정머리가 없고(조베르티 신부님 말씀이야), 예수회처럼 이해관계 앞에서 그토록 그악스럽고 무자비하게 구는 종교 집단은 세상 어디에도 없어. 환심을 사려고 아첨을 떠는 그 얼굴, 부드럽고 달콤한 그 말들, 다정하고 친절한 그 태도의 이면에는 수도회의 규율과 상관들의 명령을 충실히 따르는 예수회 회원의 냉혹한 영혼, 가장 신성한 감정과 가장 고결한 애정에도 전혀 반응을 보이지 않는 영혼이 있어. 예수회 회원들은 마키아벨리의 원칙을 가장 엄격하게 실천하고 있지. 자기네 공동체의 안녕을 논하는 자리에서는 정의나 불의, 관대함이나 잔인함 따위를 고려하면 안 되는 거야. 그래서 그들은 어려서부터 신학교에서 교육을 받지. 가족에 대해서 일절 사랑을 품지 않도록 배우고, 친구를 갖기보다는 가장 소중한 동학(同學)의 작은 실수도 윗사람들에게 고자질하는 태도를 갖추도록 배우며, 마음의 움직임 하나하나를 다스리는 법과 절대적인 순종, 즉 페린데 아크 카다베르(시체처럼)[9]의 경지에 도달하는 법을 배우는 거야. 조베르티 신부님이 말씀하시기를, 인도의 파싱가리, 즉 교살교단의 단원들은 자기네 원수들을 밧줄이나 칼로 죽여서 그 시신을 자기네 신들에게 바치고 있음에 반해, 이탈리아의 예수회 회원들은 파충류처럼 혀로, 또는 펜으로 사람을 죽이고 있다 하셨지.」

아버지는 끝으로 이렇게 덧붙이셨다.

「다만 한 가지 재미있는 것은, 조베르티 신부가 그 견해들 가운데 일부를 전년에 프랑스에서 출간된 외젠 쉬의 소설 『방랑하는 유대인』에서 차용하셨다는 사실이야.」

*

아버지. 우리 집안의 골칫덩이. 할아버지 말씀에 따르면, 그는 카르보나리와 한통속이었다. 아버지는 어쩌다 할아버지의 정견이 화제에 오르면, 긴 말은 하지 않고 그저 노인의 망령된 소리를 귀담아듣지 말라고 목소리를 낮춰 말했다. 그러나 아버지 자신의 사상에 대해서는 일절 말하지 않았다. 조심하느라고 그랬는지, 자기 나름으로 할아버지의 의견을 존중하느라고 그랬는지, 아니면 나에게 무관심해서 그랬는지 딱히 그 이유를 알 수는 없었다. 그래도 할아버지와 예수회

9 *perinde ac cadaver*. 순종을 서원한 가톨릭 수도사들의 가장 완벽한 경지를 일컫는 라틴어 관용구.

4. 할아버지 시대　117

신부들의 대화를 여겨듣거나 테레사 할멈과 건물 관리인이 쑥덕거리는 소리에 주의를 기울여 보면 아버지가 어떤 사람인지 충분히 짐작할 수 있었다. 내가 이해하기로 아버지 편 사람들은 프랑스 혁명과 나폴레옹을 지지할 뿐만 아니라, 이탈리아가 오스트리아 제국이며 나폴리의 부르봉 왕조며 교황의 굴레에서 벗어나 통일 국가(할아버지 면전에서는 입에 올리지 말아야 하는 말)가 되기를 바라고 있었다.

*

 나는 족제비처럼 생긴 페르투소 신부에게서 여러 학문의 기초를 배웠다. 페르투소 신부는 우리 시대의 역사에 관해서 나에게 처음으로 가르쳐 준 스승이었다(옛날의 역사에 관해서는 할아버지가 가르쳐 주셨다).
 얼마 뒤에 카르보나리 운동에 관한 소문이 돌기 시작했고, 나는 부재중인 아버지 앞으로 오는 신문들을 할아버지가 없애 버리기 전에 따로 모아 놓고 그것들을 읽으면서 새로운 소식들을 접할 수 있었다. 베르가마스키 신부에게서 라틴어와 독일어 수업을 받아야 했던 것도 기억난다. 그 신부는 할아버지와 아주 친한 사이라서 우리 집의 작은 방 하나를 쓰고 있었다. 그 방은 내 방에서 별로 멀리 떨어져 있지 않았다. 베르가마스키 신부⋯⋯ 페르투소 신부와 달리, 그는 풍채가 좋은 젊은이였다. 머리털이 곱슬곱슬하고 얼굴이 미끈한 데다 말은 청산유수였고, 다른 데서는 몰라도 집에서는 손질이 잘된 수단을 품위 있게 차려입었다. 손가락이 갸름하고 손톱이 남보다 조금 더 길었던 하얀 손이 생각난다. 그건 성직자에게서는 찾아보기가 쉽지 않을 법한 손이었다.

그는 종종 내 뒤에 앉아서 내가 몸을 숙인 채 공부하는 것을 지켜보았고, 내 머리를 쓰다듬으면서 정신이 해이해진 젊은이들에게 닥칠지도 모를 수많은 위험에 대한 경각심을 불어넣었으며, 카르보네리아는 재앙 가운데 재앙인 공산주의의 변장일 뿐이라고 설명했다.

「공산주의자들은 어제까지만 해도 무서워 보이지 않았지만, 이제 그 마르슈(그는 마르크스를 그렇게 발음했던 듯하다)라는 자의 선언이 나온 마당이라 그들의 음모를 만천하에 폭로해야 한다. 너는 인터라켄의 바베테에 관해서 아무것도 몰라. 일루미나티를 창설한 바이스하우프트의 증손녀답게 스위스 공산주의의 위대한 동정녀라 불렸던 여자[10]야.」

이유는 알 수 없으나 베르가마스키 신부는 그 무렵의 주된 화제였던 밀라노나 빈의 봉기보다 스위스에서 가톨릭교도와 프로테스탄트 사이에 벌어지고 있던 종교적인 대립에 더 집착하고 있는 듯했다.

「바베테는 사생아로 태어나, 스위스 급진자유당의 무장대에서 방탕과 도둑질과 약탈과 유혈을 보며 자랐어. 그 여자가

---

10 『푸코의 진자』(97장)에도 간단히 언급되어 독자들의 궁금증을 자아냈던 이 여자는 많은 독자들이 오해하는 것처럼 실존 인물이 아니라, 이탈리아 예수회 신부이자 작가인 안토니오 브레샤니의 소설 『베로나의 유대인』(1860)에 나오는 허구적인 인물이다. 베르가마스키 신부는 그 책에 씌어 있는 얘기를 거의 그대로 소년 시모니니에게 들려주고 있다. 조금 뒤에 나오는 파키 신부의 증언 역시 이 소설을 전거로 삼고 있다.

4. 할아버지 시대   119

하느님을 알았다면 그건 그저 그분의 이름을 모독하는 소리를 계속 들었기 때문이야. 루체른 근처에서 벌어진 소규모 교전에서 그 무장대가 가톨릭 신자 몇 명을 죽였을 때, 바베테 패거리는 그들의 심장을 터뜨리고 눈을 뽑았어. 바베테는 바빌로니아의 애첩에 어울릴 법한 금발을 바람에 휘날리며 우아한 자태를 보이고 있었으나 그 매력의 외투 속에 무서운 사실을 감추고 있었으니, 그녀는 비밀 결사들의 사자(使者)였고 장막에 싸인 그 도당의 온갖 음모와 간교한 술책을 사주하는 악마였어. 그녀는 장난꾸러기 요정처럼 불시에 나타났다가 순식간에 사라졌고, 누구도 알아낼 수 없는 비밀들을 알고 있었으며, 봉인을 훼손하지 않고도 외교 문서들을 훔쳐보았고, 빈과 베를린, 심지어는 페테르부르크의 구중심처에 있는 집무실에 독사처럼 숨어들었으며, 어음을 위조하거나 여권을 변조하는 일에 능했고, 어려서부터 독약 다루는 법을 익혔기에 자기네 패거리가 주문하는 대로 독약을 썼느니라. 그야말로 사탄에 들린 여자나 진배없었지. 열에 달뜬 그 기세며 눈빛의 고혹이 참으로 대단했더니라.」

나는 눈을 휘둥그렇게 뜨고 귀담아듣지 않으려고 애썼지만, 밤이면 인터라켄의 바베테가 꿈결에 보였다. 나는 맨살이 드러난 어깨 위로 금빛 머리채를 늘어뜨리고 있는 그 악마, 향수 냄새를 풍기는 그 사악한 요정의 모습을 지워 버리려고 비몽사몽간에 애를 쓰면서도, 한편으로는 그 여자를 내가 모방해야 할 본보기로 흠모하고 있었다 — 이를테면 나는 그녀의 몸에 손끝을 살짝 갖다 대는 것을 상상하기만 해도 혐오감

나는 눈을 휘둥그렇게 뜨고 귀담아듣지 않으려고 애썼지만,
밤이면 인터라켄의 바베테가 꿈결에 보였다.

에 진저리를 쳤지만, 그러면서도 그녀처럼 여권을 변조할 줄 알고 자기에게 홀린 먹잇감들을 파탄으로 몰아넣는 전능한 비밀 요원이 되고 싶은 욕망을 느끼고 있었다.

*

 나의 스승들은 미식을 즐겼고, 이 악덕은 나에게 전수되어 내가 성년이 된 뒤에도 그대로 남아 있는 것이리라. 여러 신부들이 둘러앉아 있던 식탁의 정경이 기억에 선하다. 쾌활하다기보다는 점잖고 차분한 분위기에서 그들은 할아버지가 대접하신 고기찜의 풍미를 놓고 이야기를 나누었다.

 그 고기찜을 만들기 위해서는 적어도 쇠고기 힘살 반 킬로그램, 꼬리 하나, 넓적다리 살, 작은 살라미, 송아지 혀와 머리, 돼지 껍질 순대, 닭고기, 양파 한 개, 당근 두 개, 셀러리 두 줄기, 파슬리 한 줌이 필요하다. 그 모든 재료를 한데 넣고 약한 불에 삶는데, 삶는 시간은 고기의 종류에 따르다. 그런데 할아버지가 강조하시고 베르가마스키 신부가 힘찬 고갯짓으로 동의했듯이, 중요한 것은 우묵한 접시에 고기찜을 담은 뒤에 굵은 소금을 한 줌 뿌리고 풍미가 높아지도록 뜨거운 육수를 몇 국자 떠서 붓는 일이었다. 그것과 곁들여 먹는 것으로는 감자 몇 개면 충분했다. 고기를 찍어 먹는 소스로는 포도 겨자 소스나 고추냉이 소스, 과일 야생 겨자 소스를 취향에 따라 선택할 수 있었지만, 무엇보다 제격인 것은(할아버지가 절대로 타협하지 않으셨던) 바네토 베르데라는 초록색 소스였다. 이 소스는 파슬리 한 줌과 뼈를 발라낸 안초비 네 마리,

작은 빵의 속살, 케이퍼 한 술, 마늘 한 쪽, 삶은 달걀의 노른자를 한데 넣고 곱게 간 다음, 올리브기름과 식초를 넣어서 만들었다.

내가 기억하기로, 그런 음식은 내 어린 시절과 청소년기의 큰 즐거움이었다. 하기야 그런 것 말고 무엇을 더 바라겠는가?

*

숨이 막히도록 덥던 어느 날 오후. 내가 공부를 하고 있는데, 뒤에 조용히 앉아 있던 베르가마스키 신부가 한 손을 뻗어 내 목덜미를 잡더니 속삭인다. 너처럼 경건하고 착한 마음씨를 가진 소년이 이성의 유혹을 피하고 싶다면, 내가 아버지의 정을 베풀어 줄 수도 있고 성숙한 남자의 뜨거운 기운과 애정을 경험하게 해줄 수도 있어.

그날 이후로 나는 사제라는 사람들이 내 몸에 손대는 것을 허용하지 않았다. 혹시 내가 달라 피콜라 신부로 변장하는 것은 이제 나 자신이 그들처럼 소년들의 몸에 손을 대기 위함이 아닐까?

*

내가 열여덟 살 나던 무렵에, 할아버지는 내가 변호사(피에몬테에서는 누구든 법률 공부를 했다 하면 변호사라고 불러준다)가 되기를 원하시던 터라 어쩔 수 없이 내가 집 밖으로 나가는 것을 받아들이시고 나를 대학에 보내셨다. 나는 처음으로 내 나이의 젊은이들과 어울리려고 해보았다. 그러나 그

4. 할아버지 시대   123

것은 때늦은 시도였고, 나는 늘 경계심을 품은 채로 그들을 대했다. 나는 그들이 여자들에 관해 얘기하거나 혐오스러운 삽화가 들어간 프랑스 책들을 돌려 볼 때면 그들이 왜 키드득거리는지, 그리고 왜 저희끼리만 통하는 눈짓을 주고받는지 도통 이해할 수 없었다. 그들과 어울리느니 혼자 지내며 책을 읽는 게 더 좋았다. 아버지는 파리에 정기 구독을 신청하여 「입헌주의자」라는 신문을 받아 보고 있었다. 그 몇 해 전에 외젠 쉬의 『방랑하는 유대인』이 거기에 연재되었고, 나는 당연히 그 소설을 탐독했다. 그러면서 파렴치한 예수회가 유산을 가로채기 위해 어떤 식으로 가증스러운 범죄를 획책하는지, 그리고 가난하고 선량한 사람들의 권리를 어떻게 짓밟는지 알게 되었다. 또한 이 소설은 예수회 사제들에 대한 경계심뿐만 아니라 연재소설을 읽는 즐거움을 내게 일깨워 주었다. 나는 다락방에서 책들이 들어 있는 상자 하나를 찾아냈다. 두말할 것도 없이 아버지가 할아버지의 감시를 피해 따로 모아 놓은 책들이었다. 나는 오후 내내 『파리의 신비』, 『삼총사』, 『몬테크리스토 백작』 등을 눈이 아프도록 읽어 대며 하루하루를 보냈다.

때는 바야흐로 그 굉장한 해, 1848년이었다. 대학생들은 누구나 마스타이 페레티 추기경이 교황의 자리에 오른 것을 반겼다. 이 교황 비오 9세는 두 해 전에 교황령 내의 정치범에 대한 사면을 승인한 바 있었다. 1848년 벽두에 밀라노에서 반(反)오스트리아 운동이 벌어졌다. 밀라노 시민들은 오스트리아 제국과 그 속국인 롬바르도베네토 왕국 정부의 전매 수입을 줄여 국가 재정을 위기에 빠뜨리겠다며 금연 운동을 펼쳤다(군인들과 경관들은 일부러 냄새가 좋은 엽궐련의 연기를 뿜어 대면서 그들을 자극했지만, 밀라노 시민들은 눈도 깜짝하지 않고 그런 도발을 이겨 냈으며, 토리노의 내 학우들은 그런 밀라노 동지들을 영웅으로 여겼다). 같은 달에 양시칠리아 왕국에서도 혁명 운동이 일어났고 부르봉 왕조의 페르디난도 2세는 헌법 제정을 약속했다. 2월에 파리에서 민중 봉기가 일어나 루이 필리프 왕이 쫓겨나고 공화국이 다시 들어서자 — 그리고 정치범에 대한 사형과 노예 제도가 폐지되고 남성 보통 선거가 다시 도입되자 — 3월에 교황은 헌법뿐만 아니라 언론의 자유를 승인했고, 게토의 유대인들을 여러 가지 모욕적인 관례와 속박에서 해방시켰다. 때를 같이하여 토스카나의 대공 역시 헌법을 승인했고, 사르데냐 왕국에서는 카를로 알베르토 왕이 대의 정부를 구성하기 위한 법령을 반포했다. 또한 빈과 보헤미아와 헝가리에서도 혁명 운동이 일어났고, 밀라노에서는 오스트리아인들을 쫓아내기 위한 봉기가 5일 동안 이어졌으며, 그에 따라 카를로 알베르토 왕은 해방된 밀라노를 사르데냐 왕국에 병합하기 위해 오스트리아를 상대로 전쟁을 선포했다. 내 학우들은 공산당 선언을 놓고 수군거렸고, 학생들뿐만 아니라 노동자들과 빈민들도 새로운 세상의 도래에 환호했다. 그들은 머지않아 마지막 왕의 창자로 마지막 사제의 목을 조르게 되리라 확신하고 있었다.

그러나 모든 소식이 희소식인 것만은 아니었으니, 카를로 알베르토 왕의 군대는 잇달아 참패를 겪었고, 사람들은 그가 밀라노 시민들, 더 나아가서는 모든 애국자들을 배신하는 것으로 여겼다. 그런가 하면 교황 비오 9세는 교황령의 총리가 급진주의자들에게 살해되자 겁에 질린 나머지 양시칠리아 왕국의 가에타로 피신했고, 언제 그랬냐는 듯 태도를 바꾸어 자유주의자들에게서 등을 돌렸다. 다른 나라들에서도 헌법을 제정하겠다던 약속이 잇달아 취소되었다. 그 와중에도 가리발디와 마치니파 애국자들은 로마에 입성했고 이듬해 초에는 로마 공화국을 선포하게 된다.

아버지는 1848년 3월에 집을 나간 뒤로 다시는 돌아오지 않았다. 테레사 할멈은 아버지가 밀라노의 반란자들과 한패가 된 게 분명하다고 말했다. 그런데 우리 집에 자주 드나들던 어느 예수회 신부가 12월경에 가져온 소식에 따르면, 아버지는 마치니파의 일원이 되어 그들과 함께 로마 공화국에 주둔하러 갔다고 했다. 몹시 낙담한 할아버지는 아누스 미라빌리스(기적의 해)[11]를 아누스 호리빌리스(공포의 해)[12]로 변화시키는 무시무시한 예언들을 나에게 마구 쏟아 내셨다. 아닌 게 아니라 그즈음에 사르데냐 왕국의 피에몬테 정부는 예수회를 폐지하고 그들의 재산을 몰수하는 한편, 그들의 주위까지 초토화하기 위해 예수회 계통으로 알려진 산카를로 수도회와 지극히 거룩하신 마리아 수도회 및 지극히 거룩하신 대속자 수도회까지 폐지했다.

11 *annus mirabilis*.
12 *annus horribilis*.

할아버지는 탄식하셨다.

「바야흐로 적그리스도가 도래할 판이로다.」

할아버지가 보시기엔, 그 모든 사건이 유대인들의 음모에 기인한 것이었고 모르데카이의 불길한 예언들이 현실로 나타나고 있는 것이었다.

*

예수회 사제들은 민중의 분노를 피하면서 어떻게든 교구 사제단에 편입되기를 기다려야 하는 상황이었다. 할아버지는 그들에게 은신처를 마련해 주셨다. 그리하여 1849년 벽두에는 다수의 예수회 신부들이 로마에서 도망쳐 남들의 눈을 피해 우리 집으로 왔고, 로마에서 벌어지고 있던 끔찍한 사태를 알려 주었다.

파키 신부. 「방랑하는 유대인」을 읽은 뒤끝이라서 그랬는지 내 눈에는 그가 예수회의 승리를 위해 일체의 도덕적 원칙을 희생시키면서 암약하는 사악한 로댕 신부의 화신으로 보였다. 아마도 파키 신부가 소설 속의 로댕 신부처럼 자기가 예수회 소속이라는 것을 감추기 위해 언제나 평복을 입었기 때문이리라. 그는 옷깃에 땀자국과 비듬이 덕지덕지하게 앉은 낡아 빠진 외투에 올이 드러난 검은 천의 조끼를 받쳐 입었으며, 목에는 손수건을 넥타이 삼아 두르고 다녔다. 커다란 구두에는 언제나 진흙이 잔뜩 묻어 있었음에도 그에 아랑곳하지 않고 우리 집의 아름다운 카펫을 거리낌 없이 밟아 댔다. 얼굴은 뾰족하고 마르고 창백했으며, 희끗희끗한 머리털

4. 할아버지 시대

은 기름기에 절어서 관자놀이에 착 달라붙어 있었고, 눈은 거북이의 눈과 비슷했으며, 입술은 얇고 파리했다.

그가 우리 식탁에 동석하는 것만으로도 혐오감이 들던 판인데, 그는 그것도 모자라서 거룩한 성인의 언어와 어조로 피를 얼어붙게 할 만한 이야기들을 늘어놓았고 그럼으로써 모든 좌중의 식욕을 앗아 가기가 일쑤였다.

「여보게들, 내 목소리가 떨리네만 이 이야기를 하지 않을 수가 없으이. 파리에서 루이 필리프가 쫓겨난 뒤로 무서운 돌림병이 퍼졌네. 루이 필리프가 면병의 반죽이 될 만한 위인은 아니어도 무질서와 혼란을 막는 제방이기는 했던 셈일세. 나는 저간에 로마 백성들이 어떻게 행동하는지 내 눈으로 직접 보았네. 그자들이 정녕 로마의 백성들이겠는가? 그자들은 그저 누더기를 걸치고 머리를 산발한 상것들, 도형지에 보내야 마땅한 무뢰배, 포도주 한 잔에 천국을 부정하고도 남을 놈들이었네. 한마디로 로마의 백성이 아니라, 이탈리아와 외국의 다른 도시들을 혼란에 빠뜨린 가리발디파와 마치니파의 가장 비루한 무리와 한통속이 된 천민들, 모든 악의 맹목적인 도구들이었지. 자네들은 모를 걸세. 공화주의자들이 얼마나 가증스럽고 혐오스러운 악행을 저지르고 있는지 자네들이 어찌 알겠는가. 그들은 성당에 들어가서 순교자들의 유골 단지를 부수는가 하면, 유골을 바람에 날려 버리고 단지를 요강으로 쓰기도 하네. 제단에서 신성한 돌을 떼어 내어 인분으로 칠갑을 하고, 성모 마리아 상을 단도로 긁어 흠집을 내고, 성인들의 초상에다가는 눈에 구멍을 내는 것도 모자라서 음탕한 말을 휘갈겨 넣지. 한 성직자가 공화국에 반대하는 말을 하자, 놈들은 그이를 어느 집 현관문 안으로 끌고 가서 단도로 찌르고 눈알을 파내고 혀를 뽑은 뒤에, 배를 가르고 창자를 그이의 목에 감아 교살했네. 설령 로마가 해방된다 할지라도(이미 프랑스에서 도와주러 올 거라는 말이 돌고 있으니 하는 소리네만), 마치니파가 굴복할 거라고 생각하지는 말게. 그들은 이탈리아의 모든 지방을 본거지로 삼고 있네. 영악하고 교활하며, 거짓 꾸밈과 겉시늉에 능하고, 민첩하고도 과감하며, 참을성이 많고 끈질긴 자들일세. 그들은 로마의 가장 은밀한 소굴에서 계속 모임을 가지면서, 내각과 경찰과 군대, 함대와 요새 내부에 거짓과 위선이 만연하게 만들 것이네.」

「그런데 제 아들놈이 바로 그런 자들 속에 있는 겁니다.」

할아버지는 심신이 피폐한 모습으로 눈물을 지으셨다.

그러다가도 피에몬테의 바롤로 포도주를 놓고 은근한 불에 익힌 아주 맛있는 쇠고기가 식탁에 올라오면 반색을 하며 말씀하셨다.

「제 아들놈은 이 요리의 풍미를 절대로 이해하지 못할 겁니다. 쇠고기를 양파, 당근, 셀러리, 샐비어, 로즈메리, 월계수 잎, 정향, 계피, 노간주나무 열매, 소금, 후추, 버터, 올리브기름, 그리고 당연히 바롤로 한 병과 함께 익힌 다음, 폴렌타나 감자 퓌레와 함께 먹는 이 맛을 모를 테지요. 혁명을 하겠다고 나대 봐야...... 잃는 건 인생의 참맛입니다. 교황을 몰아내서 얻을 게 뭐가 있답니까? 그저 니스식 부야베스(생선 스

한 성직자가 공화국에 반대하는 말을 하자,
놈들은 그이를 어느 집 현관문 안으로 끌고 가서
단도로 찌르고 눈알을 파내고 혀를 뽑은 뒤에,
배를 가르고 창자를 그이의 목에 감아 교살했네.

튜)[13]나 먹게 되겠지요. 그 생선 장수 같은 가리발디는 우리에
게 그딴 것을 강요할 겁니다. 종교가 사라진 대가로 우리가
얻을 것은 겨우 그런 거지요.」

*

 베르가마스키 신부는 며칠 동안 집에 없을 거라고 하면서
평복 차림으로 집을 나서기가 일쑤였다 — 무슨 일로 어디를
어떻게 다녀오는지에 대해서는 일절 말하지 않았다. 그럴 때
면 나는 신부의 방에 들어가서 수단을 훔쳐내어 걸쳐 입고는
체경에 내 모습을 비춰 보면서 춤추는 시늉을 해보았다. 하늘
이 이런 말을 용서해 줄지 모르지만 그러노라면 나 자신이 여
자가 된 기분, 아니 베르가마스키 신부가 여자이고 내가 그를
흉내 내는 기분이 들었다. 만약 달라 피콜라 신부가 바로 나
자신이라는 사실이 드러난다면, 나는 내 변장 취미의 기원을
찾아낸 셈이다.
 수단 호주머니에서 돈(당연히 신부가 잊어버린 돈)을 찾아
냈을 때, 나는 그 돈으로 맛난 것도 사 먹고 말로만 듣던 토리
노의 명소들도 가보기로 했다. 그래서 수단을 입은 채로 —
그 시절에는 그것 자체가 하나의 도발이라는 사실을 고려하
지 않고 — 토리노의 벼룩시장인 발롱의 미로 속으로 들어갔
다. 시장이 자리한 포르타 팔라초 구역은 당시에 토리노의 밑
바닥 인생들이 모여 사는 곳이었고, 도시를 타락시킬 최악의

---

13 *bouillabaisse*.

무뢰배를 모집하여 군대를 결성할 수도 있을 법한 곳이었다. 하지만 축제 때가 되면 포르타 팔라초의 시장은 놀랍도록 활기가 넘쳐 났다. 사람들은 서로 부딪히면서 진열대로 모여들었고, 하녀들은 떼를 지어 푸줏간으로 들어갔으며, 아이들은 누가사탕 장수 앞에 홀린 듯이 멈춰 섰고, 먹보들은 집에서 기른 날짐승이며 불치며 소시지 따위를 샀으며, 식당에는 빈자리를 찾을 수 없을 만큼 손들이 넘쳐 났다. 나는 수단 자락으로 여자들의 펄럭거리는 옷을 스치며 돌아다녔고, 정말 성직자처럼 보이려고 모아 쥔 내 손에 눈길을 붙박고 있으면서도 곁눈으로는 여자들의 머리를 흘깃거렸다. 여자들은 작은 모자나 보닛, 너울이나 스카프를 쓰고 있었다. 합승 마차며 짐마차의 빈번한 왕래와 사람들의 아우성이며 악다구니며 야단법석 때문에 정신이 얼떨떨했다.

비록 이유는 서로 달랐겠지만 할아버지와 아버지는 토리노에 그런 곳이 있다는 사실을 그때까지 나에게 알려 주지 않은 터였다. 나는 그 비등하는 분위기에 마음이 달떠서, 내친걸음에 당시 토리노의 전설적인 장소들 가운데 하나였던 곳을 찾아갔다. 콘솔라타 성당 근처에 있는 카페 〈알 비체린〉이 바로 그곳이었다. 나는 예수회 신부의 옷을 입은 내 모습에 사람들이 경악하는 것을 짓궂게 즐기면서 비체린을 마셨다. 이는 금속 보호대와 손잡이가 달린 유리잔에 우유와 카카오와 커피를 담고 몇몇 향료를 더 넣어서 마시는 음료였다. 내가 숭배하는 영웅들 가운데 하나인 알렉상드르 뒤마도 몇 해 뒤에 이 비체린에 관한 글을 썼다. 그건 나중에 가서야 알게 된 사실이고, 뒤마의 글을 읽기 전에 나는 그 마법적인 장소를 겨우 두세 번 갔을 때부터 이미 그 음료에 관한 모든 것을 알고 있었다. 비체린은 바바레이사라는 음료에서 나온 것이 기는 하지만, 바바레이사가 우유와 커피와 초콜릿을 한데 섞고 시럽으로 단맛을 가한 것이라면, 비체린은 세 가지 재료가 뒤섞이지 않고 세 개의 층을 이룬 채 분리되어 있다. 그래서 비체린을 주문할 때는 취향에 따라서, 커피와 우유로 된〈비체린 푸르 에 피우르〉나 커피와 초콜릿으로 된〈비체린 푸르 에 바르바〉를 주문할 수도 있고, 세 가지 모두를 조금씩 넣은〈운 포크 드 투트〉를 시킬 수도 있다.

카페 정면의 쇠로 된 문틀과 창틀, 그 양쪽에 붙어 있는 광고판, 주철로 된 작은 원주들과 기둥머리 장식, 나무 내장재와 그것을 장식하는 거울들, 대리석 식탁들, 계산대 뒤로 보이는 단지들과 거기에서 나는 아몬드 향기, 그리고 마흔 종류의 당과들, 그 모든 것들이 빚어내는 행복한 분위기⋯⋯ 무엇보다 내 마음에 들었던 것은 일요일에 콘솔라타 성당 신자들이 부러워하는 눈길로 나를 바라보는 것이었다. 비체린은 영성체를 하느라고 허기를 참고 미사에 참석했던 신자들이 성당을 나서면서 찾는 위안의 음료였다 — 게다가 사순절 금식 시간에는 비체린이 더욱 인기가 많았는데, 그 이유인즉 초콜릿 음료는 음식으로 간주되지 않았던 것이다. 위선자들 같으니.

하지만 커피와 초콜릿이 주는 쾌감과는 별도로 나에게 뿌듯한 만족감을 주는 것이 또 있었으니, 내가 다른 사람으로 보인다는 사실이 바로 그것이었다. 사람들은 내가 진정 누구인지 모르고 있었고, 그 사실은 나에게 우월감을 안겨 주었다. 나에겐 아무도 모르는 비밀이 있는 것이었다.

*

그러다가 나는 그곳에 출입하는 것을 삼가기 시작했고 종당에는 그 모험을 중단했다. 내 동학들과 마주치는 것이 두려웠기 때문이다. 그들은 당연히 내가 예수회 신부들과 가까이 지내는 것을 알지 못했고, 나도 자기네와 마찬가지로 카르보나리의 열렬한 지지자이려니 생각하고 있었다.

이탈리아가 반란의 땅이 되기를 열망하고 있던 그들은 통상 〈황금 가재 주점〉에서 만났다. 어느 좁고 어두운 길에 유난히 더 캄캄한 건물 입구가 있고 그 위쪽에 달린 금빛 가재 모양의 간판에 〈황금 가재 주점에서, 맛있는 술과 좋은 위안을〉이라는 말이 적혀 있었다. 그 입구로 들어서면 주방과 술 저장고 구실을 하는 복도가 나왔다. 우리는 소시지와 양파 냄새가 진동하는 속에서 술을 마셨고, 때로는 모라[14] 놀이를 하기도 했으며, 대개는 탁상의 음모자들이 되어 임박한 반란을 상상하면서 일쑤 밤을 지새웠다. 할아버지가 즐겨 드시는 요리는 나를 식도락가로 사는 것에 익숙해지도록 만들어 주었

---

14 고대 그리스·로마 시대부터 전해 내려온 이탈리아, 프랑스 등지의 민속놀이(프랑스어로는 무르). 두 사람이 각자 한 손의 손가락을 원하는 수만큼 펴서 내밀되, 그와 동시에 두 사람이 내민 손가락 개수의 합을 예상하여 2에서 10까지의 수 가운데 하나를 외친다. 그 합을 맞힌 사람이 승자가 된다.

하지만 커피와 초콜릿이 주는 쾌감과는 별도로
나에게 뿌듯한 만족감을 주는 것이 또 있었으니,
내가 다른 사람으로 보인다는 사실이 바로 그것이었다.

음에 반해, 황금 가재에서는 기껏해야 허기를 채울 수 있을 뿐이었다(식성이 좋은 사람인 경우에 한해서). 하지만 나에게는 사교 생활도 필요했고 집에 있는 예수회 신부들로부터 벗어날 필요도 있었다. 그러니까 집에 틀어박혀서 침울한 기분으로 저녁 식사를 하는 것보다는 비록 기름 탄내가 나는 느끼한 음식을 먹을지언정 황금 가재에서 쾌활한 벗들과 시간을 보내는 편이 나았다.

새벽녘이 되면 우리는 입을 벌릴 때마다 마늘 냄새를 푹푹 풍기고 애국주의의 열정을 가슴 가득 품은 채로 주점을 나서서, 경찰 끄나풀들의 눈을 피하기에 딱 좋은 새벽안개의 편안한 장막 속으로 숨어들었다. 때로는 포 강 건너의 언덕으로 올라가서 평지를 뒤덮은 안개 위에 둥둥 떠 있는 것 같은 지붕들과 종탑들을 바라보기도 했다. 그러노라면 멀리 수페르가 언덕바지에 솟은 바실리카 성당이 어느새 아침 햇살에 물들어 바다 한복판의 등대처럼 보이곤 했다.

그런데 우리 대학생들이 장차 건설될 새 나라에 대해서만 이야기를 나눴던 것은 아니다. 우리는 그 나이에 흔히 그러듯 여자들을 화제에 올리기도 했다. 그럴 때면 눈에 불을 켜고 저마다 돌아가면서 자기 가슴에 품고 있는 여자 얘기를 꺼냈으니, 한 친구가 어느 집 발코니를 바라보다가 한 처녀의 미소를 훔쳐 낸 일을 말하면, 다른 친구는 계단을 내려가다가 한 여자의 손을 만진 일을 회상했고, 또 다른 친구는 미사 경본에서 떨어진 꽃잎을 주웠는데 그 꽃잎을 거룩한 책갈피에 끼워 놓은 손가락들의 향기가 아직 남아 있더라는 식의 이야

기(허풍선이의 객쩍은 소리)를 했다. 그런 얘기를 들으면 나
는 화를 내며 뒤로 물러났고, 그 바람에 엄격하고 품행이 방
정한 마치니파라는 평판을 얻었다.

그러던 어느 날 저녁, 우리 가운데 가장 색을 밝히던 친구
가 자기네 집 다락방에서 뜻밖의 발견을 했다며 그 일을 우
리에게 털어놓았다. 매우 자유분방한 난봉꾼인 자기 아버지
가 궤짝 밑바닥에 꼭꼭 숨겨 놓은 책들을 몇 권 찾아냈는데,
그것들을 살펴본즉 당시 토리노 사람들이 프랑스 말로 코숑
(추잡함)[15]이라는 딱지를 붙이던 책들이라는 것이었다. 그는
그 책들을 황금 가재의 기름때 묻은 식탁 위에 벌여 놓을 엄
두가 나지 않는다면서, 순서를 정해서 우리 각자에게 빌려주
겠다고 했다. 그렇게 저마다 돌아가면서 책들을 빌려 가기로
결정이 난 마당이라, 내 차례가 되었을 때 나는 마다할 수가
없었다.

그리하여 그날 밤늦게 예의 책들을 훑어보게 되었다. 보아
하니 아주 비싼 값을 주고 샀을 법한 책들이었다. 장정은 모
로코가죽으로, 제본은 실로 꿰매고 책등에 붉은 헝겊을 붙이
는 방식으로 되어 있었으며, 단면에는 금박을 입혔고, 앞뒤
표지에는 금박의 플뢰롱(꽃문양)[16] — 일부 책에는 어느 가문
의 휘장을 본뜬 문양 — 이 들어가 있었다. 제목은 『작은아씨
의 밤샘』, 『아! 예하, 토마스에게 들키면 어쩌시려고!』 하는 식
이었다. 나는 책장을 훌훌 넘기다가 간간이 들어간 판화들을

15 cochons.
16 fleurons.

보며 전율했다. 머리에서 진땀이 삐질삐질 솟아 두 뺨을 타고 줄줄 흘러 목으로 내려갔다. 한 삽화에서는 젊은 여자들이 치마를 들어 올려 눈이 부시도록 하얀 엉덩이를 보이며 음탕한 남자들의 능욕에 몸을 내맡기고 있었다. 한 여자는 방자하게도 저를 능욕하는 사내 쪽으로 고개를 돌린 채 거의 천진하다 할 만한 미소를 짓고 있었는데, 옆머리를 말아 올려서 그러잖아도 환한 얼굴이 그 장난기 어린 눈빛이며 얌전한 웃음기 때문에 더욱 환해 보였다—내가 망치로 얻어맞은 기분을 느꼈던 것이 정작 그 음란한 엉덩이 때문이었는지, 아니면 그 여자의 미소 때문이었는지 알 수가 없었다. 다른 삽화에서는 훨씬 망측한 모습의 세 여자가 평상에 비스듬히 기대어 다리를 벌린 채로 순결한 치구(恥丘) 아래에 감추고 있어야 할 것을 드러내고 있었다. 그중 한 여자는 머리가 헝클어진 사내의 오른손에 음부를 내맡기고 있었고, 그 옆의 탕녀는 같은 사내와 삽입 성교를 벌이고 있었으며, 세 번째 여자는 살을 헤프게 드러낸 채로 가슴골이 보이도록 음란하게 파낸 옷깃 사이로 사내의 왼손이 들어와 주물럭거리는 것을 받아 주고 있었다. 그다음으로 나는 얼굴이 울룩불룩하게 생긴 신부의 기이한 희화(戲畵)를 찾아냈다. 자세히 보니까, 그 신부의 초상은 여자와 남자의 작은 나신들로 이루어져 있었고, 갖가지 자세로 웅크리고 있는 그 벌거벗은 몸뚱이들에는 거대한 남근들이 박혀 있었으며, 다수의 사내들은 뒷덜미에 집결하여 저희의 고환으로 신부의 구불구불한 머리털을 이루고 있었다.

마녀들의 야회가 따로 없었다. 성행위라는 것이 더없이 끔

찍하게만 보였던 그날 밤이 어떻게 끝났는지는 기억나지 않
는다. 다만 내가 분명히 기억하는 것은 마음을 어지럽히는 그
시련에서 벗어나기 위해 마치 기도문을 암송하듯 어떤 문장
을 나직한 소리로 되뇌었다는 사실이다. 그것은 그 몇 해 전
에 페르투소 신부가 거룩한 글들을 쓴 어떤 작가의 문장이라
며 나에게 암송하라고 했던 것인데, 그 작가가 누구였는지는
이제 기억나지 않는다. 〈육신의 아름다움이란 그저 살가죽에
있을 뿐이다. 아닌 게 아니라 만약 남자들이 여자들의 살가죽
속에 있는 것을 볼 수 있다면, 여자들을 바라보기만 해도 욕
지기를 느끼게 되리라. 여자의 그 우아한 자태는 한낱 흉물스
러운 살덩이이자 피, 체액, 담즙이다. 콧구멍 속에, 목구멍 안
에, 배 속에 무엇이 감춰져 있는지 생각해 보라……. 우리는
토사물이나 똥거름을 보면 단지 손끝으로라도 그것을 만지
려 하지 않는다. 그런 우리가 어찌 똥주머니를 품에 안으려
할 수 있으리오.〉[17]

아마 그 나이에는 내가 하느님의 정의를 믿고 있었던 듯,
나는 이튿날 벌어진 모든 사태를 마녀 집회와도 같은 간밤의
일에 대한 하느님의 복수로 여겼다. 나는 할아버지가 안락의
자에 쓰러져 있는 것을 발견했다. 할아버지는 두 손에 구겨진
편지를 든 채로 곧 돌아가실 것처럼 숨을 헐떡이고 있었다.

17 10세기에 프랑스 클뤼니 수도원의 원장을 지낸 오동 드 클뤼니의 문
장. 움베르토 에코가 감수하고 서문을 쓴 공저서 『중세. 야만인, 그리스도교
도, 이슬람교도』(밀라노, 엔시클로미디어 퍼블리셔스, 2010) 23쪽 참조.

4. 할아버지 시대

우리는 의사를 불렀고, 나는 편지를 집어서 읽어 보았다. 아버지가 로마 공화국을 수호하기 위해 싸우다가 프랑스군의 총탄에 맞아서 목숨을 잃었다는 소식이 담겨 있었다. 사건이 일어난 것은 바로 1849년의 그 6월, 그러니까 프랑스의 우디노 장군이 루이 나폴레옹의 뜻을 받들어 교황령을 마치니파와 가리발디파의 수중에서 해방시키기 위해 원정에 나선 때였다.

할아버지는 돌아가시지 않았다. 여든이 넘은 연세에도 참척의 충격을 이겨 낸 것이었다. 하지만 할아버지는 원한을 가득 품은 채 며칠 동안 침묵에 잠겨 지내셨다. 할아버지의 증오가 아버지를 죽인 프랑스군이나 교황령의 병사들을 향한 것이었는지, 아니면 감히 그들과 대적한 당신 아들의 무책임성을 겨냥한 것이었는지, 그것도 아니라면 당신 아들을 타락시킨 모든 애국자들을 겨눈 것이었는지에 대해서는 알 길이 없었다. 다만 할아버지는 이따금 한탄을 토해 내시면서 유대인들의 책임을 암시하셨다. 그들이 50년 전에 프랑스를 전복시켰던 것과 마찬가지로 이탈리아를 혼란에 빠뜨리는 사건들에도 관여하고 있다는 것이었다.

*

아버지를 회억하기 위함이었는지는 알 수 없으되 나는 다락방에서 긴 시간을 보내며 아버지가 남겨 준 소설들을 읽었고, 그러다가 우편으로 배달된 알렉상드르 뒤마의 『주세페 발사모』를 중간에서 가로채는 데에 성공했다. 아버지는 주문만 해놓고 읽을 수 없게 되어 버린 소설이었다.

알 만한 사람은 다 알겠거니와, 이 경이로운 소설은 칼리오스트로의 모험들과 그가〈왕비의 목걸이 사건〉을 꾸민 방식, 그리고 그 사건 하나로 로앙 추기경이 권력과 재산을 잃고 마리 앙투아네트 왕비의 명예가 실추되고 궁정 전체가 웃음거리가 되는 사연을 이야기한다. 그 이야기가 얼마나 그럴싸한지 많은 사람들이 칼리오스트로의 협작 때문에 군주제의 위신이 땅에 떨어지고 임금을 불신하는 분위기가 만연하게 되었으며 그로 인해 1789년 혁명이 일어났다고 여기고 있었다.

하지만 뒤마는 한 발 더 나아가서, 칼리오스트로, 즉 주세페 발사모를 한낱 교묘한 사기 행각을 벌이는 자가 아니라 만국 프리메이슨회의 비호 아래 정치적 음모를 꾸미는 자로 보고 있다.

나는『주세페 발사모』의 서두에 매혹되었다. 무대는 몽 토네르, 즉〈천둥산〉이다. 라인 강 좌안, 보름스에서 수십 리 떨어진 곳에서 하나의 산맥이 시작되고,〈임금의 의자〉,〈매 바위〉,〈뱀의 능선〉같은 음산한 산봉우리들이 이어진다. 그 봉우리들 가운데 가장 높은 것이 바로 천둥산이다. 1770년 5월 6일(그 운명적인 혁명이 발발하기 거의 20년 전), 태양이 스트라스부르 대성당의 첨탑 뒤로 내려가면서 첨탑 때문에 두 개의 불그스름한 반구로 나뉜 것처럼 보이는 시각, 마인츠에서 온 무명의 나그네가 타고 온 말을 숲의 초입에 버려 둔 채 이 산의 비탈을 오른다. 그때 등 뒤에서 복면을 한 괴한들이

4. 할아버지 시대　141

불쑥 나타나 그를 붙잡더니, 그의 눈을 가린 다음 그를 데리고 숲을 빠져나가 빈터에 다다른다. 거기에서는 유령처럼 수의로 몸을 휘감고 칼로 무장한 사람들 3백 명이 기다리고 있다. 그들은 그를 상대로 아주 엄격한 신문을 벌이기 시작한다.

그대는 무엇을 원하는가? 빛을 보고자 하오. 서약할 준비가 되어 있는가? 그는 모임을 주재하는 사람의 선창에 따라 서약문을 암송한다. 그러고 나자 일련의 시험이 시작된다. 갓 처형당한 배신자의 피를 마시는 것, 단체의 명령에 무조건 순종하겠다는 의지를 보여 주기 위해 권총의 총구를 자기 이마에 대고 방아쇠를 당기는 것과 같은 시험들이다. 일부 프리메이슨 분파의 저급한 의례를 연상시키는 이런 객쩍은 이야기들은 뒤마의 독자들에게는 아주 익숙한 것들이다. 무명의 나그네는 그쯤에서 시험을 중단시키기로 결심하고, 집회의 모든 참석자들을 향해 당당하게 외친다. 자기가 마신 게 피가 아니라는 것도 알고 있고 권총에서 총알이 발사되지 않는 이유도 알고 있으니 이제 아이들 장난 같은 연극을 그만두라고. 사실 그는 참석자들 가운데 어느 누구보다 중요한 인물이다. 바로 만국 프리메이슨회의 수장, 신권을 지닌 우두머리인 것이다.

그는 스톡홀름, 런던, 뉴욕, 취리히, 마드리드, 바르샤바, 그리고 아시아 여러 나라의 프리메이슨 회당을 대표하는 인물들의 이름을 차례로 부르며 지휘자의 면모를 과시하기 시작한다. 그들은 모두 최고 지도부의 부름을 받고 천둥산으로 달려온 것이다.

전 세계의 메이슨 대표들이 왜 여기에 모인 것일까? 나그네가 설명에 나선다. 그는 철의 손과 불의 칼과 금강의 천평칭을 요구하고 있다. 지상에서 불순한 것을 몰아내기 위함이다. 다시 말해 인류의 두 대적(大敵)인 왕좌와 제단을 비천하게 만들고 파괴하기 위함 — 할아버지 말씀에 따르면 파렴치한 볼테르의 모토 에크라제 랭팜[18](파렴치한 것을 분쇄하라) — 이다. 무명의 나그네는 자기가 당대의 모든 강신술사들과 마찬가지로 아슈르바니팔이나 모세 이전부터 이어져 내려온 무수한 세대의 삶을 훤히 꿰고 있음을 상기시키고, 드디어 때가 되었음을 알리기 위해 오리엔트에서 왔노라고 말한다. 그의 주장에 따르면, 만국의 백성들이 거대한 군대를 이루어 빛을 향해 부단히 전진하고 있으며, 이 군대의 선봉에는 프랑스가 있다. 프랑스에서는 여전히 늙고 타락한 임금이 권세를 누리고 있지만, 그 임금은 몇 년밖에 더 살지 못하리라는 것이다. 참석자들 가운데 하나(불세출의 관상가인 스위스 대표 라바테르)가 지적하기를, 관상을 보건대 프랑스 임금의 두 후계자(미래의 루이 16세와 그의 아내 마리 앙투아네트)는 천성이 선량하고 자비롭다고 말한다. 그러나 무명의 나그네(뒤마의 소설에서는 아직 그 이름이 언급되지 않았지만

---

18 écrasez l'infâme. 볼테르가 칼라스 사건(툴루즈의 프로테스탄트 상인 장 칼라스가 가톨릭 신자인 아들을 살해했다는 누명을 쓰고 처형당한 사건)의 진실 규명과 재심을 촉구하며 여론을 환기하던 시절에 친지들에게 보내는 편지의 말미에 써넣었던 슬로건. 그러니까 볼테르가 말하는 〈파렴치한 것〉이란 종교적 불관용과 광신인데, 시모니니의 할아버지는 그런 볼테르를 도리어 파렴치하다고 말한 것이다.

4. 할아버지 시대　143

독자들은 십중팔구 그가 주세페 발사모임을 짐작했으리라)는 진보의 횃불을 전진시키고자 한다면 인간적인 연민에 이끌리지 말아야 한다고 일깨운다. 그러고는 앞으로 20년이 지나면 프랑스의 군주제가 지상에서 사라지리라고 예언한다.

이 대목에서 각국의 지부를 대표하는 지도자들은 저마다 일꾼들과 자금을 제공하겠다고 약속한다. 모두가 릴리아 페디부스 데스트루에,[19] 즉 프랑스의 백합을 짓밟고 파괴하라는 구호 아래 공화주의와 프리메이슨회의 승리를 위해 힘을 합치기로 한 것이다.

프랑스의 정치 제도를 바꾸기 위해 다섯 대륙의 대표들이 모여 음모를 꾸민다는 것은 조금 심하다는 생각이 들 법도 하다. 그러나 나는 그렇게 생각하지 않았다. 그도 그럴 것이 당시 피에몬테 사람들은 프랑스를 세계의 중심으로 여겼으며, 그 밖의 나라로 오스트리아가 존재한다는 것은 당연히 알았고 아주 머나먼 곳에 코친차이나가 있다는 것도 더러는 알았지만, 다른 나라들에 대해서는 관심이 없었다. 아직 이탈리아 중부를 차지하고 있던 교황령은 물론 예외로 하고 말이다. 나는 뒤마가 이야기를 그런 식으로 설정한 것을 놓고(그 위대한 작가에 대한 존경과 아울러) 이 예언자가 단 하나의 음모를 이야기함으로써 이를테면 세상에 존재할 수 있는 모든 음모의 〈보편적인 형식〉을 만들어 낸 게 아닐까 하고 생각했다.

내 생각을 부연하자면 이러하다. 뒤마의 이야기에서 천둥

---

19 *lilia pedibus destrue*.

산이며 라인 강 좌안이며 그 시대와 관련된 것들은 빼버리고, 음모자들이 세계 곳곳에서 오는 대목을 취한다. 그들은 각 나라에 촉수를 뻗고 있는 비밀 집단의 대표들이다. 그들이 모이는 곳은 적당히 어둡기만 하다면 숲 속의 빈터도 좋고 동굴이나 고성이나 공동묘지나 지하 납골당이라 해도 상관없다. 중요한 것은 그들 가운데 한 사람이 연설을 하는 것이다. 음모와 세계 정복의 의지를 적나라하게 드러내는 연설⋯⋯. 내가 알고 지낸 사람들 중에는 비밀에 싸인 어떤 원수의 음모를 두려워하는 사람들이 늘 있었다. 할아버지에게는 유대인들이 그런 음모를 꾸미는 원수였고, 예수회 신부들에게는 프리메이슨이, 가리발디파인 아버지에게는 예수회가, 유럽의 절반쯤 되는 나라들의 군주에게는 카르보나리가, 마치니파인 내 동학들에게는 사제들의 조종을 받는 국왕이, 세상 절반의 경찰들에게는 바이에른의 일루미나티가 그런 적들이었다. 어떤 음모 때문에 자기가 위험에 처해 있다고 생각하는 사람들은 오늘날에도 여전히 존재한다. 지상에 그런 사람들이 얼마나 많은지 누가 알겠는가. 뒤마는 하나의 서식을 만들어 낸 셈이다. 누구든 자기가 원하는 대로 그 서식을 작성하면, 자기 나름의 음모론을 만들어 낼 수 있는 것이다.

뒤마는 진정 인간의 흉중을 꿰뚫어 본 작가였다. 인간은 저마다 무엇인가를 열망한다. 불행한 사람, 운명의 여신에게서 사랑을 받지 못한 사람일수록 갈망도 크다. 그렇다면 인간은 무엇을 열망하는가? 돈을 열망하고, 누구나 그 유혹에 빠지기 쉬운 권력(남에게 명령을 내리고 남을 모욕하는 쾌감)을 열망하며, 자기가 겪은 부당한 일(살아가면서 누구나 한 번쯤은 비록 사소한 것일지라도 부당한 일을 겪게 마련이다)에 대한 복수를 열망한다. 뒤마는 『몽테크리스토 백작』에서 우리에게 초인적인 권력을 줄 수 있을 만큼 막대한 부를 획득하는 일이 어떻게 가능한지, 그리고 그 부와 권력을 이용하여 원수들 하나하나에게 어떤 식으로 앙갚음을 할 수 있는지를 보여 준다. 하지만 사람들의 의구심은 여전히 풀리지 않는다. 왜 나에게는 그런 행운이 따르지 않는가(그렇게 엄청난 행운은 고사하고 그저 소박한 바람이라도 이룰 수 있으면 좋으련만 왜 나는 그마저도 얻지 못하는가)? 나보다 못한 사람들에게도 내리는 복이 왜 나한테는 오지 않는가? 사람이 불행한 것은 그 자신이 무능한 탓일 수도 있으련만, 아무도 그런 생각을 받아들이지 않는다. 그래서 사람들은 자기들을 불행하게 만든 죄인을 찾아내려고 한다. 뒤마는 욕구 불만에 빠진 모든 사람들에게(모든 개인과 모든 민족에게) 그들의 실패에 대한 설명을 제공한다. 천둥산 꼭대기에서 열린 모임에서 어떤 무리가 그대의 몰락을 계획했다는 식으로…….

따지고 보면, 뒤마는 아무것도 발명하지 않았다. 할아버지 말씀대로라면 프리메이슨회의 음모를 밝혀낸 것은 바뤼엘 신부였고, 뒤마가 한 일은 그 폭로를 이야기 형식으로 꾸민 것에 지나지 않았다. 바로 그 점에 비추어 나는 그 시절에 벌써 중요한 사실 하나를 깨달았다. 어떤 음모를 폭로하는 문서를 만들어서 팔아먹으려면 독창적인 내용을 구매자에게 제공해서는 안 되고, 오히려 구매자가 이미 알아낸 것이나 다른 경로를 통해 쉽게 알아낼 수 있는 것만을 제공해야 한다. 사람들은 저희가 이미 알고 있는 것만을 믿는다. 음모론의 보편적인 형식이 빛나는 이유가 바로 거기에 있다.

*

때는 1855년, 나는 스물다섯 살이었고, 법과대학을 졸업하기는 했으나 인생을 어떻게 꾸려 가야 할지 모르던 시절이었다. 옛 학우들과 어울려 다니기는 해도 혁명에 대한 그들의 열정에는 별로 동조하지 않았고, 오히려 혁명에 회의를 품은 채로 그들이 결국 실망하게 되리라는 것을 몇 개월 앞서 예상하고 있었다. 바야흐로 로마는 다시 교황의 통치 아래로 들어가고, 개혁의 상징이었던 교황 비오 9세는 전임자들보다 더 뒤로 돌아가는 모습을 보이고 있었다. 그런가 하면 사르데냐 왕국의 카를로 알베르토 왕이 이탈리아 통일의 기수가 되리라는 희망은 그의 불운과 비겁함 때문에 물거품이 되어 갔고, 프랑스에서는 급진적인 사회주의 운동이 시민들의 마음에 불을 지피는가 싶더니 제정이 다시 들어서고 말았다. 게다가 피에몬테의 새 정부는 이탈리아를 해방시키기는커녕 병사들을 크림 반도에 보내서 쓸데없는 전쟁을 벌이고 있었다.

프랑스 신문의 연재소설들은 예수회 신부들이 나에게 가르쳐 준 것보다 더 많은 것을 알게 해주었건만, 그것도 더는 읽을 수 없게 되었다. 프랑스에서 연재소설을 싣는 모든 신문에 호당 5상팀의 세금을 물리는〈리앙세 수정안〉이라는 법이 공포된 때문이었다. 이 법의 제정을 주도한 것은 공교육 고등

심의회라는 기관이었는데 무슨 까닭에서인지 그 심의관들 중에 대주교가 세 명, 주교가 한 명 포함되어 있었다. 신문 연재소설에 관해서 잘 모르는 사람들에게는 대수로운 소식이 아니었겠지만, 나와 내 동학들은 그것이 가져올 결과를 즉시 간파했다. 연재소설을 게재할 때마다 돈을 내라는 것은 말이 세금이지 사실상 너무 과중한 벌금이라서, 프랑스 신문들은 소설 연재를 포기할 공산이 컸다. 결국 외젠 쉬나 알렉상드르 뒤마처럼 사회의 악을 고발해 온 작가들의 목소리를 잠재우려는 수작이었다.

그러는 동안 할아버지는 갈수록 망령이 심해지는 것처럼 보이다가도 이따금 아주 말짱한 정신으로 세상 돌아가는 것에 관심을 가지셨는데, 어느 날인가는 피에몬테 정부가 아첼리오와 카부르 같은 메이슨들의 수중에 들어간 뒤로 사탄의 회당이 되어 버렸다고 한탄하셨다.

「너도 알다시피, 그놈의 시카르디 법이 만들어져서 그들이 성직자의 특권이라 지칭하는 것들이 폐지되었구나. 성소로 피신한 자를 보호해 주는 것은 교회의 당연한 권리이거늘, 무슨 연고로 그것을 폐지한단 말이냐? 교회의 권한이 경찰의 권한만 못하다고 생각하는 소치가 아니겠느냐? 일반 범죄를 저지른 성직자가 있다면 교회 법원에서 다스리는 게 마땅하거늘, 무슨 연유로 교회 법원을 폐지한단 말이냐? 교회가 자기 식구들을 심판할 권리도 없다더냐? 출판물에 관한 종교적인 예방 검열을 폐지하는 것은 또 무슨 속셈이냐? 이제는 누구든 신앙이나 윤리를 존중하지 않고 제멋대로 떠들어대도 좋다는 것이냐? 우리 프란소니 대주교님은 그런 조치들에 복종하지 말라고 토리노의 사제들에게 권고하셨다가 범죄자 취급을 당하며 체포되셨을 뿐만 아니라 한 달의 구류형까지 받으셨어! 그러더니 이제는 탁발 수도회들과 관상 수도회들이 폐지되는 지경에 이르렀구나. 거의 6천에 달하는 수도사들이 내쫓긴 게야. 정부는 수도회들의 재산을 가로채고는 교구 사제들의 보수를 지불하는 데 쓰겠다고 말하지만, 그 수도회들의 재산을 다 합치면 우리 왕국의 모든 사제가 받는 보수를 합친 것의 열 배, 아니 백 배는 될 게다. 그러니까 정부의 속셈은 그 돈을 엉뚱한 곳에 쓰려는 것이야. 서민들에게 도움이 되지 않는 것을 가르칠 게 뻔한 공립학교를 위해서 지출하거나 개토의 도로들을 포장하는 데 쓰겠지! 그 모든 일이〈자유로운 국가 안의 자유로운 교회〉라는 구호 아래 이루어지고 있지만, 말만 그럴싸하지 진짜 자유로운 것은 국가뿐이야. 직권을 남용하면서 방자하게 굴고 있거든. 인간에게는 하느님의 법을 따를 권리가 있어. 지옥을 피하고 천국에 갈 자격을 얻겠다는데 그걸 못 하게 하면 안 되지. 진정한 자유란 그런 권리를 갖는다는 것이니라. 그런데 오늘날 사람들이 말하는 자유는 그렇고 그런 신앙들과 의견들 중에서 가장 마음에 드는 것을 선택할 수 있다는 얘기로 들리는구나. 국가 쪽에서 보면 네가 자유 석공회원이든 그리스도교인이든 유대교 신자든 이슬람교도이든 매한가지라는 식이야. 그러니 사람들이 진리에서 멀어질 수밖에.」

어느 날 저녁 할아버지는 나를 당신 아들로 착각하실 정도

우리 프란소니 대주교님은
그런 조치들에 복종하지 말라고 토리노의 사제들에게
권고하셨다가 범죄자 취급을 당하며 체포되셨을 뿐만 아니라
한 달의 구류형까지 받으셨어!

로 기력이 쇠잔해진 채로 울먹이시더니, 숨을 헐떡이고 신음을 토하면서 말씀하셨다.

「아들아, 결국 다 사라지는구나. 라테라노 성직 수도회, 산테지디오 성직 수도회, 가르멜회와 맨발의 가르멜회, 샤르트르회, 몬테카시노 베네딕트회, 시토회, 몬테올리베토회, 미니미회, 콘벤투알 작은형제회, 오세르반차 작은형제회, 개혁파 작은형제회, 카푸친 작은형제회, 산타마리아회, 예수그리스도 수난회, 도미니크회, 자비의 성모회, 성모 충복회, 오라토리오회의 수도사들도 사라지고, 클라라회, 성십자가회, 청색 수녀회, 세례요한 수녀회도 사라지게 생겼어.」

할아버지는 점점 흥분이 고조되는 나머지 숨을 돌리는 것조차 잊으신 듯 그 목록을 묵주 기도처럼 읊어 대시면서 시베[20]를 식탁에 올리라고 하셨다. 이 요리는 산토끼 고기를 달걀만 한 조각으로 큼직큼직하게 자르고 심장이며 간과 함께 냄비에 담은 뒤에, 돼지비계, 버터, 밀가루, 파슬리, 바르베라 포도주 반 리터, 작은 양파, 소금, 후추, 향신료, 설탕 등을 넣어서 끓인 스튜였다.

할아버지는 그런대로 위안을 얻으신 듯하더니, 어느 순간 눈을 휘둥그렇게 뜨고 가볍게 트림을 한 뒤에 숨을 거두셨다.

추시계가 자정을 알리면서 내가 너무 오래도록 앉아서 거의 쉬지 않고 글을 쓰고 있음을 일깨운다. 할아버지가 돌아가

20 civet.

신 뒤로 몇 해 동안 무슨 일이 있었는지 기억해 내려고 해보지만, 이제 아무리 애를 써도 생각이 나지 않는다.

머리가 어질어질하다.

5

카르보나로 행세를 하는 시모네

1897년 3월 27일 밤

 나를 용서하시오, 시모니니 대위, 부득불 당신 일기를 읽었고 이렇게 끼어들기까지 하는구려. 하지만 오늘 아침에 내가 당신 침대에서 깨어난 것은 내가 하고자 해서 한 일이 아니오. 당신은 내가 달라 피콜라 신부라는 것(또는 사실 여부는 차치하더라도 내가 그렇게 생각한다는 것)을 알아차렸구려.

 잠에서 깨어나 보니, 나는 낯선 방에, 내 것이 아닌 침대에 누워 있었고, 내 수단이며 가발은 자취조차 찾을 수가 없었소. 그저 침대 옆에 가짜 수염이 놓여 있더이다. 가짜 수염?

 잠에서 깨어났을 때 내가 누구인지 알지 못하는 일은 이미 며칠 전에도 있었소. 다만 그때는 내 집에서 그 일이 벌어졌고, 오늘 아침에는 남의 집에서 이러고 있는 거요. 일어나 보니 눈에 눈곱이 낀 것처럼 시야가 흐리고, 내가 제 풀에 깨물기라도 한 것처럼 혀가 아팠소.

나는 창밖을 보면서 이 집이 모베르 골목에 면해 있다는 것을 알아차렸소. 그렇다면 이 집 너머에 바로 내가 살고 있는 메트르 알베르 거리가 있다는 얘기가 되는구려.

　나는 집 안을 샅샅이 뒤지기 시작했소. 보아하니 이 집에 사는 사람은 성직자가 아니라 속인이었고, 가짜 수염을 달고 다니는 것이 분명했소. 그렇다면(이렇게 말하는 것을 용서해 주시오) 품행이 의심스러운 사람이라는 얘기요. 사무실 같은 방이 나오기에 들어가 보니 남에게 과시하기 위한 가구들이 들어차 있고, 안쪽 커튼 뒤에 작은 문이 나 있습디다. 나는 문을 열고 복도로 들어섰소. 옷이며 가발이 가득해서 어느 극장의 무대 뒤에 와 있는 기분이 들었소. 바로 내가 며칠 전에 수단 한 벌을 찾아냈던 곳입디다. 다만 이번에는 반대쪽으로, 그러니까 내 집 쪽으로 복도를 통과한 거요.

　나는 내 책상에서 일련의 메모를 발견했소. 당신이 재구성해 놓은 것을 가지고 짐작해 보건대, 내가 3월 22일에, 다시 말해서 오늘 아침처럼 기억을 잃은 채로 깨어났던 그날에 작성한 메모일 거요. 문득 이런 의문이 듭디다. 그날 내가 오퇴유라는 곳과 다이애나라는 여자에 관해서 적어 놓은 마지막 메모는 무엇을 의미하는 것일까? 그리고 다이애나는 누구인가?

　참 기이한 일이오. 당신은 우리 두 사람이 동일인이 아닐까 생각하고 있소. 만약 그게 사실이라면 당신이 당신의 삶에 관해서 많은 것을 기억해 내듯이 나도 내 삶에 관해서 무언가를 기억해 내야 할 텐데, 나는 기억나는 게 별로 없소. 그런가 하면 당신의 일기가 증명하고 있듯이, 당신은 나에 관해서 아무것도 모르고 있소. 한데 방금 깨달은 것이지만, 나는 당신에게 일어난 일들 가운데 다른 것들을 적잖이 기억하고 있소. 그것들은 공교롭게도 당신이 기억해 내지 못하는 것으로 보이는 일들이오. 하여 나는 이렇게 묻지 않을 수 없소. 내가 당신에 관해서 그토록 많은 것을 기억해 낼 수 있다면, 내가 바로 당신인 것이오?

아마 아닐 거요. 우리는 서로 다른 사람들인데, 어떤 알 수 없는 연유로 공동생활을 하고 있는 것뿐이오. 나는 성직자이고, 내가 당신에 관해서 많은 것을 알게 된 까닭은 아마도 고해의 비밀을 지키겠다는 약조를 받고 당신이 나에게 이야기를 들려주었기 때문일 거요. 그게 아니라면 나는 당신이 말한 프로이드 박사의 자리를 차지한 사람이 아니겠소? 당신은 기억하지 못하지만, 내가 당신의 마음속 깊은 곳에서 당신이 애써 감춰 두려는 것을 끄집어냈을 수도 있다는 얘기요.

어쨌거나 내가 사제로서 마땅히 해야 할 일이 있으니, 당신 할아버님이 돌아가신 뒤로 — 그분이 주님의 환대를 받아 의인들의 안식을 누리고 계시기를 — 당신에게 무슨 일이 일어났는지 일깨워 주는 게 바로 그 일이오. 만약 당신이 지금 당장 죽는다면, 주님은 분명 당신에게 그런 안식을 허락하시지 않을 거요. 그도 그럴 것이 내가 보기에 남들에 대한 당신의 행실에는 책망받을 만한 바가 없지 않소. 당신에게 그 시절에 대한 기억이 되살아나지 않는 것도 아마 그때 일들이 당신에게 명예가 되지 않기 때문일 거요.

*

5. 카르보나로 행세를 하는 시모네

정작 달라 피콜라가 시모니니에게 전해 준 이야기는 여러 사건들을 아주 빈약하게, 시모니니의 서체와는 사뭇 다른 깨알 같은 글씨로 죽 적어 놓은 것에 지나지 않았다. 하지만 바로 그렇게 찔끔찔끔 들려준 이야기가 시모니니에게는 마치 이미지들과 말들이 내려앉는 횃대로 작용해서 갑자기 많은 것들이 그의 머릿속으로 밀려들었다. 이제 화자는 한 사람이 자극하면 다른 사람이 반응하는 그 게임을 더욱 조리 있게 만들기 위해서, 그리고 짐짓 고결한 척하며 자기 〈알테르 에고〉의 탈선을 너무 엄숙하게 비판하는 달라 피콜라 신부의 위선적인 어조를 독자들에게 강요하지 않기 위해서, 이야기의 바탕이 되는 그 재료를 요약하거나 적절하게 부연하고자 한다.

맨발의 가르멜 수도회가 수난을 당한 일은 물론이고 할아버지가 세상을 떠난 일조차 시모네에게는 이렇다 할 충격을 주지 않은 듯하다. 그는 아마도 자기 할아버지에게 애정을 가지고 있었을 것이다. 하지만 그는 일부러 그를 억압하기 위해 마련된 것만 같은 집에 틀어박혀서 어린 시절과 청소년기를 보냈고, 그러는 동안 할아버지는 물론이고 검은 수단을 입은 가정 교사들마저 끊임없이 세상에 대한 불신과 원망과 유감을 그에게 불어넣었기 때문에, 까다로운 자기애(自己愛) 말고는 어떤 감정도 품을 수 없게 되었고, 그 자기애는 점차 하나의 철학적 견해처럼 차분하고도 평온한 양상을 띠어 갔다.

그는 상주가 되어 저명한 성직자들이며 아직 앙시앵 레짐에서 벗어나지 못한 귀족 계급의 명사들이 참석한 가운데 장례를 치렀다. 그런 다음 집안의 대소사에 늘 관여해 온 늙은 공증인 레바우덴고를 만났다. 시모니니는 공증인이 가져온 할아버지의 유언장을 읽고 나서, 할아버지가 당신의 전 재산을 자기에게 물려주셨다는 사실을 알게 되었다. 다만 한 가지 문제가 있었다. 공증인이 알려 준 바에 따르면(공증인은 그런 상황을 즐기는 표정을 짓고 있었다), 할아버지가 서명한 여러 건의 저당과 몇 건의 잘못된 투자 때문에 그 상속 재산 가운데 남은 것이 전혀 없고, 심지어는 집과 세간붙이마저 절차가 마무리되는 대로 채권자들의 손에 넘어가리라는 것이었다 — 채권자들이 여태까지는 존경받는 신사였던 할아버지의 체면을 생각해서 본색을 드러내지 않고 있었지만, 손자를 상대로 해서는 아무 거리낌이 없으리라고 했다.

이어서 공증인은 시모니니에게 말했다.

「이보시오, 변호사 양반, 아마도 이건 새로운 시대의 경향이라서 예전 같으면 받아들이기가 어려웠겠지만, 좋은 집안의 자제들도 때로는 허리를 굽히고 일을 해야 하오. 만약 굴욕을 무릅쓰고 일을 해볼 생각이 있다면, 내 사무소에 자리를 하나 마련해 주겠소. 마침 약간의 법률 지식을 갖춘 젊은이 한 사람을 고용할까 하던 참이오. 내가 당신의 능력에 걸맞은 보수를 줄 수 없으리라는 것은 분명하지만, 그래도 다른 거처를 찾아내서 소박하게 살아갈 만한 돈은 받을 수 있을 게요.」

시모네는 즉시 공증인을 의심했다. 할아버지가 이러저리

한 문서에 경솔하게 서명을 하는 바람에 많은 재산이 날아갔다는 것은 거짓말이고, 사실은 그자가 그 재산을 모두 가로챈 것이 아닌가 싶었다. 하지만 증거가 없었고, 어떻게든 먹고살아야 하는 형편이었다. 그는 공증인 밑에서 일하다 보면 언젠가 그자에게 당한 것을 되갚아 줄 수 있는 날이 오리라고 생각했다. 그자가 자기 재산을 부당하게 가로챘다고 확신하면서 그것을 도로 빼앗아 오리라 작정한 것이었다. 그는 어찌어찌하여 바르바루 거리에 두 칸짜리 거처를 마련하고 동학들이 모이는 여러 술집에는 뜸하게 왕래하면서 레바우덴고의 공증인 사무소에 나가기 시작했다. 레바우덴고는 쩨쩨하고 건방지고 의심이 많은 자였다 — 시모니니를 〈변호사 양반〉이라고 부르면서 공대를 하던 자가 언제 그랬냐는 듯이 그를 그냥 시모니니라고 불렀는데, 이는 자기를 주인으로 모시라는 뜻이었다. 하지만 시모니니는 몇 해 동안 그렇게 공증인 사무소 서기(사람들이 보통 그렇게 불렀다)로 일하면서 정식으로 공증인 자격을 얻었고, 경계심 많은 주인의 신임을 얻음에 따라 그자의 주된 업무가 무엇인지도 알게 되었다. 레바우덴고는 여느 공증인들처럼 유언이나 증여나 매매나 그 밖의 계약에 인증을 주기보다는 실제로 행해진 적이 없는 증여나 매매나 유언이나 계약을 공증하고 있었다. 다시 말해서 공증인 레바우덴고는 상당한 금액의 보수를 받고 가짜 증서를 작성하고 있었으며, 필요한 경우에는 남의 필체를 모방하기도 하고 인근 술집에서 매수한 사람들을 증인으로 내세우기도 했다.

레바우덴고는 이제 친근한 사이가 되었다는 듯 말씨를 바꾸어서 설명했다.

「이보게 시모네, 이 점을 분명히 해두세. 나는 가짜를 만들어 내는 것이 아니라, 진짜 문서의 새로운 사본들을 만들어 주는 걸세. 그 진짜 문서가 분실된 경우, 또는 비록 어쩌다 사소한 탈이 생겨서 작성되지는 않았지만 작성될 수 있었고 작성되어야 마땅했던 경우에 말일세. 내가 세례 증명서를 작성한다고 치세. 이런 예를 들어서 미안하네만, 만약 그 세례 증명서에 자네가 오달렌고 피콜로라는 시골 마을에서 어느 매춘부의 아들로 태어난 것으로 되어 있다면(그는 그 모욕적인 가정을 재미있어하며 비웃음을 흘렸다), 그건 거짓된 문서일세. 나는 명예를 소중하게 생각하는 사람이므로 그따위 범죄를 저지르지는 않네. 그런데 가령 자네가 부모의 재산을 상속받기로 되어 있는데 자네를 적대하는 어떤 자가 그 재산을 노린다고 치세. 자네는 그자가 자네 아버지나 어머니의 피를 받기는커녕 오달렌고 피콜로에 사는 어느 창부에게서 태어났다는 것을 알고 있는데, 그자는 자네 재산에 대한 자기의 권리를 요구하기 위해 자기 세례 증명서를 없애 버리네. 그래서 자네는 그 사기꾼의 계획을 좌절시키기 위해 나한테 사라진 세례 증명서를 만들어 달라고 하지. 그러면 나는 자네의 부탁을 들어줌으로써 진실을 드러내는 데 일조하게 되네. 우리는 어느 쪽이 진실한지 알고 있고 내가 그 사실을 증명해 주니까. 자네는 양심의 가책을 느끼지 않을 걸세.」

「그렇군요. 한데 그자가 사실은 어느 매음녀의 아들이라

「이보게 시모네, 이 점을 분명히 해두세.
나는 가짜를 만들어 내는 것이 아니라,
진짜 문서의 새로운 사본들을 만들어 주는 걸세.
그 진짜 문서가 분실된 경우, 또는 비록 어쩌다 사소한
탈이 생겨서 작성되지는 않았지만 작성될 수 있었고
작성되어야 마땅했던 경우에 말일세.」

는 것을 어르신이 어떻게 아시지요?」

「그거야 자네가 말해 줬잖아! 그건 자네가 잘 알고 있는 사실이야.」

「그러니까 그냥 저를 믿고 증명서를 만들어 주신다, 이건 가요?」

「나는 언제나 내 고객들을 신뢰하네. 나는 명예를 중시하는 사람들만 도와주거든.」

「하지만 만에 하나 고객이 어르신에게 거짓말을 한다면 어떻게 되나요?」

「그렇다면 그 사람은 죄를 짓는 거지. 하지만 나는 죄가 없네. 고객들이 거짓말을 할 수도 있다는 생각을 품고 있다면, 이 직업에 종사하는 것을 그만둬야지. 이 직업은 신뢰에 바탕을 두고 있다네.」

시모네는 남들도 레바우덴고가 하는 일을 두고 과연 정직하다고 말할까 하고 의구심을 품었지만, 그 공증인 사무소의 비밀을 깨우친 뒤로 문서를 위조하거나 변조하는 일에 가담했고, 이내 스승을 능가하면서 자신에게 비범한 모사의 재주가 있음을 깨달았다.

게다가 레바우덴고는 마치 자기가 시키고 있는 일에 대해 사과하기라도 하듯, 또는 자기 조수의 약점이 식도락에 있음을 알아내기라도 한 듯, 이따금 시모네를 일 캄비오(카부르 같은 정계의 거물까지 단골손님으로 둔 곳) 같은 레스토랑에 데려갔고, 피에몬테의 진미인 〈피난치에라〉의 신비를 알게 해주었다. 이 요리는 수탉의 볏, 어린 양의 가슴샘과 췌장,

송아지의 골수와 고환, 쇠고기 등심, 그물버섯, 마르살라 포도주 반 리터, 밀가루, 소금, 올리브기름, 버터, 그리고 이 모든 것에 약간의 신맛을 더하는 연금술적인 분량의 식초가 빚어내는 교향악이었다 — 이 요리를 제대로 맛보기 위해서는 그 이름이 시사하듯 프록코트 또는 다른 말로 스티펠리우스를 입고 갔어야 했으리라.[1]

시모네는 공화주의에 목숨을 바친 아버지를 보면서도 영웅주의나 자기희생 따위는 배우지 않았다. 하지만 피난치에라를 맛본 그날 저녁만큼은 목숨이 다할 때까지 레바우덴고를 모시리라는 마음가짐이 들었다 — 사람 일이란 알 수 없으니 자기 목숨이 다할 때까지라고는 말할 수 없어도 레바우덴고의 목숨이 다할 때까지는 그럴 수 있을 것 같았다.

그러는 사이에 비록 대단치는 않지만 그의 봉급도 올랐다 — 공증인은 부쩍 늙어 가면서 시력을 잃고 손을 떨었기 때문에 시모네는 얼마 지나지 않아 그에게 없어서는 안 되는 사람이 되었다. 하지만 그렇게 형편이 좋아졌기 때문에, 그리고 자신의 가장 깊고도 육체적인 열정이 되어 가던 식도락의 욕구를 충족시키자면 토리노에서 가장 유명한 레스토랑들에 가는 것을 더 이상 피할 수 없게 되었기 때문에(아, 피에몬테식 아뇰로티의 그 진미! 이 네모난 만두의 소로 들어가는 것은 흰 고기 구운 것, 붉은 고기 구운 것,[2] 삶은 쇠고기, 뼈를

---

1 이탈리아어 피난치에라*finanziera*는 요리 이름이기도 하고 프록코트의 다른 이름이기도 하다.

2 이탈리아어에서 흰 고기는 송아지 고기, 어린 양 고기, 닭고기, 거위 고

발라내고 삶은 닭고기, 구운 고기와 함께 요리한 사보이아 양배추, 계란 네 개, 파르마산(産) 치즈, 육두구, 소금, 후추이며, 국물은 고기를 삶아 낸 물에 버터와 마늘과 로즈메리 가지 하나를 넣어서 만든다), 젊은 시모네는 닳아 해진 옷들을 버리고 그런 곳들의 격식에 맞는 옷을 입어야만 했다. 말하자면 갈 수 있는 곳이 많아지는 만큼 그에 따르는 요구도 많아지는 것이었다.

시모네는 레바우덴고와 함께 일하면서 이 공증인이 개인 고객들을 위해 비밀스러운 임무를 수행할 뿐만 아니라 공공의 안녕과 질서를 책임지고 있는 사람들에게도 봉사를 한다는 사실 — 아마도 그리 적법하다고 할 수는 없는 자기의 어떤 일이 관계 당국에 알려지더라도 뒤탈이 생기지 않게 하려는 것이었으리라 — 을 알게 되었다. 그의 말에 따르면, 이따금 치안 당국이 판사들에게 증거 문서를 제출해야 하는 경우가 있었다. 어떤 피의자에게 정의의 이름으로 유죄 판결을 내리기 위해서는 경찰의 추정이 억지가 아니라는 것을 판사들이 확신할 수 있도록 증거가 될 만한 문서들을 제시해야 하는 것이었다. 그런 사정 때문에 레바우덴고는 신원이 분명치 않은 인물들과 접촉하게 되었다. 그는 가끔씩 사무소에 들르는 그들을 〈당국에서 나온 신사들〉이라고 불렀다. 그 당국이라는 게 무엇인지, 무슨 일을 맡아서 하는 기관인지를 짐

기, 칠면조 고기, 토끼 고기 등을 가리키고, 붉은 고기는 쇠고기, 말고기, 양고기 등을 지칭한다. 다만 돼지고기는 사전에 따라서 흰 고기에 넣기도 하고 붉은 고기에 넣기도 한다.

작하는 것은 어려운 일이 아니었다. 그쪽 사정에 정통하지 않은 사람이라도 그들이 정부가 관할하는 비밀 업무에 종사한다는 것을 알 수 있었다.

그 신사들 가운데 기사(騎士) 비안코라 불리는 사람이 있었다. 어느 날 그는 시모네가 만들어 낸 문서를 두고 어디 하나 나무랄 데가 없다면서 만족감을 표시했다. 그는 누군가와 새로 관계를 맺고자 할 때면 사전에 그 사람에 관한 정보들을 확인하는 게 분명했다. 어느 날 시모네를 한쪽으로 데려가서는 여전히 카페 알 비체린에 자주 가느냐고 물었다는 사실이 그것을 말해 주고 있었다. 그는 사사로운 만남이라 전제하고 시모네를 그 카페로 불러내서 말했다.

「시모니니 변호사,[3] 우리는 당신 조부장(祖父丈)께서 국왕 전하의 충성스러운 신하였고, 그런 연유로 당신이 올바른 교육을 받으며 자랐다는 사실을 알고 있소. 또한 우리가 알고 있기로, 당신 선대인(先大人)은 어떤 일을 위해 목숨을 바쳤소. 이를테면 지나치게 시대를 앞서서 행동한 것이긴 하지만, 우리는 그 일 역시 올바른 것이었다고 생각하오. 그래서 우리는 당신의 충성심과 우리에게 협조할 의지가 있음을 믿고 있소. 한편으로는 우리가 그동안 당신에게 매우 관대했다는 생각도 하고 있소. 사실 당신과 공증인 레바우덴고는 별로 떳떳하지 못한 술수를 부려 왔기 때문에 우리가 하려고만 했다면 벌써 오래전에 당신들의 죄를 물었을 거요. 우리는 당신이 동

---

[3] 법과대학을 나온 사람을 모두 변호사라 부르던 당시 피에몬테의 관습을 따른 호칭.

창이자 동지인 몇몇 친구와 자주 어울린다는 것, 이를테면 마치니파이거나 가리발디파이거나 카르보나리인 친구들과 어울린다는 사실을 알고 있소. 그게 젊은 세대의 경향인 모양이니, 당신이 그러는 것은 조금도 이상할 것이 없소. 한데 우리에겐 이런 문제가 있소. 우리는 그 젊은이들이 무모하게 행동하는 것을 원치 않소. 행동을 하더라도 그것이 유용하고 합당할 때 해주기를 바란다는 거요. 피사카네라는 자[4]가 무모한 기도를 하는 바람에 우리 정부가 어려움을 겪었소. 그자는 몇 달 전에 나폴리 왕국에서 폭동을 일으키자는 마치니의 결정에 따라 다른 폭도 24명과 함께 배를 타고 제노바를 떠나 삼색기를 펄럭이며 폰차 섬에 상륙한 다음 거기에 억류되어 있던 죄수 3백 명을 풀어 주고, 다시 닻을 올려 현지 주민들이 무기를 들고 자기를 기다리고 있으리라 생각하면서 캄파니아의 사프리 항구로 갔소. 관대한 사람들은 피사카네를 두고 장군이었다고 말하지만, 까다롭고 의심이 많은 사람들은 그가 바보였다고 말하고 있소. 사실 그자는 멍청이였소. 그는 천한 백성들을 해방시키고 싶어 했지만, 그 백성들은 오히려 그와 그의 부하들을 학살한 거요. 이 사건은 아무리 선의를 가지고 행동한다 하더라도 현재의 상태를 고려하지 않을 때 그 선의가 무엇으로 귀결될 수 있는지를 잘 보여 주고 있소.」

시모네가 말했다.

「무슨 말씀인지 알겠습니다. 그런데 저보고 무엇을 하라

---

[4] 이탈리아 아나키즘의 선구자라 일컬어지는 혁명가 카를로 피사카네(1818~1857)를 가리킨다.

는 것인지요?」

「바로 이런 거요. 그 젊은이들이 실수를 저지르지 않도록 하자면, 최선의 방법은 그들을 체제에 위해를 가한 혐의로 얼마 동안 감옥에 가둬 두었다가 진실로 용감한 사람들이 필요할 때에 풀어 주는 거요. 따라서 그들이 명백한 내란 음모죄를 범하고 있는 현장을 덮칠 필요가 있소. 당신은 분명 그들이 믿고 따르는 지도자들이 누구인지 알고 있소. 그 지도자들 가운데 하나의 이름으로 그들에게 전언을 보내서 완전 무장을 한 채 어떤 장소에 모이게 하면 되는 거요. 단 그들이 무장봉기를 꾀하는 카르보나리라는 것을 누구나 알 수 있도록 휘장이며 깃발 따위를 지참하게 할 필요가 있소. 그러면 경찰이 들이닥쳐서 그들을 체포할 것이고, 그것으로 모든 게 끝나는 거요.」

「한데 제가 현장에 그들과 함께 있으면 저 역시 체포당해야 할 것이고, 만약 제가 현장에 없으면 그들은 제가 배신했다고 생각하지 않겠습니까?」

「천만의 말씀! 우리가 그런 것도 생각하지 못할 만큼 경험이 없는 사람들인 것 같소?」

독자들도 곧 알게 될 터이지만, 비안코의 예상은 적중했다. 하지만 우리의 시모네 역시 탁월한 모사꾼의 재능을 지니고 있었다. 그는 비안코가 제안한 계획을 온전히 이해한 뒤에, 기막힌 형태의 반대급부를 구상하고 자기가 아주 선선하게 제안에 응하는 대가로 무엇을 기대하고 있는지 말했다.

「비안코 기사님, 아시다시피 공증인 레바우덴고는 제가 그의 조수로 일하기 전에도 숱한 불법 행위를 저질렀습니다. 제가 그런 사건들 중에서 문서를 통해 불법 사실을 충분히 입증할 수 있는 것들을 두세 건 찾아낸다고 생각해 보십시오. 그것을 버르집는다고 해도 진짜 중요한 사람들을 위험에 빠뜨릴 가능성은 전혀 없고 그저 그사이에 세상을 떠난 사람이나 문제가 될 만한 사건들 말입니다. 그러면 저는 기사님의 친절한 중개를 통해서 익명으로 기소에 필요한 모든 자료를 검찰에 전달할 수 있을 것입니다. 기사님도 이제 그와 거래하는 것에 싫증이 나셨을 테니, 그동안 되풀이해 온 공문서 위조의 죄를 그에게 뒤집어씌우고 적당한 기간 동안 그를 감옥에 가둬 두는 게 좋지 않겠습니까? 적당한 기간이란 하늘이 알아서 뒷일을 마무리해 주는 데 필요한 시간인데, 그 노인의 상태로 보건대 그리 오래 걸리지는 않을 겁니다.」

「그를 잡아들이면 무얼 어떻게 하겠다는 거요?」

「공증인이 감옥에 갇히면, 저는 그가 체포되기 며칠 전의 날짜가 적혀 있는 계약서 한 장을 제시할 겁니다. 그 계약서를 통해서 드러날 사실은 제가 몇 차례에 걸쳐 그에게 돈을 지불한 뒤에 그의 공증인 사무소를 완전히 사들여 새 주인이 되었다는 것입니다. 제가 무슨 돈으로 건물 값을 치렀는가에 대해서는 염려하실 것이 없습니다. 모든 사람들이 제가 할아버지에게서 상당한 재산을 물려받았을 거라고 생각하니까요. 진실을 알고 있는 사람이 딱 한 명 있기는 한데, 그게 바로 레바우덴고입니다.」

「흥미롭군요. 한데 판사는 당신이 지불했다는 돈이 정말 그에게 넘어갔는지 궁금해할 거요.」

「레바우덴고는 은행을 불신하기 때문에 모든 것을 사무소의 금고 속에 보관합니다. 당연히 저는 그것을 어떻게 여는지 알고 있습니다. 그는 금고 문을 열 때 저를 등지고 있으면 아무 문제가 없다고 생각하지요. 자기 눈에 남이 안 보이면 남의 눈에도 자기가 무엇을 하는지 안 보일 거라고 확신하는 겁니다. 한데 판검사들은 틀림없이 어떤 식으로든 금고를 열어 볼 것이고, 그러면 금고가 텅 비어 있음을 알게 될 것입니다. 저는 이런 식으로 증언할 수 있으리라 생각합니다. 레바우덴고가 갑작스럽게 거래를 제안해 왔고, 그가 요구하는 금액이 너무 적어서 저 자신도 놀랐으며, 혹시 그에게 무슨 사정이 생겨서 사업을 포기하는 것이 아닌가 하는 생각이 들었다는 식으로 말입니다. 아닌 게 아니라 사람들은 금고가 비어 있음을 알게 될 뿐만 아니라, 벽난로에서 어떤 문서들을 태우고 남은 재를 발견하게 될 것이고, 그의 책상 서랍에서는 나폴리의 한 호텔에서 그에게 객실 예약을 확인해 주기 위해 보낸 편지를 찾아낼 겁니다. 그쯤 되면 사태의 전말이 분명해지는 셈입니다. 사람들은 레바우덴고가 이미 사법 당국의 감시 아래에 놓여 있음을 알아차리고 부르봉 왕조의 나폴리 왕국으로 도피하여 재산을 향유하며 자유롭게 살고자 했으리라 생각할 것이고, 빼돌린 재산은 이미 그쪽으로 보냈으리라 추정할 것입니다.」

「하지만 그는 판사 앞에서 당신과 매매 계약을 맺은 적이 없다고 할 텐데······.」

「그가 부인할 것이 어디 그것뿐이겠습니까? 하지만 판사는 틀림없이 그의 말을 신용하지 않을 겁니다.」

「교묘한 계획이구려. 당신이 마음에 들었소. 레바우덴고보다 엽렵하고 의욕이 넘치고 단호한 데다가 뭐랄까, 안목이 넓어요. 좋소. 그 카르보나리 무리를 궁지에 몰아서 우리에게 넘겨주기만 하시오. 그러면 우리가 레바우덴고를 맡겠소.」

카르보나리를 검거하는 일은 아이들 장난처럼 쉬워 보였다. 혁명에 열광하는 그들은 덩치만 어른이지 실제로는 아이들이나 진배없기 때문에 더욱 그러했다. 사실 불타는 열망에 사로잡혀 있지 않다면 카르보나리라 할 수가 없었다. 시모네는 오래전부터 마치 카르보나리에 관해서 잘 아는 것처럼 친구들에게 이야기해 온 터였다. 처음에는 순전한 허영심에서 이야기를 흘리기 시작했다. 자기가 새로운 사실을 알려 줄 때마다 친구들은 영웅적인 아버지에게서 들은 소식으로 생각하리라는 것을 알고 있었던 것이다. 하지만 그가 들려준 이야기들은 모두 베르가마스키 신부가 속삭여 준 것들이었다. 베르가마스키 신부는 카르보나리와 메이슨, 마치니파, 공화파, 애국자로 위장한 유대인들의 음모를 경계하라고 끊임없이 일렀다. 그들은 전 세계 경찰의 눈을 피하기 위해 숯장수 행세를 하고 있으며 상거래를 하는 척하면서 비밀 장소에 모인다는 것이었다.

「모든 카르보나리는 40명의 간부로 구성된 알타 벤디타[5]

---

[5] 프리메이슨회가 석공 동업 조합의 상징과 조직을 본떴던 것처럼, 카르보네리아는 숯꾼 동업 조합의 상징과 조직을 계승했다. 벤디타는 원래 숯을

의 지도를 받지. 그 간부들은 대부분(이걸 말하기도 두렵다마는) 로마의 최고 특권층에 속한 자들이야 — 게다가 유대인 몇 명도 당연히 포함되어 있어. 그들의 우두머리는 누비우스라는 거물 귀족이었는데, 종신형에 처해야 할 만큼 타락한 자였지만, 가문의 명성과 재산을 이용하여 모든 혐의를 벗고 로마에서 견고한 지위를 확보했지. 부오나로티나 라파예트 장군이나 생시몽은 파리에서 사람을 보내 마치 델포이의 신탁을 구하듯이 그의 의견을 묻곤 했어. 뮌헨과 드레스덴, 베를린, 빈, 심지어는 페테르부르크에서도 주요 벤디타의 지도자들, 그러니까 차르너, 하이만, 야코비, 쇼즈코, 리벤, 무라비에프, 슈트라우스, 팔라비치니, 드리슈텐, 벰, 바티아니, 오펜하임, 클라우스, 카롤루스 등이 운동의 방향을 놓고 그의 의견을 구했지. 누비우스는 1844년 무렵까지 알타 벤디타를 이끌다가 어떤 자에게 독살당했어. 우리 예수회가 그랬을 거라고 생각하면 안 돼. 우리는 마치니가 그 살인을 사주하지 않았을까 의심하고 있어. 마치니는 유대인들의 도움을 받아 모든 카르보나리의 우두머리가 되기를 열망했고 지금도 그러고 있거든. 누비우스의 후계자는 이제 피콜로 티그레라는 유대인이야. 그자는 누비우스와 마찬가지로 그리스도의 적들을 부추기기 위해 동분서주하고 있지. 하지만 알타 벤디타가 어디에 있고 어떤 자들로 구성되어 있는지는 아무도 몰

파는 장소(숯가게 또는 숯막)를 가리키는 말인데, 카르보나리(카르보네리아의 회원들)의 용어로는 집회소를 가리킨다. 알타 벤티타는 말 그대로 벤디타의 상위 조직이다.

「모든 카르보나리는 40명의 간부로 구성된
알타 벤디타의 지도를 받지. 그 간부들은 대부분
(이걸 말하기도 두렵다마는) 로마의
최고 특권층에 속한 자들이야 — 게다가
유대인 몇 명도 당연히 포함되어 있어.」

라. 벤디타의 단원들은 그저 명령을 받고 실행할 뿐 누가 어디에서 명령을 내리는지 전혀 알 수 없게 되어 있어. 알타 벤디타를 구성하는 40명의 간부들조차 자기들이 전달하거나 실행해야 할 명령이 어디에서 떨어지는지 알았던 적이 없어. 게다가 예수회 사제들이 그 눈에 보이지 않는 상부에 종속되어 있다는 소문도 있어. 카르보나리는 어딘가에 숨어 있는 주인의 종들이야. 어쩌면 유럽의 지하 세계를 다스리는 어떤 위대한 노인의 노예들일지도 모르지.」

 시모네는 누비우스가 인터라켄의 바베트를 거의 빼닮은 남성 복사판이라 여기고 그를 자기의 영웅으로 삼았다. 그리고 베르가마스키 신부가 고딕 소설풍으로 이야기해 준 것을 서사시로 변형하여 자기 벗들을 홀렸다. 다만 누비우스가 이미 죽었다는 사실은 무시해도 좋은 사소한 정보로 간주하여 굳이 말하지 않고 어물쩍 넘어갔다.

 그러던 어느 날 시모네는 벗들에게 편지 한 통을 보여 주었다. 그가 전혀 힘들이지 않고 날조해 낸 이 편지에서 누비우스는 피에몬테 전역의 도시들에서 잇따라 봉기가 일어날 것임을 예고하고 있었다. 그에 따라 시모네가 이끄는 동아리도 위험하지만 매우 화끈한 임무를 맡게 되리라고 했다. 그들이 어느 날 아침에 황금 새우 주점 안마당에 모이면, 군도와 소총을 발견하게 될 것이고, 그와 함께 낡은 가구며 매트리스가 실린 짐마차 네 대가 당도할 터이니, 그것들을 끌고 바르바루 거리 초입 쪽으로 가서 민보를 쌓고 카스텔로 광장을 통해 접근하는 길을 봉쇄한 뒤에 거기에서 명령을 기다리라는 것이었다.

그 스무 명쯤 되는 대학생들의 마음에 불을 붙이는 데는 그런 편지보다 더한 것이 필요하지 않았다. 운명의 날이 밝자 그들은 주점 안마당에 모였고, 버려진 술통들 위로 몸을 기울여 약속된 무기들을 찾아냈다. 그러고는 자기들의 소총에 장전을 할 생각조차 하지 않고 주위를 두리번거리며 가구를 실은 짐마차들을 기다리고 있는데, 오십 명쯤 되는 경관들이 그들에게 총을 겨누며 안마당으로 들이닥쳤다. 젊은이들은 이렇다 할 저항 한 번 해보지 못하고 투항하여 무장이 해제된 채로 안마당에서 내몰려 현관문 양쪽의 벽을 마주하고 도열했다. 「자, 다들 손들어, 이 망할 자식들, 조용히 해!」 하고 눈썹이 아주 진한 사복 경관이 소리쳤다.

겉으로 보기에 이 반란 음모자들은 그냥 아무렇게나 죽 늘어서 있는 것처럼 보였다. 시모네는 두 경관이 이끄는 대로 어느 골목길 모퉁이에 닿은 대열의 끄트머리에 가서 섰다. 어느 순간, 두 경관은 상관의 부름을 받고 현관문 쪽으로 멀어져 갔다. 때(짬짜미해 놓은 때)가 된 것이었다. 시모네는 바로 옆에 있는 동지를 돌아보며 무언가를 속삭였다. 곁눈으로 슬쩍 보니 경관들은 충분히 멀어져 있었다. 두 사람은 후닥닥 뛰어서 모퉁이를 끼고 내달았다.

「전투 개시. 놈들이 달아난다!」

누군가 소리쳤다. 두 사람은 계속 달아났다. 골목길 모퉁이를 돌아 추격해 오는 경관들의 고함과 발소리가 들렸다. 시모네는 두 발의 총성을 들었다. 한 발은 그의 친구에게 맞앉다. 시모네는 친구가 치명상을 입건 말건 개의치 않았다. 사전에 약속한 대로 두 번째 총알은 허공으로 날아갔고, 그로써 일은 다 된 것이었다.

시모네는 다른 길로 방향을 틀었다가 다시 다른 길로 들어섰다. 그러는 사이에 멀리서 추격자들의 발소리가 들려왔다. 그들은 누군가의 명령에 따라 엉뚱한 길로 멀어져 가고 있었다. 조금 뒤에 시모네는 카스텔로 광장을 건너 집으로 돌아갔다. 여느 시민이나 다를 게 없는 모습이었다. 그러는 동안 경관들에게 끌려간 벗들은 그가 달아난 것으로 여겼다. 또한 그들은 경관들이 자기들을 한꺼번에 체포하여 즉시 벽을 향해 돌아서도록 명령했으므로 경관들 가운데 어느 누구도 도망자의 얼굴을 기억해 낼 수 없으리라 생각했다. 따라서 시모네는 누가 보기에도 토리노를 떠날 이유가 없었고, 다시 자기 일을 계속할 수 있었다. 심지어 그는 구금된 친구들의 가족을 찾아가 위로하는 뻔뻔함을 보이기까지 했다.

이제 예정된 수순에 따라 공증인 레바우덴고를 제거하는 일이 남아 있었다. 이 노인은 감옥에 갇힌 지 1년 만에 심장이 멎어 버렸다. 시모네는 죄책감을 느끼기는커녕 그와 비겼다고 생각했다. 공증인이 시모네에게 일자리를 준 대신, 시모네는 몇 해 동안 그의 종처럼 일했다. 그리고 공증인은 시모네의 할아버지를 파산시켰고, 이번에는 시모네가 그를 파산시킨 것이었다.

달라 피콜라 신부는 이상의 사실들을 시모니니에게 알려

주다가 시모니니와 마찬가지로 그 모든 일을 회상하면서 심한 피로를 느꼈던 모양이다. 그의 글이 이 대목에 이르러 문장을 마저 끝내지 않은 채로 중단되었다는 사실에서 그것을 알 수 있다. 마치 글을 쓰다 말고 갑자기 심신 쇠약 상태로 빠져들기라도 한 듯했다.

6

정보기관의 정보원 노릇을 하다

1897년 3월 28일

신부님께

기이한 일이오. 일기가 되어야 할 글(오로지 쓰는 사람만 읽기로 되어 있는 글)이 전언을 주고받는 모양으로 변했으니 말이오. 그래도 나는 이렇게 당신에게 편지를 쓰고 있소. 언젠가 당신이 여기에 들러 이 글을 읽으리라 거의 확신하면서 말이오.

당신은 나에 관해서 너무나 많은 것을 알고 있소. 당신은 너무나 불쾌한 증인이오. 게다가 과도하게 엄격하오.

그렇소, 인정하리다. 당신은 사제로서 행실을 바르게 하라고 설교할 수밖에 없겠지만, 나는 카르보나리가 되려고 했던 내 벗들과 레바우덴고를 상대로 당신의 설교에 걸맞게 행동하지 않았소. 하지만 우리끼리니까 솔직하게 말합시다. 레바우덴고는 협잡꾼이었고, 내가 그에게 한 모든 일을 돌이켜보건대 나는 그저 협잡꾼을 상대로 협잡질을 했다는 생각이 들 뿐이오. 그 젊은이들로 말하자면, 그들은 광신자들이었소. 광신자들이란 세상의 쓰레기들이오. 그들과 그들이 열광하는 그 허울 좋은 원칙들로 인하여 세상에 전쟁이 벌어지고 혁명이 일어나기 때문이오. 내가 분명히 깨달은 바이지만 이 세상에서 광신자들의 수를 줄일 수는 없소. 그러니 그들의 열광을 이용하는 게 상책이오.

이제 **나 자신**의 회상을 이어 가야겠다. 고(故) 레바우덴고의 공증인 사무소를 차지한 내 모습이 눈에 선하다. 나는 레바우덴고와 함께 일하던 시절에도 이미 가짜 공증 문서를 종종 만들었다. 당연히 그랬을 것이다. 여기 파리에서도 바로 그런 일을 하고 있지 않은가.

이제 기사 비안코에 관한 기억도 아주 선명하다. 어느 날 그는 나에게 말했다.

「아시다시피 예수회 회원들은 사르데냐 왕국에서 추방되었소. 그런데 그들이 겉모양만 바꾸어 계속 암약하고 있고 추종자들을 늘리고 있다는 것은 모두가 아는 사실이오. 그들을 추방한 모든 나라에서 그런 일이 벌어지고 있소. 어느 외국 신문에 실린 재미있는 만평을 누가 보여 줍디다. 해마다 자기들 나라로 돌아가겠다며 월경(越境)을 시도하는 척하는(그러다가 당연히 국경에서 저지당하는) 예수회 회원들이 있는데, 그들이 그러는 까닭은 자기 동료들이 이미 그 나라에서 다른 수도회의 옷을 입고 자유롭게 활동하고 있다는 사실을 알아차리지 못하게 하기 위해서라더군요. 그렇듯이 그들은 아직 도처에 있고, 우리는 그들이 어디에 있는지 알아내야 하오. 그런데 우리가 알기로 자유주의자들이 교황령에 로마 공화국을 세우던 시기에 당신 조부장 댁에 예수회 사제들이 자주 드나들기 시작했소. 따라서 당신이 그들 가운데 몇 사람과 관계를 유지해 오지 않았다는 것은 있을 법하지 않은 일이오. 그래서 부탁하는 것인데, 그들이 지금 어떤 처지에 있고 어떤 의도를 가지고 있는지 조사해 주시오. 보아하니 예수회는 프랑스에서 다시 힘이 막강해진 모양이오. 프랑스에서 벌어지는 일이 남의 일 같지가 않아서 이러는 거요.」

내가 그때도 여전히 예수회 사제들과 관계를 유지하고 있었다는 것은 사실이 아니었지만, 예수회에 관해서 많은 것을 알아 가고 있었고, 그것도 확실한 전거를 통해 배우고 있기는 했다. 그즈음에 외젠 쉬는 자기의 마지막 걸작인 『민중의 신비』를 분책으로 출간하고 있었고, 망명지인 사보이아[1]의 안시에서 사망하기 직전에 그 대작을 완성했다. 그가 망명 생활을 한 것은 오래전부터 사회주의자들과 친분을 맺고 루이 나폴레옹의 권력 장악과 제국 선포에 용감하게 맞섰기 때문이다. 리앙세 법 때문에 신문들이 더 이상 연재소설을 싣지 않는 터라서, 외젠 쉬의 그 마지막 소설은 작은 분책들의 형태로 출간되었고, 분책이 나올 때마다 곳곳에서 엄격한 검열이 이루어졌다. 피에몬테에서도 사정은 마찬가지였다. 그래서

[1] 이때(1857년)는 사보이아가 사부아라는 이름으로 프랑스에 병합되기 전이었다.

분책들을 모두 손에 넣는 것은 여간 어려운 일이 아니었다. 이 소설은 두 가문이 선사 시대부터 나폴레옹 3세 시대에 이르기까지 살아온 역사를 다루고 있는데, 나는 그 진흙탕 같은 이야기를 따라가느라고 극도의 지루함을 느꼈던 것으로 기억한다. 두 가문 가운데 한쪽은 갈리아인 가문이고 다른 한쪽은 프랑크족 가문인데, 프랑크족은 악한 지배자들로 나오는 반면에 갈리아인들은 일찍이 베르킨게토릭스 시대 이래로 모두가 사회주의자인 것처럼 나온다. 그즈음에 외젠 쉬는 모든 이상주의자들과 마찬가지로 단 하나의 강박관념에 사로잡혀 있었던 것이 아닌가 싶다.

그는 이 소설의 마지막 부분들을 망명지에서, 루이 나폴레옹이 권력을 잡고 황제 나폴레옹 3세가 되어 가는 상황에 대응해서 쓴 것이 분명했다. 그는 루이 나폴레옹의 계획을 추악한 것으로 만들기 위해 아주 기발한 생각을 해냈다. 프랑스 공화파는 대혁명 이래로 예수회를 주된 원수의 하나로 여겨 왔으므로, 루이 나폴레옹이 어떻게 예수회의 사주와 지도를 받아서 권력을 장악했는지를 보여 주기만 하면 된다고 생각한 것이다. 예수회 회원들은 프랑스에서도 1830년 혁명 이후에 추방되었지만, 실제로는 프랑스에 남아서 은밀하게 활동을 계속했고, 루이 나폴레옹이 권좌에 올라 교황과 우호 관계를 유지하기 위해 그들을 용인한 뒤로는 더욱 활발하게 암약했다.

그런 맥락에서 외젠 쉬는 로댕 신부(이미 『방랑하는 유대인』에서 등장했던 인물)가 예수회 총장 로탄 신부에게 보내는 장문의 편지를 제시한다. 이 편지에는 예수회의 음모가 상세하게 나열되어 있다. 이 소설의 마지막 사건은 사회주의자들과 공화주의자들이 루이 나폴레옹의 쿠데타에 맞서 저항하는 동안에 벌어진다. 그러니까 로댕 신부의 편지는 루이 나폴레옹이 황제가 되기 전에 아직 계획 단계에 있던 정책을 폭로하기 위해 제시된 것이다. 그런데 루이 나폴레옹은 나중에 이것을 실행에 옮겼고, 독자들이 소설을 읽던 무렵에는 모든 것이 이미 현실로 나타나 있었다. 그러니 독자들은 외젠 쉬의 예언을 훨씬 충격적으로 받아들일 수밖에 없었다.

나는 자연스럽게 뒤마의 소설 『주세페 발사모』의 첫머리를 다시 떠올렸다. 우선 천둥산을 사제들과 더 잘 어울릴 만한 장소, 이를테면 오래된 수도원의 지하 납골당 같은 곳으로 바꾸고, 거기에 프리메이슨 대표들이 아니라 세계 전역에서 온 로욜라의 후예들을 집결시킨 다음, 발사모 대신 로댕 신부가 연설을 하게 하면, 뒤마가 만들어 낸 음모론의 보편적인 틀이 현재의 상황과 맞아떨어지게 될 것 같았다.

그렇다면 판을 더 크게 벌일 수도 있겠다는 생각이 들었다. 예수회에 관한 험담들을 여기저기에서 주워 모아 비안코에게 팔아먹는 것에 그치지 않고, 아예 완전한 문서 하나를 예수회 사제들에게서 빼낸 것처럼 해서 그것을 통째로 파는 것도 가능하지 싶었다. 그러자면 당연히 몇 가지를 바꿀 필요가 있었다. 우선 로댕 신부는 빼야 했다. 그가 소설에 나오는 인물이라는 것을 기억해 내는 사람들이 더러 있을 수 있었다. 로댕 신부 대신 등장시킬 만한 인물로는 베르가마스키 신부가 제격이었다. 그는 이제 어딘가로 자취를 감췄지만 토리노에는 분명 예전에 그에 관한 이야기를 들은 사람이 있을 터였다. 한편 쉬의 소설에서는 예수회의 총장이 아직 로탄 신부인 것으로 되어 있지만, 내가 듣기로는 그의 뒤를 이어 벡스 신부가 예수회를 이끌고 있었다.

그 문서는 신뢰할 만한 제보자가 이야기한 것을 단어 하나 바꾸지 않고 그대로 옮겨 적은 것처럼 보여야 할 법했다. 그리고 제보자를 소개할 때는 밀고자라 하지 말고(예수회 회원들이 예수회를 절대로 배신하지 않는다는 것은 누구나 아는 바이므로), 이를테면 내 할아버지의 옛 친구가 자기네 수도회의 위대함과 막강함을 증명한답시고 할아버지에게 그런 이야기를 털어놓았다는 식으로 해야 할 것이었다.

나는 할아버지를 기리는 뜻으로 그 문서에 유대인들에 관한 이야기도 넣고 싶었다. 하지만 외젠 쉬는 유대인들을 들먹이지 않았으므로, 내가 어떤 식으로든 유대인들과 예수회 회원들을 한데 엮어야 하는데 그게 생각만큼 쉽지 않았다 — 게다가 그즈음 피에몬테에는 유대인들을 대수롭게 여기는 사람들이 없었다. 하기야 기관원들의 머릿속에 너무 많은 정보를 넣어 주는 것은 금물이다. 그들은 그저 간단명료한 구도를 가진 정보를 원한다. 흑과 백, 선과 악이 분명해야 하고, 악당은 딱 하나만 있어야 하는 것이다.

사정이 그러함에도 나는 유대인들을 포기하고 싶지 않아서, 이야기의 배경을 구성할 때 그들을 이용했다. 그럼으로써 비안코에게 유대인들에 대한 약간의 의혹을 암시한 것이다.

나는 사건이 파리에서 벌어진 것으로 설정하면 기관원들이 확인하러 나설 수도 있으리라 생각했다. 토리노를 무대를 삼으면 훨씬 고약한 사태가 벌어질 수도 있었다. 그렇다면 피에몬테 정보기관조차 접근할 수 없고 기관원들 역시 진실 같은 풍문으로만 들었던 장소에 예수회 회원들을 집결시켜야 했다. 예수회 회원들은 세상 도처에 흩어져 있고, 주님의 문어들이 되어 프로테스탄트들의 나라에까지 탐욕스러운 촉수를 뻗치고 있지만, 대표들의 모임은 은밀한 장소에서 열려야 하는 것이었다.

모름지기 문서 위조를 업으로 삼으려는 자는 언제나 문헌과 자료를 조사하고 참고해야 한다. 내가 도서관에 자주 드나들었던 까닭이 바로 거기에 있다. 도서관들은 사람의 마음을 사로잡아 호리는 힘을 지니고 있다. 도서관에 가면 때로 기차역 플랫폼의 차일 아래에 서 있는 느낌이 든다. 이국의 어느 장소들에 관한 책들을 읽노라면 먼 나라로 여행을 떠나는 기분에 젖는다. 나는 그런 기분으로 어떤 책을 뒤적이다가 프라하의 유대인 묘지를 그린 근사한 판화들을 보게 되었다. 이제 아무도 돌보지 않는 그 공동묘지에는 거의 1만 2천 개에 달하는 비석들이 비좁은 공간에 빼곡하게 들어차 있는데, 몇 세기 동안 무덤 위에 다시 무덤을 쓰는 방식으로 시신을 층층이 묻어 왔기 때문에 실제 무덤의 수는 비석의 수보다 훨씬 많을 거라고 했다. 이 옛 공동묘지에 사람들의 발길이 끊기고 오랜 세월 방치된 뒤에, 어떤 사람들이 땅에 묻혀 버린 무덤의 뚜껑돌들을 다시 드러내고 쓰러진 비석들을 다시 세웠으며, 그럼으로써 이리저리 기울어진 비석들이 다닥다닥 붙어 있는 공동묘지의 꼴을 그럭저럭 갖추게 된 모양이었다(아마도 그런 식으로 아무렇게나 비석을 세워 놓은 유대인들은 아름다움이나 질서에 대한 안목이 전혀 없는 자들이었으리라).

오래전부터 방치되어 있는 이 장소는 내 구상과 잘 맞아떨어졌다. 생뚱맞다는 점에서도 제격이라는 생각이 들었다. 사람들은 의아해할 것이었다. 예수회 대표들이 유대인들에게 신성한 장소였던 곳에서 모임을 갖기로 하다니, 도대체 무슨 속셈으로 그랬을까? 그리고 모두에게 망각된 장소, 어쩌면 접근하기도 쉽지 않을 그런 곳을 그들이 어떤 식으로 통제하고 관리하는 것일까? 누구도 대답할 수 없는 물음들이다. 그런데 그런 의문들이 오히려 내 이야기에 신빙성을 부여했으리라고 나는 생각한다. 비안코는 이야기의 모든 요소들이 아귀가 착착 맞고 사실임 직하게 보이면 그런 이야기는 오히려 거짓이라고 굳게 믿고 있었다.

나는 뒤마의 충실한 독자답게 그날 밤 그 모임을 어둡고 무시무시하게 그릴 요량이었다. 낫 모양의 창백한 달만이 어슴푸레하게 빛을 비추는 공동묘지, 거기에 예수회 회원들이 반원을 그리며 둘러서 있는데 모두가 테 넓은 검은 모자를 쓰고 있는지라 누가 그 광경을 공중에서 보았다면 땅바닥에서 바퀴벌레들이 우글거리고 있는 것으로 여겼으리라 하는 식으로. 또한 벡스 신부가 인류를 지배하기 위한 예수회의 음험한 계획을 설파하는 장면에서는(아버지의 유령은 하늘 높은 곳에서, 아니 아마도 하느님이 내던지시는 마치니파와 공화파

또한 벡스 신부가 인류를 지배하기 위한
예수회의 음험한 계획을 설파하는 장면에서는
(아버지의 유령은 하늘 높은 곳에서, 아니 아마도
하느님이 내던지시는 마치니파와 공화파가 모여 있을
지옥 밑바닥에서 그 장면을 즐기셨으리라)
그의 악마적인 냉소를 묘사할 생각이었고······.

가 모여 있을 지옥 밑바닥에서 그 장면을 즐기셨으리라) 그의 악마적인 냉소를 묘사할 생각이었고, 집회에 참석했던 대표들이 세계 전역에 흩어져 있는 예수회 지부에 악마적인 새 계획을 알리러 가기 위해 해산하는 대목에 이르러서는 그들이 불길한 검은 새들처럼 새벽 어스름 속에서 날갯짓을 하며 그 마녀 집회와도 같은 밤을 마무리했다는 식으로 그들의 파렴치한 모습을 강조할 작정이었다.

그러나 내가 작성해야 하는 것은 비밀 보고서였던 만큼, 그에 걸맞게 수식이 없는 문장으로 요점만 기술하는 것이 긴요했다. 누구나 알다시피 경관들이란 문학적 소양과는 거리가 먼 사람들이라서 보고서가 두세 장을 넘어가면 지루함을 견디지 못하니까 말이다.

결국 내가 소위 제보자에게서 들었다는 이야기는 이런 식으로 정리가 되었다. 그날 밤 예수회의 각국 대표들이 프라하에 모여 벡스 신부의 연설을 들었고, 벡스 신부는 청중에게 베르가마스키 신부를 소개했다. 베르가마스키 신부는 하느님의 섭리에 따른 일련의 사건들을 거친 뒤에 루이 나폴레옹의 고문이 되어 있었다.

베르가마스키 신부는 루이 나폴레옹이 예수회의 명령을 어떤 식으로 이행했는지 보고했다.

〈우리는 루이 나폴레옹에게 찬사를 보내야 합니다. 그는 혁명가들의 주장을 포용하는 척하면서 꾀바르게 그들을 속였고, 루이 필리프 왕에 맞서 교묘한 음모를 꾸밈으로써 그 불신자들의 정권을 무너뜨리는 데 일조하였으며, 우리의 조언을 충실하게 좇아 1848년에 진실한 공화주의자를 자처하면서 대통령 선거에 출마하여 당선되었습니다. 또한 그가 어떤 식으로 마치니의 로마 공화국을 무너뜨리고 교황령을 수복하는 데 기여했는지도 잊으시면 안 됩니다.

루이 나폴레옹은 사회주의자들과 혁명가들, 철학자들, 무신론자들, 그리고 국민 주권이며 양심의 자유, 신앙의 자유, 정치 활동의 자유, 사회 활동의 자유 따위를 주장하는 파렴치한 합리주의자들을 섬멸하기 위해서 다음과 같은 일들을 계획했습니다. 입법 의회를 해산할 것, 민중의 대표들을 역모 혐의로 체포할 것, 파리에 계엄령을 선포할 것, 민보를 쌓고 무기를 든 자들을 재판 없이 총살할 것, 프랑스령 기아나의 카옌에 감옥을 설치하여 가장 위험한 폭도들을 송치할 것, 언론의 자유와 결사의 자유를 폐지할 것, 파리에서 폭동이 일어날 경우에는 군대를 요새 안으로 후퇴시키고 거기에서 포격을 가하여 수도를 잿더미로 만들 것, 그리하여 현대판 바빌론의 폐허 위에 사도전승 로마 가톨릭교회의 지배를 확립할 것. 그러고 나면 그는 민의를 묻겠다며 허울뿐인 보통 선거를 실시하여 대통령 임기를 10년 연장했다가 나중에는 스스로 황제 자리에 올라 공화국을 다시 제국으로 바꿀 것입니다— 보통 선거는 여전히 본당 신부들의 가르침을 충실히 따르는 시골 백성들을 끌어들인다는 점에서 민주주의를 가로막는 유일한 방책입니다.〉

가장 흥미로운 것은 베르가마스키가 보고의 말미에서 사르데냐 왕국에 대한 책략을 놓고 이야기하는 대목이었다. 예수회의 이 계획들은 그날 밤 프라하의 묘지에서 베르가마스키가 말한 것으로 되어 있지만, 보고서를 작성하는 시점에서는 이미 현실로 나타난 것들이었다.

〈비토리오 에마누엘레는 비겁한 군주입니다. 그는 통일된 이탈리아 왕국을 꿈꾸고 있고, 그의 총리 카부르는 전의를 부추기고 있습니다. 그들은 오스트리아를 이탈리아 반도 밖으로 몰아내려고 할 뿐만 아니라 교황 성하의 세속 지배권을 소멸시키려 합니다. 그들은 프랑스의 지원을 요청할 것이므로, 프랑스는 어렵지 않게 그들을 러시아에 대항하는 전쟁에 끌어들일 것이고, 그들이 오스트리아와 맞서 싸우는 것을 도와주겠다고 약속하면서 그 대가로 사보이아와 니차를[2] 요구할 것입니다. 그런 다음에 프랑스 황제는 사르데냐 왕국을 돕기 위해 전쟁에 참가하는 시늉을 하겠지만 — 대수롭지 않은 국지적 승리를 몇 차례 거둔 뒤에 — 사르데냐 왕국의 의견을 묻지도 않고 오스트리아와 휴전 협정을 체결할 것이고, 교황이 주도하는 이탈리아 연방이 형성되도록 힘을 쓸 것이며, 이 연방에는 오스트리아도 이탈리아에 남아 있는 속령을 보유한 채로 참가할 것입니다. 그렇게 되면 이탈리아 반도의 유일한 자유주의 정부인 사르데냐 왕국의 피에몬테 정부는 프랑스와 로마에 종속될 것이고, 로마와 사보이아에 주둔하고 있는 프랑스 군대의 통제를 받게 될 것입니다.〉

---

[2] 나중에 프랑스에 합병되어 사부아와 니스가 된다.

내가 작성한 문서는 위와 같았다. 나폴레옹 3세를 사르데냐 왕국의 적으로 고발하는 이 문서가 얼마만큼이나 피에몬테 정부를 만족시킬지는 알 수 없었지만, 나는 나중에 경험을 통해서 확인하게 될 것을 그때 이미 직감으로 알아차렸다. 경우에 따라서 정부의 누군가를 협박하거나 공포 분위기를 조성하거나 정국을 혼란에 빠뜨릴 때 쓰일 만한 문서를 가지고 있는 것은 그게 어떤 문서이든 정보기관 사람들에게 언제나 도움이 된다는 사실을 말이다.

비안코는 보고서를 주의 깊게 읽고 나서 눈을 들더니, 내 얼굴을 뚫어지게 바라보며 그것이 매우 중요한 비밀이 담긴 문건이라고 말했다. 그의 반응을 보며 나는 다시 확인했다. 첩보원이 무언가 새로운 정보를 팔고자 할 때는 헌책방 진열대에서 구할 수 있을 법한 정보를 이야기하는 정도로 그쳐야 하는 것이다.

그런데 비안코는 문학에 조예가 깊지 않았음에도 나에 관해서 훤히 알고 있었던지라 엉큼한 표정으로 덧붙였다.

「두말할 필요도 없이 이건 모두 당신이 지어낸 이야기로군요.」

「무슨 말씀을!」

나는 짐짓 화를 내며 말했지만, 그는 손을 들어 내 말을 막았다.

「그냥 넘어가기로 합시다, 변호사 양반. 이게 당신이 지어낸 문서라고 해도, 나와 내 상관들에게는 이것을 정부에 진짜 문서로 소개하는 것이 바람직하오. 까닭인즉 이렇소. 이건 이제 우르비 에트 오르비³라는 말이 어울릴 만큼 널리 알려진 이야기지만, 우리 카부르 총리는 나폴레옹 3세에게 카스틸리오네 백작 부인을 보내어 그를 따라다니도록 조처했소. 그럼으로써 나폴레옹 3세를 수중에 넣은 것이나 다름없다고 확신했소. 사실 누가 보기에도 카스틸리오네 백작 부인은 경국지색이고, 나폴레옹 3세는 기꺼이 그녀의 매력을 즐겼소. 한데 우리는 이내 나폴레옹 3세가 카부르의 뜻대로 움직이지 않고 있다는 사실과 카스틸리오네 백작 부인이 그 여신과도 같은 매력을 부질없는 일에 허비하고 있음을 깨달았소. 그 여자는 황제를 유혹하면서 쾌락을 느꼈을지 모르지만, 조신하지 않은 한 귀부인의 욕망에 국사가 좌지우지되게 할 수는 없는 노릇이오. 우리 국왕 전하께서 루이 나폴레옹을 믿지 않으시도록 하는 게 매우 중요하오. 우리가 예상하건대 얼마 지나지 않아 가리발디나 마치니, 아니면 두 사람이 함께 나폴리 왕국에 보낼 원정대를 편성할 거요. 혹시라도 그 거사가 성공한다면, 우리 왕국은 그 땅이 이성을 잃고 날뛸 공화파들의 수중에 들어가지 않도록 개입해야만 하오. 그러자면 이탈리아 반도를 따라 내려가야 하고 교황령을 통과하지 않을 수가 없을 거요. 미리미리 손을 써서 우리 군주가 교황에 대해서 불신과 원한의 감정을 품게 하고 나폴레옹 3세의 권고를 대수롭지 않게 여기도록 만드는 것, 바로 이것이 그 목표를 달성하는

---

3 *urbi et orbi*. 〈경향 각지에〉 또는 〈도시(로마)와 온 누리를 향해〉라는 뜻. 고대 로마에서 포고문의 첫머리에 상용하던 문구. 오늘날에는 가톨릭교회의 교황이 부활절과 성탄절에 내리는 축복을 가리킨다.

데 필요한 조건이오. 당신도 깨달았겠지만, 이 나라의 정책을 종종 우리가 결정하오. 백성들이 통치자로 여기는 사람들보다 나라의 아주 비천한 종복에 불과한 우리가……」

그 보고서는 내가 진짜 일이라고 생각하면서 만들어 낸 첫 작품이었다. 그저 어떤 개인을 위해서 유언장을 끼적거린 정도가 아니라 정치와 관련된 복잡한 내용이 담긴 문서를 만들어 냈고, 그럼으로써 아마도 사르데냐 왕국의 정책 결정에 기여했을 터였다. 나는 그 일을 진정으로 뿌듯하게 여겼던 것으로 기억한다.

그러는 사이에 운명의 해인 1860년이 밝았다. 운명의 해라는 말은 이탈리아에 해당하는 것이고, 나에게는 아직 아니었다. 나는 그저 초연하게, 할 일 없는 자들이 술집에 모여 지껄이는 소리에 귀를 기울이며 사태를 관망하고 있었다. 그때 정치와 관련된 일들에 점점 더 관심을 가져야 하리라는 직감과 함께 들었던 생각은 사람들의 흥미를 끌 만한 소식들을 지어 내고자 한다면 신문 기자들이 분명한 사실로서 보도하는 것들에 의심을 품는 한가한 자들의 취향에 맞춰 그들이 듣고 싶어 하는 이야기를 지어내야 한다는 것이었다.

그렇듯이 나는 술집에서 노닥거리는 자들의 대화를 통해 이탈리아의 정세를 알아 갔다. 토스카나 대공국, 모데나 공국, 파르마 공국의 백성들은 저희의 군주를 몰아냈고, 교황령의 주(州)라던 에밀리아와 로마냐는 교황의 통제에서 벗어나고 있었다. 1860년 4월에는 시칠리아의 팔레르모에서 반란이 일어났고, 마치니는 반란의 주모자들에게 편지를 보내 가리발디가 그들을 도우러 가리라고 알려 주었다. 사람들이 수군거리는 이야기에 따르면, 가리발디는 그 원정을 위해 병사들과 돈과 무기를 구하고 있었고, 시칠리아 부르봉 왕조의 해군은 적의 원정대를 가로막기 위해 이미 시칠리아 주변의 바다를 순항하고 있었다.

「그런데 카부르 총리가 자기 심복인 라파리나를 보내서 가리발디를 감시하고 있다는 거 알고 있소?」

「아니, 누가 그런 소리를 해요? 카부르 총리는 소총 1만 2천 자루를 구매하기 위한 계약에 서명했소. 바로 가리발디의 의용대를 위해서 말이오.」

「그러면 뭐하겠소, 보급이 제대로 안 됐는데. 보급을 누가 차단했겠소? 설마 국왕의 헌병대가 그랬을까!」

「그런 소리 마시오. 카부르는 가로막기는커녕 보급이 잘 되도록 도와주었소.」

「도와주기야 했지요. 다만 그들이 가져다준 것은 가리발디가 기대하던 근사한 엔필드 소총이 아니라 구닥다리 총이었소. 그게 우리 영웅더러 종달새 사냥이나 가라는 게 아니고 뭐겠소!」

「내가 왕궁에 있는 사람들한테 들은 얘기가 있소. 그들의 이름을 말할 수는 없지만, 여하튼 그들 말로는 라파리나가 가리발디에게 8천 리라와 소총 천 자루를 주었다고 합디다.」

「그래요. 하지만 원래는 소총이 3천 자루 있었는데, 제노바

총독이 그중에서 2천 자루를 자기 몫으로 챙겼다더군요.」

「제노바 총독이 왜요?」

「설마 가리발디가 노새를 타고 시칠리아에 가기를 바라는 건 아니겠지요? 그는 배 두 척을 구입하기 위한 계약에 서명했는데, 그 배들은 제노바나 그 인근에서 출발할 거요. 그 빚보증을 누가 섰는지 아시오? 프리메이슨회, 그중에서도 제노바 회당이 섰소.」

「허, 이집트 회당은 아니고요? 프리메이슨회는 예수회가 지어낸 거요!」

「당신이 그런 말을 해요? 당신이 메이슨이라는 건 모두가 아는 사실인데!」

「글리송(넘어갑시다).[4] 이건 내가 확실한 소식통한테서 들은 건데, 그 선박 구입 계약에 서명하는 자리에 누가 있었는고 하니(이 대목에서 말소리는 속삭임으로 변했다), 변호사 리카르디하고 네그리 디 생프롱 장군…….」

「그 작자들은 누구요?」

「모르시오?(목소리는 들릴락 말락 하게 낮아졌다) 특무국이라고도 하고 정치 감찰국이라고도 하는 기관, 그러니까 총리 직속의 사찰 부서를 이끄는 사람들인데…… 힘이 막강하대요. 둘이서 힘을 합치면 총리도 못 당한답디다. 한데 그들이 바로 메이슨이라는 거요!」

「그래요? 기관원이면서 메이슨이라면 그 힘이 대단하겠는걸.」

4 Glissons.

「허, 이집트 회당은 아니고요?
프리메이슨회는 예수회가 지어낸 거요!」
「당신이 그런 말을 해요?
당신이 메이슨이라는 건 모두가 아는 사실인데!」

5월 5일, 널리 알려진 바대로 가리발디는 천 명의 의용병과 더불어 닻을 올리고 시칠리아를 향해 출발했다. 그들 가운데 피에몬테 사람은 열 명을 넘지 않았다. 대다수는 이탈리아의 다른 지역에서 온 사람들이었고 외국인들도 섞여 있었다. 계층으로 보면 변호사, 의사, 약사, 기술자, 지주들이 많았고, 서민 계층에 속하는 사람들은 거의 없었다.

5월 11일, 가리발디의 배들은 시칠리아 섬의 최서단 마르살라 항구에 다다랐다. 그러는 사이에 양시칠리아 왕국의 해군은 도대체 무엇을 했던 것일까? 아마 항구에 정박해 있던 영국 군함 두 척을 보고 겁을 먹었던 게 아닌가 싶다. 이 영국 군함들은 왜 여기에 와 있었을까? 공식적으로 내세운 대로 명성 높은 마르살라 포도주를 거래하며 번창해 가던 영국 상관의 재산을 보호하기 위해서였을까? 혹시 가리발디를 도우러 왔던 것은 아닐까?

아무튼 가리발디의 천인대(대중은 이제 그들을 그렇게 부르고 있었다)는 며칠 사이에 칼라타피미 전투에서 부르봉 왕조의 군대를 패퇴시켰고, 현지 의용병들이 가세한 덕에 병력을 증강했다. 가리발디는 비토리오 에마누엘레의 이름으로 자기가 시칠리아를 통치한다고 선언했고, 5월 말에는 팔레르모를 점령했다.

그런데 프랑스에서는 이 사태를 어떻게 보고 있었을까? 프랑스는 신중하게 관망하고 있는 듯했다. 그러나 한 프랑스인이 이 해방군과 합류하기 위해 돈과 무기를 가지고 〈엠마〉라는 배를 몰며 시칠리아로 항해하고 있었으니, 그는 당시에 벌써 가리발디보다 유명했던 위대한 소설가 알렉상드르 뒤마였다.

한편 나폴리에서는 양시칠리아 왕국의 가련한 임금 프란체스코 2세가 절체절명의 위기를 타개하려 부심하고 있었다. 그는 가리발디가 여러 곳에서 승리를 거둔 것이 자기 장군들의 배신에 기인한 것은 아닐까 저어하면서 부랴부랴 정치범들의 사면을 허락하고 스스로 폐지했던 1848년의 법령을 다시 제안했다. 하지만 그건 때늦은 조치였고 수도 나폴리에서조차 곧 폭동이 벌어질 조짐이 나타나고 있었다.

바로 그 6월 초에 나는 기사 비안코로부터 짤막한 편지 한 통을 받았다. 그날 밤 자정에 마차를 보낼 테니 내 사무소 문 앞에서 기다리라는 것이었다. 만나자는 약속치고는 자못 기이했지만, 나는 뭔가 흥미로운 사건이 벌어질 것을 예감하고, 자정에 문 앞에 나가서 기다렸다. 그즈음에는 토리노에서도 매우 심한 더위가 기승을 부리고 있던 터라 한밤중인데도 등에서 땀이 흘렀다. 이윽고 사륜 포장마차 한 대가 도착했다. 마차의 유리창들은 커튼에 가려져 있었고, 낯선 남자가 마차를 몰고 있었다. 그는 어딘가로 나를 데려갔다 — 도심에서 멀지 않은 곳인데, 마차가 이미 지나온 길을 한두 차례 더 지나가는 것 같았다.

마차가 다다른 곳은 어느 허름한 여염집의 황폐한 마당이었다. 집이 오래되고 난간들이 허물어져서 도처에 위험이 도사리고 있는 듯했다. 나는 남자가 이끄는 대로 그 집의 나직한 문을 지나 긴 복도를 나아갔다. 복도 끝에는 작은 문이 나 있고, 이 문은 품격이 전혀 다른 건물의 현관으로 통하고 있었다. 현관은 널따란 계단으로 이어지고 있었지만, 우리는 그리로 올라가지 않고 현관 안쪽의 낮은 계단으로 해서 작은 방으로 들어갔다. 벽들은 정교한 무늬가 들어간 다마스크 천으로 덮여 있었고, 안쪽 벽에는 국왕의 대형 초상화가 걸려 있었다. 녹색 융단을 깔아 놓은 탁자 주위에 네 사람이 앉아 있었는데 그 가운데 한 사람은 기사 비안코였다. 그는 다른 사람들에게 나를 소개했다. 아무도 악수를 청하지 않고 그저 고개만 끄덕였다.

「앉으시오, 시모니니 변호사. 당신 오른쪽에 계신 분은 네그리 디 생프롱 장군이시고, 왼쪽에 계신 분은 리카르디 변호사이시오. 그리고 당신 맞은편에 계신 분은 발렌차 포 선거구의 의원이신 봇조 교수이시고요.」

나는 술집에서 사람들이 수군대는 소리를 들었던 터라 먼저 소개받은 두 사람이 정치 감찰국의 두 우두머리임을 알아차렸다. 복스 포풀리(속설)[5]에 따르자면, 가리발디의 의용대가 두 척의 배를 구입하는 데 도움을 주었다는 바로 그 사람들이었다. 세 번째 남자로 말하자면, 나도 그 이름을 익히 들어 온 유명 인사였다. 그는 기자였고, 나이 서른에 벌써 법학교수이자 의원이었으며, 카부르 총리의 최측근이었다. 불그스름한 얼굴에 가느다란 콧수염을 길러 멋을 부리고 유리잔

5 vox populi.

의 밑바닥처럼 커다란 외알박이 안경을 쓴 품새로만 보면 세상에 이보다 순한 사람이 없겠다 싶었다. 하지만 다른 세 사람이 그를 지나치다 싶을 만큼 정중하게 대하는 것으로 보건대 그가 정부의 실세임을 능히 짐작할 수 있었다.

네그리 디 생프롱이 허두를 떼었다.

「변호사 양반, 우리는 당신의 정보 수집 능력이 탁월하다는 사실뿐만 아니라 당신이 매우 조심스럽고 정보를 신중하게 다룬다는 것도 알고 있소. 그래서 당신에게 아주 까다로운 임무를 맡길까 하오. 가리발디 장군이 갓 정복한 땅에 가서 수행해야 할 임무요. 그렇게 걱정스러운 표정을 지을 것까지는 없소. 당신한테 붉은 셔츠 부대를 이끌고 공격에 나서라는 건 아니니까. 당신이 할 일은 우리에게 정보를 제공하는 거요. 우리가 어떤 정보에 관심이 있는지 당신이 알아야 할 테니, 당신에게 중요한 사실을 미리 말해 두지 않을 수 없소. 내가 주저 없이 국가 기밀이라 규정하는 사실이니까, 이걸 듣고 나면 당장 오늘 밤부터 당신의 임무가 끝나는 날까지, 그리고 그 이후로도 당신이 얼마나 신중하게 처신해야 하는지 깨닫게 될 거요. 이런 얘기를 하는 데는 당신의 안전을 보장하려는 뜻도 있소. 우리는 당연히 그 문제에도 신경을 많이 쓰고 있소.」

세상에 이보다 외교적인 언사가 또 있으랴. 생프롱은 나의 안전에 관심이 많은 듯이 말했으나, 그건 이제부터 자기가 할 말을 내 주위 사람들에게 말하면 내 안전에 심각한 위험이 닥치리라는 뜻이었다. 하지만 그 허두를 통해 지레짐작할 수 있는 바는 임무가 막중한 만큼 내가 벌어들일 돈도 적지 않으리라는 사실이었다. 하여 나는 잘 알겠다는 뜻을 정중하게 알리고 생프롱의 다음 말을 기다렸다.

「당신에게 상황을 설명하는 것은 봇조 교수님이 누구보다 잘하실 거요. 가장 높은 자리에 계신 분을 가까이 모시면서 정보를 얻고 그분의 의중을 헤아리시는 분이니까요. 말씀하시지요, 교수님······.」

「보시오, 시모니니 변호사」 하고 봇조가 말을 받아 「가리발디 장군은 공명정대하고 고결한 사나이오. 여기 피에몬테에서 나보다 더 그를 찬미하는 사람은 없소. 그가 시칠리아에서 이룩한 일, 다시 말해서 유럽에서 가장 군비를 잘 갖춘 축에 드는 군대에 맞서 그가 한 줌의 용맹한 부하들을 이끌고 세운 전공은 기적이나 진배없소.」

이 허두를 들은 것만으로도 나는 봇조가 가리발디의 가장 고약한 적임을 짐작했다. 그러나 그냥 조용히 귀를 기울이기로 했다.

「한데」 하고 봇조가 말끝을 달더니 「가리발디는 그 정복지를 우리 국왕 비토리오 에마누엘레 2세의 이름으로 통치한다고 선언했지만, 가리발디의 측근들은 그 결정에 전혀 동의하지 않소. 마치니는 반도 남부의 대봉기가 공화국 건설로 귀결되도록 해야 한다고 그에게 성화를 부리는 중이오. 그 마치니라는 자의 설복력이 대단하다는 것은 우리도 익히 아는 바요. 그자는 외국에 나가 편히 지내는 중에도 이 땅의 분별없는 자들을 설득하여 사지로 달려가게 했소. 가리발디 장군의 심복들 중에 크리스피와 니코테라가 있소. 이자들은 골수 마치니 파요. 가리발디 장군처럼 남들의 교활한 악의를 잘 알아차리지 못하는 사람에게 이들이 나쁜 영향을 미치고 있소. 자, 이제 본론으로 들어갑시다. 얼마 안 있으면 가리발디가 메시나 해협에 다다라 칼라브리아로 넘어갈 거요. 가리발디는 노련한 전략가이고, 그를 따르는 의용병들은 전의에 불타고 있는 데다, 애국심의 발로인지 기회주의의 발동인지 알 수 없으되 많은 시칠리아 사람들이 그들과 합류했소. 그런데 양시칠리아 왕국의 많은 장군들은 이미 너무나 어설픈 지휘관들의 면모를 보였던 터라, 우리는 그들이 비밀리에 어떤 증여를 받은 탓에 전투다운 전투를 벌이지 못하는 게 아닌가 생각하고 있소. 그 증여와 관련해서 우리가 누구를 의심하고 있는지에 대해서는 두말할 필요가 없을 거요. 당연히 우리 정부 쪽은 아니오. 시칠리아가 가리발디의 수중에 들어간 마당에, 칼라브리아 지방과 나폴리마저 그의 수중에 떨어진다고 생각해 보시오. 마치니파 공화주의자들의 지원을 받는 가리발디 장군은 인구 9백만 왕국의 재산을 좌지우지하게 될 터이고, 백성들 사이에서 인기도 아주 대단하기 때문에 필경 우리 주군보다 강력해질 것이오. 그런 불행한 사태를 피하자면, 우리 주군이 할 수 있는 일은 하나밖에 없소. 우리 군대를 이끌고 남부로 내려가는 거요. 교황령을 통과하자면 어쩔 수 없이 약간의 고초가 따르겠지만, 그것을 이겨내고 가리발디보다 먼저 나폴리에 도착해야 하오. 무슨 말인지 알겠소?」

「잘 알겠습니다. 한데 저보고 무엇을 어떻게 하라는 말씀이신지⋯⋯.」

「이제 이야기할 참이오. 가리발디 원정대는 애초에 조국애라는 감정에 이끌렸으나, 모순된 태도를 가진 타락한 인물들에게 오염되었소. 우리가 그 원정대를 제어하거나 더 나아가 무력화할 목적으로 개입하자면, 널리 퍼진 소문을 통해서, 그리고 신문 기사들을 통해서 그 사실을 입증할 수 있어야 하오. 피에몬테 정부의 개입이 불가피할 만큼 원정대에 문제가 있다는 사실을 증명해야 한다는 거요.」

「요컨대」 하고 아직 말문을 열지 않았던 리카르디 변호사가 나서더니「가리발디 원정대 자체에 대한 신뢰를 무너뜨리자는 것이 아니라 그다음에 생겨난 혁명 정부에 대한 신뢰를 약화시키자는 거요. 카부르 백작은 라파리나를 시칠리아에 보냈소. 라파리나는 시칠리아에서 부르봉 왕조에 맞서 이탈리아의 통일을 위해 활약하다가 망명길에 올랐던 사람이오. 따라서 가리발디는 그를 신임할 테지만, 사실 라파리나는 여러 해 전부터 우리 정부의 충실한 협력자였고 양시칠리아 왕국이 통일 이탈리아에 합병되는 것을 지지하는 이탈리아 국민 협회를 창설한 사람이오. 라파리나에게 주어진 임무는 우리에게 이미 전달된 매우 우려스러운 몇 가지 소문과 관련하여 그 진상을 밝히는 것이오. 가리발디는 순전한 선의를 가지고 있지만 무능한 면도 없지 않은지라, 시칠리아에 모든 정부를 부인하는 정부를 세우고 있는 셈이오. 물론 장군이 모든 것을 통제할 수는 없는 일이고 그의 정직함에도 이론의 여지가 없소. 문제는 그가 공무를 어떤 자들의 손에 맡기고 있느냐 하는 것이오. 카부르는 혹시 있을지도 모를 공금 횡령에 관한 라파리나의 완전한 보고서를 기다리고 있소만, 마치니 파는 어떻게 해서든 그를 사람들과 떼어 놓으려고 할 거요. 다시 말하면, 몇 가지 부정 사건을 놓고 쉬쉬하는 소리를 들으려면 백성들 속으로 파고들어 가야 하는데, 그것이 용이하지 않도록 방해하리라는 얘기요.」

「그래도 우리는 라파리나를 믿고 있소.」 봇조가 그렇게 말을 받더니 「어느 정도까지는 그가 잘 해낼 거요. 한데 이것은 비판하자는 뜻이 아니라 그저 연민을 가지고 하는 말이지만, 그 역시 시칠리아 사람이오. 아마도 좋은 사람이긴 하겠으나 우리와는 다르지 않겠소? 우리가 소개장을 써줄 테니 그걸 가지고 가서 라파리나에게 보여 주시오. 당신은 그를 믿고 처신하면 되는 거요. 하지만 당신은 그에 비해서 행동이 아주 자유로울 것이므로, 문서로 인증할 수 있는 정보만을 수집하려 하지 말고, 정보가 부족하다 싶을 때는 만들어 내야 하오 (당신이 이미 여러 번 했던 것처럼 말이오).」

「한데 제가 어떤 명목으로 거기에 가는 것인지요? 사사로운 볼일로 가는 건가요, 아니면 공식 직함을 달고 가는 건가요?」

「늘 그렇듯이 우리가 다 생각해 둔 것이 있소.」 하며 비안코가 빙그레 웃더니 「뒤마 선생이라고 당신도 그 유명한 소설가의 이름을 익히 들었을 텐데, 그가 엠마호라는 자기 배를 타고 시칠리아로 가는 중이오. 곧 팔레르모에서 가리발디와 합류할 거요. 그가 거기에서 무엇을 하려는 것인지 분명히 파악하지는 못했으나, 아마도 가리발디의 원정을 소재로 소설풍의 이야기나 좀 써보려는 게 아닌가 싶소. 그게 아니라면 뒤마는 그저 가리발디라는 영웅과의 우정을 과시하는 허영 주머니인지도 모르겠소. 어쨌거나 우리가 알기로 뒤마는 이틀쯤 뒤에 사르데냐 섬의 아르차케나 만에 기항할 거요. 그러니까 우리 영내로 들어온다는 얘기요. 당신은 모레 새벽에 제노바로 가서 우리가 준비해 둔 배를 타고 사르데냐 섬으로 가서 뒤마를 만나시오. 신임장을 하나 줄 테니 그것을 지참하고 가시오. 그 신임장에는 뒤마에게 많은 도움을 준 사람의 서명이 들어가 있소. 당연히 뒤마가 신뢰하는 사람이오. 당신의 자격은 봇조 교수가 운영하는 신문의 특파원이고, 당신의 임무는 뒤마와 가리발디의 모험을 취재하고 예찬하는 것으로 되어 있소. 그래서 당신은 그 소설가를 에워싸고 있는 측근자들의 일원으로 받아들여질 것이고, 그와 함께 팔레르모에 상륙하게 될 거요. 뒤마와 더불어 팔레르모에 도착하는 것은 당신에게 영예가 될 것이고 덕분에 아무도 당신을 의심하지 않을 것이 분명하오. 당신이 혼자 간다면 도저히 누릴 수 없는 이점이오. 거기에서 당신은 의용병들과 어울릴 수도 있고 현지 주민들과 접촉할 수도 있을 거요. 소개장 하나를 더 줄 테니 그것도 가져가시오. 사람들의 존경을 받는 어느 유명한 사람이 쓴 편지인데, 그것을 가리발디 의용대의 젊은 장교인 니에보 대위에게 보여 주면 그가 당신을 신임하게 될 거요. 듣자 하니 가리발디가 그 장교를 부(副)경리관으로 임명한 모양이오. 〈롬바르도〉호와 〈피에몬테〉호 ─ 가리발디 원정대를 마르살라로 데려다 준 배들 말이오 ─ 가 출발하자마자,

9만 리라의 원정 자금 가운데 1만 4천 리라를 그에게 맡겼다는 얘기를 들었소. 우리가 알기로 니에보는 문인인데, 왜 하필 그런 사람에게 경리 업무를 맡겼는지는 잘 모르겠소. 하지만 그는 아주 청렴결백한 사람이라는 명성을 누리고 있는 모양이오. 그는 당신처럼 신문에 글을 쓰는 사람, 게다가 그 유명한 뒤마의 친구를 자처하는 사람과 이야기를 나누게 되면 무척 행복해할 거요.」

우리는 그 일을 추진하기 위한 세세한 방법들을 논의하고 보수에 관해서 서로 합의를 보느라고 그날 밤의 나머지 시간을 보냈다. 이튿날, 나는 무기한으로 사무실 문을 닫고 꼭 가져가야 할 몇 가지 물건을 모아 짐을 꾸렸다. 그리고 갑작스럽게 떠오른 생각을 좇아, 베르가마스키 신부의 수단도 짐 속에 넣었다. 이 수단은 베르가마스키 신부가 할아버지 댁에 놓고 갔던 것을 채권자들에게 모든 것이 넘어가기 직전에 내가 챙겨 놓았던 것이다.

7

천인대와 함께

1897년 3월 29일

어젯밤 아래층 가게에 있는 서랍장 속의 오래된 문서들을 뒤적이다가 돌돌 말린 종이들을 묶어 놓은 서류철 하나를 찾아냈는데, 이 종이들에는 내가 그때의 사건들을 거칠게 적어 놓은 초벌 기록이 담겨 있었다. 십중팔구는 나에게 일을 맡긴 토리노의 그자들에 관해서 나중에 상세한 보고서를 작성할 목적으로 적어 나갔던 것이리라. 만약 그 문서들을 찾아내지 못했다면, 내가 이 모든 사건을 기억해 낼 수 있었을지, 특히 1860년 6월에서 1861년 3월 사이에 이루어진 시칠리아 여행의 인상들을 제대로 회상할 수 있었을지 자신할 수가 없다. 그 문서들은 누락된 것이 많은 기록이다. 당연한 얘기지만, 나는 내가 중요하다고 판단한 것들, 아니면 중대한 사건으로 보이게 하고 싶었던 것들만을 기록했으니까 말이다. 이는 달리 보면 내가 일부 사건들에 대해서는 그냥 침묵했다는 뜻이려니와, 그게 어떤 사건들인지는 알 길이 없다.

*

나는 6월 6일부터 엠마호 선상에 있었다. 뒤마는 아주 따뜻하게 나를 맞아 주었다. 그는 옅은 밤색의 가벼운 천으로 된 웃옷을 입은 차림이었고 영락없는 혼혈인의 상호였다. 피부는 다갈색이었고, 입술은 도톰하게 도드라진 것이 육감을 물씬 풍겼으며, 머리털은 아프리카 미개인처럼 곱슬곱슬했다. 그래도 눈빛은 형형하면서도 장난기를 담고 있었으며, 미소는 다정했고, 풍채는 봉 비방(쾌남아)[1]으로 보일 만큼 육덕이 좋았다. 그 모습을 보노라니⋯⋯ 문득 그와 관련된 무수한 전설 가운데 하나가 떠올랐다. 파리에서 겉멋 든 귀족 하나가 뒤마를 앞에 두고 고약한 심보를 드러내며 당시에 한창 화제가 되고 있던 이론을 들먹였다. 원시인과 열등한 동물 종들 사이의 관계를 다룬 이론이었다. 그러자 뒤마가 대답하더란다. 〈그래요, 형씨, 나는 원숭이로부터 내려왔소. 한데 당신은 원숭이 쪽으로 거슬러 올라가는구려!〉

뒤마는 나에게 보그랑 선장과 브레몽 부선장, 항해사 포디마타(멧돼지처럼 몸에 털이 북슬북슬하고 면도라고는 눈의 흰자위가 가려지지 않을 정도로만 하는 듯 얼굴 전체에 머리털과 수염이 뒤엉켜 있던 사내), 요리사 장 부아예를 소개했

1 *bon vivant*.

다. 요리사를 소개할 때는 그의 태도가 아주 각별했다 — 뒤 마를 유심히 살피다 보니 요리사가 수행원들 가운데 가장 중 요한 인물이라는 느낌이 들었다. 뒤마는 옛날의 영주처럼 한 무리의 측근을 대동하고 항해하는 중이었다.

포디마타는 나를 선실로 안내하는 동안, 부아예의 특별 요 리가 완두콩을 곁들인 아스파라거스라고 알려 주었다. 그런 데 조리법이 기이해서 요리를 보면 완두콩의 그림자도 보이 지 않는다고 했다.

우리는 사르데냐 북동쪽 해안 근처의 카프레라 섬을 지났 다. 이 섬은 가리발디가 싸움터에 나가지 않을 때 은둔하는 곳이었다.

뒤마가 나에게 말했다.

「자네는 곧 장군을 만나게 될 걸세.」

그저 가리발디 얘기를 꺼낸 것만으로도 뒤마의 얼굴에는 경탄의 기색이 환하게 어렸다.

「가리발디 장군은 금빛 수염에 파란 눈이고 마치 레오나르 도 다빈치의 〈최후의 만찬〉에 나오는 예수처럼 보인다네. 거 동에는 기품이 넘치고 목소리는 한없이 부드럽지. 언뜻 보면 차분한 사람 같지만, 장군 앞에서 〈이탈리아〉와 〈독립〉이라 는 말을 꺼내 보게, 장군이 화산처럼 깨어나 불꽃이 분출하고 용암이 급류처럼 흐르는 것을 보게 되리니. 싸움터에 나갈 때 장군은 절대로 무장을 하지 않네. 그랬다가 전투가 벌어지면 아무 칼이든 자기 수중에 가장 먼저 들어온 칼을 빼어 들고 칼집을 내던지면서 적을 향해 돌진하네. 그런 장군에게도 단

「자네는 곧 장군을 만나게 될 걸세.」
그저 가리발디 얘기를 꺼낸 것만으로도 뒤마의 얼굴에는
경탄의 기색이 환하게 어렸다.
「가리발디 장군은 금빛 수염에 파란 눈이고 마치 레오나르도 다빈치의
〈최후의 만찬〉에 나오는 예수처럼 보인다네.」

한 가지 약점이 있기는 해. 자기가 보체[2]의 제일인자인 줄로
안다는 것일세.」

조금 뒤에 선상에서 한바탕 소동이 벌어졌다. 선원들이 바
다거북 한 마리를 잡아 올리고 있었다. 코르시카 남부에서 볼
수 있는 것과 같은 커다란 놈이었다. 뒤마는 매우 흥분된 기
색을 보이고 있었다.

「신나는 일거리가 생겼군. 먼저 바다거북을 뒤집어 놓아야
해. 그러면 그 어수룩한 녀석은 목을 길게 뺄 것이고, 우리는
녀석이 그렇게 조심성 없이 구는 틈을 타서 머리를 싹둑 잘라
낸 다음 열두 시간 동안 거꾸로 매달아서 피를 빼내는 거야.
그런 뒤에는 등딱지가 아래로 가도록 다시 뒤집어 놓고, 배딱
지와 등딱지 사이로 단단한 칼을 쑤셔 넣되, 쓸개에 구멍을
내지 않도록 조심해야 해. 쓸개즙이 흐르면 고기를 먹을 수
없게 되거든. 그렇게 배딱지를 떼어 낸 뒤에는 내장을 들어내
되 간은 버리지 말아야 할 것이, 간에 들어 있는 걸쭉한 액체
는 아무 쓸모가 없지만 살이 두툼한 두 간엽은 그 빛깔로 보
나 맛으로 보나 송아지 넓적다리 고기와 비슷하기 때문이다.
끝으로 물갈퀴와 다리와 목을 잘라 내고, 몸통의 살코기를 호
두 크기로 썰어서 물에 담가 피를 뺀 다음, 육수 속에 넣고 후
추와 정향, 당근, 백리향, 월계수 잎을 첨가하여 서너 시간 동

---

2 두 경기자 또는 두 편으로 나뉜 경기자들이 목표물(미리 던져 둔 작은
공)에 되도록 가까이 공을 던지는 것으로 승부를 겨루는 이탈리아, 프랑스 등
지의 전통 놀이(프랑스어로는 불). 프랑스 사람들이 즐기는 페탕크는 20세기
초에 프로방스 지방에서 나타난 이 놀이의 변종.

안 은근한 불에 익혀야 하네. 그러는 동안 닭고기를 얇게 썰어 파슬리와 작은 양파와 안초비로 양념한 뒤에 끓는 육수에 넣고 익힌 다음, 그것들을 건져내어 물기를 빼고 그 위에 바다거북 수프를 붓는 걸세. 아참, 그 전에 수프에는 단맛이 나지 않는 마데이라 포도주를 서너 잔 부어 놓아야 하네. 마데이라 포도주가 없을 때는 마르살라 포도주와 함께 브랜디나 럼을 작은 잔에 따라 넣을 수도 있지만, 이건 어디까지나 부득이한 차선책이라네. 우리는 내일 저녁에 그 수프를 맛보게 될 게야.」[3]

산해진미를 그토록 좋아하는 사람이니, 비록 혈통이 석연치 않을지언정 어찌 그에게 호감을 느끼지 않으리오.

*

(6월 13일) 그저께 엠마호가 팔레르모에 도착했다. 도시가 개양귀비 꽃밭을 방불케 한다. 가리발디의 의용병들이 붉은 셔츠를 입고 돌아다니기 때문이다. 다수의 용병들은 그냥 얻어걸리는 대로 옷을 입거나 무장을 한 차림이다. 개중에는 아직 사복을 입은 채로 그저 낡은 모자에 깃털 하나만 꽂아서 쓰고 다니기도 한다. 이제 붉은 천을 구하기가 어렵다 보니 붉은 셔츠를 입으려면 거금을 들여야 하는 상황인 것이다. 그래도 새로 합류한 시칠리아의 귀족 자제들은 붉은 셔츠를 잘

---

3 에코가 소개하는 이 조리법은 뒤마의 유작 『요리 대사전』에 나오는 영미식 바다거북 수프와 프랑스식 바다거북 수프의 조리법을 아주 간단하게 요약하고 절충한 제3의 레시피라 할 만하다.

도 구해 입었다. 초기의 매우 격렬한 전투가 끝난 뒤에야 의
용대에 대거 합류한 자들이지만, 복장을 갖추는 일에서만은
제노바에서 출발한 의용병들을 훨씬 능가하는 모양이다. 나
는 토리노를 떠나올 때 기사 비안코에게서 시칠리아에서 살
아가는 데 필요한 돈을 넉넉히 받아 온 터라, 즉시 제복 한 벌
을 마련했다. 갓 도착한 날라리로 보이지 않을 만큼 낡은 제
복이었다. 붉은 셔츠는 빨고 또 빠는 동안 물이 날아서 분홍
빛을 띠어 가고 있었고, 바지도 상태가 좋지 않았다. 그런데
도 셔츠 값으로만 15프랑⁴을 냈는데, 토리노에서라면 이 돈으
로 네 벌을 살 수도 있었으리라.

여기에서는 모든 게 터무니없이 비싸다. 달걀은 한 개에
4수이고, 빵은 반 킬로그램에 6수, 고기는 반 킬로그램에
30수이다. 시칠리아 사람들은 가리발디 의용병들을 벗겨 먹
을 만큼 벗겨 먹는다. 섬이 가난하기 때문인지, 점령자들이
섬의 풍족하지 않은 산물을 마구 먹어 치우고 있기 때문인지,
아니면 팔레르모 사람들이 의용병들을 하늘에서 떨어진 만
나로 여기기 때문인지 알 수가 없다.

그 위대한 두 인물이 원로원 청사에서 만나는 장면(뒤마는
황홀한 표정으로 〈1830년에 파리 시청에서 만나던 때 같구
려!〉 하고 말했다)은 그야말로 연극의 한 장면 같았다. 두 사
람 가운데 어느 쪽이 더 훌륭한 배우였는지는 잘 모르겠다.

---

4 이탈리아 통화가 리라로 통일되기 이전의 일이다.

「친애하는 나의 뒤마, 당신을 그리워하고 있었습니다.」

장군은 그렇게 소리치고, 치하의 말을 건네는 뒤마에게 말했다.

「그런 칭찬은 제가 아니라 여기 이 친구들이 들어야 합니다. 이들 모두가 거인이었습니다.」

그러고는 자기 부하들에게 일렀다.

「어서 뒤마 선생님께 궁전의 가장 훌륭한 처소를 내어 드리도록 하게나. 병사 2천5백 명과 소총 만 자루와 증기선 두 척이 오리라는 것을 알리는 편지들을 내게 가져오신 분이라네! 아무리 융숭하게 대접해도 충분치가 않을 걸세.」

나는 아버지가 돌아가신 뒤로 영웅들에게 불신을 품고 있던 터라 가리발디를 경계심 어린 눈으로 바라보았다. 뒤마는 그가 아폴론의 웅자를 지닌 것처럼 묘사했지만, 내가 보기에는 풍채가 그저 수수했다. 머리털은 금빛이 아니라 희누르스름한 빛깔이었고, 다리는 짧고 구부정한 데다 걸음걸이로 보아서는 류머티즘에 걸린 듯했다. 나는 그가 말을 탈 때, 두 부하의 도움을 받아 약간 힘을 들이며 말 등에 올라타는 것을 보았다.

해거름에 군중이 궁전 아래에 모여 〈뒤마 만세, 이탈리아 만세!〉를 외쳐 댔다. 뒤마는 매우 흐뭇해하는 눈치였다. 한데 내 느낌에는 자기 친구의 허영심을 익히 알고 있는 가리발디가 약속된 소총이 필요해서 일부러 그런 행사를 준비한 것 같았다. 나는 군중 속으로 끼어들어 가 그들이 무슨 말을 하는지 들어 보려고 했다. 그들이 사투리로 말하고 있어서 아프리카인들의 말만큼이나 알아듣기가 어려웠지만, 그래도 한마디 짤막한 대화가 귀에 들어왔다. 한 남자가 다른 남자에게 도대체 저 뒤마라는 사람이 누구이기에 이렇게 만세를 외쳐 대느냐고 묻자, 상대가 대답하기를, 저 사람은 황금 속에서 헤엄을 칠 만큼 돈이 많은 시르카시아 왕국의 왕자인데 가리발디에게 자기 돈을 주러 온 거라고 했다.

뒤마는 나를 장군의 몇몇 부하에게 소개해 주었다. 가리발디의 부관인 니노 빅시오는 인상이 무시무시했다. 나는 독수리눈을 닮은 그의 눈빛에 압도되어 제 풀에 겁을 집어먹고 물러났다.

시칠리아 주민들을 만나려면 아무도 모르게 드나들 수 있는 여관 겸 식당을 찾아낼 필요가 있다.

지금의 나로 말하자면, 시칠리아 사람들 눈에는 가리발디 원정대의 의용병이고, 원정대의 눈에는 자유로운 종군 기자이다.

*

니노 빅시오를 먼발치에서 다시 보았다. 그가 말을 타고 시내를 지나가고 있을 때였다. 사람들이 이야기하는 것을 들어 보면, 원정대의 군무를 통괄하는 진짜 우두머리는 니노 빅시오이다. 가리발디는 현재에서 마음을 돌려 언제나 내일 무엇을 할 것인지를 생각하며 전투가 벌어지면 용감하게 앞장서서 공격을 이끈다. 반면에 빅시오는 현재를 생각하며 군대의 질서를 유지해 간다. 그가 지나갈 때 나는 내 근처에 있던 의용병이 자기 전우에게 하는 말을 들었다.

「저 눈빛을 봐. 번개가 번득이는 것 같은 눈길을 곳곳으로 보내고 있어. 옆모습이 칼날처럼 날카로워. 빅시오! 그 이름마저 번갯불이 번쩍이는 것을 생각나게 해.」

가리발디와 그의 부관들이 의용병들을 홀린 것이 분명하다. 그건 좋지 않은 일이다. 사람들을 너무 심하게 호리는 우두머리들은 왕국의 안녕과 평온을 위해 당장 목을 베어야 한다. 토리노의 내 고용주들 말이 옳다. 가리발디의 신화가 북부에까지 퍼져 나가지 않도록 해야 한다. 그러지 않으면 그곳에 있는 작은 왕국들의 모든 백성이 붉은 셔츠를 입을 것이고, 그러면 공화주의자들의 세상이 올 것이다.

*

(6월 15일) 이곳 주민들과 이야기를 나누기가 쉽지 않다. 한 가지 분명한 사실은 그들이 피에몬테 사람이다 싶은 의용병을 보면 그게 누구든 돈을 뜯어내려 한다는 것이다. 다만 그들 말마따나 의용병들 가운데 피에몬테 사람은 얼마 되지 않는다. 나는 적은 돈으로 저녁을 먹을 수 있고 이름을 발음하기가 쉽지 않은 몇 가지 토속 음식을 맛볼 수 있는 식당 한 곳을 찾아냈다. 나는 돼지 지라를 다져 속을 채운 동그란 빵을 먹다가 숨이 막힐 뻔했다. 하지만 이 식당이 자랑하는 맛있는 포도주를 곁들이면, 그 빵을 두세 개쯤은 삼킬 수 있다. 나는 저녁을 먹으면서 의용병 두 명과 친해졌다. 하나는 압

바라는 친구인데, 스무 살을 조금 넘긴 리구리아 사람이고, 반디라는 이름의 다른 친구는 토스카나의 리보르노에서 온 신문 기자인데 나와 나이가 엇비슷하다. 나는 그들의 이야기를 통해 가리발디 의용대가 어떻게 시칠리아에 당도해서 초기의 전투들을 어떤 식으로 치러 냈는지 알게 되었다.[5]

먼저 허두를 뗀 것은 압바였다.

「아! 알고 나면 놀랄 거요, 노형. 마르살라 상륙 작전은 꼭 마단 공연 같았소. 이야기하자면 이래요. 우리는 양시칠리아 왕국의 군함들인 〈스트롬볼리〉호와 〈카프리〉호를 마주하고 있었는데, 우리 〈롬바르도〉호가 암초에 부딪혔소. 그러자 니노 빅시오는 멀쩡한 선체에 구멍을 내서 우리 배를 가라앉히는 편이 낫겠다고 했소. 그뿐 아니라 〈피에몬테〉호도 침몰시켜야 하리라고 하더군요. 나는 엄청난 낭비라고 생각했지만, 빅시오가 옳았소. 적군에게 두 척의 배를 선사할 필요는 없었던 거요. 게다가 위대한 장수들이 배수진을 칠 때도 그런 식으로 하잖소. 자기들이 타고 온 배를 불태운 다음에 병사들이 물러서지 못하고 힘을 다하여 싸우게 하는 거요. 피에몬테호의 아군이 먼저 상륙하자, 적의 스트롬볼리호에서 대포를 쏘기 시작했지만 포탄은 빗나갔소. 그때 항구에 닻을 내리고 있

---

5 압바와 반디는 실제로 가리발디 천인 원정대에 참가했던 두 인물 주세페 체사레 압바(1838~1910)와 주세페 반디(1834~1894)를 소설의 인물로 형상화한 것이다. 그들이 들려주는 다음 이야기들은 가리발디 후일담 문학의 대표작이라 할 수 있는 주세페 체사레 압바의『콰르토에서 볼투르노까지, 한 천인대 의용병의 작은 기록』(1891)과 주세페 반디의『천인대, 제노바에서 카푸아까지』(1903)를 전거로 삼고 있다.

던 영국 군함의 사령관이 스트롬볼리호의 선상으로 가서 함장에게 으름장을 놓았소. 뭍에 영국 신민들이 있으니 그렇게 포격을 하다가 국제적인 불상사가 생기면 그 책임은 함장이 져야 한다고 말이오. 노형도 알겠지만, 영국인들은 마르살라에서 포도주 거래를 하며 큰 이득을 보고 있소. 양시칠리아 왕국의 함장은 국제적인 불상사가 생기든 말든 상관없다면서 계속 대포를 쏘게 했소. 그러나 포탄은 또 빗나갔지요. 마침내 양시칠리아 왕국의 배들에서 우리 천인대 속으로 포탄이 몇 방 날아들기는 했지만, 아무도 피해를 보지 않았소. 그저 개 한 마리가 포탄에 맞아 두 토막으로 잘렸을 뿐이오.」

「그러니까 영국인들이 아군을 도와준 셈이구먼.」

「그들이 태연하게 가운데로 끼어들어서 적군을 방해했다고 봐야지요.」

「한데 가리발디 장군이 영국인들과 모종의 관계를 맺고 있는 건 아니오?」

압바는 손을 내저었다. 병사들이란 자기처럼 순종하면서 너무 많은 질문을 하지 말아야 한다는 뜻 같았다.

「그보다 이 얘기를 들어 보시오. 아주 재미있는 얘기요. 가리발디 장군은 마르살라 읍내에 들어서자 전신국을 점령하고 전봇줄을 끊어 버리라고 명령했소. 중위 하나가 부하 몇 명을 데리고 달려갔지요. 전신국 직원은 그들이 오는 것을 보고 도망쳤소. 중위는 사무실로 들어가서 직원이 달아나기 직전에 보낸 전보의 사본을 찾아냈어요. 이웃한 도시 트라파니의 군사령관에게 보내는 급전이었는데, 내용은 이러했소.

〈사르데냐 왕국 깃발을 단 증기선 두 척 방금 입항, 선원들 하선.〉 때마침 답신이 왔고, 의용병들 가운데 제노바 전신국에서 근무했던 사람이 있어서 그것을 해독해 보니, 〈선원들은 몇 명이고 하선한 이유는 무엇인가?〉라는 뜻이었소. 중위는 그 의용병에게 다시 이렇게 전보를 치라고 했소. 〈죄송합니다. 제 불찰입니다. 두 척의 배는 지르젠티[6]에서 유황을 싣고 온 상선입니다.〉 트라파니에서는 다시 이런 답신을 보냈다더군요. 〈얼간이.〉 장교는 껄껄 웃으며 부하들과 함께 전봇줄을 끊어 버린 뒤에 전보국을 나섰다 하오.」

반디가 말을 받았다.

「압바는 상륙 작전이 곡마단 공연 같았다고 했지만, 사실을 말하자면 꼭 그렇기만 했던 것은 아닐세. 우리가 물기슭에 올라섰을 때 마침내 적선에서 쏘아 올린 포탄들이 떨어지고 총알들이 빗발처럼 날아들기 시작했거든. 물론 우리는 그것을 재미있게 여겼지, 그건 사실일세. 한데 그 포연 속에서 웬 수도사가 불쑥 나타났네. 늙었지만 신수가 훤해 보이는 수도사였는데, 그가 모자를 벗어 들고 우리에게 환영 인사를 하더라고. 그러자 어떤 의용병이 〈아니, 수도원에나 있을 것이지 왜 나와서 우리 앞길을 가로막는 거요?〉 하고 물었지. 하지만 가리발디 장군은 한 손을 들어 올리며 말했네. 〈수사님, 무엇을 찾고 계시오? 총알이 빗발치는 소리가 들리지 않소?〉 수도사의 대답이 걸작이었어. 〈총알 따위는 두렵지 않습니다.

---

6 아그리젠토의 시칠리아어 이름.

나는 청빈한 프란체스코 성인의 종이고, 이탈리아의 아들이니까요.〉〈그렇다면 수사님은 백성들 편인가요?〉 하고 장군이 다시 묻자, 수도사는 〈백성들 편이지요, 백성들 편이고말고요〉 하고 대답하더군. 그때 우리는 마르살라가 우리 수중에 들어왔음을 깨달았네. 장군은 크리스피를 수세관(收稅官)에게 보내어 이탈리아 국왕 비토리오 에마누엘레의 이름으로 모든 세수를 징발하고 영수증을 써준 다음, 그것을 경리관 아체르비에게 맡겼네. 이탈리아 왕국은 아직 존재하지 않지만, 크리스피는 수세관에게 준 영수증에 이탈리아 국왕을 대신하여 서명을 했어. 그러니까 그 영수증은 비토리오 에마누엘레가 이탈리아 국왕으로 불린 최초의 문서인 셈이지.」

나는 말이 나온 김에 물었다.

「그런데 경리관은 니에보 대위가 아닌가?」

압바가 설명했다.

「니에보는 아체르비의 조수요. 새파랗게 젊은데 벌써 위대한 작가라고 합디다. 진짜 시인이래요. 환하게 빛나는 그의 이마를 보면 재능이 있다고 씌어 있어요. 그는 언제나 혼자 다니고, 마치 눈길을 던져 지평을 넓히려는 사람처럼 먼 산바라기를 하지요. 내가 보기엔 가리발디 장군이 곧 그를 영관으로 진급시키지 않을까 싶소.」

그러자 반디가 거들었다.

「칼라타피미에서 그는 빵을 배급하느라고 조금 뒤에 처져 있었네. 그때 보체티가 전투에 나서라고 그를 불렀지. 그러자 그는 혼전의 한복판으로 뛰어들어 마치 커다란 검은 새가 사냥감을 덮치듯 망토 자락을 휘날리며 적에게 덤벼들었네. 그 순간 총알 한 방이 날아와 그의 망토에 구멍을 냈지·······.」

더 들어 볼 것도 없이 나는 그 니에보라는 자에게 반감을 품게 되었다. 그는 나와 같은 또래인 모양인데, 벌써 스스로를 저명인사로 여긴다. 그는 무사이자 시인을 자처한다. 싸움터에서 망토 자락을 벌리고 다니면 구멍이 나는 건 당연한 일이거늘, 가슴에 구멍이 난 것도 아닌데 그걸 자랑이라고 하다니······.

그때 압바와 반디가 칼라타피미 전투에 관해서, 다시 말해 의용병 천 명이 성능 좋은 무기로 단단히 무장한 양시칠리아 왕국의 2만 5천 병력을 상대로 거둔 기적과도 같은 승리에 관해서 이야기하기 시작했다.

압바가 말했다.

「가리발디 장군이 선두에 있었소. 그란 비지르[7]라는 구렁말에 투각(透刻) 등자가 달린 더없이 아름다운 안장을 얹어서 타고 있었는데, 붉은 셔츠를 입고 헝가리식 모자를 쓴 차림이었지요. 살레미에서 현지 의용병들이 우리와 합류했소. 사방에서 말을 타거나 걸어서 수백 명씩 몰려오는데, 그게 참 가관이었던 것이, 얼굴은 산적 같고 눈은 부리부리한 산골 사나이들이 한껏 무장을 하고 나타났으니 말이오. 그래도 그들을 이끌고 온 사람들은 이곳의 신사들이고 지주들이었소. 살레미 읍내는 지저분하고 길들이 시궁창 같은 곳이지만, 거기

---

7 대재상이라는 뜻. 나폴레옹의 말이 〈비지르〉였으니 이름만 놓고 보면 가리발디의 통이 큰 셈이다.

수도사들은 아주 근사한 수도원을 차지하고 있더군요. 그래서 우리는 거기에 본부를 차렸소. 그 며칠 사이에 적군에 관한 소식이 날아들었는데, 얘기들이 서로 달랐지요. 적군의 병력을 놓고 적게는 4천에서 많게는 1만, 2만으로 추정이 엇갈렸고, 군마와 대포의 수를 놓고도 소문이 제각각이었으며, 적군의 동정을 두고도 고지의 요새에 틀어박혀 있다는 둥 평지에 포진하고 있다는 둥 전진해 온다느니 후퇴하고 있다느니…… 그러다 갑자기 적군이 나타났소. 군사가 대략 5천 명쯤 될 법했어요. 〈웬걸, 1만은 족히 되겠구먼〉 하고 말하는 전우도 있긴 했지요. 적군과 아군 사이에는 황막한 벌판이 가로놓여 있었소. 적병들이 산에서 내려옵디다. 아주 침착하고 보무가 당당한 것이 한눈에 보아도 훈련이 잘되어 있음을 알겠더군요. 우리 같은 오합지졸이 아니었소. 게다가 그놈의 나팔들은 소리가 어찌나 음산하던지! 그렇게 정오를 넘기고 한 시간 반이 더 흐른 뒤에 비로소 첫 총성이 울렸소. 적병들이 줄느런한 선인장들 사이로 내려와 사격을 시작한 것이었지요. 〈응사하지 말라, 응사하지 말라!〉 하고 우리 장교들이 소리쳤소. 하지만 적진에서 날아오는 총알들이 머리 위로 핑핑 지나가는 판에 어찌 국으로 가만히 있을 수 있겠소. 누군가 총을 쏘았고 또 한 차례 총성이 울리자 드디어 장군의 곡호수(曲號手)가 나팔을 불고 진군이 시작되었소. 총탄은 우박 치듯 쏟아지고 우리 쪽 산에는 포연이 자욱한 가운데, 우리는 벌판을 건너갔지요. 적군의 제일선이 무너졌소. 옆을 돌아보니, 가리발디 장군이 칼집에 넣은 군도를 오른쪽 어깨에 얹은 채로 걸어서 언덕을 오르고 있는데, 전황을 살피면서 천천히 나아가고 있습디다. 빅시오가 급히 말을 몰고 달려와서 자기 군마로 장군의 방패를 삼으며 소리쳤소.〈장군님, 이러다가 전사하실 작정입니까?〉그러자 장군은〈나라를 위해 목숨을 바치는 것보다 더 나은 죽음이 있겠는가?〉하고 대답하고는 빗발치는 총탄을 아랑곳하지 않고 앞으로 나아가더군요. 그 순간 나는 혹시 장군이 승리할 수 없다고 생각하며 죽으려고 하는 게 아닐까 하고 겁을 먹었소. 하지만 때마침 아군 대포가 도로 쪽에서 포격을 시작했지요. 그것은 우리에게 천군만마의 원군과 같았소. 진진, 전진, 전진! 그때부터 우리 귀에는 곡호수가 쉬지 않고 불어 대는 돌격 나팔 소리만 들려왔소. 우리는 총에 대검을 꽂은 채로 돌진하여 한 단(段) 한 단 언덕을 올라갔고, 적군은 더 높은 곳으로 후퇴하여 전열을 정비하고 전력을 강화하는 것 같았소. 다시 그들과 맞서 싸우기는 어렵겠다 싶더군요. 그들은 모두 꼭대기에 올라가 있었고 우리는 기진맥진한 채로 비탈을 오르고 있었으니까요. 그렇게 양쪽이 각기 위쪽과 아래쪽에 포진한 채로 잠시 전투가 중단되었소. 그러다가 이쪽저쪽에서 다시 총성이 울렸고, 적군은 바위를 굴리거나 돌을 던지기 시작했소. 장군이 돌에 맞았다는 얘기도 들려왔소. 그때 선인장들 속에서 한 젊은이가 보이더군요. 잘생긴 젊은이였는데 치명상을 당해서 두 전우의 부축을 받고 있었소. 그는 적병들 역시 이탈리아 사람들이니 그들을 불쌍히 여기라고 전우들에게 당부하더군요. 온 비탈에 쓰러진 병사들이 즐비했지만, 통곡 소리는 들리지 않았소. 언덕바지에서는 적병들이 이따금 〈국왕 만세!〉를 외쳐 댔어요. 그러는 사이에 우리 원군이 당도했소. 내가 기억하기로 바로 그때 반디 자네가 나타났어. 온몸이 상처투성이였고, 무엇보다 왼쪽 가슴 위쪽에 총알이 박힌 터라, 나는 자네가 반 시간만 지나면 죽을 거라고 생각했네. 그런데 마지막 돌격 때 오히려 맨 앞에서 싸웠지. 도대체 그 엄청난 기백이 어디서 나오는 겐가?」

반디가 말했다.

「객쩍은 소리 말게나. 그건 긁혀서 생긴 상처들이었어.」

「그런데 프란체스코회 수도사들이 우리 편에 서서 싸우지 않았어? 비쩍 마르고 때가 꼬질꼬질한 수도사가 한 명 있었는데, 뇌통(雷筒)[8]에 산탄과 돌멩이를 몇 줌 채워 넣고는 언덕을 기어 올라가서 마구잡이로 쏘아 대던걸. 또 한 명의 수도사를 봤는데, 그는 넓적다리에 총상을 입었음에도 살에서 총알을 빼내고는 다시 사격에 나서더라고.」

그런 다음 압바는 암미랄리오 다리 전투를 언급하며 다시 이야기에 열을 올렸다.

「정말 굉장했어요, 시모니니, 호메로스의 서사시를 생각나게 하는 하루였소. 우리는 팔레르모 초입에 있었는데, 현지 반란자들이 우리를 도우러 왔소. 그들 가운데 한 사람이 〈오

---

8 이탈리아어 트롬보네(프랑스어로는 트롱블롱)를 옮긴 것. 총구가 나팔처럼 벌어져 있다 해서 〈나팔총〉이라 옮기기도 한다. 넓게 벌어진 총구를 통해 장전하는데, 산탄뿐만 아니라 조약돌, 유리 조각, 굵은 소금 따위를 넣고 쏠 수도 있다. 옛날에 주로 순례자들이 사용하던 방어용 무기로서, 사격에 서툰 사람이 짧은 사정거리에 있는 적을 물리치기에 적합한 무기였다.

하느님!〉 하고 소리치며 제자리에서 뱅그르르 돌더니 술에 취한 사람처럼 옆으로 서너 발짝 옮겨 가서 두 그루의 미루나무 아래에 있는 구덩이 속으로 떨어졌소. 그가 쓰러진 자리 옆에는 적병 하나가 죽은 채로 쓰러져 있더군요. 아마 도시 초입에서 파수를 보다가 아군에게 기습을 당했던 모양이오. 제노바에서 온 어느 의용병의 목소리도 아직 귓전에 쟁쟁하오. 그는 거기, 총탄이 빗발치던 곳에서〈벨란디, 여기를 어떻게 통과하지?〉하고 사투리로 소리치다가 이마에 총을 맞고 두개골이 박살난 채로 죽었소. 암미랄리오 다리에서는 상판 위나 아치 위, 다리 아래, 근처 채마밭을 가리지 않고 곳곳에서 백병전이 벌어져 수많은 사람이 죽었소. 새벽에 우리는 다리를 점거했지만, 성벽 뒤에 포진한 적의 보병들이 엄청나게 사격을 해대는 바람에 더 나아갈 수가 없었소. 그 사이에 적의 기병대가 왼쪽에서 우리를 공격해 오더군요. 하지만 우리는 들판 너머로 그들을 쫓아 버렸소. 우리는 드디어 다리를 건너 테르미니 문 앞의 교차로에 집결했소. 그런데 항구에 정박해 있는 적의 군함에서 우리를 향해 대포를 쏘아 댔고, 우리 앞에 있던 바리케이드가 포탄에 맞아 불타 버렸지요. 우리는 전혀 개의치 않고, 어디선가 요란한 종소리가 울리는 가운데, 시내의 좁다란 길로 쳐들어갔소. 그런데 어느 순간, 세상에, 그런 광경을 보게 될 줄이야! 하얀 옷을 입은 아주 어여쁜 소녀 세 명이 백합꽃 같은 손으로 쇠살문을 잡고 매달린 채 말없이 우리를 바라보고 있더군요. 성당의 프레스코화에서 볼 수 있는 천사들처럼 생긴 소녀들이었소.〈아저씨들은 누구세

「암미랄리오 다리에서는 상판 위나 아치 위, 다리 아래,
근처 채마밭을 가리지 않고 곳곳에서
백병전이 벌어져 수많은 사람이 죽었소.」

요?〉 하고 그녀들이 묻기에 우리는 이탈리아 사람들이라고 대답하고 나서 처자들은 누구냐고 물었지요. 그러자 그녀들은 수련 수녀들이라고 대답했소. 우리는 〈오 가엾은 아가씨들, 마음 같아서는 아가씨들을 그 감옥에서 풀어내어 즐겁게 살아가도록 해주고 싶소〉 하고 말했지요. 그러자 그녀들은 〈로살리아[9] 성녀 만세!〉 하고 소리치더군요. 그래서 우리는 〈이탈리아 만세!〉로 응답했고, 그녀들도 시편을 낭송하는 것 같은 고운 목소리로 〈이탈리아 만세!〉를 외치면서 우리의 승리를 기원해 주었소. 우리는 그 뒤로 닷새 동안 팔레르모에서 전투를 벌였고, 마침내 휴전이 이루어졌소. 하지만 그 수련 수녀들 같은 여자들은 어디에도 없었고, 우리는 그저 창부들을 만나는 것으로 만족해야 했소.」

열광에 사로잡혀 있는 그 두 사람의 말을 어느 정도까지 신뢰해야 할까? 그들은 젊고, 이제 처음으로 무공을 세웠으며, 벌써 오래전부터 가리발디 장군을 흠모해 왔다. 그들도 자기들 깐에는 뒤마 같은 소설가라서, 자기들의 추억을 미화한다. 그래서 암탉이 독수리로 변하는 것이다. 그들이 전투 시에 용감하게 행동했다는 것은 의심할 나위가 없다. 하지만 정말 가리발디가 포화의 한복판을 유유히 걸어 다니면서도(그리고 적병들이 멀리서 그를 분명 보고 있었을 텐데도) 총알 한 방 맞지 않았다면, 그건 우연히 그렇게 된 것일까? 적병들이 상

---

[9] 12세기에 시칠리아에서 귀족의 딸로 태어나 성모 마리아의 계시를 받은 뒤에 평생을 산속 동굴에서 동정녀로 살았다는 전설적인 성녀. 팔레르모의 수호성인.

관의 명령에 따라 그냥 건성으로 총을 쏘기라도 했단 말인가?

나는 그런 생각들을 이내 털어 버리고 여관 주인의 나직한 말소리에 귀를 기울였다. 그는 이탈리아 반도의 다른 지방들을 두루 다녀 보았는지 그런대로 알아들을 수 있는 이탈리아 말을 구사한다. 나에게 돈 포르투나토 무수메차라는 공증인과 이야기를 나눠 보라고 권한 것도 그 사람이다. 그 공증인은 무엇에 대해서든 잘 아는 모양이고, 여러 번에 걸쳐 가리발디 원정대에 대한 불신을 드러냈다고 한다.

그렇다면 붉은 셔츠 차림으로 그에게 접근할 수는 없는 노릇이다. 나는 내 짐 속에 들어 있던 베르가마스키 신부의 수단을 떠올렸다. 나는 머리에 빗질을 좀 하고 제법 근엄한 표정을 지으며 눈길을 낮추고 슬그머니 여관을 빠져나갔다. 신부로 변장했으니 나를 알아보는 사람은 없었지만, 예수회 회원들을 곧 시칠리아에서 쫓아내리라는 소문이 돌고 있는 마당이라서 그건 매우 경솔한 행동일 수도 있었다. 하지만 결과를 놓고 말하자면 아무 문제가 없었다. 게다가 나는 곧 닥쳐올 부당한 처사의 희생자로 행세함으로써 가리발디에게 반대하는 세력의 신뢰를 얻을 수 있었다.

나는 어느 주점에 앉아 있던 돈 포르투나토를 찾아내어 말동무 노릇을 하기 시작했다. 그는 아침 미사를 보고 나서 느긋하게 커피를 마시던 중이었다. 그 가게는 시내 한복판에 자리한, 그런대로 품위가 있는 곳이었다. 돈 포르투나토는 얼굴을 태양 쪽으로 향한 채 눈을 반쯤 감고 유유자적하게 앉아 있었는데, 수염은 며칠쯤 깎지 않은 듯했고 그토록 더운 날씨에도 검은 정장에 넥타이까지 매고 있었으며, 담뱃진 때문에 노랗게 변한 손가락들 사이에는 반쯤 꺼진 궐련을 들고 있었다. 내가 척 보니까, 그 가게에서는 커피에 레몬 껍질을 넣는다. 카페 라테에는 넣지 않았으면 좋겠다.

나는 옆 테이블에 앉아 있다가 날씨에 대해서 불평을 했고, 그것만으로도 우리 사이에 말문이 트였다. 나는 로마 교황청에서 파견되어 이곳에서 무슨 일이 벌어지고 있는지 알아보러 온 사람이라고 나 자신을 소개했다. 그러자 무수메치는 편하게 말문을 열었다.

「신부님, 무장도 변변치 않은 오합지졸 천 명이 마르살라에 와서 단 하나의 인명도 잃지 않고 상륙한다는 게 말이 된다고 생각하십니까? 우리 양시칠리아 왕국 부르봉 왕조의 군함들로 말하자면 유럽에서 영국 함대에 버금가는 함대인데, 그냥 아무렇게나 사격을 했다면 모를까 어째서 적병을 단 한 사람도 쓰러뜨리지 못했을까요? 그리고 그 뒤에 칼라타피미에서는 예의 오합지졸 천 명에 말꾼 몇 놈이 가세했는데, 이놈들은 점령군에게 잘 보이고 싶어 하는 몇몇 지주들에게 엉덩이를 차여서 울며 겨자 먹기로 한통속이 된 겁니다. 천 명이 조금 넘는 그 거지발싸개 같은 무리가 세계에서 가장 훈련이 잘된 축에 드는 군대(부르봉 왕조의 군사 학교가 얼마나 훌륭한지 아실지 모르겠습니다만)와 대결하여 2만 5천 병력을 패퇴시켰습니다. 비록 그 병력 가운데 싸움터에 동원된 군사는 수천 명에 지나지 않고 나머지는 병영에 그대로 남아 있었지만 말입니다. 도대체 어찌해서 그런 일이 벌어졌겠습니까? 돈이 위력을 발휘한 겁니다, 신부님. 막대한 돈이 그쪽으로 넘어가서 마르살라에서는 해군 장교들에게, 칼라타피미에서는 란디 장군에게 지급되었어요. 란디 장군을 놓고 보자면, 겨우 하루 동안 접전을 벌이고 나서 군대를 팔레르모로 후퇴시켰습니다. 승부가 확실하게 갈린 것도 아니고, 아직 팔팔한 군사들이 충분하게 남아 있어서 그 의용병 떨거지들을 쓸어버릴 수 있었음에도 그러기는커녕 후퇴를 한 것이지요. 장군이 그 대가로 1만 4천 두카토[10]를 받았다는 말이 돌고 있는데 알고 계십니까? 그의 상관들은 또 어떻게 했습니까? 지금으로부터 12년 전에 사르데냐 왕국이 노바라 전투에서 오스트리아에 패배했을 때, 피에몬테 사람들은 그 책임을 물어 라모리노 장군을 총살했습니다. 우리가 칼라타피미 전투에서 패한 것에 비하면 그건 아무것도 아니었는데도 말입니다. 제가 피에몬테 사람들에게 호감을 느끼는 것은 아니지만, 군에 관한 일에서는 그들이 고수예요. 반면에 우리 쪽에서는 란디를 그저 란차로 대체하는 것으로 그쳤는데, 제가 보기에는 란차 역시 돈을 받았습니다. 팔레르모를 어떻게 내주었는지 생각해 보십시오……. 가리발디는 시칠리아의 무뢰배 중에서 약당 3천 5백 명을 모아 저희 패거리를 보강했지만, 란차는 약 1만 6천 병력을 거느리고 있었습니다. 무려 1만 6천이었다고

---

10 13세기부터 이탈리아가 통일되기 전까지 여러 공국과 왕국에서 통용되었던 금화. 앞면에 두카(공작)의 형상이 새겨져 있어서 두카토라 불렸다고 한다.

요. 한데 란차는 그 병력을 한목에 동원하지 않고 소부대를 편성해서 반란자들을 막으라고 보냈습니다. 그러니 반도가 이길 수밖에요. 게다가 팔레르모의 많은 반역자들 역시 돈을 받고 지붕에 올라가서 총을 쏘기 시작했습니다. 항구에서 피에몬테의 배들은 부르봉 왕조의 군함들이 뻔히 보고 있는데도 의용병들을 위한 소총들을 하역했어요. 뭍에서는 가리발디가 비카리아 감옥과 도형장에 가서 천 명의 다른 범죄자들을 풀어 내어 자기 수하로 거두어들이고 있는데도 그냥 보고만 있었고요. 지금 나폴리에서 무슨 일이 벌어지고 있는지는 말씀드리지 않겠습니다. 우리 가엾은 군주는 이미 적에게 매수된 한심한 자들에게 둘러싸여 있고, 그자들은 군주를 몰락시킬 궁리만 하고 있으니……」

「한데 그 많은 돈이 어디서 나오는 겁니까?」

「아니 신부님! 로마에서는 그렇게나 소식이 깜깜합니까? 정말 놀랍군요! 그야 당연히 영국 프리메이슨회에서 나오는 돈이지요. 그 관계를 모르십니까? 가리발디도 메이슨, 마치니도 메이슨, 마치니는 런던에 망명했을 때 영국 메이슨들과 접촉했고, 카부르 역시 메이슨으로서 영국 회당의 명령을 받고 있으며, 가리발디의 모든 측근이 메이슨입니다. 이건 양시칠리아 왕국을 파괴하기 위한 계획이라기보다 교황 성하에게 치명적인 일격을 가하기 위한 계획인 것이, 비토리오 에마누엘레는 양시칠리아 왕국에 이어 로마까지 손에 넣으려고 할 테니까요. 신부님은 의용병들이 군자금 9만 리라를 가지고 출발했다는 그 터무니없는 이야기를 믿으십니까? 그 돈으로는 술고래와 먹보들로 이루어진 원정대에게 군량을 대기도 어려웠을 겁니다. 그들이 팔레르모의 비축 식량을 얼마나 먹어 치웠는지, 인근의 농촌을 어떻게 약탈했는지를 생각하면 그 사정을 충분히 짐작할 수 있습니다. 영국의 메이슨들이 가리발디에게 3백만 프랑스 프랑에 해당하는 금액을 터키 금화로 주었고, 그 금화들이 온 지중해 연안에 돌아다니고 있어요!」

「그 금화를 보관하고 있는 사람이 누군가요?」

「가리발디가 신임하는 메이슨인 니에보라는 대위입니다. 서른 살도 안 된 애송이가 다른 일은 안 하고 그저 지불 담당관 노릇만 하고 있는 겁니다. 한데 그 악마들은 장군이며 제독이며 저희가 원하는 자들에게는 활수하게 돈을 주면서도 농민들을 기아에 허덕이게 하고 있습니다. 농민들은 가리발디가 저희 주인들의 토지를 나누어 주리라고 기대했지만, 가리발디는 오히려 땅과 돈을 가진 자들과 결탁하고 있는 게 분명합니다. 칼라타피미에서 총알받이 구실을 했던 그 말구종들을 보십시오. 그들은 여기 시칠리아에서 아무것도 바뀌지 않았다는 사실을 깨닫게 될 것이고, 그러면 죽은 자들에게서 빼앗았던 그 소총으로 가리발디의 의용병들을 쏘기 시작할 겁니다.」

나는 수단을 벗고 붉은 셔츠 차림으로 시내를 돌아다니다가 어느 성당의 계단에서 카르멜로라는 수도사와 몇 마디 말을 주고받았다. 그는 자기가 스물일곱 살이라고 말했지만, 마흔 살은 되어 보였다. 그는 우리 부대의 일원이 되고 싶지만 뭔가 마음에 걸리는 게 있다고 고백했다. 나는 이미 칼라타피

미에서 수도사들도 함께 싸웠는데, 무엇이 마음에 걸리느냐
고 물었다.

그의 대답은 이러했다.

「만약 당신들이 무언가 진정으로 위대한 일을 하리라고 믿
을 수 있다면, 나는 당신들과 한편이 되겠습니다. 그런데 당
신들이 나에게 해줄 수 있는 말은 단 하나, 이탈리아를 통일
시켜 하나의 국가로 만들겠다는 것뿐입니다. 하지만 백성들
은 사는 게 괴로우면 나라가 통일되어 있든 분열되어 있든 그
냥 괴로운 겁니다. 나는 당신들이 백성들의 고통을 없애 줄
수 있을지 잘 모르겠어요.」

「백성들은 자유를 얻을 것이고 학교에 다니게 될 겁니다.」

「자유는 빵이 아닙니다. 학교도 마찬가지고요. 당신들 피
에몬테 사람들에게는 그 정도로 충분할지 모르지만, 우리에
게는 아닙니다.」

「그러면 당신들에게는 뭐가 필요한가요?」

「부르봉 왕조를 상대로 한 전쟁이 아니라, 가난한 사람들
이 자기들을 굶주리게 하는 자들과 맞서는 전쟁이 필요합니
다. 그런 자들은 비단 궁정에만 있는 것이 아니라 도처에 있
습니다.」

「그렇다면 그 전쟁은 당신네 수도사들과 맞서는 전쟁이기
도 하겠군요. 당신네 역시 곳곳에 수도원과 땅을 가지고 있으
니까요.」

「그래요, 우리 자신과 맞서는 전쟁이기도 합니다. 다른 어느
세력보다 우리 자신과 먼저 싸워야지요! 하지만 한 손에는 복

음과 십자가를 들어야 합니다. 그런 전쟁이라면 나도 참가하겠습니다. 지금과 같은 전쟁은 아쉬운 게 너무 많아요.」

내가 대학 시절에 그 유명한 공산당 선언에 관해서 들은 바에 따르면, 그 수도사도 공산주의자에 속한다. 정말이지 이 시칠리아라는 곳은 알다가도 모를 곳이다.

*

아마도 할아버지 살아 계실 적부터 끈질기게 나를 따라다닌 그 강박관념에 기인한 것이겠지만, 가리발디를 지원하기 위한 그 음모에 유대인들도 관여하고 있지 않을까 하는 생각이 문득 들었다. 그런 음모에는 으레 유대인들이 끼어 있게 마련이다. 나는 다시 무수메치에게 물어보았다.

「그렇고말고요! 우선, 모든 메이슨이 유대인은 아니지만, 유대인들은 모두 메이슨입니다. 그리고 가리발디 의용대 속에는 유대인들이 없을까요? 저는〈용사들을 기리기 위해서〉간행했다는 마르살라 의용병들의 명부를 재미 삼아 자세히 조사한 적이 있습니다. 그러다가 명부에서 이런 이름들을 발견했습니다. 에우제니오 라바, 주세페 우치엘, 이사코 단코나, 사무엘레 마르케시, 아브라모 이사코 알프론, 모이세 말다체아. 그리고 콜롬보 도나토라는 자도 있었는데 그 성이 아브라모였어요. 이런 이름을 가진 사람들이 선한 그리스도인이겠습니까? 어디 말씀 좀 해보세요.」

*

(6월 16일) 나는 소개장을 들고 그 니에보 대위라는 자를 만나러 갔다. 그는 콧수염을 짧게 길러 정성스럽게 손질을 하고 아랫입술 밑에도 수염을 조금 남긴 멋쟁이였고, 꿈꾸는 것 같은 표정을 짓고 있었다. 우리는 이야기를 나누다가 의용병 하나가 들어오는 바람에 대화를 잠시 중단했다. 의용병은 담요를 타 가려고 온 것이었는데, 니에보는 꼼꼼한 회계원처럼 그의 중대가 담요 열 장을 이미 지난주에 타 갔음을 상기시키면서, 〈너희는 담요를 삶아 먹기라도 하는 거야?〉 하고 물었다. 그러고는 〈만약 담요를 더 삶아 먹고 싶다면, 영창에 보내 줄 테니까 소화는 거기에 가서 시키도록 해〉 하고 덧붙였다. 의용병은 인사를 올리고 사라졌다.

「내가 해야 하는 일이 어떤 것인지 보셨지요? 아마 내가 문인이라는 얘기를 들으셨을 게요. 한데 나는 병사들에게 봉급과 장비를 지급해야 하고, 제노바와 라스페치아와 리보르노 등지에서 매일같이 신참 의용병들이 오기 때문에 제복 2천 벌을 새로 주문해야 하오. 게다가 끊임없이 밀려드는 청원들을 처리해야 하오. 가리발디 장군을 주님의 대천사로 여기며 매달 2백 두카토의 봉급을 달라고 하는 백작들과 공작 부인들이 있소. 여기에서는 모든 사람들이 하늘에서 무엇인가 떨어지기를 기대하고 있소. 우리 고장에서는 누구든 원하는 게 있으면 스스로 구하려고 애를 쓰는데, 여기 사람들은 달라요. 내가 금고를 맡게 된 것은 아마 파도바에서 민법과 교회법 양법의 박사 학위를 했기 때문이겠지만, 어쩌면 내가 도둑질을 하지 않는다는 것을 사람들이 알기 때문일 수도 있소. 왕후장

상과 협잡꾼이 따로 없는 이 섬에서는 도둑질을 하지 않는다는 것이 참으로 큰 미덕이오.」

아니나 다를까 그는 사심 없는 시인 행세를 하고 있었다. 내가 영관으로 승진하는 것은 기정사실이 아니냐고 묻자, 그는 모르는 일이라고 대답했다.

「노형도 알다시피, 이곳 상황은 약간 어수선하오. 빅시오는 마치 우리가 피네롤로의 기병 학교에 있기라도 한 것처럼 피에몬테식으로 군의 기강을 세우려고 애쓰지만, 우리는 비정규군이오. 그렇다 해도 토리노의 신문에 기사를 쓸 때는 이런 딱한 상황은 비밀로 해두시오. 우리 모두를 사로잡고 있는 진정한 열정과 드높은 사기를 전달하도록 노력해 주시오. 여기에는 자기들이 믿고 있는 무언가를 위해 목숨을 거는 사람들이 있소. 그런가 하면 어떤 사람들은 우리가 여기에서 하는 일을 식민지에서 벌이는 모험으로 여기고 있소. 팔레르모는 사는 게 심심하지 않은 곳이오. 험담이 난무한다는 점에서 베네치아와 비슷하오. 우리는 영웅으로 찬양받고 있소. 두 뼘 길이의 붉은 셔츠와 70센티미터 길이의 군도 한 자루만 있으면 아름다운 귀부인들의 눈에는 우리가 매력이 넘치는 사내들로 보이고, 그녀들의 정조는 허울이 되오. 밤이면 밤마다 극장의 발코니석은 우리 차지가 되고, 이곳의 소르베토는 맛이 일품이오.」

「말씀하신 대로 병사들에게 봉급과 장비를 지급하자면 막대한 비용이 들겠군요. 제노바에서 가져온 돈은 얼마 되지 않을 텐데, 그 돈으로 어떻게 꾸려 나가십니까? 마르살라에서 몰수한 돈을 사용하시는 건가요?」

「그건 푼돈이었소. 그보다 가리발디 장군은 팔레르모에 도착하자마자 양시칠리아 왕국 은행의 돈을 미리 가져다 쓰기 위해 크리스피를 보냈소.」

「얘기는 들었습니다. 5백만 두카토를 가져왔다고요⋯⋯.」

그러자 시인은 장군의 심복으로 돌아갔다. 그는 눈길을 허공에 붙박았다.

「당신도 알다시피, 사람들은 별소리를 다 합니다. 어쨌거나 이탈리아 방방곡곡, 아니 유럽 전역에서 보내오는 애국 헌금도 고려해야 하오. 토리노의 당신네 신문에는 이 얘기를 꼭 써주시오. 정신 못 차리고 있는 사람들이 각성할 수 있도록 말이오. 결국 가장 어려운 일은 장부들을 정리하는 일이오. 우리가 정식으로 이탈리아 왕국의 신민이 되면, 수입에서든 지출에서든 단 한 푼도 빠지는 게 없도록 정리해서 모든 것을 법규에 맞춰 국왕 전하의 정부에 넘겨주어야 할 것이기 때문이오.」

나는 속으로 물었다. 영국 메이슨들이 보낸 수백만 프랑은 어떻게 처리할 셈이냐? 혹시 너와 가리발디, 그리고 카부르가 돈이 들어왔다는 사실을 말하지 않기로 짬짜미를 한 것이냐? 아니면 돈은 왔지만, 너는 몰랐고 여전히 아무것도 모르고 있는 것이냐? 그렇다면 너는 그들이 가리개로 이용하고 있는 한낱 꼭두각시, 또는 어린 재주꾼이로구나(한데 그들이 누구지?). 나는 아직 니에보의 속내를 들여다볼 수가 없었다. 다만 한 가지 내가 그의 말에서 진심의 기미를 느꼈던 것은 그가 자신의 처지를 못내 한스러워할 때였다. 그즈음에 의용병들은 동쪽 해안으로 전진하여 승리에 승리를 거듭하면서 해협을 건너 칼라브리아로, 그리고 나폴리로 진격할 채비를 하고 있었는데, 그는 팔레르모에 배속된 채로 후방에서 장비의 출납과 돈의 수지를 계산하는 일이나 하면서 조바심을 간신히 억누르고 있었다. 세상에는 그렇게 생겨 먹은 사람들도 있는 것이다. 맛있는 소르베토를 먹고 아름다운 귀부인들과 놀아날 수 있는 행운을 자축하기는커녕, 자기 망토에 총알구멍이 더 생기기를 갈망하는 니에보 같은 사람들 말이다.

듣자 하니 이 세상에는 10억 명이 넘는 사람들이 살고 있다고 한다. 그 많은 수를 어떻게 헤아렸는지는 알 수 없지만, 팔레르모 시내를 돌아다녀 보면 인간이 너무 많아서 서로 발을 밟고 밟힐 지경에 이르렀다는 사실을 수긍할 수 있다. 게다가 그들 가운데 대다수는 고약한 냄새를 풍긴다. 그러잖아도 식량이 부족한 마당인데 앞으로 인구가 더 늘어난다면 별의별 일이 다 벌어질 것이다. 따라서 유혈을 통해 인구를 줄여야 한다. 물론 역병이나 자살이나 사형 선고도 있고, 툭하면 결투를 벌이는 사람들도 있으며, 취미 생활이랍시고 말을 타고 숲과 초원을 가로지르며 죽어라 달리는 사람들도 있다. 영국 신사들 중에는 이런 자들도 있다고 들었다. 바다에 들어가서 헤엄을 치다가 익사하는 자들……. 하지만 그것으로는 충분치 않다. 전쟁이야말로 가장 효과가 크고 가장 자연스러운 배출구이다. 인간들의 증식을 막는 데는 그보다 나은 것을 바랄 수가 없다. 옛날 사람들은 전쟁에 나갈 때 하느님이 이것을 원하신다 하고 말했다지 않는가? 하지만 전쟁을 원하는 사람들, 싸움을 하고 싶어 하는 사람들이 필요하다. 모두가 숨어 있으면 전사자가 생기지 않을 것이다. 전사자가 없다면 전쟁을 한들 무슨 소용이 있겠는가? 따라서 니에보나 압바나 반디처럼 빗발치는 총탄을 무릅쓰고 전선으로 돌진하려는 욕구를 지닌 사람들이 반드시 있어야 한다. 그래야 나 같은 사람들이 입구린내 풍기는 인간들에게 덜 시달리며 살 수 있다.

요컨대, 고매한 영혼을 가진 자들이 마음에 들지는 않지만, 우리에게는 그런 자들이 필요한 것이다.

*

나는 소개장을 가지고 라파리나를 찾아가 인사를 올렸다.

그가 들려준 이야기는 이러했다.

「혹시 토리노에 전해 줄 만한 희소식을 내게서 기대하고 있다면, 그런 생각일랑 일단 접어 두게. 여기에는 정부가 없어. 가리발디와 빅시오는 자기네가 어떤 사람들을 통솔하고 있는지 잘 모른다네. 자기네와 같은 제노바 사람들을 통솔하고 있다고 생각할 뿐, 나 같은 시칠리아 사람들을 통솔하고 있다는 생각은 안 한다는 것일세. 시칠리아는 의무적인 군역이 없는 고장이라서 군사를 모으기가 쉽지 않은데, 그들은 3만 군사를 모집하겠다고 극성을 부렸네. 졸속으로 징집 법령을 만들어서 무리하게 시행하다 보니 수많은 고을과 마을에서 그야말로 폭동이 일어날 수밖에. 또한 그들은 시민 평의회에서 예전의 왕국 관리들을 배제해야 한다고 포고했네. 글을 읽고 쓸 줄 아는 사람들은 그 관리들밖에 없는데 말일세.

어느 날인가는 교회에 반감을 가진 몇몇 사람이 공공 도서관을 불태우자고 제안했는데, 이유인즉 그 도서관을 예수회가 세웠다는 것이었네. 그들이 팔레르모의 지사 자리에 앉혀 놓은 자는 생전 이름도 들어 보지 못한 마르칠레프레라는 애송이일세. 지금 시칠리아 안에서는 온갖 범죄가 잇따르고 있고, 치안을 유지해야 할 의무를 지고 있는 자들이 살인을 자행하는 경우도 적지 않네. 가리발디 원정대가 진짜 불한당까지 군대에 끌어들인 탓일세. 가리발디는 정직한 사람이지만, 자기 눈앞에서 벌어지는 일을 보지 못하고 있네. 다른 지역은 빼고 팔레르모 도(道)에서 징발한 말들 중에서만 2백 마리가 사라졌어! 그들은 대대를 조직하겠다고 나서는 자들이 있으면 아무에게나 그 임무를 맡기네. 그러다 보니 군악대도 있고 장교도 정원을 채웠지만 부대원은 기껏해야 40~50명밖에 되지 않는 대대들이 생겨나는 판일세. 똑같은 임무를 서너 사람한테 동시에 맡기는 경우도 허다해! 모든 사법권을 대중에게 맡겨 버렸으니, 온 시칠리아가 민사 법원도 형사 법원도 상사 법원도 없는 상태로 방치되어 있네. 게다가 모든 것에 대해서 누구든 심판할 수 있는 군사 위원회를 만들었어. 훈족이 맹위를 떨치던 시대와 다를 게 없잖은가! 크리스피와 그의 패거리가 말하는 대로라면, 가리발디는 판사들과 변호사들이 협잡꾼이라는 이유로 민사 법원을 원치 않고, 의원들이 무인이 아니라 문관들이라는 이유로 의회를 원하지 않으며, 시민들이 스스로 무장하여 자신들을 지켜야 한다는 이유로 어떤 치안 병력도 원하지 않네. 그 말이 사실인지는 모르겠어. 하지만 이젠 가리발디 장군과 면담할 기회조차 얻을 수가 없네.」[11]

7월 7일, 나는 라파리나가 체포되어 토리노로 추방되었다는 사실을 알게 되었다. 가리발디의 명령에 따라 이루어진 일이지만, 그것을 부추긴 것은 물론 크리스피였다. 카부르 총리에게는 이제 한 사람의 정보원밖에 없다. 내 보고가 모든 것을 좌지우지하게 된 셈이다.

가리발디 원정대에 대한 험담을 수집하기 위해 다시 신부로 변장할 필요는 없다. 사람들이 술집에서 떠들어 대고, 때로는 의용병들 자신이 이러저러한 사정을 놓고 불평을 하기 때문이다. 듣자 하니, 가리발디 원정대가 팔레르모에 입성한 뒤에 합류한 시칠리아인들 중에서 50명 정도가 도망쳤는데, 개중에는 무기를 가지고 간 자들도 있다고 했다. 〈농투성이들이 짚불처럼 확 타올랐다가 금세 지쳐 버린 게로군〉 하고 압바는 그들의 처지를 헤아리며 말했다. 군법 회의는 그들에게 사형을 선고했다가 나중에는 어디든 먼 곳이라면 그들이 원하는 대로 가도록 내버려 두었다. 시칠리아 전역에 만연해 있는 흥분된 분위기는 시칠리아가 하느님에게 버림받은 땅, 태양에 그을리고 물이라고는 바다밖에 없으며 가시 많은 과일나무가 듬성듬성 자라는 땅이라는 사실과 무관하지 않다. 수세기 전부터 아무 일도 일어나지 않던 땅에 가리발디와 그의 부하들이 온 것이다. 시칠리아 사람들은 가리발디 편이 된

11 이상의 이야기는 실제로 주세페 라파리나가 1860년 6월에서 7월 초에 걸쳐 카부르 등에게 보낸 여러 서한의 내용을 한 자리에서 죽 이야기한 것처럼 재구성한 것이다.

것도 아니고, 가리발디가 옥좌에서 몰아내려고 하는 임금을 지지하는 것도 아니다. 그들은 그저 무언가 다른 일이 일어났다는 사실에 도취해 있을 뿐이다. 그들은 새로운 사태를 저마다 자기 깜냥으로 해석하고 있다. 어쩌면 큰바람처럼 시칠리아를 휩쓸고 있는 이 새로운 사태는 그들 모두를 다시 잠들게 할 시로코일 뿐일지도 모른다.

*

 (7월 30일) 니에보는 나와 어느 정도 친해지자 중요한 정보를 털어놓았다. 가리발디가 비토리오 에마누엘레에게서 메시나 해협을 건너지 말라고 명하는 공한을 받았다는 것이었다. 한데 그 공한에는 국왕이 친히 작성한 밀서가 동봉되어 있었으니, 그 내용은 대략 이러했다. 〈앞서 나는 임금으로서 장군에게 편지를 썼고, 이제는 장군이 이렇게 답하도록 권하는 바요. 내 명령에 따르고 싶지만 이탈리아에 대한 의무가 있는지라 나폴리 백성들이 자기들을 해방시켜 달라고 장군을 부르면 그들을 도우러 갈 수밖에 없다고 말이오.〉 국왕이 겉과 속이 다르게 처신하여 누군가를 속이려 한다는 얘긴데, 대관절 누구를 속이려는 것일까? 카부르 총리? 아니면 다른 누구도 아닌 가리발디? 먼저 가리발디에게 대륙으로 건너가지 말라고 명령한 다음 그 명령을 어기도록 부추김으로써 그가 정말로 건너가면 명령 불복종을 벌한다는 명목으로 피에몬테 군대를 이끌고 캄파니아로 쳐들어가겠다는 계략일까?
 니에보가 말했다.

「장군은 너무 순진하셔서 모종의 함정에 빠지시게 될 거요. 장군을 곁에서 모시고 싶은 마음이 간절하지만, 책무가 있어서 여기에 머물 수밖에 없소.」

나는 의심할 나위 없이 교양이 풍부한 니에보 역시 가리발디를 숭배하고 있음을 깨달았다. 그는 어느 순간 나약한 기분에 빠졌는지 근자에 받았다는 자그마한 책 한 권을 내게 보여주었다. 그의 시집이지만 정작 그 자신은 교정도 보지 못한 채로 출간된 『가리발디를 향한 사랑』이라는 책이었다.

「이 시집을 읽는 사람들이 나를 바보로 여기지 않았으면 좋겠소. 내가 아무리 대단한 위인이라 하더라도 조금 멍청한 출판업자를 만나니 어쩔 수가 없구려. 그자는 자기가 멍청하다는 것을 증명하기 위해 자기가 할 수 있는 것은 무엇이든 다 했소. 창피스러운 인쇄 오류가 숱하게 많소.」

나는 그의 작품들 중에서 가리발디에게 바친 시 한 편을 읽어 보았다. 니에보야말로 조금 멍청하다는 확신이 들었다.

> 님의 눈에는 무엇이 있기에
> 이 마음을 이리도 환히 비추는가
> 님의 눈빛을 대한 군중은
> 발 디딜 틈 없는 광장에서도
> 기꺼이 무릎을 꿇어 우러르고
> 공손하고도 다정하게 몸을 돌려
> 님에게 손을 내민다네
> 나는 처녀들처럼 님을 바라보네

님의 눈에는 무엇이 있기에
이 마음을 이리도 환히 비추는가
님의 눈빛을 대한 군중은
발 디딜 틈 없는 광장에서도
기꺼이 무릎을 꿇어 우러르고

여기에서는 모두가 가리발디라는 그 자그마한 앙가발이에
게 미쳐 있다.

*

(8월 12일) 니에보를 만나러 갔다. 가리발디 원정대가 칼라
브리아 해안에 상륙했다는 소문이 돌고 있어서 그 진위를 확
인하고 싶었다. 그런데 그는 울상을 짓고 있을 만큼 기분이
고약해 보였다. 토리노에서 그의 군자금 관리를 두고 수군거
리고 있다는 소식이 전해진 것이었다.

「하지만 나는 여기에 다 적어 놓았소.」

그는 붉은 천으로 장정된 장부들을 손으로 탁 쳤다.

「들어오는 족족, 나가는 족족 다 적어 놓았단 말이오. 만약
누가 도둑질을 했다면, 내 장부를 보면 알게 될 거요. 합당한
권한을 가진 누군가에게 이 모든 것을 인계하게 되면, 몇몇
사람의 목이 달아날 수도 있소. 하지만 내 목이 달아나는 일
은 없을 거요.」

*

(8월 26일) 들려오는 소문에 비춰 보면 전략가가 아니라도
전황을 짐작할 수 있을 듯하다. 프리메이슨회의 금화를 받았
기 때문인지 아니면 사부아 왕조 편으로 전향했기 때문인지
나폴리의 대신들은 지금 저희 임금을 상대로 음모를 꾸미고
있다. 나폴리에서 반란이 일어나면, 반란자들은 피에몬테 정
부에 도움을 요청할 것이고, 비토리오 에마누엘레는 군대를

이끌고 남하할 것이다. 가리발디는 아무것도 알아차리지 못한 모양이다. 아니면 모든 것을 알면서 행보를 재촉하고 있는 것일 수도 있다. 그는 비토리오 에마누엘레보다 먼저 나폴리에 도착하고 싶어 한다.

*

  니에보를 만나러 갔더니 편지 한 통을 든 채로 노발대발하고 있었다.
  그가 말했다.
  「당신 친구 뒤마가 억만장자 행세를 하고 있소. 게다가 나까지도 억만장자로 생각하는 모양이오. 그가 뭐라고 썼는지 보시오. 뻔뻔하게도 가리발디 장군의 이름까지 팔아 가며 이런 짓을 하고 있소! 나폴리 주위에서 부르봉 왕조의 녹봉을 받는 스위스 용병들과 바이에른 용병들이 패색을 감지하고 한 사람당 4두카토를 주면 탈영하겠다고 제안해 왔다는 거요. 그들이 5천 명이니까 2만 두카토, 그러니까 9만 프랑이 필요하다는 얘기요. 뒤마는 자기 소설의 주인공 몬테크리스토 백작처럼 굴 때는 언제고, 그만한 돈이 없다면서 고작 1천 프랑을 내놓겠다고 하오. 그러면서 한다는 소리가 나폴리의 애국자들이 3천 프랑을 더 모금할 터이니, 나머지는 내가 내줄 수 없느냐는 거요. 도대체 내가 그런 돈을 어디서 가져올 수 있다고 생각하는 건지, 참 기가 막힐 노릇이오.」
  그는 나에게 무언가를 마시라고 권했다.
  「글쎄 이렇다니까요, 시모니니, 이제 원정대가 대륙에 상륙

했다 해서 모두가 흥분해 있지만, 여기 시칠리아에서 벌어진 하나의 비극이 우리 원정대의 역사에 오점을 남겼다는 사실은 아무도 깨닫지 못하고 있소. 그 비극은 카타니아 근처의 브론테에서 벌어졌소. 그곳의 주민은 1만 명인데 대다수는 농민과 목자들이고 아직 중세 봉건제를 연상시키는 체제에 속박되어 있는 사람들이었소. 토지의 대부분은 나폴레옹 전쟁 때 영국의 넬슨 제독이 나폴리를 구한 공로로 브론테 공작이라는 작위와 함께 하사받은 것이오. 나머지는 오래전부터 거기 사람들이 갈란투오미니(신사들)[12]라고 부르는 몇몇 지주가 소유하고 있소. 그 지주들은 사람들을 착취하고 짐승처럼 학대했소. 굶주린 사람들이 초근목피라도 구하려고 숲으로 들어가려 하면 자기네 숲이라면서 그것도 못 하게 했고, 밭으로 일하러 가는 사람들에게까지 통행세를 받았소. 가리발디 장군이 왔을 때, 사람들은 정의의 시대가 도래했으니 토지가 자기들에게 분배되리라고 생각했소. 이른바 자유 위원회가 만들어지고 롬바르도라는 변호사가 위원회를 이끌었소. 하지만 브론테는 영국인의 영지이고, 영국인들은 가리발디 원정대가 마르살라에 상륙할 때 도움을 주었소. 그러니 우리가 어느 편을 들었겠소? 당연히 영국인들 편을 들 수밖에요. 그러자 사람들은 롬바르도 변호사와 다른 자유주의자들의 말에 귀를 기울이지 않게 되었소. 그들은 상황이 그렇게 돌아가는 것을 도무지 이해할 수 없었던 터라 무리를 지어 폭

---

12 *galantuomini*.

동을 일으키고 지주들을 학살했소. 악행을 저지른 거요. 그건 의심할 나위가 없소. 한데 폭도 중에는 극악무도한 범죄자들이 섞여 있었소. 그건 우리가 익히 알고 있는 바요. 철창 안에 갇혀 있어야 마땅한 천한 무뢰배가 풀려나서 온 시칠리아를 혼란에 빠뜨렸으니까……. 하지만 그 모든 일은 우리가 왔기 때문에 일어난 거요. 가리발디 장군은 영국인들의 압력을 받고 빅시오를 브론테에 보냈소. 빅시오는 별로 섬세하거나 여린 사람이 아니오. 그는 계엄령을 선포하고 주민들에게 혹독한 보복을 가했으며, 지주들의 고발을 받아들여 롬바르도 변호사를 폭동의 주범으로 지목했소. 그건 사실이 아니었지만 빅시오는 상관하지 않았소. 중요한 건 본때를 보여 주는 것이었으니까. 결국 롬바르도는 다른 네 사람과 함께 총살당했소. 그들 가운데 하나는 정신이 모자라는 불쌍한 사람이었는데 지주들을 학살한 사건이 일어나기 훨씬 전에 겁 없이 지주들에게 욕설을 퍼부으면서 돌아다닌 것이 죄가 되었던 거요. 나는 그 사건을 보면서 백성들의 잔혹한 행위에 슬픔을 느끼기도 했거니와 우리의 진압 방식에도 크나큰 충격을 받았소. 시모니니, 무슨 말인지 알겠소? 한편으로는 우리가 구시대의 지주들과 한통속이 되었다는 식으로 그 진압에 관한 소식이 토리노에 전해졌고, 다른 한편으로는 아까 말한 대로 내가 돈을 잘못 지출했다고 수군거리니, 이런 식으로 조금만 더 가면 우리가 영락없는 죄인이 될 거요. 지주들이 가난한 사람들을 총살하라고 우리에게 돈을 주었고, 우리는 그 돈을 흥청망청 쓰면서 지낸다는 얘기가 나올 판이오. 당신도 알다시피 정작 여기에서는 우리가 목숨을 바쳐도 아무런 대가를 받지 못하는 상황인데 말이오. 이러저러해서 참으로 걱정스럽소.」

*

(9월 8일) 가리발디는 아무런 저항도 받지 않고 나폴리에 입성했다. 그는 의기양양한 기분에 젖어 있는 게 분명하다. 니에보에게 듣자 하니 그가 비토리오 에마누엘레에게 카부르 총리의 축출을 요구했다 한다. 토리노에서는 이제 내 보고서를 필요로 할 것이고, 나는 그 보고서가 되도록 가리발디에게 불리한 것이 되어야 한다는 사실을 잘 알고 있다. 나는 프리메이슨회의 금화에 관한 소문을 윤색하고, 가리발디를 무책임한 사람으로 묘사하고, 브론테의 학살을 매우 강조하고, 절도와 공금 횡령과 독직과 군자금 낭비와 같은 다른 범죄들을 언급해야 할 것이다. 또한 무수메치가 이야기한 대로 의용병들이 수도원에서 잔치를 벌이거나 처녀들의 정조를 빼앗은 행위를 부각시킬 생각이다(과장해서 나쁠 건 없으니까 심지어는 수녀들까지 겁탈했다고 해도 될 것이다).

사유 재산의 징발을 명한 몇 장의 문서를 만들어 내는 것도 필요하다. 익명의 제보자가 나에게 보냈다는 식으로 편지 한 통을 위조해서, 가리발디와 마치니가 크리스피를 매개로 계속 관계를 맺어 왔고 그들이 피에몬테에도 공화국을 세우려 획책하고 있다는 이야기도 해야 한다. 요컨대 가리발디를 궁지로 몰아넣을 수 있을 만큼 아주 그럴싸하고 생생한 보고서를 작성해야 하는 것이다. 무수메치가 제공해 준 훌륭한 논거

가리발디는 아무런 저항도 받지 않고
나폴리에 입성했다.

가 또 하나 있다. 그의 주장에 따르면 가리발디 원정대는 무엇보다 외국 용병들의 패당이다. 그 천 명의 병사들 중에는 프랑스, 미국, 영국, 헝가리, 심지어는 아프리카에서 온 모험가들이 포함되어 있다. 한마디로 그들은 온갖 나라에서 온 말짜들이고, 다수는 가리발디와 함께 아메리카에서 해적질을 했던 자들이다. 가리발디 수하에서 장교로 활동하고 있는 자들의 이름을 살펴보면 그 점을 확인할 수 있다. 투르, 에베르, 투코리, 텔로키, 마기아로디, 추다피, 프리지에시(무수메치는 일껏 그 성들을 일러 주었지만, 나는 투르와 에베르를 제외하고 다른 이름들은 들어 본 적이 없었다). 게다가 폴란드인들과 터키인들과 바이에른 사람들도 있는 모양이고, 볼프라는 이름의 독일인은 부르봉 왕조의 용병으로 있다가 탈영한 독일인들과 스위스인들을 지휘한다고 한다. 그리고 영국 정부는 알제리인들과 인도인들의 대대들을 가리발디의 휘하에 맡겼다. 이런데도 그들이 이탈리아 애국자들이란 말인가. 무수메치는 천인대 중에서 이탈리아 사람은 반밖에 되지 않는다고 주장한다. 물론 이 주장은 과장된 것이다. 내 주위에서 들려오는 것은 베네치아나 롬바르디아, 에밀리아, 토스카나의 억양이 실린 말소리들뿐이고, 인도인은 본 적이 없으니까 말이다. 하지만 보고서에서는 그렇게 잡다한 인종이 뒤섞여 있다는 점을 강조하는 것도 나쁘지 않을 것이다.

당연한 얘기지만 나는 유대인들이 프리메이슨회와 긴밀하게 연결되어 있다는 점을 암시하는 것도 빠뜨리지 않았다.

내가 생각하기에 보고서는 되도록 일찍 토리노에 도달해

야 하고, 비밀을 지키지 못하는 자들의 수중에 들어가지 않아야 한다. 나는 피에몬테의 군함 한 척이 사르데냐 왕국으로 곧 돌아간다는 사실을 알아냈고, 그 배의 함장에게 나를 제노바까지 태워다 주도록 명령하는 공식 문서를 어렵지 않게 만들어 냈다. 이로써 나의 시칠리아 체류가 끝난다. 나폴리와 그 너머에서 벌어질 일을 보지 못하게 되어 조금 아쉽기는 하지만, 나는 여기에 즐기러 온 것도 아니고 서사시를 쓰러 온 것도 아니다. 결국 이 시칠리아 여행에서 내가 즐거운 마음으로 기억할 만한 것이 있다면 그저 피시 도부,[13] 달팽이 요리의 일종인 바발루치 아 피키파키,[14] 그리고 칸놀리,[15] 아! 칸놀리……. 니에보는 삼무리구[16]라는 소스를 친 황새치 구이도 맛보게 해주겠다고 약속했지만, 내가 시간을 내지 못했으니 그저 그 이름의 풍미만 간직해야겠다.

---

13 *pisci d'ovu*. 시칠리아 말로 〈달걀 물고기〉라는 뜻. 달걀에 양젖 치즈, 빵가루, 마늘, 바질, 파슬리 등을 섞어 만드는 시칠리아식 계란말이. 그 모양이 물고기 같다 해서 나온 이름인 듯하다.

14 *babbaluci a picchipacchi*. 바발루치는 시칠리아 말로 〈달팽이〉를 뜻하고, 피키파키는 토마토를 으깨어 마늘 등으로 양념한 소스를 가리킨다.

15 *cannoli*. 단수형은 칸놀로, 시칠리아 말로는 칸놀루. 영화 「대부」의 유명한 대사, 〈권총은 두고 칸놀리는 가져가게〉로 전 세계에 널리 알려진 시칠리아의 전통 과자. 밀가루 반죽 속에 리코타 치즈, 설탕, 과일, 초콜릿, 피스타치오, 마르살라 포도주 등을 넣어서 만드는데, 옛날에 이것을 원통 모양으로 만들기 위해 대나무나 사탕수수 줄기를 사용한 데서 〈작은 대통〉이라는 뜻의 이름이 붙었다고 한다.

16 *sammurigghu*. 이탈리아 말로는 살모릴리오라고 한다. 올리브기름, 레몬, 소금, 후추, 마늘, 파슬리, 오레가노 등으로 만드는 시칠리아식 소스.

8
헤라클레스호

1897년 3월 30일과 31일,
그리고 4월 1일 일기를 바탕으로

시모니니와 그의 불청객인 신부가 〈칸토 아메베오〉[1]처럼 주고받는 이야기를 기록해야 한다고 생각하니 화자는 조금 거북한 기분이 든다. 하지만 3월 30일에 시모니니는 시칠리아에서 마지막으로 겪은 일들을 불완전한 방식으로 재구성했고, 그의 글은 쓰다가 지워 버린 행들도 많고 가새표를 치기는 했으나 해독할 수는 있는 행들 — 그래서 읽기가 께름한 행들 — 도 있어서 복잡한 느낌을 준다. 3월 31일에는 달라 피콜라 신부가 마치 시모니니의 기억을 봉쇄하고 있는 문들을 열어젖히려는 듯 일기에 끼어들어서 시모니니가 한사코 기억해 내지 않으려 하는 것을 버르집었다. 그리고 4월

1 고대 그리스의 목가에 나오는 시가의 한 형식. 두 사람이 하나의 주제를 놓고 동일한 운율의 시행을 주고받는 방식으로 진행된다.

1일에는 시모니니가 토할 것 같은 기분을 느끼며 불안한 밤을 보낸 뒤에 마치 신부가 과장해서 말했거나 도덕을 들이대며 분개한 것으로 여겨지는 대목들을 수정하려는 듯 다시 일기를 썼다. 그런데 결국 화자는 어느 쪽의 말이 옳은지를 알지 못하는 터라, 화자가 보기에 적절하다 싶은 방식으로 재구성하고자 한다 — 이런 재구성에 뒤따르는 책임은 당연히 화자에게 있다.

시모니니는 토리노에 도착하자마자 보고서를 비안코 기사에게 전달했다. 이튿날 만나자는 전갈을 받고 그는 다시 밤늦게 사륜마차를 타고 지난번과 똑같은 장소로 갔다. 비안코와 리카르디와 네그리 디 생프롱이 기다리고 있었다.

「시모니니 변호사」 하고 비안코가 먼저 말문을 열더니 「내 감정을 솔직하게 토로해도 좋을 만큼 우리가 친해졌는지는 모르겠소만, 나는 이렇게 말하지 않을 수 없소. 당신은 한낱 바보요.」

「기사님, 어떻게 그런 말씀을?」

「그렇게 말할 만하니까 말하는 거요.」 하고 리카르디가 끼어들어 「우리를 대표해서 하는 말이기도 하고. 나는 그에 덧붙여서 이렇게 말하겠소. 당신은 위험한 바보요. 머릿속에 그런 생각이 들어 있는 당신을 토리노에서 계속 돌아다니도록 내버려두는 것이 과연 신중한 처사인지 우리 자신에게 묻고 싶을 정도요.」

「죄송합니다만, 어느 점에서 제 생각이 틀렸을 수는 있으나 제가 정녕 그렇게까지⋯⋯.」

「당신은 모든 점에서 모든 것에 대해서 잘못 생각했소. 뭐가 문제인지 아직도 알아차리지 못한 거요? 이젠 여염집 아낙들도 아는 사실이지만, 며칠 있으면 찰디니 장군이 우리 군대를 이끌고 교황령에 들어가오. 그리고 아마도 한 달쯤 지나면 우리 군대가 나폴리에 입성할 거요. 그러면 우리는 합병에 대한 찬반을 묻는 주민 투표를 유도할 것이고, 그런 절차를 거쳐서 양시칠리아 왕국과 부속 영토들은 공식적으로 이탈리아 왕국에 합병될 것이오. 가리발디는 공명정대하고 현실을 직시할 줄 아는 사람이라서, 천둥벌거숭이 같은 마치니의 말을 듣지 않고, 봉 그레 말 그레(좋든 싫든)[2] 상황을 있는 그대로 받아들이면서 정복지를 우리 국왕의 손에 넘겨주고 훌륭한 애국자의 면모를 보여 줄 거요. 그러고 나면 가리발디의 군대를 해산시켜야 하오. 바야흐로 6만의 병력을 헤아리는 군대를 제멋대로 돌아다니도록 내버려두는 건 좋지 않소. 그러니 의용병들은 우리 군대에 받아들이고 나머지 병사들은 제대 수당을 주어 집으로 돌려보내야 할 것이오. 그들은 모두 용감한 사나이들이고 영웅들이오. 한데 당신은 무슨 생각을 하는 거요? 우리가 이 한심한 보고서를 언론과 여론의 먹이로 던져 주면서, 이제 곧 우리 왕국의 병사들과 장교들이 될 그 가리발디 원정대가 무뢰배 집단이고 대다수는 외국인이며 시칠리아를 약탈했다고 말하기를 바라는

---

2 bon gré mal gré.

거요? 이탈리아의 온 백성이 고맙게 여길 가리발디가 그다지 순수한 영웅이 아니라, 허울뿐인 적을 돈으로 매수하여 정복한 협잡꾼이라고 말하면 좋겠소? 우리보고 가리발디가 이탈리아를 공화국으로 만들기 위해 마치니하고 막판까지 음모를 꾸몄다고 떠들어 대라는 거요? 니노 빅시오가 시칠리아를 돌아다니면서 자유주의자들을 총살하고 양치기들과 농민들을 학살했다고 주장하라는 얘기요? 당신 제정신이오?」

「하지만 저는 그저 시키시는 대로……」

「우리는 가리발디나 그와 함께 싸운 용감한 이탈리아인들을 중상하라고 시킨 적이 없소. 우리가 당신에게 맡겼던 임무는 그 영웅의 측근에 있는 공화주의자들이 정복지를 얼마나 잘못 관리했는지를 입증함으로써 피에몬테 정부의 개입을 정당화할 만한 문서들을 구해 오라는 것이었소.」

「하지만 잘 아시다시피 라파리나가……」

「라파리나는 카부르 백작에게 사사로운 서신들을 보낸 것이고, 백작은 당연히 그 편지들을 공개하지 않소. 게다가 라파리나는 라파리나요. 그는 크리스피에게 사적인 원한을 품고 있었던 사람이오. 그리고 영국 프리메이슨회의 금화 운운하는 그 황당한 얘기는 대체 뭐요?」

「모두가 하는 얘기입니다.」

「모두라고요? 우리는 아니오. 게다가 그 프리메이슨회라는 게 뭐요? 당신, 메이슨이오?」

「저는 아닙니다만……」

「그렇다면 당신과 상관없는 일에 참견하지 마시오. 메이슨들이 어디서 무슨 짓을 하건 관심을 갖지 말란 말이오.」

시모니니는 사보이아 왕조의 정부에 있는 자들이 모두(아마도 카부르는 제외하고) 메이슨이 아닐까 하고 생각했다. 어린 시절부터 예수회 신부들과 가까이 지낸 사람이니 그 점을 진작 알아차렸어야 하는데, 그제야 거기에 생각이 미친 것이었다. 리카르디는 한술 더 떠서 유대인 이야기를 꺼내며 도대체 정신이 어떻게 되었기에 그들을 보고서에 집어넣었느냐고 물었다.

시모니니는 우물우물 말했다.

「유대인들은 어디에나 있습니다. 믿기지 않으실지 모르지만······.」

「우리가 믿고 안 믿고는 별로 중요하지 않소」 하고 생프롱이 끼어들어 「중요한 것은 이탈리아가 통일되면 유대인 공동체의 지원도 필요하리라는 거요. 뿐만 아니라 이탈리아의 선량한 가톨릭 신자들에게 더없이 순수한 가리발디 원정대의 그 영웅들 속에 유대인들이 있었다는 사실을 상기시키는 것은 아무 쓸모가 없는 일이오. 요컨대 당신이 저지른 그 모든 잘못을 생각하면 당신을 알프스 산맥에 있는 우리의 안락한 요새들 가운데 한 곳으로 보내서 수십 년 동안 좋은 공기나 마시면서 썩게 하고 싶은 마음이 굴뚝같소. 한데 유감스럽게도 당신은 아직 우리에게 쓸모가 있소. 보아하니 시칠리아에 남아 있는 그 니에보 대위인지 대령인지 하는 자가 회계 장부를 모두 가지고 있는 모양이오. 한데 우리가 알고 싶은 것은 첫째, 그가 장부들을 정확하게 작성했고 지금도 정확하게 작성하고 있는가 하는 것이고, 둘째는 그 장부들을 공개하는 것이 정치적으로 유용한가 하는 것이오. 당신 말대로라면 니에보는 그 장부들을 우리에게 넘겨줄 생각을 하고 있소. 그건 다행스러운 일이오. 하지만 장부들이 우리 수중에 들어오기 전에 그가 그것들을 다른 사람들에게 보여 줄 수도 있소. 그건 우리에게 해가 될 것이오. 따라서 당신이 다시 시칠리아로 가 줘야겠소. 이번에도 봇조 의원이 운영하는 신문의 특파원으로서 새롭고 경이로운 사건들을 취재하러 가는 것으로 하시오. 가서 찰거머리처럼 니에보와 붙어 다니다가 그 장부들을 없애 버리시오. 허공으로 사라지게 하는 연기가 되어 흩어지게 하든, 그 장부들에 관한 얘기가 다시는 들리지 않도록 하시오. 어떻게 그런 결과를 얻을 것인가는 당신이 알아서 하시오. 합법성의 테두리 안에서 모든 수단을 사용하도록 허락하겠소. 우리 쪽에서 따로 명령을 내리는 일은 없을 테니 그리 아시오. 비안코 기사가 보증서를 줄 테니까 필요한 돈은 시칠리아 은행에서 찾으시오.」

이어지는 대목에서는 달라 피콜라가 들춰내는 이야기조차 빠진 부분이 많고 그마저도 조각조각 따로 떨어져 있다. 마치 달라 피콜라 역시 시모니니가 잊어버리려고 애썼던 것을 기억해 내는 데 어려움을 느꼈던 게 아닌가 싶다.

어쨌거나 시모니니는 9월 말에 다시 시칠리아에 가서 이듬해 3월까지 머물렀고, 그동안 줄곧 니에보의 장부들을 손에 넣으려고 헛된 시도를 했으며, 보름에 한 번꼴로 일이 얼마나 진척되었는지를 묻는 기사 비안코의 짜증 섞인 전보를 받았던 모양이다.

그의 시도가 계속 실패로 돌아갔던 것은 우선 니에보가 그 저주받을 회계에 몸과 마음을 다 바치고 있었기 때문이다. 니에보는 악의가 담긴 소문들 때문에 갈수록 압박감을 느끼면서 장부 작성에 만전을 기하기 위해 수천 장의 영수증을 조사하고 검토하는 일에 더욱더 심혈을 기울이고 있었다. 가리발디 또한 자기 나름대로 추문이나 비방이 생겨날까 저어하던 터라, 니에보에게 큰 권한을 부여하고 회계를 도와줄 부하 네 명과 함께 사무실을 따로 마련해 주었다. 이 사무실이 들어 있는 건물의 현관문과 사무실로 올라가는 계단에는 경비원이 두 명씩 배치되어 있었다. 사정이 이러하니 예컨대 장부들을 찾기 위해 밤중에 건물 내부로 잠입한다든가 하는 일은 거의 불가능해 보였다.

게다가 니에보가 넌지시 알려 준 바에 따르면, 그는 자기가 장부를 피에몬테 정부에 넘겨주게 되면 몇몇 사람이 곤경에 빠지리라는 것을 알고 있었다. 그래서 그는 누가 장부들을 훔쳐 가거나 변조하지나 않을까 전전긍긍하면서 아무도 그것들을 찾아낼 수 없도록 최선의 방책을 마련해 두었다. 따라서 시모니니로서는 그저 시인과 우정을 더욱 돈독하게 다져 나가는 것 말고는 달리 할 수 있는 일이 없었다. 그래도 그러는 동안 서로 자네라고 부르며 편하게 말하는 사이가 되었고, 덕분에 니에보가 그 저주받을 기록을 어떻게 처리할 것인가 하는 정도는 알아낼 수 있었다.

그들은 해풍이 더위를 누그러뜨리지 못하여 아직 심신이 느른한 가을날의 팔레르모에서 자주 저녁 시간을 함께 보냈다. 때로는 아니스 술을 물에 타서 그것이 연기구름처럼 서서히 퍼지며 물과 잘 섞이기를 기다렸다가 홀짝홀짝 마시기도 했다. 니에보는 시모니니에게 호감을 느꼈기 때문인지, 아니면 팔레르모에 갇혀 지내는 것이 갑갑해서 누군가와 함께 몽상에 젖고 싶었기 때문인지, 군인다운 경계심을 조금씩 늦추면서 속내를 털어놓곤 했다. 어느 날인가는 밀라노에 사랑하는 여자를 두고 왔는데, 그 여자가 자기 사촌이자 가장 절친한 친구의 아내가 되었기 때문에 이제는 이룰 수 없는 사랑이 되어 버렸노라고 한탄했다. 자기가 할 수 있는 일은 아무것도 없고 다른 여자들을 사랑하려고 애를 써봐도 도리어 우울증만 깊어 간다는 것이었다.

 「내가 이렇다네. 이렇게 살도록 생겨 먹었어. 앞으로도 계속 몽상에 빠지는 버릇을 버리지 못할 것이고, 늘 어둡고 침울하게 살아갈 걸세. 내 나이 이제 서른 살인데, 그동안 내가 줄곧 전쟁터를 돌아다닌 것은 내가 좋아하지 않는 세계에서 벗어나기 위함이었네. 그 와중에 아직 원고 상태에 있는 장편소설 한 권을 집에 두고 왔지. 그 소설이 출간되는 것을 보고 싶기는 한데, 빌어먹을 회계에 전념하느라고 그것에 신경을 쓸 수가 없어. 아! 나에게 야심이 있었다면, 나에게 쾌락에 대한 갈망이 있었다면……. 그 정도는 아니더라도 내가 그냥 못된 사람이었다면……. 하다못해 빅시오 같은 사람이었다면. 나는 전혀 그렇지 못하다네. 나는 여전히 소년으로 남아 있고, 하루하루를 되는대로 살아가지. 나는 움직이기 위해 움직이기를 좋아하고, 공기를 호흡하기 위해 공기를 좇네. 이러다가 죽기 위해 죽을 거고······ 그러면 모든 게 끝나겠지.」[3]

시모니니는 굳이 그를 위로하려고 애쓰지 않았다. 그를 치유하기란 불가능하다고 여긴 것이다.

10월 초, 볼투르노 강 전투가 벌어졌고, 이 전투에서 가리발디는 양시칠리아 왕국 군대의 마지막 공격을 물리쳤다. 하지만 그와 때를 같이하여 사르데냐 왕국의 찰디니 장군은 카스텔피다르도에서 교황령의 군대를 격파하고 양시칠리아 왕국에 속해 있던 아부르초 지방과 몰리세 지방으로 쳐들어갔다. 팔레르모에서 니에보는 절치부심하고 있었다. 피에몬테에서 자기를 비방하고 있는 자들 가운데 라파리나 일당이 있고, 이제 라파리나가 붉은 셔츠 부대와 관련된 모든 것에 대해 악담을 퍼붓고 있음을 알게 되었던 것이다.

니에보는 매우 비통한 표정으로 말했다.

「마음 같아서는 이 모든 것을 다 놓아 버리고 싶네. 하지만 이런 때일수록 배의 키를 놓아 버리면 안 되는 것이지.」

---

[3] 이 말은 시인 이폴리토 니에보가 실제로 팔레르모에서 사촌 여동생이나 친구에게 보낸 편지를 전거로 삼고 있다. 특히 〈아! 나에게 야심이 있었다면······〉으로 시작되는 마지막 부분은 니에보가 〈자정의 친구〉라고 불렀던 밀라노의 시절의 친구 체사레 콜로나에게 보낸 편지 — 불길한 예감으로 가득 찬 생애 최후의 글 — 에 나오는 문장들을 거의 그대로 인용한 것이다.

10월 26일, 위대한 사건이 벌어졌다. 가리발디와 비토리오 에마누엘레가 테아노에서 만난 것이다. 가리발디는 남부 이탈리아를 사실상 사르데냐 왕국의 임금에게 넘겨주었다. 니에보 말마따나 가리발디는 그 대가로 최소한 왕국의 원로원 의원으로 임명되었어야 마땅하다. 그런데 11월 초에 그가 카세르타에 군사 1만 3천 명과 군마 3백 필을 도열시켜 놓고 국왕이 사열하러 오기를 기다렸으나 왕은 모습을 드러내지 않았다.

11월 7일, 비토리오 에마누엘레는 위풍당당하게 나폴리에 입성했고, 현대판 킨킨나투스[4]인 가리발디는 카프레라 섬에서 은거를 시작했다 ─ 이 얼마나 위대한 인물인가, 하면서 니에보는 시인들이 흔히 그러듯 눈물을 흘렸다(시모니니에게는 매우 짜증 나는 일이었다).

며칠 지나지 않아 가리발디의 군대가 해산되고 2만 명의 의용병들은 사르데냐 왕국 군대에 편입되었다. 하지만 이 군대에는 그들뿐만 아니라 부르봉 왕조의 장교 3천 명도 함께 받아들여졌다.

그를 두고 니에보는 이렇게 말했다.

「그건 온당한 일일세. 그들 역시 이탈리아인이니까. 하지만 그건 우리 서사시의 서글픈 결말이기도 하네. 나는 그 군

---

4 기원전 5세기 고대 로마 공화정 초기에 활약했던 전설적인 정치인으로 고대 로마인의 미덕과 무용을 상징하는 인물. 집정관을 역임한 뒤 밭을 갈며 살다가 외적의 침입으로 로마가 위기에 빠졌을 때 원로원의 부름을 받고 독재관으로 임명되어 전쟁을 승리로 이끌었지만, 독재관의 절대 권력을 누리지 않고 곧바로 사임한 뒤에 다시 농부의 삶으로 돌아갔다고 한다.

대에 들어가지 않을 걸세. 6개월만 더 복무하면 작별이라네.
6개월 동안 내 임무를 완수해야지. 그렇게 되기를 바라네.」

그건 여간한 고역이 아닌 게 분명했다. 11월 말이 되었는
데도 그는 겨우 7월 말까지의 회계를 끝냈다니 말이다. 대강
짐작으로 헤아려 보건대 앞으로도 3개월, 아니 어쩌면 그 이
상의 시간이 필요하리라는 얘기였다.

12월에 비토리오 에마누엘레가 팔레르모를 방문했을 때,
니에보는 시모니니에게 말했다.

「나는 여기에 남아 있는 최후의 붉은 셔츠이고, 일개 야만
인으로 간주되고 있네. 게다가 그 어리석은 라파리나 일당의
중상에 대처해야 해. 정말이지 일이 이렇게 끝날 줄 알았더
라면, 이런 고역을 치르겠다고 제노바에서 배를 타느니 물에
빠져 죽는 게 훨씬 나았을 거야.」

그때까지 시모니니는 그 빌어먹을 장부들에 손댈 수 있는
방도를 찾아내지 못했다. 한데 12월 중순에 갑자기 니에보
가 단기간에 걸쳐 밀라노를 다녀올 거라고 알려 주었다. 장
부들을 팔레르모에 두고 가는지 밀라노에 가져가는지, 그것
은 알 수가 없었다.

니에보는 거의 두 달 동안 시칠리아를 떠나 있었다. 시모
니니는 팔레르모 인근 지역을 유람하며 그 쓸쓸한 시기(나는
감상에 잘 빠지는 사람은 아니지만, 눈 대신 선인장으로 덮
여 있는 사막에서 성탄절이란 대체 무엇이냐? 하고 그는 생
각했다)를 활용하려 애썼다. 그는 암노새 한 마리를 사서 타

고 베르가마스키 신부의 수단을 걸친 차림으로 이 마을 저 마을로 돌아다니며 본당 신부들과 농부들을 만나 가리발디 원정대에 관한 험담을 모으기도 했고, 무엇보다 시칠리아 요리의 비법을 알아내려고 노력했다.

그는 성문 밖의 외딴 주막들에서 값은 저렴하지만 맛은 아주 좋은 소박한 토속 진미들을 찾아냈다. 시칠리아식 아쾌코타[5]도 그중 하나였는데, 조리법은 간단했다. 먼저 수프 그릇에 빵 조각들을 담되 올리브기름을 듬뿍 치고 갓 갈아 낸 후추를 뿌려 가면서 조미를 해놓고, 한편에서는 4분의 3리터쯤 되는 물에 소금을 치고 얇게 저민 양파와 가늘게 썬 토마토와 박하를 넣어 20분 동안 익힌 다음 그 전부를 빵에 붓고 2분을 기다렸다가 따끈따끈할 때 먹으면 되는 것이었다.

그는 팔레르모에서 멀지 않은 바게리아의 초입에서 어두운 문간에 탁자 몇 개를 내놓고 음식을 파는 허름한 식당을 찾아냈다. 어둡긴 하지만 겨울철에도 훈기가 도는 그 식당에서는 외양이 꽤나 추저분한(그리고 아마 심보도 더러울 법한) 주인이 내장을 주재료로 하는 훌륭한 요리들, 이를테면 다진 채소로 속을 채운 염통, 돼지 젤라틴, 송아지의 흉선, 온갖 종류의 창자 등으로 만든 요리를 팔고 있었다.

시모니니는 거기에서 두 인물을 만났다. 서로 매우 다른 이 인물들은 나중에 가서야 시모니니의 천부적인 재능에서

---

[5] *acqua cotta*. 요리 이름치고는 밍밍하기 짝이 없지만(〈끓인 물〉이라는 뜻), 티레니아 해에 면한 마렘마 지방에서 유래한 채소 수프의 하나로 물에 넣고 끓이는 재료는 지역이나 계절에 따라 다르며 빵 조각에 부어서 먹는다.

나온 하나의 계략 속에서 결합하게 되지만, 그 이야기를 앞 질러서 하지는 말기로 하자.

첫 번째 인물은 가엾은 심신 상실자로 보였다. 주인은 그 가 불쌍해서 먹여 주고 재워 주는 거라고 말했지만, 사실 그 는 여러 가지로 아주 유용하게 부려 먹을 수 있는 일꾼이었 다. 모두가 그를 브론테라고 불렀는데, 사연을 알고 보니 그 는 브론테의 학살을 피해 도망쳐 나온 사람이었다. 그는 폭 동을 떠올릴 때마다 흥분된 기색을 보였고, 술이 몇 잔 들어 가면 주먹으로 탁자를 내리치면서 시칠리아 말로 소리치곤 했다. 〈카펠리 과다티비, 루라 두 주디치우 사비치나, 포풀루 논 만카리 알라펠루.〉[6] 그 말은 〈지주들 조심해, 심판의 시간 이 다가오고 있어, 백성들은 부름을 저버리지 않아〉라는 뜻 이었고, 빅시오에게 총살당한 다섯 사람 가운데 하나였던 그 의 친구 눈치오 치랄도 프라이운코가 봉기를 앞두고 외치던 말이었다.

그는 배운 것도 없고 총기(聰氣)도 없는 사람이었지만, 적 어도 한 가지 생각만은 굳게 간직하고 있었다. 니노 빅시오 를 죽여야 한다는 것이 바로 그것이었다.

시모니니는 브론테를 그저 따분한 겨울밤을 보내는 데 도 움을 주는 기이한 사내 정도로 여겼다. 그런데 두 번째 인물 에 대해서는 단박에 더 깊은 흥미를 느꼈다. 머리와 수염이 텁수룩한 첫인상이 무뚝뚝해 보이던 이 남자는 시모니니가

---

6 *Cappelli guaddativi, l'ura du giudizziu s'avvicina, populu non mancari all'appellu.*

8. 헤라클레스호 263

모두가 그를 브론테라고 불렀는데,
사연을 알고 보니 그는 브론테의 학살을 피해
도망쳐 나온 사람이었다.

주인에게 여러 요리의 조리법에 관해서 묻는 것을 듣고 나더니, 비로소 말문을 열고 자기 역시 시모니니 못잖은 미식가라는 사실을 드러냈다. 시모니니가 피에몬테식 아뇰로티를 어떻게 만드는지 이야기하자, 그는 카포나타[7]의 모든 비법을 늘어놓았다. 또한 시모니니가 피에몬테의 알바 사람들이 즐기는 육회의 조리법을 설명하여 그의 입안에 침이 고이게 하자, 그는 시칠리아식 마르차파네[8]의 조리법을 자세히 알려 주었다.

니누초라는 이 남자는 이탈리아어를 그런대로 할 줄 알았고, 보아하니 여러 외국에도 가본 모양이었다. 이윽고 그는 시칠리아의 성소들에 모셔진 여러 성모 마리아에 대한 독실한 믿음을 표시하고 사제복을 입은 시모니니의 권위를 존중하면서 자신의 기이한 처지를 고백했다. 그는 양시칠리아 왕국 군대의 염초장(焰硝匠)이었다. 군인으로 복무한 것은 아니고 거기에서 별로 멀리 떨어지지 않은 화약고의 경비와 관리를 맡은 전문 장인으로 일했다. 가리발디의 의용병들은 부르봉 왕조의 군인들을 화약고에서 쫓아내고 탄약과 화약을

7 *caponata*. 시칠리아 전통 요리의 하나. 올리브기름에 튀겨 낸 가지를 토마토, 양파, 셀러리, 씨를 뺀 올리브, 케이퍼 등으로 만든 소스에 담가 혼합한 뒤에 설탕과 식초를 넣고 더 익힌 것이다.

8 *marzapane*. 아몬드 가루에 설탕과 달걀을 넣고 반죽해서 만드는 과자. 유럽 여러 나라에 두루 퍼져 있는 과자이지만, 시칠리아식 마르차파네는 〈마르토라나의 열매(마르토라나 수도원의 수녀들이 열매처럼 나무에 매달았다는 데서 유래한 이름)〉라 불릴 만큼 그 모양이 영락없는 과일처럼 생겼고, 아몬드 가루와 설탕의 특성 때문에 한결 부드럽고 달콤한 풍미를 지닌 것으로 유명하다.

몰수했지만, 화약고 자체를 없애지는 않고 니누초에게 봉급을 주면서 관리인으로 남아 있게 했다. 그래서 니누초는 거기에서 명령을 기다리며 따분한 생활을 하고 있었고, 북에서 내려온 점령자들에 대한 원한과 양시칠리아 왕국의 임금에 대한 그리움을 품은 채 반란과 봉기를 꿈꾸고 있었다.

그는 시모니니 역시 피에몬테 사람들의 편이 아님을 짐작하고 귀엣말로 속삭였다.

「제가 하려고만 하면 아직도 팔레르모를 반이나 날려 버릴 수 있습니다.」

시모니니가 어리둥절한 표정을 짓자 그는 설명을 덧붙였다.

「그 찬탈자들은 화약고 아래에 지하실이 있다는 사실을 전혀 알아차리지 못했습니다. 그 지하실에는 화약통이며 수류탄이며 다른 무기들이 아직 남아 있습니다. 수복의 날을 기다리며 보관하고 있는 겁니다. 저항자들이 무리를 지어 산속으로 들어가 피에몬테 침략자들에 대한 반격을 준비하고 있는 것으로 보건대 그날이 임박했습니다.」

폭약에 관한 이야기를 하면 할수록 그의 얼굴은 점점 환해졌고 풀이 죽어 있던 표정과 그늘이 져 있던 눈은 아름답다 싶을 만큼 달라 보였다. 급기야 어느 날 그는 시모니니를 화약고로 데려갔다. 둘이서 지하실을 둘러보고 나왔을 때, 그는 자기 손바닥에 놓인 거뭇한 알갱이들을 시모니니에게 보여 주며 말했다.

「아! 신부님, 세상에 품질 좋은 화약보다 더 아름다운 것은 없습니다. 이 빛깔을 보십시오. 점판암처럼 푸른빛이 도는 회색입니다. 이 알갱이들은 손가락으로 세게 눌러도 부스러지지 않습니다. 이것을 종이 위에 올려놓고 불을 붙이면 종이에 불이 옮겨 붙기도 전에 훅 타버립니다. 예전에는 초석(硝石)과 숯과 황을 75대 12대 12의 비율로 혼합해서 화약을 만들었습니다. 그러다가 흔히 영국식 배합이라 부르는 방식, 그러니까 숯을 15, 황을 10으로 하는 방식으로 넘어갔지요. 그런 식으로 하면 전쟁에 집니다. 수류탄이 잘 터지지 않으니까요. 오늘날 저희 화약장이들은(애석한 일인지 하느님의 은총인지 이제 몇 사람밖에 남아 있지 않습니다만), 초석 대신에 칠레 초석[9]을 넣습니다. 그러면 사뭇 다른 화약이 만들어집니다.」

「그게 훨씬 나은가요?」

「훨씬 낫습니다. 그런데 신부님, 이걸 아셔야 합니다. 매일같이 새로운 화약이 발명되고 있지만 성능이 예전 것만 못합니다. 국왕의 군대(우리 정통 왕조의 군대 말입니다)에 한 장교가 있었습니다. 대단한 학자라도 되는 양 유세를 부리던 장교였는데, 그가 저에게 최신 발명품이라면서 피로글리체리나[10]를 사용해 보라고 권했습니다. 그러나 그는 이 화약이 충격을 가해야만 터진다는 사실을 망각했습니다. 그러니까 성능은 좋아도 폭발을 시키기가 어려운 화약이라는 것이지

9 초석은 질산칼륨, 칠레 초석은 질산나트륨의 옛 이름.
10 1847년 니트로글리세린을 처음으로 합성한 이탈리아 화학자 아스카니오 소브레로가 이 유기 화합물에 붙였던 이름. 피로글리체리나의 〈피로〉는 불이라는 뜻.

요. 폭발을 시키자면 누군가 현장에서 망치 같은 것으로 때려야 하는데, 그러면 그 사람이 가장 먼저 공중으로 날아갈 수밖에요. 분명히 말씀드리지만, 누군가를 허공으로 날려 버리는 데는 옛날 화약만큼 좋은 게 없어요. 암만요, 그게 정말 볼만하지요.」

염초장 니누초는 마치 세상에서 가장 멋진 광경을 보고 있기라도 하듯 즐거워하고 있었다. 시모니니는 그가 열에 들떠서 헛소리를 한다 싶어서 그 당장엔 대수롭게 여기지 않았다. 하지만 얼마 지나지 않아 1월에는 그 모든 것을 다시 생각하게 될 터였다.

아닌 게 아니라 그는 원정대의 회계 장부들을 어떻게 하면 손에 넣을 수 있을까 하고 이리저리 고심하다가 마침내 이런 생각에 도달했다. 회계 장부들은 여기 팔레르모에 있거나 니에보가 밀라노에 가져갔을 것이다. 후자의 경우라 해도 니에보가 돌아오면 다시 팔레르모에 있게 된다. 그 뒤에 니에보는 장부들을 배편으로 토리노에 가져가야 한다. 그렇다면 밤낮으로 그를 따라다니는 것은 무용한 짓이다. 아무리 따라다녀도 나는 그의 비밀 금고에 도달하지 못한다. 설령 도달한다 해도 그것을 열지 못한다. 백 번을 양보해서 비밀 금고에 도달하여 그것을 연다 하더라도 그로 인해 한바탕 소동이 벌어질 게 뻔하다. 니에보는 장부가 사라졌음을 널리 알릴 것이고 그러면 나에게 일을 맡긴 토리노의 거물들에게 불똥이 튈 수도 있다. 니에보가 장부들을 손에 들고 있을 때 기습을 가해서 그의 등에 칼을 꽂는 방법이 있긴 하나, 그런다 해도 일이 조용하게 수습될 수는 없다. 니에보 같은 사람은 시신이 되어서도 여전히 일을 어렵게 만들 테니까. 토리노의 그 사람들이 말한 대로 장부들을 연기로 사라지게 해야 한다. 뿐만 아니라 장부들과 함께 니에보도 연기가 되어 사라져야 한다. 그가 우연한 사고로 말미암아 자연스럽게 사라진다고 하면 장부들이 사라진 것은 그저 곁따라 일어난 일로 간주될 것이다. 그렇다면 경리관 청사에 불을 지르거나 청사를 폭파해 버릴까? 그건 너무 요란하다. 남은 방법은 단 하나, 니에보가 배편으로 팔레르모에서 토리노로 가고 있을 때 그와 장부들, 그리고 그와 함께 있는 모든 것을 사라지게 하는 것이다. 50~60명이나 되는 사람들이 바닷속으로 사라지는 참사가 벌어진 판에, 누가 장부 따위를 생각하겠는가? 그 모든 일이 서너 무더기의 문서를 없앨 목적으로 사전에 계획된 것이라고 생각할 사람이 누가 있겠는가?

분명 황당하고 무모한 발상이었다. 하지만 짐작건대 시모니니는 나이가 들고 연륜이 생기면서 대학 시절 몇몇 학우와 장난 같은 짓거리를 하던 때와는 생판 다른 사람으로 변한 게 아니었던가 싶다. 그는 전쟁을 겪었고, 다행히 남들의 죽음이긴 하지만 죽음에 익숙해져 있었다. 게다가 네그리 디 생프롱이 말한 알프스 산맥 속의 요새 감옥에 들어가서 평생을 썩지 않으려면 무슨 짓이라도 해야 하는 상황이었다.

당연한 얘기지만 시모니니는 그 계획을 놓고 오래도록 숙고했다. 하긴 그것 말고는 달리 할 일이 없기도 했다. 그러는 동안 염초장 니누초에게 맛좋은 점심을 대접하면서 의견을 묻기도 했다.

「니누초 염초장, 내가 왜 여기에 와 있는지 궁금해할 것 같아서 하는 말인데, 나는 교황 성하의 명령을 받고 양시칠리아 왕국을 수복하는 데 기여하고자 여기에 있는 거요.」

「신부님, 저를 수하로 여기시고 제가 무엇을 해야 하는지 일러 주십시오.」

「바로 이거요. 어느 날이 될지는 내가 아직 모르지만, 화륜선[11] 한 척이 대륙으로 가기 위해 팔레르모에서 닻을 올릴 거요. 이 화륜선은 교황 성하의 권위를 영원히 무너뜨리고 우리 국왕에게 치욕을 안기기 위한 지침과 계획을 금고에 담아 운반해 가기로 되어 있소. 이 배가 토리노에 도달하기 전에 침몰해야 하고, 사람들도 물건들도 배와 함께 사라져야 하오.」

「신부님, 그보다 쉬운 일은 없습니다. 최근에 고안된 방법을 사용하면 됩니다. 미국인들이 한창 개발하고 있는 모양인데, 바로 〈석탄 어뢰〉라는 것입니다. 석탄 덩어리처럼 만들어진 폭탄이지요. 이것을 배에 연료를 공급하기 위해 쌓아 놓은 석탄 더미 속에 숨겨 두면, 석탄에 휩쓸려 보일러로 들어가게 되고, 그러면 당연히 열을 받아서 폭발하게 되는 겁니다.」

「그거 쓸 만하구먼. 문제는 그 폭탄을 제때에 보일러 속에 던져 넣어야 한다는 거요. 배가 너무 이르거나 너무 늦게, 이

---

11 이탈리아어 피로스카포를 옮긴 것. 세계 최초로 실용적인 증기선을 만든 사람은 프랑스인 주프루아 다방 후작인데, 그는 자기 배를 〈불의 배〉라는 뜻으로 피로스카프라고 불렀다.

를테면 출항 직후나 도착 직전에 폭파되면 안 되오. 그럴 때 폭파되면 모두가 알아차릴 테니까 말이오. 입을 가볍게 놀리는 자들의 눈에 띄지 않도록 가는 도중에 폭탄이 터져야 하는 거요.」

「그러면 일이 어려워집니다. 화부를 매수하는 것은 불가능합니다. 자기가 가장 먼저 희생될 텐데 누가 그 일을 맡겠습니까? 그렇다면 화부가 삽질을 하다가 폭탄을 보일러 속으로 던져 넣게 될 시점을 정확히 계산해야 할 텐데, 그건 사실 베네벤토의 마녀[12]가 온다 해도 안 될 일이라서······.」

「그렇다면?」

「그렇다면 해결책은 하나뿐입니다. 어느 경우에나 사용할 수 있는 유일한 방법. 바로 화약통에 심지를 매달아서 불을 붙이는 것이지요.」

「하지만 누군가 배에 타고 있는 사람이 심지에 불을 붙여야 하는데, 자기 역시 폭발에 휩쓸릴 것을 알면서 그 일을 하려는 사람이 있겠소?」

「아무도 없을 겁니다. 화약을 잘 아는 사람이라면 또 모르지요. 다행인지 불행인지 저 같은 화약장이들이 아직 조금은 남아 있습니다. 화약장이는 심지의 길이를 어떻게 정하는지 압니다. 옛날에는 흑색 화약을 속에 채워 넣은 밀짚 대롱이나 황을 바른 줄이나 초석을 묻히고 역청을 입힌 밧줄을 심지로 사용했습니다. 그러니까 심지가 타들어 가서 폭탄이 터

[12] 이탈리아의 민간 전승에 따르면 이탈리아 남부 캄파니아 주의 도시 베네벤토는 세상 곳곳의 마녀들이 모여 대향연과 난교를 벌이는 곳이다.

질 때까지 걸리는 시간을 가늠할 수가 없었지요. 그런데 다행히 30년 전부터 느리게 타는 심지가 쓰이고 있고, 대단한 것은 아니지만 저도 지하실에 그런 심지를 몇 미터 보관하고 있습니다.」

「그게 있으면요?」

「그게 있으면 심지에 불을 붙이는 순간부터 불꽃이 화약에 닿을 때까지 걸리는 시간을 정할 수 있습니다. 심지의 길이를 늘이거나 줄임으로써 시간을 결정할 수 있다는 것이지요. 그러니까 이런 가정을 한번 해보십시오. 화약장이는 심지에 불을 붙이고 나서 배의 어느 지점으로 도망칠 수 있다는 것을 알고 있고, 그의 공모자가 이미 바다에 구명정을 띄워 놓고 거기에서 그를 기다리고 있다는 것과 그들이 구명정을 타고 상당히 멀어져 간 뒤에 배가 폭파하리라는 사실도 알고 있습니다. 그렇다면 모든 게 완벽하지 않습니까? 그야말로 하나의 걸작이 아니겠습니까?」

「니누초 염초장, 한 가지 마음에 걸리는 건…… 이를테면 그날 밤에 풍랑이 너무 심해서 아무도 구명정을 바다에 띄울 수 없다고 생각해 보시오. 당신이 바로 그 화약장이라면 그런 위험을 무릅쓰겠소?」

「솔직히 말씀드려서 저는 못할 것 같습니다, 신부님.」

화약통의 심지에 불을 붙이는 임무는 목숨을 잃을 게 거의 확실한 일이었다. 니누초를 그런 사지로 내몰 수는 없는 노릇이었다. 하지만 그보다 덜 명석한 누군가를 보내는 일은 아마도 가능할 것이었다.

1월 말, 니에보는 밀라노에서 돌아오는 길에, 아마도 문서들을 수집하기 위해서인 듯 나폴리에 들러서 보름 동안 머물렀다. 그 뒤에 그에게 명령이 떨어졌다. 팔레르모에 돌아가서 장부들을 모두 챙겨(그러니까 장부들은 팔레르모에 그대로 있었다는 얘기였다) 토리노로 가져오라는 명령이었다.

니에보는 정겹고 우의 어린 태도로 시모니니를 맞아 주었다. 그러고는 스스럼없이 북이탈리아 여행에 대한 감회를 말했다. 이루어질 수 없는 그의 사랑이 불행히도 또는 경이롭게도 그 짧은 방문 기간 중에 되살아났던 일에 관해서도⋯⋯. 시모니니는 벗의 애틋한 이야기를 들으면서 눈물을 글썽이는 모습까지 보여 주었지만, 사실은 회계 장부들이 어떤 교통편으로 운송되는지 알아내기 위해 노심초사하고 있었다.

드디어 니에보의 입에서 그 얘기가 나왔다. 3월 초에 〈헤라클레스〉호를 타고 팔레르모를 떠나 나폴리로 갔다가, 나폴리에서 제노바까지 항해를 계속하리라는 것이었다. 헤라클레스호는 영국에서 건조한 기선인데, 양 뱃전에 외차(外車)가 붙어 있고 승조원 열다섯 명에다 승객 수십 명을 태울 수 있다고 했다. 역사가 오래된 배이기는 하나 아직 폐선 대접을 받을 정도는 아니고 제법 쓸 만하다는 것이었다. 그때부터 시모니니는 되도록 모든 정보를 수집하는 데 몰두하여 헤라클레스호의 선장 미켈레 만치노가 어느 여관에 묵고 있는지 알아냈고, 선원들과 이야기를 나누면서 배의 내부 배치가 어떻게 되어 있는지 짐작하게 되었다.

그러자 그는 다시 사제복을 점잖게 차려입고 바게리아에 가서 브론테를 따로 불러내어 말했다.

「브론테, 배 한 척이 곧 팔레르모를 떠날 터인데, 니노 빅시오를 나폴리로 데려가는 배라네. 왕국의 마지막 수호자들인 우리에게 기회가 온 것일세. 니노 빅시오가 자네 고향에서 저지른 짓에 대해서 앙갚음을 할 수 있는 절호의 기회일세. 자네에게 그 처형에 참가하는 영광을 주겠네.」

「쇤네가 무엇을 해야 하는지 일러 주십시오.」

「여기 심지가 하나 있네. 이것이 얼마나 오랫동안 타는지는 자네나 나보다 이 방면에 훤한 사람이 정해 놓았네. 이것을 자네 허리에 감아 두게. 우리 쪽 사람들 중에 시모니니 대위가 있네. 가리발디 의용대의 장교이지만 비밀리에 우리 국왕에게 충성을 바치는 사람일세. 그가 상자 하나를 배에 싣도록 손을 쓸 거라네. 그 상자는 군사 기밀과 관련된 것이라서 아무도 열어 볼 수 없게 되어 있고, 그가 신임하는 부하 한 사람이 화물창을 떠나지 않고 그 상자를 지켜야 하는 것으로 해놓을 걸세. 그 부하가 바로 자네일세. 상자에는 당연히 화약이 가득 들어 있네. 시모니니는 자네와 함께 승선할 것이고, 배가 얼마쯤 나아가서 스트롬볼리 섬이 보이는 곳에 다다르면 누군가를 시켜 자네에게 명령을 전달할 걸세. 그러면 자네는 심지를 풀고 화약 상자에 연결한 뒤에 불을 붙여야 하네. 그와 때를 같이해서 시모니니는 바다에 구명정을 띄울 걸세. 심지의 길이와 타는 시간은 제대로 맞춰 놓았으니까 자네는 여유 있게 화물창에서 갑판으로 올라가 고물로

갈 수 있을 걸세. 거기에서 시모니니가 자네를 기다릴 거야. 시간은 충분하니까 자네들 두 사람은 폭탄이 터지기 전에 배에서 멀리 떨어져 있게 될 테고, 그 가증스러운 빅시오는 배와 함께 산산조각이 날 걸세. 다만 한 가지 조심할 게 있네. 자네는 시모니니를 잠깐이라도 만나면 안 된다는 것일세. 설령 그가 눈에 띄더라도 그에게 다가가면 안 되네. 니누초가 자네를 마차에 태워 배가 정박해 있는 곳으로 데려다 줄 테니. 뱃전 근처에 다다르거든 알말로라는 선원을 찾게. 그 사람이 자네를 화물창으로 데려다 줄 걸세. 거기에서 가만히 기다리고 있으면 알말로가 와서 자네가 알고 있는 것을 해야 한다고 말할 걸세.」

브론테의 눈에서 빛이 번득였다. 한데 그가 생판 숙맥은 아니었던 것이 이렇게 묻지를 않는가.

「행여 파도가 거칠면 어쩌지요?」

「화물창에서 배가 조금 흔들리는 것을 느끼더라도 걱정할 필요는 없네. 자네들이 타게 될 구명정은 크고 튼튼하거든. 돛대와 돛도 달려 있다네. 뭍도 멀리에 있지 않을 테고. 게다가 시모니니 대위는 물결이 너무 높다고 생각하면 자기 목숨을 걸려고 하지 않을 걸세. 그러면 자네는 명령을 받지 못할 것이고, 빅시오를 없애는 일은 나중으로 미뤄야겠지. 하지만 자네가 명령을 받는다면, 그건 자네보다 바다에 관해서 잘 아는 사람이 자네들이 무사히 스트롬볼리에 다다를 수 있으리라 판단했기 때문일세.」

브론테는 열광하면서 완전한 찬동을 표시했다. 이어서 시모니니는 엄청난 위력을 가진 폭탄을 만들기 위해 염초장 니누초와 오랫동안 밀담을 나눴다. 그다음에는 적당한 때를 골라 상복에 가까운 어두운 옷차림을 하고 첩자나 비밀 요원 같은 분위기를 풍기면서 만치노 선장을 찾아가 인지와 직인으로 덮인 전시 안전 통행증을 제시했다. 이 만남의 결과로 선장은 비토리오 에마누엘레 2세 전하의 명령에 따라 특급 비밀에 속하는 내용물이 담긴 커다란 상자를 나폴리로 운반하는 책임을 지게 되었다. 상자는 다른 화물에 섞여 사람들의 눈길을 끌지 않도록 화물창에 넣어 두되, 시모니니의 심복 한 사람이 밤낮으로 곁에서 지키기로 되어 있었다. 그 심복을 맞아들여 안내하는 일은 예전에 군대의 신임을 얻어 비밀 임무를 수행한 적이 있는 알말로라는 선원이 맡기로 했다. 그 일과 관련하여 선장이 알아야 할 것은 거기까지였고, 여타의 것에 대해서는 일체 관심을 갖지 않도록 되어 있었다. 배가 나폴리에 도착하면, 한 보병 장교가 상자를 책임질 것이었다.

이렇듯 계획은 아주 단순했고, 작전을 수행하는 과정에서 사람들의 이목을 끌 염려도 없었다. 니에보는 장부들이 담긴 자신의 상자를 지키는 데에 더 마음을 쓸 것이므로 그의 관심을 끌 가능성은 더욱 적었다.

사람들이 예상하기로 헤라클레스호는 오후 1시경에 출항할 것이고 나폴리까지 항해하는 데는 열대여섯 시간이 걸릴 거라고 했다. 그렇다면 배를 폭파시키기에 적당한 시간은 배가 스트롬볼리 섬을 지나쳐 갈 때일 것이었다. 하루도 변함 없이 조용하게 분출하는 이 섬의 화산이 어둠 속에서 불빛을 발하고 있을 터이므로 배가 폭파되는 것을 사람들이 알아차리지 못할 것이었다.

알말로는 선원들 가운데 돈으로 매수하기가 가장 쉬워 보이는 자였다. 시모니니는 당연히 일찌감치 그와 접촉했고, 돈을 듬뿍 찔러주면서 그가 해야 할 일들을 일러 주었다.

「부두에서 브론테를 기다리고 있다가 화물창으로 데려가서 상자 옆에 자리를 잡아 주게. 그리고 저녁 무렵에 수평선을 살피다 보면 스트롬볼리 섬의 화산에서 분출하는 불이 보일 걸세. 그러면 바다가 어떤 상태에 있든 개의치 말고 화물창으로 내려가서 그 친구에게 말하게. 〈대위가 시간이 되었다고 이르시네.〉 그가 무슨 일을 하건 마음 쓰지 말고, 그가 무엇을 하려는가 하고 불안해하지 말게. 그래도 참견하고 싶은 욕구가 일지 모르니까 이것만 알아두게. 그는 상자 속에서 어떤 메시지가 들어 있는 병을 찾아 현창 너머로 던질 걸세. 그러면 배를 타고 근처에 와 있던 어떤 사람이 병을 건져내어 스트롬볼리로 가져갈 수 있겠지. 자네는 모든 것을 잊어버리고 그냥 자네가 일하던 자리로 돌아가면 되는 거야. 어디, 자네가 브론테에게 무슨 말을 해야 하는지 외어 보게.」

「대위가 시간이 되었다고 이르시네.」

「좋아.」

배가 출항할 시간이 되자 시모니니는 니에보에게 인사를 하러 부두에 나갔다. 그들의 작별은 보는 이들의 마음을 뭉클하게 했다.

니에보가 그에게 말했다.

「나의 귀한 벗님, 자네는 오랫동안 내 곁에 있었고 나는 자네에게 내 영혼을 열어 보였네. 우리가 다시 만날 수 있을지 모르겠어. 나는 회계 장부들을 토리노에 넘겨주고 나면 밀라노로 돌아갈 것이고, 거기에서…… 아무튼 그다음 일은 두고 보세. 나는 내 소설을 생각하려네. 잘 있게, 나를 안아 주게, 그리고 이탈리아 만세.」

「잘 가게, 이폴리토, 자네를 영원히 기억하려네.」

시모니니는 자기 역할에 맞춰 눈물까지 몇 방울 짜내며 말했다.

니에보가 내려놓은 지시에 따라 부하들이 그의 마차에서 육중한 상자를 내려 배에 옮겨 싣고 있었다. 니에보는 한 순간도 그들에게서 눈을 떼지 않았다. 그가 현문(舷門) 사다리로 올라가기 직전에 시모니니가 모르는 그의 두 친구가 오더니 헤라클레스호는 별로 안전하지 않다면서 그 배로 떠나는 것을 만류했다. 이튿날 아침에 출항하는 〈엘레트리코〉호를 타는 게 더 안전하다는 것이었다. 시모니니는 일순 불안을 느꼈지만, 니에보는 어깨를 으쓱 추어올리며 문서들을 하루라도 일찍 넘겨주는 것이 낫다고 말했다. 조금 뒤에 헤라클레스호는 항구를 떠났다.

그 뒤로 몇 시간을 시모니니가 쾌재를 부르며 보냈다고 말
한다면, 그건 그의 대담함과 침착함을 지나치게 부풀려 말하
는 격이 될 것이다. 사실 그는 그날 낮과 저녁을 자기가 절대
로 보지 못할 그 사건이 터지기를 초조하게 기다리면서 보냈
고, 팔레르모 교외에 높이 솟아 있는 푼타 라이시 봉우리에
올라가 보기까지 했다. 그러다가 밤 9시쯤 되자, 시간을 헤아
리면서 아마도 모든 것이 이루어졌으리라고 생각했다. 브론
테가 지시받은 것을 하나도 어기지 않고 수행해 냈는지는 확
신할 수 없었지만, 선원 알말로가 스트롬볼리 근해에서 화물
창으로 내려가 그에게 명령을 전달하는 모습이며 그 불쌍한
사내가 몸을 굽혀 화약 상자에 심지를 박고 불을 붙인 뒤에
재빨리 고물로 달려갔다가 아무도 만나지 못하는 상황은 충
분히 상상할 수 있었다. 브론테는 아마도 그제야 자기가 속
았음을 알아차리고 더 늦기 전에 심지의 불을 끄기 위해 화
물창 쪽으로 미치광이처럼(하기야 그는 영락없는 미치광이
가 아니던가?) 내달았을 테지만, 이미 너무 늦은 뒤라서 달려
가다 말고 폭발에 휩쓸렸을 것이었다.

시모니니는 임무를 완수한 것이 자못 마음에 흡족하여 다
시금 사제복을 걸쳐 입고 바게리아의 식당에 가서 영양이 아
주 실한 저녁을 먹었다. 주된 음식은 정어리를 곁들인 파스
타와 피시스토코 알라 기오타(건대구를 찬물에 담가 이틀
동안 불리고 토막을 낸 뒤에, 양파 한 개, 셀러리 한 줄기, 당
근 한 개, 올리브기름 한 컵, 토마토 속살, 씨를 뺀 검은 올리
브, 잣, 건포도, 배, 소금기를 뺀 케이퍼, 소금, 후추와 함께 조

그러다가 밤 9시쯤 되자, 시간을 헤아리면서
아마도 모든 것이 이루어졌으리라고 생각했다.

리한 것)¹³이었다.

그러고 나자 염초장 니누초에 생각이 미쳤으니…… 그토록 위험한 증인을 마음대로 돌아다니게 내버려두는 것은 바람직하지 않았다. 그는 다시 암노새에 올라타 화약고로 향했다. 염초장 니누초는 문턱에서 저의 오래된 곰방대들 가운데 하나를 빨고 있다가 웃음을 함빡 머금고 시모니니를 맞아주었다.

「신부님, 일이 잘된 것 같습니까?」

「내 생각엔 그렇소. 당신이 장한 일을 한 거요, 니누초 염초장.」

시모니니는 그를 끌어안으면서 거기 사람들 말로 〈비바 로 레〉¹⁴라고 말했다. 그리고는 한 손으로 그를 끌어안은 채 다른 손으로 두 뼘짜리 단도를 그의 배 속으로 쑤셔 넣었다.

그쪽으로 지나다니는 사람이 없으니 시신이 언제 발견될지는 하느님만이 아실 일이었다. 나중에 만에 하나 시체가 발견되어서 포교들이나 그 비슷한 자들이 바게리아의 식당까지 탐문을 나간다면, 니누초가 지난 몇 달 동안 식도락가로 보이는 어느 성직자와 숱하게 저녁 시간을 함께 보냈다는 사실을 알게 될 것이었다. 하지만 시모니니는 곧 대륙으로 떠날 참이므로, 그 성직자 역시 종적이 묘연한 것으로 치부될 터였다. 브론테를 놓고 보자면, 그가 사라진 것에 마음을

---

13 *piscistocco alla ghiotta*. 〈식도락가식 건대구〉라는 뜻. 피시스토코(시칠리아 말로는 피시스토쿠)는 말린 대구를 뜻한다.
14 *viva lo re*. 〈국왕 만세〉라는 뜻. 이탈리아 말로는 〈비바 일 레〉.

쓸 위인은 한 사람도 없을 것이었다.

 시모니니는 3월 중순에 토리노로 돌아왔고, 자기 청부인들이 뒷셈을 치를 때가 되었던 터라 그들 편에서 만나자는 연락이 오기를 기다리고 있었다. 어느 날 오후, 비안코가 그의 사무소로 들어오더니 책상 앞에 앉아서 말했다.
 「시모니니, 당신은 무엇 하나 시키는 대로 하는 법이 없소.」
 「아니, 그게 무슨 말씀이십니까?」하며 시모니니가 항변하되 「장부들이 연기로 사라지기를 바라시지 않았습니까? 어디, 그것들을 찾아낼 수 있으시면 한번 찾아보십시오.」
 「그건 그렇소만, 니에보 대령 역시 연기로 사라졌고, 그건 우리가 바라던 것을 넘어서는 일이오. 배가 사라진 것을 두고 벌써부터 말들이 많아서 우리가 그 사건에 관한 소문을 잠재울 수 있을지 모르겠소. 우리 정보기관으로 불똥이 튀지 않게 하기가 쉽지 않은 일이오. 결국 우리는 해내겠지만, 이 사슬에 약한 고리가 딱 하나 있소. 바로 당신이오. 조만간 어떤 증인이 나타나서 당신이 팔레르모에서 니에보의 측근이었다는 것과 공교롭게도 당신이 봇조 의원의 특파원으로 거기에서 일했다는 사실을 버르집지 말라는 법이 없소. 봇조 얘기가 나오면, 카부르 총리와 정부 얘기가 나올 거고…… 정말이지 그로 인해 무슨 소문이 돌게 될지 생각할 엄두조차 나지 않소. 그러니 당신이 사라져 줘야겠소.」
 「요새 감옥에 갇혀 있으란 말씀인가요?」
 하고 시모니니가 묻자

「사람을 요새 감옥에 보내도 그에 관한 소문은 나돌 수 있는 법이오. 우리는 〈철가면〉의 익살극을 되풀이하고 싶지 않소. 당신을 감옥에 보내어 당신에 관한 억측과 풍문이 난무하게 하기보다는 더 조용한 해결책을 생각하고 있단 말이오. 여기 토리노의 삶을 청산하고 외국으로 사라지시오. 파리로 가면 될 거요. 거기에 새로 정착하자면 비용이 들겠지만, 우리가 애초에 합의한 보수의 반을 받게 될 테니 그 정도면 충분할 거요. 따지고 보면 당신은 일을 부풀려서 한 셈이고, 그건 일을 반만 한 것과 마찬가지요. 그리고 우리로서는 당신이 파리에 가서 말썽을 피우지 않고 오랫동안 버틸 거라고 생각할 수 없는지라, 곧바로 당신을 그곳의 우리 동료들 가운데 몇 사람과 접촉하게 해줄 거요. 당신에게 어떤 비밀 임무를 맡길 수도 있는 사람들과 말이오. 이를테면 당신이 다른 정부에 고용되리라는 얘기요.」

9

파리

1897년 4월 2일, 늦은 밤

그러고 보니 이 일기를 쓰기 시작한 뒤로 요릿집에 가지 않았다. 오늘 저녁에는 스스로 사기를 북돋을 필요가 있었기에 한 군데에 가보기로 결심했는데, 그곳은 누구나 술을 억병으로 마시고 취해 있는 터라 설령 아는 사람과 마주쳐서 내가 그를 알아본다 해도 그자는 나를 알아보지 못할 만한 곳이었다. 여기에서 지척 사이인 앙글레 거리의 페르 뤼네트 카바레가 바로 그곳이다. 이 가게를 그렇게 부르는 것은 입구 위쪽에 간판 대신 커다란 코안경이 걸려 있기 때문인데,[1] 언제부

---

[1] 페르 뤼네트는 〈안경 아재〉 또는 〈안경 영감〉이라는 뜻. 이 카바레는 1840년에 문을 열어 1908년 문을 닫을 때까지 난투가 자주 벌어지고 무뢰배가 많이 든다 해서 늘 경찰의 감시와 언론의 주목을 받았다. 〈윈로윈〉이라 불렸던 안쪽 홀의 벽들을 장식하고 있던 초상화들도 이 술집의 명물이었다. 그 초상화들은 빅토르 위고나 에밀 졸라 같은 유명 인사들부터 술집의 평범한 단골손님들이나 협잡꾼, 매춘부에 이르기까지 당대의 인간 군상을 망라한 컬

터 무슨 까닭으로 그것을 걸어 놓았는지는 알 수 없다.

이 술집에서 식사를 하면 덤으로 치즈 몇 조각을 야금거릴 수 있는데, 이렇듯 주인이 치즈를 거의 공짜로 주는 데는 다 이유가 있으니 바로 치즈가 갈증을 돋우기 때문이라. 식사를 하는 것 말고도 사람들은 여기에서 술을 마시고 노래를 부른다— 아니 더 정확히 말하자면, 압생트 피피, 기차 화통 아르망, 다리가 셋인 남자 가스통 같은 이 집의 〈명가수들〉이 노래를 부른다. 앞쪽 술청은 복도를 개조한 공간인데 아연판으로 된 기다란 카운터가 반쯤을 차지하고 있고, 그 뒤에는 주인과 안주인, 그리고 주객들의 욕설과 웃음소리가 왁자한 속에서 잠을 자는 아기가 있다. 카운터 맞은편에는 벽을 따라서 길고 좁은 널빤지가 걸상처럼 놓여 있어서 전작이 있는 손님들은 거기에 앉아 취기를 다스릴 수 있다. 카운터 뒤쪽의 선반에는 술병들이 놓여 있는데 이는 파리에서 구할 수 있는 혼합 화주(火酒)들의 가장 훌륭한 수집이다. 한데 이 술집의 진짜 손님들은 이 앞쪽 술청이 아니라 안쪽에 있는 방으로 가는데, 여기에서는 두 개의 탁자 주위로 손님들이 둘러앉아 있고, 옆 사람의 어깨에 기대어 자는 손님들도 흔히 볼 수 있다. 네 벽은 온통 손님들이 그린 인물화로 장식되어 있는데, 이는 거의 하나같이 음란한 그림들이다.

오늘 저녁 나는 한 여자 옆에 앉았다. 여자는 몇 잔째인지 모를 압생트만 홀짝홀짝 마셔 대고 있었다. 기억이 분명한 건

렉션이었다고 한다.

아니었지만, 그녀가 누구인지 알 것 같았다. 그녀는 잡지에 삽화를 그리던 도안가였는데, 아마도 자기가 폐병에 걸려서 살날이 얼마 남지 않았음을 아는 탓에 점점 막살이를 하게 된 듯했다. 그녀는 술 한 잔을 얻어 마시기 위해 손님들에게 초상화를 그려 주겠다고 자청하지만, 이젠 그녀의 손이 떨린다. 운이 조금 따라 준다면 폐병이 그녀를 잡아가지는 않을 것이다. 그러기 전에 어느 날 밤 비에브르 천에 떨어져서 죽고 말 테니.

나는 그녀와 몇 마디 말을 주고받았고(열흘 동안 너무 틀어박혀서 지냈더니, 여자와 이야기를 나누면서도 위안을 얻을 수 있었다), 그녀에게 술을 한 잔씩 사줄 때마다 나도 덩달아 한 잔씩 마시지 않을 수 없었다.

그리하여 나는 이제 눈도 머릿속도 흐려진 채로 이 글을 쓴다. 형편이 이러하고 보면 많은 것을 기억해 내기도 어렵거니와 그 기억마저도 선명치 못하기가 십상이라.

다른 건 몰라도 이것 하나는 분명하거니와, 파리에 당도하여 나는 근심에 싸여 있었고, 이는 아주 당연한 일이지만(필경 망명 생활이 나를 기다리고 있었음이라), 파리는 내 마음을 사로잡았고 나는 여기에서 여생을 보내기로 결심했다.

내가 지니고 있던 돈으로 얼마나 오래 버텨야 하는지를 알 수 없던 터라, 나는 비에브르 천변에 있는 여관에 사글셋방을 얻어서 들어갔다. 그나마 혼자 쓰는 방을 구할 수 있어서 요행이라 아니할 수 없었으니, 따라지 인생들이 피난살이하듯

기거하는 여관이라서 한 방에 짚자리가 열다섯 개나 들어 있기가 일쑤였음이라. 어떤 방에는 창문도 나 있지 않았다. 가구라고는 이사 가는 사람들이 버리고 간 물건들이 전부였고, 이부자리에는 빈대와 벼룩이 끓었으며, 작은 함석 대야가 목간통의 대용인가 하면, 작은 양동이가 요강 구실을 했고, 의자는 물론이고 비누와 수건도 없었다. 벽에는 열쇠를 바깥 자물쇠에 꽂아 두라는 게시문이 붙어 있었는데, 이는 두말할 것도 없이 경관들이 들이닥칠 때 시간을 허비하지 않게 하기 위함이었으니, 그만큼 경관들이 일쑤 들이닥쳐서 잠자는 사람들의 머리끄덩이를 잡고 등롱 불빛에 안면을 살펴서, 모르는 자들은 도로 쓰러져 자게 내버려두고 자기네가 찾던 자들은 혹여 뻗댄다 싶으면 아예 작정을 하고 늘씬하게 패준 뒤에 층층대 아래로 끌고 내려간다는 얘기더라.

끼니를 해결하는 문제로 말하자면, 나는 프티퐁 거리에서 4수만 내면 한 끼를 먹을 수 있는 식당을 찾아냈다. 이 식당의 주인이라는 자는 새벽녘에 파리 중앙 시장에 가서 푸주한들이 쓰레기통에 버린 상한 고기들 — 살진 부위는 푸르게 변하고 여윈 부위는 검게 변한 고기들 — 을 거두어다가 손질하여 소금과 후추를 듬뿍 쳐서 식초에 담갔다가 꺼내서는 이틀 동안 안뜰 구석에 매달아 말린 뒤에 요리를 해서 손님들에게 내놓고 있었다. 그러니 그저 값이 헐한 맛에 이런 고기를 먹었다가는 이질에 걸리기가 십상이었다.

나로 말하자면 토리노에서 살던 버릇이 있고 팔레르모에서 푸짐한 음식에 길든 몸이라, 만약 조금 뒤에 말할 바와 같이 기사 비안코가 연결해 준 사람들에게서 이내 일거리를 얻어 첫 보수를 받지 않았다면 몇 주일도 버티지 못하고 죽었으리라. 그나마 내가 누릴 수 있는 호사가 있었다면 위셰트 거리의 노블로라는 레스토랑을 가는 것이었다. 이 식당에 가고자 하면 먼저 빵을 사서 가져가야 했으니, 그 이유인즉 빵을 제공하지 않는 요릿집이었기 때문이라. 안으로 들어서면 넓은 홀이 나오고 홀 안쪽은 옛날식으로 꾸민 안뜰로 통해 있었다. 출입문 가까이에는 계산대가 있었고 안주인과 그 집의 세 딸이 이곳을 지키고 서서 로스트비프 같은 비싼 요리들과 치즈, 마멀레이드 따위의 주문을 받아 적기도 하고 불에 익힌 배와 호두 두 알을 접시에 담아 나눠 주기도 했다. 계산대 뒤쪽에 있는 작은 방은 포도주를 적어도 반 리터 이상 주문하는 손님들, 그러니까 장인바치들이나 가난한 예술가들이나 서기들이 들어가는 곳이었다.

계산대를 지나면 주방이 나오는데, 여기에서는 요리사가 커다란 화덕에서 구워 낸 양고기 스튜며 토끼 고기나 쇠고기 요리, 완두콩 퓌레나 렌즈콩 따위를 손님들에게 내주었다. 시중을 드는 일꾼들이 따로 없으므로 손님들은 저마다 접시며 식사 용구를 챙겨 가지고 요리사 앞에 가서 줄을 서야 했다. 그렇게 요리를 접시에 받아 손에 들고 서로 부딪혀 가며 앞으로 나아가면 마침내 공동 식탁에 자리를 잡게 되는 것이었다. 수프가 10상팀, 쇠고기 구이가 20상팀이고, 밖에서 사온 빵의 가격이 10상팀이므로 도합 40상팀에 한 끼를 먹는 셈이었다. 내 입에는 그곳의 모든 음식이 진미였다. 하기야 내가 짐작하기로는 형편이 좋은 사람들도 일부러 거기에 와서 천한 사람들과 어울려 그 싸구려 음식들을 먹는 판국이었다.[2]

먹는 것만 제외하면, 나는 그 노블로 씨네 식당을 드나들기 전에도 지옥살이 같던 처음 몇 주일의 삶을 결코 후회하지 않았다. 나중에 내가 물 만난 고기처럼 마음대로 누비고 다녀야 할 밑바닥 세계와 친숙해지고 유용하게 부려 먹을 수 있는 자들과 사귀었으니 말이다. 그리고 나는 골목길에서 오고가는 말들에 귀를 기울이면서 파리의 다른 거리들과 동네들을 발견했다. 라프 거리도 그중 하나였다. 이 거리는 온통 철물에 관련된 가게들이 들어차 있는 곳이었는데, 장인들이 가족을 거느리고 번듯하게 사는 집들도 있었지만 그다지 떳떳하지 못한 물건들, 예를 들자면 만능열쇠나 곁쇠, 심지어는 저고리 소매에 감추고 다닐 만하게 칼날을 오므릴 수 있는 단검을 만드는 자들도 있었다.

나는 셋방에 머물러 있는 시간을 되도록 줄이면서 가난한 파리 사람들에게 허락된 도락을 누렸으니, 대로들을 산보하는 것이 바로 그 도락이다. 나는 그때까지 파리가 토리노보다 얼마나 더 큰지를 깨닫지 못했다. 신분의 고하를 막론하고 온갖 부류의 사람들이 내 옆으로 지나가는 것을 구경하고 있노라면 참으로 신기하고 재미가 있었다. 그들 가운데 어떤 용무

---

2 위세트 거리의 노블로 레스토랑에 관한 이 생생한 묘사와 앞서 나온 상한 고기를 파는 식당에 관한 이야기는 모두 조리스 카를 위스망스의 모노그래피 『비에브르 천과 생세브랭 구역』 중에서 「생세브랭 구역」 편의 2장에 나오는 묘사를 활용한 것이다.

신분의 고하를 막론하고 온갖 부류의 사람들이
내 옆으로 지나가는 것을 구경하고 있노라면
참으로 신기하고 재미가 있었다.

를 보러 가는 사람은 많지 않고, 대다수는 사람 구경을 하러 나온 것이었다. 음전한 파리 여자들은 옷차림이 아주 고상했고, 여자에게 관심이 없는 나이지만 그네의 머리 모양에는 눈길이 갔다. 그런데 유감스럽게도 그 똑같은 보도에 되바라진 파리 여자들, 그러니까 뭇 사내의 눈길을 사로잡는 분장을 발명할 만큼 반지빠른 여자들도 돌아다니고 있었다.

그 논다니들은 내가 얼마 지나지 않아 색주가에서 알게 된 매음녀들보다 덜 저속하기는 했지만, 훌륭한 요릿집들과 마찬가지로 살림 형편이 좋은 신사들이나 염을 낼 수 있는 여자들이었으니, 그네가 먹잇감을 호리기 위해 사용하는 수완을 보면 그를 짐작할 수 있었다. 나중에 내 정보원 하나가 설명해 준 바에 따르면, 옛날에는 대로변에서 그리제트[3]라 불리던 경박한 여자들밖에 볼 수 없었는데, 그녀들은 정숙하지는 않아도 사심이 없었고 그네의 애인들 역시 가난했기 때문에 애인에게 옷이나 보석을 요구하지 않았다. 그러다가 그런 여자들은 마치 퍼그라는 종자의 개들처럼 하나둘 사라졌다. 그다음에는 로레트, 비슈 또는 코코트라 불리는 여자들[4]이 나타났는데, 그네는 그리제트보다 발랄하거나 교양이 있었던 것도 아니면서 캐시미어와 주름 장식이 달린 옷을 탐냈다. 내가 파리에 당도한 그 무렵에는 로레트가 물러가고, 아주 부유한 애

---

3 *grisettes*. 원래는 회색 작업복을 입은 여자를 가리키는 말이었지만, 그 뜻이 바뀌어 행실이 단정치 않은 여공들을 이르던 말.

4 *lorette, biche, cocotte*. 모두 19세기에 창녀를 가리키던 프랑스어 낱말들인데, 로레트는 로레트 노트르담 성당 주위에서 배회하던 여자들이라서 해서 생겨난 말이고, 비슈는 암사슴, 코코트는 암탉을 뜻하는 말이 전의된 것이다.

인을 두고 다이아몬드를 자랑하며 사륜마차를 타고 다니는 고급 창부들이 나타났다. 이런 여자들이 대로변에서 돌아다니는 것은 흔치 않은 일이었다. 담 오 카멜리아⁵라고도 불리던 이 여자들은 연심도 동정심도 고마워하는 마음도 품지 않는 것을 삶의 원칙으로 삼았고, 성 불능자들에게서 돈 우려내는 것을 능사로 여기면서 그저 그런 사내들과 오페라 극장의 발코니석에 동석하는 것만으로도 보수를 받았다. 에잇, 참으로 혐오스러운 성(性)이로고.

그러는 사이에 나는 클레망 파브르 드 라그랑주와 접촉했다. 토리노의 기관원들이 나를 어느 거리의 일견 허름해 보이는 건물에 들어 있는 어느 기관에 나를 추천한 것이었다. 그 거리며 건물을 밝히지 않는 것은 내 직업에 종사하면서 터득한 신중함 때문이니, 설령 아무도 읽지 않을 일기장이라고 해도 여기에 그 이름들을 적을 수는 없다. 내가 알기로 라그랑주는 치안 총국 정치부를 맡고 있었지만, 그 부서가 전체 위계에서 어떤 위치를 차지하고 있는지, 꼭대기에 있는지 밑바닥에 있는지는 도무지 알 길이 없었다. 그 부서는 자기네 업무를 다른 어떤 부서에도 보고하지 않는 것처럼 보였고, 그래서 가령 내가 그 정치 사찰 기관에 관해서 아는 바를 털어놓

---

5 *dames aux camélias*. 아들 알렉상드르 뒤마의 소설 제목에서 유래한 말. 우리나라에서는 보통 춘희(椿姬) 또는 동백 아가씨라 옮긴다. 뒤마의 이 소설을 원작으로 삼은 베르디의 오페라 제목 〈라 트라비아타〉는 타락한 여자라는 뜻.

으라고 고문을 당했다 해도 내가 할 수 있는 말은 전혀 없었으리라. 사실인즉 나는 라그랑주가 정말 그 건물에 사무실을 가지고 있는지조차 알지 못했다. 나는 나에게 기사 비안코의 추천서가 있다는 것을 알리기 위해 그 주소로 편지를 보냈고, 이틀 뒤에 노트르담 대성당 앞의 광장으로 나오라는 전갈을 받았으니 말이다. 그는 자기를 알아볼 수 있도록 단춧구멍에 빨간 카네이션을 꽂고 있겠다고 했다. 그때부터 라그랑주는 매번 어느 카바레나 성당이나 공원 같은 의외의 장소들에서 나를 만났고, 같은 장소에서 두 번을 만나는 법이 없었다.

라그랑주는 그즈음에 그저 어떤 문서 하나를 필요로 하고 있었는데, 내가 그것을 완벽하게 만들어 주었더니 단박에 나를 좋게 봐주었고, 그때부터 나는 이 바닥에서 우리들끼리 하는 말로 〈앵디카퇴르〉[6]가 되어 그를 위해 일하기 시작했으며, 그 대가로 매달 3백 프랑의 보수에다 130프랑의 활동비를 받게 되었다(더러 상여금도 받았고 문서를 만들어 주는 경우에는 별도로 돈을 받았다). 이 제국은 정보원들을 위해 돈을 많이 쓴다. 사르데냐 왕국보다 많이 쓰는 것은 말할 것도 없다. 내가 듣기로는 연간 7백만 프랑에 달하는 경찰 예산 중에서 2백만 프랑이 정치 사찰 정보원들에게 할당되어 있다고 한다. 그런데 또 다른 소문을 듣자 하니, 경찰 예산은 1천4백만 프랑이지만, 황제가 행차할 때 박수갈채 행렬을 준비하기 위한 비용과 마치니 추종자들과 선동자들과 첩자들을 감시하

6 *indicateur*. 밀고자, 정보원, 끄나풀이라는 뜻.

는 데 드는 비용도 거기에서 나간다고 한다.

나는 라그랑주와 일을 하면서 한 해에 적어도 5만 프랑을 벌었을 뿐만 아니라, 그의 소개로 개인 고객들의 주문도 받게 되었고, 덕분에 일찌감치 현재의 내 공증인 사무소(달리 말해서 허울뿐인 골동품 가게)를 마련할 수 있었다. 가짜 유언장을 작성해 주면 1천 프랑까지 받을 수 있었고, 축성한 면병은 다량으로 구할 수가 없는 대신 한 개에 1백 프랑을 받고 팔았으므로, 매달 유언장 넉 장을 작성하고 면병 열 개를 파는 것으로 계산하면 공증인 사무소 사업으로 다달이 5천 프랑을 추가로 벌어들일 수도 있었다. 한 해에 1만 프랑을 벌면 파리 사람들이 넉넉한 부르주아라고 말하던 시절이었으니, 내가 계산한 대로 돈이 꼬박꼬박 들어오면 좋았겠지만 당연히 내 수입은 그렇게 안정되어 있지 않았다. 당시에 내가 꿈꾸었던 것은 일을 해서 매년 1만 프랑의 수입을 올리는 것이 아니라 일을 하지 않고도 금리로 1만 프랑을 버는 것이었는데, 가장 안전한 국채의 경우에 이자가 3푼이었으니까 그 정도의 금리 수입을 올리려면 30만 프랑의 자본을 모아야 한다는 계산이 나왔다. 당시의 고급 창부에게는 그런 거금을 모으는 것이 가능한 일이었지만, 아직 이름이 널리 알려지지 않은 공증인에게는 쉽지 않은 일이었다.

언젠가 행운이 찾아오리라 기대하면서 나는 그때 이미 파리의 쾌락을 향유하는 사람으로 변신할 수 있었다. 연극, 특히 12음절 시구를 읊어 대는 그 가증스러운 비극들에 대해서는 흥미를 느낀 적이 없고, 미술관의 전시실들은 나를 슬프게 했다. 그러나 파리는 그런 것들보다 더 좋은 것을 나에게 선물했으니, 레스토랑들이 바로 그것이라.

음식 값이 금값인 것을 마다하지 않고 내가 가보고 싶었던 레스토랑들 가운데 첫째는 토리노에까지 명성이 자자했던 그랑 베푸르였다. 팔레 루아얄의 주랑에 자리한 레스토랑인데, 빅토르 위고 같은 대작가도 이곳에 자주 와서 흰 강낭콩을 곁들인 양 가슴살 요리를 즐겨 먹었다고 한다. 나를 단박에 매혹시킨 다른 요릿집은 그랑몽 거리와 이탈리앵 대로의 모퉁이에 있는 카페 앙글레였다. 예전에는 마부들과 하인들이 드나들던 식당이었는데, 그 무렵에는 파리 명사들을 환대하고 있었다. 나는 거기에서 폼 안나, 에크르비스 보르들레즈, 무스 드 볼라유, 모비에트 앙 스리즈, 프티트 탱발 알라 퐁파두르, 시미에 드 슈브뢰유, 퐁 다르티쇼 알라 자르디니에르,[7] 샴페인을 넣은 소르베를 발견했다. 그 이름들을 떠올리기만 해도 인생이란 고생하며 살 가치가 있다는 느낌이 든다.

레스토랑들 말고도 내 마음을 사로잡은 것이 있었으니, 바로 파사주라 불리는 유리 지붕 아케이드들이었다. 나는 파사주 주프루아를 무척 좋아했는데, 그건 아마도 이 상가에 파리

---

[7] 앞에서부터 *pommes Anna*(제2제정기에 카페 앙글레의 셰프가 개발한 감자 요리), *écrevisses bordelaises*(적포도주 소스를 친 가재 요리), *mousses de volaille*(가금의 살코기를 다져 만든 파테), *mauviettes en cerises*(버찌 모양으로 만든 종달새 고기 요리), *petites timbales à la Pompadour*(퐁파두르식 작은 원통형 파이), *cimier de chevreuil*(노루 엉덩잇살 요리), *fonds d'artichauts à la jardinière*(원예가식 아티초크 꽃받침 요리).

에서 가장 훌륭한 축에 드는 세 레스토랑, 즉 디네 드 파리, 디네 뒤 로세, 디네 주프루아가 있기 때문이었으리라. 오늘날에도 특히 토요일이면 파리 명사들이 이 유리 지붕 상가에서 모임을 갖는지, 권태에 지친 신사들과 내 취향에는 향수를 너무 진하게 뿌린다 싶은 숙녀들의 발길이 끊이지 않는다.

거기보다 더 나의 흥미를 끌었던 곳은 아마도 파사주 데 파노라마였을 것이다. 여기에서는 더 속된 무리를 구경할 수 있으니, 부르주아들은 물론이고 골동품 가게 앞에서 감히 물건들을 살 엄두는 못 내고 눈요기로만 즐기는 시골 사람들과 공장에서 막 퇴근한 젊은 노동자들도 돌아다니기 때문이다. 여자들 훔쳐보는 것을 좋아하는 자들이 정히 여자들을 흘깃거릴 양이면 옷 잘 입은 여자들이 많은 파사주 주프루아로 가는 편이 낫겠지만, 여공들을 보고 싶어 하는 쉬이뵈르[8]는 이 상가에서 어슬렁거린다. 초록색 안경으로 시선을 감추고 있는 중년 사내들이 바로 그들이다. 모든 여공이 그런 사내들과 어울릴 리는 없다. 모두가 소박한 원피스에 망사 모자를 쓰고 앞치마를 두르고 있으니, 옷차림으로는 전혀 구별이 안 된다. 그래서 손끝을 살펴보아야 하는데, 가령 손끝에서 바늘에 찔린 상처나 생채기나 불에 살짝 데인 상처들을 찾아볼 수 없다면, 그건 그 여자들이 자기들에게 반한 쉬이뵈르 덕분에 한결 편안한 삶을 살고 있다는 뜻이리라.

나는 이 상가에서 여공들이 아니라 쉬이뵈르들을 곁눈질

---

8 *suiveurs*. 옛날에 길에서 여자를 쫓아다니는 남자들을 가리키던 말.

나는 이 상가에서 여공들이 아니라
쉬이뵈르들을 곁눈질한다

한다(누가 그랬던가, 철학자란 카페 샹탕⁹에서 무대를 보지
않고 객석을 바라보는 사람이라고). 그들은 장차 내 고객이
될 수도 있고 내 끄나풀이 될 수도 있기 때문이다. 때로는 그
들을 집까지 따라가 보기도 하는데, 가보면 어떤 자들은 여공
들의 꽁무니를 쫓아다닐 때와는 전혀 다른 얼굴을 하고 뚱뚱
한 마누라와 반 다스나 되는 자식들에게 입을 맞추기도 한다.
나는 그들의 주소를 적어 둔다. 사람의 일을 누가 알겠는가.
언젠가 필요하다면, 나는 익명의 편지 한 통으로 그들을 파멸
시킬 수도 있으리라.

처음에 라그랑주가 나에게 맡겼던 여러 가지 임무들에 대
해서는 거의 아무것도 기억해 낼 수가 없다. 그저 불랑 신부
라는 하나의 이름이 떠오를 뿐인데, 그건 분명 더 나중에 일
어난 어떤 일, 심지어는 전쟁(이제 생각나는데 중간에 전쟁이
벌어졌고, 그 바람에 파리가 난장판이 되었다) 직전이나 직후
에 벌어진 일과 관련된 이름일 것이다.

아까 마신 압생트 때문에 속이 타는 듯하다. 초에 대고 숨
을 내쉬면 독한 술기운 때문에 불꽃이 확 일어날 것만 같다.

---

9 *café chantant*, 노래하는 카페라는 뜻. 술이나 음료의 값을 내고 대중가
요나 성악곡 공연을 즐기던 연주회장. 프랑스 대혁명을 전후한 시기에 생겨
나 19세기 후반에 번창하다가 뮤직홀과 영화관에 밀려 쇠퇴하였다. 카페 콩
세르 또는 카프콩스라고도 한다.

10

당황한 달라 피콜라

1897년 4월 3일

친애하는 시모니니 대위,

오늘 아침 잠에서 깨어나니 머리가 무겁고 입에서 이상한 맛이 느껴졌소. 오, 하느님, 저를 용서해 주소서. 그건 압생트의 맛이었소! 분명히 말하거니와 나는 어젯밤에 당신이 쓴 일기를 아직 읽지 않았소. 그러니 당신이 무엇을 마셨는지 내가 어찌 알겠소? 그렇다면 내가 직접 마신 걸까요? 성직자라는 사람이 어떻게 술맛을, 그것도 금지된 것이라서 맛을 알 수도 없는 술의 맛을 느낄 수 있겠소? 내가 술을 마신 게 아니라, 내 정신이 혼미한 탓일 게요. 나는 지금 잠에서 깨어났을 때 입에서 느껴진 맛에 관해서 쓰고 있소. 하지만 이건 당신의 일기를 읽는 뒤에 쓰는 것이고, 그래서 당신이 겪은 일을 마치 내가 겪은 것처럼 느끼고 있는 거요. 사실 나는 압생트를 마신 적이 없소. 그런 내가 어떻게 내 입에서 느껴지는 맛이 압생트의 맛이라는 것을 알 수 있겠소? 이건 다른 어떤 것의 맛인데, 내가 당신의 일기를 읽은 탓에 압생트의 맛이라고 생각하는 거요.

오, 정말이지 나는 내 침대에서 깨어났고, 모든 게 정상으로 보였소. 지난 한 달 내내 늘 그런 식으로 해왔던 것 같은 기분이 들었소. 다만 한 가지 이상한 것은 당신네 집으로 가야 한다는 생각이 들었다는 거요. 나는 거기로 가서, 그러니까 여기에 와서 내가 아직 모르고 있던 당신의 일기를 읽었소. 불랑이라는 이름이 눈에 들어오는 순간, 무언가 내 머릿속을 스치는 것이 있었지만, 그저 어렴풋하고 혼란스러웠소.

나는 그 이름을 큰 소리로 되뇌었소. 몇 번을 그렇게 입에 올리자 내 뇌가 요동치기 시작합디다. 마치 당신이 말한 부뤼 박사와 뷔로 박사가 내 몸의 어느 부위에 자석을 갖다 대거나, 샤르코라는 박사가 손가락이든 열쇠든 손바닥을 펼친 손이든 무언가를 내 눈앞에서 흔들어 대어 나를 최면 상태에 빠뜨리기라도 한 것 같았소.

나는 한 사제가 마귀 들린 여자의 입안에 침을 뱉는 장면을 어렴풋이 보았소.

11

졸리

1897년 4월 3일 늦은 밤의 일기를 바탕으로

달라 피콜라는 일기에 끼어들어 글을 쓰다가 황망히 끝을 맺었다. 아마도 아래층에서 문이 열렸든가 해서 무슨 소리가 나니까 급히 사라졌으리라. 독자들은 화자 역시 난처해하고 있음을 인정할 것이다. 달라 피콜라 신부는 그저 시모니니에게 양심의 소리가 필요할 때, 다시 말해서 시모니니가 딴청 부리는 것을 질책하고 사실을 있는 그대로 고백할 것을 촉구하는 목소리가 필요할 때에만 잠에서 깨어나는 것 같고, 정작 자기 자신에 대해서는 기억을 못하는 것처럼 보이니 말이다. 솔직하게 말하자면, 이 대목에서 모든 사실이 온전하게 이야기되지 못하는 것은 기억 상실을 다행으로 여기는 기이한 상태와 불쾌한 회상을 번갈아 배치한 화자의 기법 때문이 아닌가 싶다.

1865년 어느 봄날 아침, 라그랑주는 뤽상부르 공원의 한 벤치로 시모니니를 불러내어, 표지가 노르스름한 헌책 한 권을 보여 주었다. 책은 1864년 브뤼셀에서 출간된 것으로 되어 있었고, 저자 이름은 나와 있지 않았으며, 제목은 〈마키아벨리와 몽테스키외가 지옥에서 나눈 대화, 또는 한 동시대인이 본 19세기 마키아벨리 정책〉이었다.

「자 이것 보시오.」 하고 라그랑주가 허두를 떼더니 「모리스 졸리라는 자가 쓴 책이오. 이제 우리는 그가 누구인지 알고 있소만, 그자가 자기 책을 외국에서 인쇄하여 프랑스에 들여와 비밀리에 배포하는 동안 그자를 찾아내느라고 적잖이 애를 먹었소. 아니 고생을 한 건 사실이지만, 정치 관련 문서들을 밀수하는 자들 중에는 우리 요원들이 많기 때문에 그자를 잡는 게 어려운 일은 아니었소. 이건 당신도 알아두는 게 좋을 텐데, 역모의 무리를 다스리는 방법은 단 하나, 그 무리의 지휘권을 쥐거나 하다못해 주요 우두머리들을 우리의 급여 장부에 올리는 거요. 국가의 전복을 노리는 역적들의 계획을 하느님의 계시를 통해 알아낼 수는 없는 거 아니겠소? 이건 조금 과장해서 말하는 것일지도 모르지만, 비밀 단체의 회원들 가운데 세 명은 우리 〈무샤르〉,[1] 이런 용어를 써서 미안하오만 세인들이 그렇게 부르니까 하는 말이고, 여섯 명은 신념으로 가득 찬 얼간이들, 그리고 단 한 명만 위험한 인물이오. 아무튼 여담은 그만두고, 졸리는 현재 감옥에 있

---

[1] *mouchard*. 파리를 뜻하는 무슈에서 나온 것으로 경찰의 끄나풀, 정보원을 경멸적으로 이르는 말.

소. 생트펠라지 감옥²이오. 우리는 되도록 오랫동안 그자를 거기에 억류해 둘 생각이오. 우리가 알고 싶은 것은 그자가 어디서 정보를 얻어 그런 책을 썼느냐 하는 거요.」

「그자가 책에서 무슨 이야기를 하고 있기에 그러시는 건가요?」

「사실을 고백하자면 나는 그 책을 읽지 않았소. 5백 페이지가 넘는 책이오 — 모름지기 누군가를 비방하거나 중상하는 글이란 반 시간 만에 읽을 수 있어야 하는 법인데, 그릇된 선택을 한 거요. 우리 요원들 중에 그 방면에 조예가 깊은 라크루아라는 친구가 있는데, 그 친구가 책을 읽고 개요를 작성해 주었소. 하지만 당신한테는 개요가 아니라 책을 선물하겠소. 우리가 딱 한 부를 폐기하지 않고 남겨 두었소. 나중에 읽어 보면 알겠지만, 졸리는 마키아벨리와 몽테스키외가 저승에서 만나 이야기를 나누는 것으로 가정하고 있는데, 여기에서 마키아벨리는 권모술수를 옹호하는 논객으로 나와, 언론과 표현의 자유, 의회 등 공화파들이 늘 주장하는 모든 것들을 탄압하기 위한 제반 조치의 합법성을 주장하고 있소. 게다가 책 속의 마키아벨리는 자기 견해를 아주 자세하게, 우리 시대와 긴밀하게 연결시켜 가며 피력하고 있기 때문에, 전혀 소양을 갖추지 않은 독자라도 이 책이 우리 황제를 비방할 목적으로 쓰인 것임을 알아차릴 수 있소. 마치 우리 황

---

2 19세기 파리 5구에 있던 감옥. 작가 사드 후작과 샤를 노디에와 제라르 드 네르발, 아나키스트 피에르 조제프 프루동, 도형수 출신 경찰관이자 세계 최초의 사립 탐정 외젠 프랑수아 비도크 등이 이 감옥을 거쳐 갔다.

제께서 처음부터 의도를 가지고 의회의 권력을 약화시키거나 대통령 임기를 10년 연장시키라고 국민에게 요구하거나 공화정을 제정으로 바꾸거나 했다는 듯이……」

「죄송합니다, 라그랑주 씨, 우리는 서로를 신뢰하며 이야기하는 거고, 제가 정부에 충성하고 있음을 아실 테니까 드리는 말씀인데…… 방금 말씀하신 대로라면 그 졸리라는 자는 황제께서 실제로 하신 일들을 암시했다고 볼 수밖에 없습니다. 그렇다면 졸리가 그런 정보들을 어디에서 구했든 그걸 왜 궁금해하시는지…….」

「졸리는 이 책을 통해 단지 정부가 이미 한 일을 조소하고 있을 뿐만 아니라, 정부가 장차 하겠다고 작정하고 있을 법한 일들에 대해서도 비방을 가하고 있소. 마치 졸리가 몇몇 사안을 정부의 외부가 아니라 내부에서 보고 있기라도 한 것처럼 말이오. 당신도 알겠지만, 정부의 어느 부처 어느 관청에나 정보를 빼돌리는 첩자나 수마랭[3]이 있게 마련이오. 대개는 그런 자들을 통해 정부가 흘리고 싶어 하는 거짓 정보들이 새어 나가도록 하기 위해 그자들을 잡아들이지 않고 그대로 두지만, 때로는 그자들이 위험해지기도 하오. 누가 졸리에게 정보를 주었는지, 아니면 더 고약하게 누가 졸리를 교사했는지 알아내야겠소.」

시모니니는 모든 독재 정부가 똑같은 책략을 쓰고 있으며 진짜 마키아벨리가 쓴 책을 읽어 보면 나폴레옹 3세가 장차

---

3 *sous-marin*. 잠수함이라는 뜻에서 비밀 공작원이라는 뜻이 파생됐다.

무엇을 하려는지 짐작할 수 있으리라 생각했다. 그런데 그런 생각을 하노라니, 라그랑주가 책의 개요를 말하는 동안 머릿속을 줄곧 맴돌던 어렴풋한 예감이 분명한 형태를 띠게 되었다. 졸리의 책에서 마키아벨리가 하는 말은 시모니니 자신이 피에몬테 정보기관을 위해 재구성했던 문서에서 예수회 회원들이 했던 말과 거의 똑같았다. 그렇다면 졸리는 시모니니가 원용했던 것과 똑같은 전거. 다시 말해 외젠 쉬의 『민중의 신비』에서 로댕 신부가 예수회 총장 로탄 신부에게 보내는 편지에서 착상을 얻은 게 분명했다.

「사정이 그러해서」 하고 라그랑주가 말끝을 달아 「우리는 당신을 프랑스 공화파와 관계한 혐의를 받고 있는 마치니파의 망명자로 만들어 생트펠라지 감옥으로 들여보낼 거요. 이탈리아 사람 하나가 거기에 감금되어 있는데, 오르시니의 테러와 모종의 관계가 있는 가비알리라는 자요. 당신은 가리발디 의용대원에다 카르보나로에다 또 그 비슷한 무언가로 되어 있으니 당신이 그를 만나려고 애쓰는 것은 아주 자연스러운 일이오. 그 가비알리를 통해서 졸리와 친해지도록 하시오. 정치범들은 온갖 잡범들 속에 섞여 있으면 고립감을 느끼기 때문에 저희들끼리 잘 통하게 마련이오. 졸리가 입을 열게 만드시오. 감옥에 갇혀 있으면 따분할 테니까 말문이 쉽게 트일 게요.」

「한데 제가 그 감옥에 얼마나 오랫동안 있어야 하는 건가요?」 하고 시모니니는 먹는 것을 자못 걱정스러워하며 물었다. 「그건 당신 하기에 달렸소. 정보를 일찍 얻어내면 일찍

11. 졸리   307

나올 거요. 그러면 다른 죄수들은 당신이 유능한 변호사를 산 덕에 모든 혐의를 벗은 것으로 알 것이고.」

시모니니는 아직 감옥살이를 경험한 적이 없었다. 땀내와 지린내가 진동하는 속에서 목구멍으로 넘기기도 어려운 수프를 먹고 살아야 한다는 것은 유쾌한 일이 아니었다. 천만다행으로 시모니니는 살림 형편이 좋은 다른 수감자들과 마찬가지로 매일 사식 바구니를 받을 수 있었다.

감옥 안마당을 거쳐서 한 건물 안으로 들어가면 한복판에 난로가 버티고 있고 벽들을 따라서 긴 의자들이 놓여 있는 커다란 방이 나오는데, 밖에서 넣어 준 사식을 받는 수감자들은 보통 여기에서 식사를 했다. 그들 중에는 자기 음식을 다른 사람들이 보지 못하도록 두 손으로 바구니를 가리고 몸을 숙인 채 식사를 하는 사람들이 있는가 하면, 자기 친구들뿐만 아니라 어쩌다 옆자리에 앉은 죄수들에까지 선선하게 인심을 쓰는 사람들도 있었다. 시모니니가 깨달은 바대로라면, 가장 인심이 좋은 축에 드는 자들은 두 부류가 있었으니, 첫째는 감옥을 제 집 안방처럼 드나들며 동류와 연대해야 한다는 것을 배운 상습범들이고, 둘째는 정치범들이었다.

시모니니는 토리노에서 공증인으로 일하고 시칠리아에서 갖가지 일을 겪고 파리의 가장 더러운 뒷골목에서 처음 몇 해를 보내는 동안 타고난 범죄자들을 한눈에 알아볼 수 있을 만한 경험을 쌓은 터였다. 당시에 유포되기 시작하던 견해들에 따르면, 범죄자들은 하나같이 구루병 환자나 곱사등이나 언청이나 나력 환자이어야 할 법했고, 아니면 비도크 형사처럼 범죄자들에 관해서 일가견이 있었던 자(저 자신이 범죄자 출신이었다는 이유만으로도 잘 알 수밖에 없었던 자)가 말한 대로 모두가 앙가발이라야 마땅했지만, 시모니니는 그런 주장들에 동조하지 않았다. 그가 보기에 범죄자들은 유색인종에게서 흔히 찾아볼 수 있는 수많은 특징을 나타내고 있었다. 예를 들자면 희소한 체모, 적은 뇌 용량, 벗어진 이마, 매우 발달한 전두동(前頭洞), 커다란 아래턱, 돌출한 광대뼈, 주걱턱, 비스듬히 기울어진 눈구멍, 가무잡잡한 살결, 숱이 많고 곱슬곱슬한 머리털, 커다란 귀, 고르지 않은 잇바디, 게다가 애정의 편협성, 주색에 대한 과도한 탐닉, 고통에 대한 둔감함, 도덕심 결여, 게으름, 충동성, 부주의, 허영심, 노름을 좋아하는 성벽, 미신에 잘 빠지는 성향.

사식이라도 조금 얻어먹으려는 듯 매일같이 그의 등 뒤로 따라붙는 사내 역시 영락없는 범죄자의 상호였다. 얼굴에 이리저리 나 있는 파리하고 깊은 흉터, 황산에 맞아서 부풀어 오른 입술, 푹 내려앉은 코뼈, 코끝이 잘려 나가 흉하게 드러난 콧구멍, 기다란 팔, 뭉툭하고 퉁퉁하고 손가락에까지 털이 난 손…… 하지만 오레스트라 불리던 그자는 알고 보니 아주 온순한 사람이라서, 시모니니는 범죄자의 특징에 관한 자기 견해를 수정해야만 했다. 오레스트는 마침내 시모니니가 자기에게 사식을 나눠 주자, 시모니니에게 찰싹 들러붙어 개처럼 충실하게 굴었다.

오레스트가 감옥에 들어오게 된 사연은 간단했다. 그저 어떤 여자에게 구애했다가 거절당하자 그녀의 목을 졸랐고, 그 죗값을 치르기 위해 재판을 기다리고 있었다.

그자의 말은 이러했다.

「그 여자가 왜 그렇게 고약하게 굴었는지 모르겠어요. 제가 농지거리를 한 것도 아니고 사실상 저와 결혼해 달라는 말을 한 셈인데, 그 여자는 깔깔거리며 웃었어요. 마치 제가 괴물이라도 되는 양 말이에요. 그 여자가 이제 이 세상에 없다고 생각하면 마음이 너무 헛헛해요. 하지만 사내다운 사내라면 그런 상황에서 어떻게 해야 했을까요? 그건 그렇고, 제가 참수형을 모면한다면 도형장으로 가게 되는 모양인데, 그건 별로 나쁘지 않은가 봐요. 먹는 거는 많이 준다더라고요.」

어느 날 그가 어떤 사내를 손가락으로 가리키며 말했다.

「저치 말이에요, 나쁜 놈이에요. 황제를 죽이려고 했대요.」

그렇게 시모니니는 가비알리가 누군지 알게 되었고, 곧바로 그에게 접근했다.

「당신들은 우리가 희생한 덕에 시칠리아를 정복한 거요.」 하더니 가비알리는 말끝을 달아 설명하기를 「나는 목숨을 건졌소. 나는 오르시니와 몇 차례 접촉을 가졌지만, 놈들은 아무것도 증명해 내지 못했소. 그래서 오르시니와 피에리는 참수를 당하고 디 루디오는 카옌의 도형장에 가 있지만, 나는 별일이 없다면 머잖아 나가게 될 거요.」

그들은 둘 다 오르시니의 이야기를 훤히 알고 있었다. 이탈리아의 열사 오르시니는 이탈리아의 통일을 방해하는 나폴레옹 3세를 살해하기로 결심하고, 영국으로 가서 뇌산수

그렇게 시모니니는 가비알리가 누군지 알게 되었고,
곧바로 그에게 접근했다.

은을 채워 넣은 폭탄 여섯 개를 마련했다. 1858년 1월 14일 저녁, 나폴레옹 3세가 파리 오페라 극장 앞에 다다랐을 때, 오르시니와 두 동지는 황제의 사륜마차를 향해 폭탄 세 개를 투척했다. 그러나 결과는 그들의 기대와 어긋났다. 157명이 부상하고 그 가운데 8명은 나중에 죽었지만, 황제 내외는 피해를 모면하고 살아남았다.

오르시니는 단두대에 오르기 전날, 황제에게 심금을 울리는 편지를 보내어 이탈리아의 통일을 옹호해 달라고 청원했는데, 많은 사람들의 주장에 따르면 이 편지가 나중에 나폴레옹 3세의 결정에 약간의 영향을 미쳤다고 한다.

가비알리가 말했다.

「처음에는 내가 폭탄을 만들기로 되어 있었소. 자랑하자는 건 아니지만, 내 친구들 가운데 한 패는 폭탄의 마법사들이오. 그런데 오르시니는 우리를 신뢰하지 않았소. 사실 다들 그렇게 알고 있지요. 외국인들이 여전히 우리보다 한 수 위라고 말이오. 그는 영국의 어느 무기 제조업자에게 잔뜩 기대를 걸었고, 그 영국인은 뇌산수은에 열광했소. 그런데 이 뇌산수은이라는 게 말이오, 런던에서는 약국에서도 살 수 있는 것이었고, 은판 사진을 만드는 데도 쓰였어요. 여기 프랑스에서는 그것을 〈중국 캐러멜〉 포장지에 묻혀서 장난을 치기도 하오. 뇌산수은을 묻혀 놓은 종이를 펼치면 뻥 하고 폭발이 일어나기 때문에 사람들이 재미있어하는 거요. 뇌산수은과 같은 기폭제를 사용하는 폭탄은 표적에 부딪혀 폭발하지 않으면 효과가 별로 없소. 흑색 화약 폭탄은 커다란 금속 파편들을 만들어 내서 직경 10미터 이내의 모든 것에 타격을 가할 수 있지만, 뇌산수은 폭탄은 곧바로 분쇄되기 때문에 그것이 떨어진 자리에 있는 사람만 죽이게 되는 거요. 그런 폭탄을 던질 양이면, 차라리 권총으로 표적을 정확하게 겨냥하는 게 낫소.」

「기회는 반드시 다시 올 겁니다.」 시모니니는 위험을 무릅쓰며 맞장구를 치고 말을 잇대어 「나는 폭탄을 만들 줄 아는 훌륭한 일꾼들의 도움을 필요로 할 만한 사람들을 알고 있소.」

화자는 시모니니가 왜 그런 미끼를 던졌는지 알지 못한다. 그때 벌써 무언가를 염두에 둔 것일까? 아니면 사명감이나 악의가 발동하여, 또는 사람의 일이란 아무도 모르는 거라는 생각에 앞을 내다보며 미끼를 던졌을까? 어쨌거나 가비알리는 제대로 미끼를 물었다.

「같이 얘기를 나눠 봅시다. 당신은 곧 나갈 거라고 했고, 나 역시 그렇게 될 거요. 위셰트 거리에 있는 〈페르 로레트〉라는 술집으로 나를 찾아오시오. 거기가 우리 아지트요. 똑같은 친구들이 거의 매일 저녁 거기에서 만나고 있소. 경관들이 들어오기를 포기한 곳인데, 그 까닭인즉 첫째는 일단 쳐들어가면 모든 손님을 깡그리 감방에 처넣어야 할 판인데 그게 보통 일이 아니라는 것이고, 둘째는 경관이 들어왔다가는 다시 나갈 수 있다는 보장이 없는 곳이기 때문이오.」

「멋진 곳이군요.」 하면서 시모니니는 웃음을 짓고 「가겠습니다. 그런데 말입니다, 여기에 졸리라는 사람이 갇혀 있었다고 들었는데, 황제를 비방하는 글을 썼다더군요.」

하니 가비알리가 말을 받아

「그는 관념론자요. 말로는 적을 죽일 수 없소. 그래도 용감한 사람인 건 분명하오. 내가 소개해 주리다.」

졸리는 옷차림이 아직 깔끔했고, 면도를 할 수 있는 방도를 찾아낸 게 분명했다. 보통 그는 난로가 있는 커다란 방 안에 혼자 웅크리고 있다가 팔자 좋은 수감자들이 사식 바구니를 들고 들어오면, 남의 행운을 보며 배 아파하지 않으려고 슬그머니 밖으로 나가곤 했다. 그는 시모니니와 나이가 엇비슷해 보였다.[4] 눈빛은 예지의 능력을 지닌 사람처럼 형형한데 슬픈 기색이 가득 어려 있었고, 어딘가 모르게 많은 모순을 안고 있는 사람처럼 보였다.

「이리 와서 앉으시오, 노형.」 하고 시모니니는 먼저 말문을 텄다. 「그리고 이 바구니에서 무엇이든 좀 드십시오. 저 혼자 먹기에는 너무 많습니다그려. 제가 척 보니까 노형은 저 천한 무리에 속해 있지 않은 것 같소이다.」

졸리는 미소를 지으며 말없이 감사를 표하고, 고기 한 덩이와 빵 한 조각을 기꺼이 받아 들기는 했으나, 의례적인 수인사를 하는 것 말고는 말문을 열지 않았다.

시모니니가 말했다.

---

[4] 프랑스 역사에 실재했던 언론인 모리스 졸리는 1829년생, 소설 속의 시모니니는 1830년생이다.

「다행히도 제 누이가 저를 잊지 않았습니다. 누이가 부자는 아니지만 저를 알뜰하게 챙겨 주는군요.」

「운이 좋으시구려. 난 아무도 없는데…….」

졸리는 말끝을 흐렸다.

이로써 서먹한 분위기가 가셨다. 그들은 프랑스인들이 열띤 관심을 갖고 죽 지켜보았던 가리발디 시대를 놓고 이야기를 나누었다. 시모니니는 은근슬쩍 자기가 몇 차례 고초를 겪었다고 내비치고, 먼저 피에몬테 정부에 그다음에는 프랑스 정부에 맞섰기 때문에 역모 혐의로 재판을 기다리고 있는 듯이 연막을 쳤다. 졸리는 자기로 말하자면 역모는커녕 그저 혐담을 즐겼다는 이유로 감옥에 왔노라고 말했다.

「글깨나 읽었다는 우리 같은 사람들은 자신을 세상이 순조롭게 돌아가는 데에 꼭 필요한 요소라고 생각하지만, 그건 문맹자들이 미신을 믿는 거나 진배없는 일이오. 관념으로는 세상을 바꿀 수 없소. 이것저것 따지지 않고 사는 사람들이 오히려 실수가 적어요. 그들은 모두가 하는 대로 따라 하고 남의 일에 끼어들지 않소. 그래서 성공을 하고 부자가 되고, 의원, 훈장 수훈자, 저명한 문인, 아카데미 회원, 언론인 등으로 출세를 하오. 자기들 앞가림을 그렇게 잘 하는 사람들을 보고 바보라 말할 수 있겠소? 바보는 바로 나요. 풍차에 맞서 싸우려고 했던 내가 바보요.」

세 번째로 사식을 나눠 먹던 날, 졸리는 다시 속내를 드러내는 데에 뜸을 들였다. 그래서 시모니니는 그가 썼다는 위험한 책이 대관절 어떤 책이냐고 물음으로써 그에게 좀 더

압박을 가했다. 그러자 졸리는 마키아벨리와 몽테스키외가 지옥에서 나눴다는 그 대화를 길게 설명했다. 그는 자기가 책에서 고발한 비열한 행위들에 관한 분노를 점점 강하게 드러내면서, 책의 내용을 요약하거나 해설을 덧붙였고, 때로는 책에 쓴 것보다 더 상세한 분석을 가하기도 했다.

「알겠소? 보통 선거를 이용해서 전제 군주 정치를 실현하는 데 성공한 거요! 그 파렴치한 자는 우매한 백성들에게 결정을 맡김으로써 쿠데타를 완수하고 독재를 실현했소. 미래의 민주 정치가 어떤 식으로 나타날지를 우리에게 미리 알려 주고 있는 거요.」

맞는 말이야, 하고 시모니니는 생각했다. 나폴레옹 3세는 시대의 흐름을 잘 알고 있는 인물이야. 그는 70년쯤 전에 임금의 목을 벨 수도 있다는 사상에 열광했던 백성들에게 어떻게 고삐를 매야 하는지 깨달았어. 라그랑주는 졸리가 정부 내의 첩자들에게서 정보를 얻었다고 믿는 모양이지만, 졸리는 그저 모든 사람의 눈앞에서 벌어지고 있는 일들을 분석한 끝에 독재자의 속임수를 간파한 것이 분명해. 졸리가 정작 본보기로 삼은 것은 따로 있어. 내가 알고 싶은 것은 그거야.

그래서 시모니니는 외젠 쉬의 소설에 나오는 로댕 신부의 편지를 언급하며 감춰진 전거를 들춰냈다. 그러자 졸리는 거의 얼굴이 붉어질 만큼 열없어하며 빙그레 웃더니 사실이라고, 나폴레옹 3세의 사악한 계획을 실감나게 그려 보이겠다는 발상은 외젠 쉬가 예수회의 계획을 묘사한 방식에서 나온 것이라고 털어놓았다. 다만 그가 보기에는 예수회의 음모를 몇 세기 앞선 마키아벨리즘과 연결시키는 것이 더 유용해 보였다는 것이다.

「나는 쉬의 그 대목을 읽었을 때, 이 나라를 뒤흔들 만한 책을 쓰기 위한 열쇠를 찾아냈다고 생각했소. 그런데 압제자들은 그 소설을 없애 버렸소. 정말 미친 짓이오. 책을 압수하여 불태우고 나면 마치 작가는 아무것도 쓰지 않은 것처럼 되는 거요.[5] 나는 외젠 쉬가 겨우 그 정도 이야기한 것 때문에 부득불 망명을 떠나게 될 줄은 몰랐소.」

시모니니는 자기 것 하나를 빼앗긴 기분이 들었다. 사실 그 역시 예수회의 음모에 관한 문서를 날조하면서 쉬의 소설을 모방하기는 했지만, 아무도 그 사실을 알지 못하는 터라 나중에 다른 목적을 위해 그 음모론의 도식을 다시 사용하리라 작정하고 있던 터였다. 그런데 졸리가 이를테면 그것을 공공의 것으로 만들어 버림으로써 그에게서 빼앗아 간 셈이었다.

하지만 그는 이내 마음을 가라앉혔다. 졸리의 책은 압수되었고, 아직 세간에 돌아다니고 있는 것은 몇 부밖에 되지 않을 터였다. 그 가운데 한 부는 시모니니의 수중에 있었다. 졸리는 앞으로도 몇 해 더 감옥에서 썩을 것이고, 그사이에 시

---

[5] 외젠 쉬의 소설 『민중의 신비』는 1849년부터 분권으로 출간되기 시작했는데, 검열을 피하기 위해 예약금을 낸 독자들에게만 우편으로 배송하는 신중한 방식을 취했음에도 루이 나폴레옹 정부와 가톨릭교회의 탄압으로 몇 차례 분권의 출간이 중단되었고, 마침내 1857년 완간을 보기는 했으나 출간 즉시 6만 부가 압수되는 혹독한 수난을 겪었으며 외젠 쉬는 그 충격을 견디지 못하고 망명지 안시에서 세상을 떠났다.

모니니가 그 책을 통째로 베껴서 이탈리아의 카부르 총리나 프로이센 수상의 음모라는 식으로 문서를 날조하면 아무도 알아차리지 못할 것이었다. 라그랑주도 속아 넘어갈 게 분명했다. 그는 시모니니가 작성한 새 문서를 보면서 나름대로 신빙성이 있다고 인정할 것이었다. 어느 나라를 막론하고 정보기관들은 그저 자기네가 다른 곳에서 들은 적이 있는 것만을 믿으며, 생판 처음 듣는 정보는 근거가 없다면서 배척한다. 시모니니는 그런 생각을 하며 냉정을 되찾았다. 졸리가 고백한 사실을 아는 사람은 그밖에 없는 상황이었다. 다만 라그랑주가 말한 라크루아라는 자가 있었다. 그는 열성을 가지고 졸리의 책을 통독한 유일한 인물이었다. 따라서 라크루아를 제거하기만 하면 만사형통이었다.

바야흐로 생트펠라지를 나갈 때가 되었다. 시모니니는 우애 어린 태도로 졸리에게 작별 인사를 했고, 졸리는 감격해하면서 말끝을 달았다.

「아마도 당신이 나에게 한 가지 도움을 줄 수 있을 거요. 나한테 게동이라는 친구가 있소. 그 친구는 아마 내가 어디에 있는지도 모르겠지만, 알게 되면 가끔씩 사람이 먹을 만한 음식을 바구니에 담아 나한테 보내 줄 수도 있을 거요. 여기에서 주는 고약한 수프를 먹으니 속이 쓰리고 이질이 자꾸 생기는구려.」

졸리는 그 게동이라는 친구를 만나려면 본Beaune 거리에 있는 서점에 가야 한다고 말했다. 그곳은 마드무아젤 뵈크가 운영하는 서점으로 푸리에주의자들이 모이는 장소라는 사실도 알려 주었다. 시모니니가 알기로, 푸리에주의자들이란 사회주의자들의 일종으로서 인류의 전반적인 개혁을 열망하기는 하나 혁명을 운위하지는 않는 자들, 그런 이유로 공산주의자들뿐만 아니라 보수주의자들조차 대수롭게 여기지 않는 무리였다. 하지만 보아하니 마드무아젤 뵈크가 운영한다는 그 서점은 제정에 반대하는 모든 공화주의자들을 위한 자유항(自由港)이 된 모양이었다. 경찰은 푸리에주의자들을 파리 한 마리도 죽이지 못하는 자들로 여기기 때문에, 공화주의자들은 그 서점에서 아무 방해도 받지 않고 서로 만나는 것이었다.

시모니니는 감옥에서 나가자마자 라그랑주에게 올릴 보고서를 급히 작성했다. 졸리를 공격하는 것은 그에게 아무 득이 되지 않았다. 사실 그 돈키호테를 생각하면 조금 짠한 마음이 들기까지 했다. 그는 라그랑주에게 말했다.

「우리의 사찰 대상은 그저 순진한 사람인데, 한때 명성을 얻어 볼까 하다가 화를 당했습니다. 저는 만약 그자가 귀하의 기관에 소속되어 있는 누군가의 사주를 받지 않았다면 그런 책을 쓸 생각조차 못 했을 거라는 인상을 받았습니다. 그리고 이런 말씀을 드리게 되어서 유감스럽습니다만, 그에게 정보를 제공한 사람은 그 책을 읽고 귀하에게 요약해 주었다는 바로 그 라크루아입니다. 말하자면 그는 졸리가 책을 쓰기 전에 책의 내용을 이미 알고 있었던 셈입니다. 브뤼셀에서 책을 인쇄하는 일도 그가 직접 맡아서 했을 수도 있습니다. 그 이유에 대해서는 저한테 묻지 마십시오.」

「어떤 외국 정보기관, 아마도 프로이센의 정보기관이 프랑스에 혼란을 야기하기 위해 그런 임무를 맡겼을 거요. 나에게는 놀랄 일도 아니오.」

「프로이센의 첩보원이 귀하의 기관 같은 곳에 있다니요? 저로서는 믿기지가 않습니다.」

「프로이센의 첩보 활동을 지휘하는 슈티버라는 자는 프랑스 영토를 첩자로 뒤덮기 위해 9백만 탈러[6]의 예산을 타냈소. 요즘에 이런 소문이 돕디다. 슈티버가 카페, 레스토랑, 주요 인사들의 가정집 할 것 없이 모든 곳에 첩자를 박아 두기 위해서, 프로이센 농민 5천 명과 하인 9천 명을 프랑스에 보냈다고요. 이건 낭설이오. 첩자들 중에서 프로이센 사람은 극소수요. 알자스 사람들도 거의 없소. 그들의 특이한 억양을 들으면 누구나 알아볼 수 있기 때문이오. 첩자들은 대부분 프랑스 사람이오. 돈 때문에 그 짓을 하는 거요.」

「그런데 누가 첩자인지를 몰라서 체포하지 못하는 건가요?」

「그건 우리에게 도움이 되지 않소. 결국은 우리 요원들을 체포하는 꼴이오. 첩자들을 무력화하려면 그들을 죽이기보다 그들에게 거짓 정보를 넘겨주어야 하오. 그런 점에서 두 편의 첩자 노릇을 겸하여 하는 자들도 우리에게 도움이 될 수 있소. 그건 그렇고, 당신이 라크루아에 관해서 제공한 정보는 금시초문이오. 그것 참, 세상이 어떻게 돌아가는 건지,

---

[6] 독일 제국이 성립하여 마르크가 유일한 법정 통화가 되기 전까지 독일 전역에서 두루 사용되었던 은화. 영어의 달러는 이 탈러에서 유래한 것이다.

아무도 믿을 수가 없으니…… 그자를 즉시 제거해야겠소.」

「하지만 그를 재판에 회부해 봐야, 그도 졸리도 혐의 사실을 인정하지 않을 텐데요.」

「우리를 위해서 일했던 사람이 법정에 서는 일은 절대로 없을 거요. 예외 없이 원리 원칙대로 말해서 미안하지만, 이건 당신에게도 지금 해당될 수 있고 앞으로도 해당될 이야기요. 라크루아는 어떤 사고의 희생자로 처리될 거고, 그의 미망인은 응분의 연금을 받게 될 거요.」

시모니니는 개동이라는 사람과 본 거리의 서점에 대해서는 말하지 않았다. 그 서점에 자주 드나드는 사람들을 어떤 식으로 이용할지는 나중에 가서 생각해 보기로 했다. 게다가 그는 생트펠라지에서 며칠을 보낸 탓에 매우 지쳐 있었다.

그는 한순간도 지체하지 않고 그랑 오귀스탱 강변로에 있는 라페루즈 레스토랑에 가서, 예전처럼 굴과 등심 스테이크를 대접하는 아래층이 아니라 2층의 한 특실에 자리를 잡았다. 그가 주문한 음식은 바르뷔 소스 올랑데즈, 카스롤 드 리 알라 툴루즈, 아스피크 드 필레 드 라페로 앙 쇼프루아, 트뤼프 오 샹파뉴, 푸딩 다브리코 알라 베니시엔, 코르베유 드 프뤼 프레, 콩포트 드 페슈 에 다나나스였다.[7]

---

7 앞에서부터 barbue sauce hollandaise(네덜란드 소스를 친 가자미 구이), casserole de riz à la Toulouse(툴루즈식 냄비 쌀밥), aspics de filets de lapereaux en chaud-froid(어린 토끼 등심살 냉육 젤리), truffes au champagne (샴페인을 넣은 송로), pudding d'abricot à la vénitienne(베네치아식 살구 푸딩), corbeille de fruits frais(생과일 바구니), compotes de pêches et

11. 졸리 321

이상주의자들이든 살인자들이든 죄수들은 다 꺼져라. 그 자들이 무얼 처먹든 내가 알 바 아니다. 감옥이란 신사들이 위험을 무릅쓰지 않고 레스토랑에 갈 수 있도록 하기 위해 만들어진 것이기도 하다.

앞서 비슷한 경우에 그랬듯이, 이 대목에서 시모니니의 기억은 혼미해지고, 그의 일기는 두서없는 토막글들로 채워진다. 화자는 달라 피콜라 신부가 끼어들어서 남겨 놓은 글을 참고하지 않을 수 없다. 이제 그들은 완전히 죽이 맞아서 열심히 글을 써대고 있다.

둘의 회상을 종합해 보면, 시모니니는 프랑스 정보기관의 눈에 들기 위해서는 라그랑주에게 무언가 더 대단한 것을 가져다주어야 하리라고 생각했다. 비밀경찰의 정보원으로 온전히 인정을 받으려면 무엇을 해야 할까? 어떤 음모에 관한 정보를 알려 주어야 한다. 고발한 만한 음모가 없다면? 음모를 만들어 내야 한다.

방안은 이미 가비알리가 그에게 마련해 주었다. 그는 생트 펠라지 감옥에 문의하여 가비알리가 언제 출소하는지를 알아냈다. 어디로 가면 그를 만날 수 있는지는 잘 기억하고 있었으니, 그곳은 위셰트 거리에 있는 〈페르 로레트〉라는 술집이었다.

그 술집은 위셰트 거리 끄트머리 어름의 어느 건물에 있었

d'ananas(복숭아·파인애플 설탕 졸임).

다. 이 건물의 입구는 문이라기보다 하나의 틈새였다 — 위 셰트 거리와 만나는 샤키페슈[8] 거리 쪽으로 난 입구도 좁기는 매한가지라서, 게걸음을 쳐서 이 문을 지나노라면 문을 왜 이따위로 냈는가 하는 생각이 절로 들었다. 계단을 올라가면 복도를 지나가야 하는데, 복도의 석벽에는 기름이 눈물처럼 달라붙어 있었고 복도 양쪽에 나 있는 문들은 너무나 낮아서 방 안으로 어떻게 들어가는지 의아한 생각이 들 법했다. 한 층을 더 올라가서 지나다니기가 조금 더 편한 문을 지나면, 예전에 적어도 서너 가구가 살던 공간을 하나로 틔워 놓았음 직한 넓은 홀이 나오는데, 바로 여기가 페르 로레트의 살롱 또는 카바레라고 부르는 곳이었다. 페르 로레트가 어떤 인물인지에 대해서는 아무도 말할 수 없었는데, 그도 그럴 것이 그는 이미 오래전에 세상을 떠난 모양이었다.

여기저기 놓인 탁자들을 둘러싸고 손님들이 빼곡하게 앉아 있었다. 파이프 담배를 피우는 사내들과 랑스크네 놀이[9]를 하는 남자들이 있는가 하면, 나이에 비해 주름이 많고 가난한 집 아이들을 위한 인형처럼 창백한 얼굴로 잔을 다 비우지 않은 손님들을 열심히 찾아내어 술을 구걸하는 여자들

---

8 〈낚시하는 고양이〉라는 뜻. 파리 5구 소르본 구역에 있으며 뒤에 나오는 앵파스(막다른 골목) 살랑브리에르와 더불어 파리에서 가장 좁은 거리로 알려져 있다.

9 16세기에 독일 용병(란드스크네히트)들이 이탈리아, 프랑스 등지에 전파했다는 카드놀이. 이탈리아 말로는 체키네타라고 하지만 소설의 무대가 파리인 점을 감안해 프랑스어로 옮겼다. 알렉상드르 뒤마의 『삼총사』에서는 포르토스가, 『20년 후』에서는 다르타냥이 이 카드놀이를 한다.

도 있었다.

시모니니가 거기에 발을 들여놓던 날 저녁에 한바탕 소동이 벌어졌다. 그 동네에 사는 어떤 사람이 다른 사람을 칼로 찔렀고, 그 피비린내 때문에 모두가 흥분해 있던 터에, 갑자기 어느 광포한 사내가 갖바치 칼로 한 여자에게 상처를 입히고 말리는 여주인마저 바닥에 내팽개쳤다. 사내는 분을 이기지 못하고 발광하면서 누구든 자기를 제지하려고 들면 마구잡이로 주먹을 휘둘러 대다가, 급기야는 한 종업원이 뒤에서 내리친 물병에 뒤통수를 얻어맞았다. 물병은 박살이 나고 사내는 그 자리에서 폭 고꾸라졌다. 그런 뒤에는 모두가 마치 아무 일도 없었다는 듯 조금 전에 하던 일로 되돌아갔다.

바로 여기에서 시모니니는 한 탁자 주위에 친구들과 함께 앉아 있는 가비알리를 찾아냈다. 보아하니 그 친구들은 임금을 죽이자는 시역의 사상을 공유하는 듯했고, 거의 모두가 이탈리아의 정치 망명자들이었으며, 거의 모두가 폭탄 전문가이거나 그 분야에 매우 관심이 많은 사람들이었다. 취기가 적당히 오르자 그들은 과거의 폭탄 테러 주동자들이 저질렀던 오류에 관해서 토론을 벌이기 시작했다. 프랑스의 카두달 장군이 당시 제1집정관이었던 나폴레옹을 살해하려고 했을 때 사용한 폭탄은 초석과 산탄을 뒤섞은 것이었는데, 그것은 옛날 파리의 좁다란 길에서라면 위력이 있었을지 몰라도 오늘날에는 효과가 없으리라(솔직히 말하면 당시에도 효과가 없었다)는 얘기도 나왔고, 코르시카 출신의 음모가 피에스키

보아하니 그 친구들은 임금을 죽이자는 시역의
사상을 공유하는 듯했고, 거의 모두가 이탈리아의
정치 망명자들이었으며, 거의 모두가 폭탄 전문가이거나
그 분야에 매우 관심이 많은 사람들이었다.

는 루이 필리프 왕을 살해하기 위해 소총의 총열 열여덟 개에서 동시에 총알이 나가는 방식의 폭탄을 만들었지만 왕을 죽이지는 못하고 측근자들 열여덟 명을 살해했을 뿐이라는 얘기도 나왔다.

「중요한 것은」 하고 가비알리가 운을 떼더니 「폭약의 성분일세. 염소산칼륨을 예로 들어 보자고. 옛날에 사람들은 이것을 황이며 숯과 혼합해서 폭약을 만들려고 했지만, 결과는 신통치 않았네. 그저 그것을 만들려고 세워 놓았던 작업장만 공중으로 날아갔지. 그래서 사람들은 그것을 성냥에라도 사용해 보자고 나뭇개비 끄트머리에 염소산칼륨과 황을 묻혔지만, 그것은 황산에 적셔야만 불이 붙는 성냥이었다네. 그러니 여간 불편하지 않았겠지. 그러다가 지금으로부터 30여 년 전에 독일인들이 인을 사용하는 마찰 성냥을 발명했네.」

그러자 다른 사람이 말을 받아

「피크린산은 또 어떻고. 사람들은 이것을 염소산칼륨과 함께 가열하면 폭발한다는 것을 알아냈고, 그로써 새로운 길이 열리고 더욱 폭발력이 강한 폭약들이 잇달아 발명되었지. 하지만 실험 도중에 몇 사람이 죽는 바람에 그 방법은 폐기되었네. 그보다는 질화섬유소를 사용하는 편이 나을 거라……」

「그래, 그럴 거야.」

「옛날의 연금술사들에게 관심을 기울일 필요가 있어. 그들은 질산과 테레빈유를 혼합하면 조금 뒤에 저절로 불이 붙는다는 사실을 발견했네. 백 년 전에는 질산에 물을 흡수하는 성질이 강한 황산을 첨가하면 거의 언제나 불꽃이 일어난다는 사실도 알아냈지.」

「나는 크실로이딘[10]을 더 중요하게 생각하네. 질산을 석면이나 목질 섬유와 결합하여……」

「자네 쥘 베른이라는 작가의 소설을 읽은 게로군. 크실로이딘을 사용해서 거대한 포탄을 달나라로 쏘아 올린다는 얘기[11] 말일세. 오늘날엔 그보다 니트로벤졸이나 니트로나프탈렌에 관한 이야기를 하고 있네. 아니면 보통의 종이나 판지를 질산으로 처리해서 크실로이딘과 비슷한 질화면(窒化綿)을 얻을 수도 있지.」

「그것들은 모두 불안정한 물질일세. 그래서 요즘엔 솜화약을 많이 쓰지. 같은 무게의 흑색 화약과 비교하면 그 폭발력이 여섯 배나 된다네.」

「하지만 효과가 들쑥날쑥한 게 흠이야.」

그렇게 몇 시간 동안 갑론을박이 계속되었지만, 화약이라면 역시 믿음직한 흑색 화약이 제일이라는 쪽으로 이야기가 모아졌고, 시모니니는 시칠리아에서 니누초와 나누던 대화로 되돌아간 인상을 받았다.

포도주 몇 단지를 사주며 선심을 쓰고 나자 나폴레옹 3세에 대한 그 패거리의 증오심을 부추기기가 용이했다. 그들은 머잖아 사르데냐 왕국이 로마로 쳐들어가면 나폴레옹 3세가

---

10 질화섬유소(니트로셀룰로스)가 개발되기 이전인 1832년 프랑스의 화학자 앙리 브라코노가 목재나 솜에 질산을 작용시켜 만들어 낸 폭발성 물질.
11 쥘 베른이 1865년에 발표한 SF 『지구에서 달까지』 9장 「화약 문제」에 나오는 이야기.

십중팔구 그것에 반대하리라 믿고 있었다. 이탈리아 통일이라는 대의를 위해서라면 독재자를 죽여야 하는 상황이었다. 하지만 시모니니가 보기에 그 취한들은 이탈리아 통일보다 폭탄을 화끈하게 터뜨리는 일에 더 관심이 많았다. 하기야 악마가 들린 것처럼 날뛰는 그런 무리야말로 바로 그가 찾던 자들이 아니던가.

시모니니는 비로소 설명에 나섰다.

「오르시니의 테러가 실패로 돌아간 것은 그의 잘못이 아니라, 폭탄을 잘못 만들었기 때문입니다. 지금 우리에게는 거사에 나서려는 사람이 있습니다. 적당한 때가 되면 단두대에서 목이 잘릴 위험을 무릅쓰고 폭탄을 던질 준비가 되어 있는 사람 말입니다. 하지만 어떤 폭탄을 사용할 것인가에 관해서는 아직 분명한 생각을 가지고 있지 않은데, 우리의 벗 가비알리와 대화를 나누면서 우리에게 여러분의 도움이 필요하리라는 확신을 갖게 되었습니다.」

「한데 노형이 말하는 〈우리〉라는 게 대체 누구를 가리키는 거요?」

하고 이탈리아 애국자들 가운데 하나가 물었다.

시모니니는 짐짓 머뭇거리는 기색을 보이고 나서, 토리노에서 대학생들의 신뢰를 얻는 데 사용했던 밑천을 총동원했으니, 이를테면 이런 식이다. 나는 알타 벤디타를 대표하고 있으며 유령 같은 누비우스의 참모들 가운데 하나인데, 카르보나리의 조직 방식이 저마다 직속상관만 알도록 되어 있기 때문에 그 이상은 묻지 말라. 문제는 확실한 성능을 가진 새로운 폭탄이 당장에 준비될 수 있는 것이 아니라, 실험에 실험을 거듭하고 연금술사를 방불케 하는 연구를 벌이고 딱 맞는 물질들을 혼합하고 들판에 나가서 몇 차례 실험을 하고 나서야 비로소 만들어진다는 것이다. 나는 바로 이 위셰트 거리에 조용한 작업장을 마련해 줄 수 있고 경비 일체를 제공할 수 있다. 폭탄이 준비되면 테러는 우리가 알아서 할 테니 당신들은 더 신경을 쓰지 않아도 된다. 다만 거사를 앞두고 전단을 그 작업장에 감춰 두어야 한다. 이 전단은 황제의 죽음을 알리고 거사의 목적을 설명하기 위한 것인데, 우리가 황제를 죽이면 당신들은 전단을 시내 곳곳에 돌리고 큰 신문사들의 수위실에서도 몇 장씩 갖다 놓아야 한다.

「여러분은 작업하는 동안 방해를 받지 않을 겁니다. 정부의 고위층 인사들 가운데 테러를 좋게 보아 줄 사람이 있기 때문입니다. 경찰서에도 우리 쪽 사람이 하나 있는데, 이름이 라크루아입니다. 하지만 그를 온전히 신용해도 되는지는 확신할 수 없으니까, 그와 접촉할 생각은 하지 마십시오. 만약 그가 여러분이 누구인지 알게 된다면, 그저 승진을 하기 위해서 여러분을 밀고할 수도 있습니다. 여러분도 잘 아실 겁니다. 양다리를 걸치고 있는 요원들이 어떻게 행동하는지…….」

그들은 열광하며 협약을 받아들였고 가비알리는 눈을 반짝거렸다. 시모니니는 작업장의 열쇠를 건네주고 당장 필요한 것들을 구하도록 돈도 주었다. 며칠이 지나서 그 음모자들을 방문해 보니 실험이 순조롭게 성사될 것 같았다. 시모니니는 거사에 호의를 보이는 식자공을 시켜 전단 수백 장을 인쇄한 뒤에, 그것들을 작업장에 가져다주고 경비를 더 내놓으면서 〈통일 이탈리아 만세! 로마가 아니면 죽음이다!〉 하고 말했다. 그러고는 그곳을 빠져나왔다.

 한데 그날 저녁, 시모니니가 그 시간이면 인적이 뜸한 생세브랭 거리를 걷고 있는데, 뒤를 밟는 발소리가 들리는 것 같았다. 그가 걸음을 멈추면 뒤에서 들리던 발소리도 끊겼다. 그는 걸음을 재우쳤지만, 발소리가 등 뒤로 바싹바싹 다가드는 것으로 보건대 어느 괴한이 그를 미행하는 것에 그치지 않고 숫제 잡으러 오는 게 분명했다. 아닌 게 아니라 갑자기 어깨 위에서 거친 숨결이 느껴진다 싶더니, 괴한이 그의 멱살을 와락 움켜쥐고 마침 그 자리에서 꺾여 드는 살랑브리에르 골목(좁기로 유명한 샤키페슈보다 훨씬 더 좁은 막다른 골목)으로 그를 냅다 밀쳐 버렸다. 보아하니 그곳 지리에 훤한 자가 그의 뒤를 따라오다가 적당한 순간과 지점을 골라 덮친 것 같았다. 벽에 납작 달라붙은 시모니니의 눈에 보이는 것은 자기 얼굴을 스치며 번득거리는 칼날뿐이었다. 주위가 너무 어두워서 괴한의 얼굴을 식별할 수 없었다. 하지만 괴한이 시칠리아의 억양으로 「6년 동안 당신을 찾아 헤맸소, 착한 신부 양반. 필경엔 이렇게 다시 만났구려!」 하고 씩씩거리는 소리를 듣는 순간 사태를 확연히 깨달았다.

 그건 시모니니가 바게리아의 화약고에서 두 뼘짜리 단도로 배를 찔러 죽였다고 확신했던 염초장 니누초의 목소리였다.

 「내가 이렇게 살아 있는 것은 당신이 가고 난 뒤에 어느 인정 많은 사람이 거기로 지나가다가 나를 구조해 주었기 때문이오. 나는 석 달 동안 생사지경을 헤맸고, 배때기에는 한쪽 옆구리에서 다른 쪽 옆구리에 이르는 흉터가 남았지만……병상에서 일어나자마자 이 사람 저 사람을 붙잡고 물었소. 이러저러하게 생긴 성직자를 본 적이 있느냐고……. 결국 팔레르모에서 어떤 사람이 알려줍디다. 당신이 카페에서 공증인 무수메치와 이야기하는 것을 보았는데, 당신 생김새가 니에보 대령과 친했던 피에몬테 출신의 의용병을 빼닮았다고……. 그러고 나서 그 니에보라는 군인이 마치 배가 연기가 되어 흩어지기라도 한 것처럼 항해 도중에 사라졌다는 사실을 알게 되었소. 그가 어떻게 무슨 연유로 연기가 되어 사라졌는지, 그것이 누구의 소행인지 내가 어찌 모르리오. 니에보를 출발점으로 삼아 피에몬테의 군대로, 거기에서 다시 토리노로 거슬러 올라가는 것은 쉬운 일이었소. 나는 그 추운 도시에서 수소문을 하며 한 해를 보냈소. 그러다가 드디어 그 가리발디 의용병의 이름이 시모니니라는 것을 알아냈고, 그자가 공증인 사무소를 가지고 있다가 다른 사람에게 넘겼으며, 넘겨받은 사람과 이야기를 나누던 중에 자기가 파리로 떠난다는 말을 흘렸다는 사실도 알아냈소. 여전히 땡전 한 푼 없던 내가 어떻게 그럴 수 있었는지는 말하지 않겠지만, 나는 여하튼 파리에 오게 되었소. 다만 파리가 이토록 넓은 줄은 몰랐소. 당신의 자취를 찾아내기 위해 헤매고 또 헤매야만 했소. 먹고사는 것은 이런 뒷골목을 누비며 해결했소. 옷을 잘 차려입은 신사가 길을 잘못 들어서 헤매고 있을 때 그의 목에 칼을 갖다 대면서 말이오. 하루에 한 탕만 하면 충분히 먹고살 수 있소. 그렇게 살아가면서 계속 이 근방에서 당신을 찾아 돌아다녔소. 짐작건대 당신 같은 사람은 번듯하고 깨끗한 집들보다 여기 사람들이 〈타피시 프랑키〉[12]라 부르는 곳들을 자주 드나들 것 같았소. 내 짐작은 맞아떨어졌고…… 나는 당신을 금방 알아봤소. 그렇게 남들이 금방 알아보는 것을 피하고 싶었다면, 검은 수염을 멋지게 기르고 다니지 그러셨소?」

그날 이후로 시모니니는 수염을 기른 부르주아로 변장하기 시작했지만, 그 고약한 상황에서는 자기가 자취를 지우기 위해 별로 노력하지 않았음을 인정하지 않을 수 없었다.

「이러고저러고 내 얘기를 할 것도 없이」 하고 니누초가 아퀴를 짓는데 「나는 그저 당신 배때기를 찔러서 당신이 내 배에 남긴 것과 똑같은 상처를 내주면 그만이오. 찌르는 건 같아도 나는 당신처럼 양심 없이 행동하지는 않소. 여기는 밤이 되면 바게리아의 화약고에서 그랬듯이 아무도 지나가지 않소.」

달이 조금 솟아서 이제는 니누초의 내려앉은 코와 살기가 번득이는 눈이 보였다.

「이보게 니누초」 하고 시모니니는 말할 정신을 차리더니 「자네가 모르는 게 있어. 내가 그런 짓을 한 것은 명령을 어길 수 없었기 때문일세. 아주 높은 곳에서, 너무나 거룩한 당

---

12 1장에서 설명한 〈타피 프랑〉을 이탈리아어식으로 말한 것.

국으로부터 명령을 받은 터라 나의 사사로운 감정을 돌아볼 새도 없이 행동해야만 했네. 내가 지금 여기에 와 있는 것도 바로 그 명령을 수행하기 위함이고, 옥좌와 제단에 도움이 되는 다른 거사들을 도모하기 위함일세.」

시모니니는 말을 하느라 숨이 턱에 닿는 와중에도 칼끝이 아주 미세하게 자기 얼굴에서 물러나는 것을 알아차렸다.

「자네는 자네 나라 임금님을 위해 평생을 바쳤네.」 하고 그는 말을 잇대어 「그러니 이 점을 이해해야 하네. 우리의 임무들 중에는…… 이렇게 말해도 될지 모르겠네만…… 그것을 위해서라면 파렴치한 행위를 저지르는 것도 죄가 되지 않을 만큼 성스러운 임무들이 있네. 무슨 말인지 알겠나?」

니누초가 말귀를 알아듣는 것 같지는 않았지만, 그의 태도로 보건대 단지 복수를 하겠다는 뜻이 아니라 다른 꿍꿍이가 있는 듯했다.

「나는 지난 몇 년 동안 너무 배를 곯았고, 당신이 죽는 꼴을 본다고 해서 내 배가 불러지는 것도 아니오. 어둠 속에서 사는 게 이젠 지겹소. 당신의 자취를 다시 찾아낸 뒤로, 당신이 요릿집에 가는 것을 보았고 부자들만 가는 레스토랑에 들어가는 것도 보았소. 그러니까 이렇게 하자는 거요. 당신 목숨을 살려 줄 테니 그 대신 내가 당신처럼 먹고 자고 할 수 있도록, 아니 당신보다 잘 먹고 더 좋은 데서 잘 수 있도록 다달이 돈을 주시오.」

「니누초 염초장, 다달이 얼마씩 주는 것보다 더한 것을 자네에게 약속하겠네. 나는 지금 프랑스 황제에 대한 테러를 준비하고 있네. 자네 나라 임금이 옥좌를 잃은 것은 나폴레옹 3세가 은밀하게 가리발디를 도와주었기 때문이라는 사실을 잊지 말게. 자네는 화약에 대해서라면 누구보다 잘 아는 사람이니까 자네가 사람들을 좀 만나 주었으면 하네. 소수의 용감한 사람들이 그야말로 지옥의 무기라고 불릴 만한 폭탄을 준비하기 위해 위셰트 거리에 모여 있네. 만약 자네가 그들과 합류한다면, 자네는 역사에 길이 남을 거사에 동참할 수 있고 탁월한 염초장의 능력을 발휘할 수 있을 뿐만 아니라 — 아주 높은 곳에 계신 분들이 거사에 성공하도록 격려를 보내고 있음을 감안할 때 — 자네 몫의 상급을 받아 평생 부자로 살게 될 걸세.」

그저 화약 얘기를 들은 것만으로도 바게리아의 그날 밤 이래로 품어 왔던 니누초의 분노가 일거에 사그라졌다. 시모니니는 그가 자기 수중에 들어왔다고 느꼈다. 그때 니누초가 말했다.

「그러면 제가 무엇을 해야 할까요?」

「간단하네. 이틀 뒤 저녁 6시쯤에 맞춰서 이 주소지로 가게. 가서 문을 두드리고 작업장 안으로 들어간 다음, 라크루아라는 사람이 보내서 왔다고 말하게. 그 친구들에게는 내가 미리 알려 놓을 걸세. 하지만 그들이 자네를 알아볼 수 있도록 이 웃옷의 단춧구멍에 빨간 카네이션을 꽂고 가야 하네. 7시쯤 되면 나도 갈 걸세. 돈을 가지고.」

니누초가 말했다.

「가겠습니다. 하지만 혹시라도 어떤 흉계를 꾸미시는 거라면, 이제 제가 신부님이 어디에 사시는지 알고 있다는 사실을 명심하셔야 합니다.」

이튿날 아침 시모니니는 다시 가비알리를 만나러 가서 시간의 여유가 없으니 일을 서둘러야 한다고 알렸다.

「내일 저녁 6시에 맞춰서 모두 모이시오. 먼저 시칠리아 출신의 염초장이 올 거요. 작업의 상태를 확인하기 위해서 내가 보내는 사람이오. 조금 뒤에는 내가 도착할 거고, 그다음에는 라크루아 씨가 직접 내방할 거요. 우리의 뒷배를 확실하게 봐주기 위해서 오는 것이오.」

그런 다음 시모니니는 라그랑주를 만나러 가서 황제를 시살하려는 음모가 벌어지고 있음을 알아냈다고 전했다.

「제가 알기로 음모 가담자들이 내일 저녁 6시에 위셰트 거리에 모여서 자기들이 만든 폭탄을 주문자에게 건네줄 것입니다. 하지만 조심하셔야 합니다. 일전에 저한테 일러 주시기를, 비밀 단체의 회원 열 명 가운데 세 명은 우리 첩자이고 여섯 명은 멍청이, 한 명은 위험인물이라 하셨습니다. 그런데 거기에 가보시면, 첩자는 오로지 한 명, 다시 말해서 바로 저밖에 없을 것입니다. 여덟 명은 멍청이이고, 진짜 위험한 인물은 단춧구멍에 빨간 카네이션을 꽂고 있을 것입니다. 그리고 그자는 저에게도 위험하기 때문에, 저는 작은 혼란이 야기되어서 그 와중에 그자가 즉석에서 살해되기를 바라고 있습니다. 저를 믿어 주십시오. 그건 일을 덜 시끄럽게 만들기 위한 방법입니다. 만약 그자가 살아남아서 입을 열게 된다면, 설령 그 상대가 귀하의 기관에 속해 있는 사람일지라도 난처할 일이 생길 것입니다.」

「당신을 믿소, 시모니니. 그자는 제거될 거요.」

니누초는 카네이션을 참하게 꽂고 6시에 위세트 거리에 당도했고, 가비알리 패거리는 그에게 저희가 만든 폭탄들을 자랑스레 보여 주었으며, 시모니니는 반 시간 뒤에 도착하여 라크루아의 내방을 알렸고, 6시 45분에 경찰이 들이닥치자, 시모니니는 배신을 당했다고 소리치면서 권총을 빼 들고 경관들을 겨누는 척하며 허공으로 총알을 날렸으며, 경관들은 대응 사격에 나서 니누초의 가슴을 맞혔으나 일이 그럴싸해 보여야 했기에 공모자 한 명을 더 죽였다. 니누초는 바닥에 나뒹굴며 시칠리아 사람들만 알아듣는 욕설을 내뱉었고, 시모니니는 여전히 경관들을 향해 사격하는 척하면서 니누초에게 확인 사살을 가했다.

라그랑주의 부하들에게 기습을 당한 가비알리와 그의 동지들은 현행범으로, 다시 말해서 반쯤 제작된 폭탄의 견본들과 왜 자기들이 폭탄을 만들고 있는지를 설명하는 전단 꾸러미를 소지한 채로 체포되었다. 심문이 엄중하게 진행되던 도중에 가비알리 일당은 자기들을 배신한(아니 자기들을 배신한 것으로 여기고 있는) 수수께끼의 인물이 있다면서 라크루아의 이름을 댔다. 라그랑주에게는 그를 제거하기로 마음을 굳힐 이유가 하나 더 생긴 셈이었다. 경찰 조서에는 라크루아가 테러 음모자들을 체포하러 갔다가 그 가증스러운 범죄자들의 총탄에 맞아 순직한 것으로 되어 있었다. 그의 영전에 바치는 찬사였다.

테러 공모자들을 법정에 세우는 것은 세상을 너무 시끄럽게 만들기만 할 뿐 아무 쓸모가 없는 일로 보였다. 라그랑주가 시모니니에게 설명한 바에 따르면, 그 무렵에 황제를 노리는 테러들에 관한 뜬소문이 계속 나돌고 있었고, 그것들 가운데 다수는 세간에서 저절로 생겨난 풍문이 아니라 공화파 요원들이 열혈남아들의 경쟁심을 부추기기 위해 일부러 유포한 악성 유언비어로 추정되고 있었다. 나폴레옹 3세에 대한 테러를 기도하는 것이 하나의 유행이 되었다는 생각을 널리 퍼뜨리는 것은 무익한 일이었다. 그래서 공모자들은 프랑스령 기아나의 카옌으로 이송되었고, 그들은 거기에서 학질에 걸려 죽게 될 것이었다.

황제의 목숨을 구하는 일은 수지맞는 장사였다. 시모니니는 졸리를 사찰하는 임무를 수행한 대가로 1만 프랑을 벌었고, 테러 음모를 저지한 공로로 3만 프랑의 수입을 올렸다. 수지 타산을 해보자면, 작업장을 세내고 폭탄을 제조하는 데 모두 5천 프랑이 들었으니까, 3만 5천 프랑, 그러니까 그가 열망하고 있는 30만 프랑이라는 자본의 1할이 넘는 순이익을 남긴 셈이다.

시모니니는 니누초의 운명에 대해서 만족했지만, 가비알리에 대해서는 조금 미안한 마음을 가지고 있었다. 따지고 보면 가비알리는 괜찮은 사내였고 그를 철석같이 믿어 준 사람이 아니던가. 하지만 음모자 노릇을 하려면 위험을 감수해야 하고 어느 누구도 믿어선 안 되는 법이다.

그 라크루아라는 친구가 안됐다. 사실 그는 시모니니의 털 끝 하나도 건드리지 않았다. 그래도 그의 미망인은 적잖은 연금을 받게 될 터였다.

12

어느 날 밤 프라하에서

1897년 4월 4일

이제 졸리가 말한 게동이라는 사람에게 접근하는 일만 남아 있었다. 본 거리의 서점을 운영하는 여자는 주름살투성이 노처녀였는데, 언제나 커다란 검정 모직 치마를 두른 차림에 동화 속의 〈빨간 모자〉 같은 모자로 얼굴을 반쯤 가리고 있었다 — 다행스럽게도.

거기에 가자마자 게동을 만났는데, 그는 자기를 둘러싼 세계를 조롱 섞인 눈으로 관찰하는 회의주의자였다. 어느 것도 믿지 않는 사람들, 나는 그런 자들이 마음에 든다. 게동은 졸리의 요청에 지체 없이 응하여, 그에게 사식을 넣어 주고 약간의 돈까지 보내 주었다. 한데 그렇게 선심을 쓰고 나서는 친구를 조롱했다. 무엇하러 책을 쓰고 감옥에 간단 말입니까? 책을 읽는 사람들은 원래 공화주의자이고, 문맹이라서 책을 읽지 못하는 농민들은 하느님의 은총으로 보통 선거권을 얻어 독재자를 지지하는 판에.

푸리에주의자들은 어떠냐고요? 좋은 사람들이지요, 하지만 세상이 이렇게 개벽하리라고 말하는 예언자를 어찌 진지하게 받아들일 수 있겠소? 새로운 세상이 되면 바르샤바에서 오렌지가 자랄 것이고 대양은 청량음료가 될 것이며 사람들에게는 꼬리 돋기가 생길 것이고 근친상간과 동성애가 인간의 아주 자연스러운 충동으로 받아들여지라고 예언하는 자를.

「그런데 왜 그들과 자주 어울리십니까?」

하고 내가 물으니

「그야 파렴치한 나폴레옹 3세의 독재에 맞서 싸우는 정직한 사람들이 그들밖에 없기 때문이지요.」 하고 대답하더니 말을 잇대어 「저 아름다운 부인을 보시오. 쥘리에트 라메신이라고, 마리 다구 백작 부인의 살롱에서 가장 영향력 있는 여자 가운데 하나인데, 남편 돈을 가지고 리볼리 거리에 자기만의 살롱을 열겠다고 애쓰는 중이오. 똑똑하고 매력이 넘치는 여자일 뿐만 아니라 탁월한 재능을 지닌 작가요. 저 여자의 살롱에 초대받는 것은 대단한 일이 될 거요.」

게동은 또 다른 인물을 가리켰다. 키 크고 인물 좋고 사람의 마음을 끄는 힘이 강해 보이는 남자였다.

「알퐁스 투스넬이오. 『동물의 영혼』이라는 책을 쓴 유명한 저자이고 사회주의자이자 불굴의 공화주의자요. 쥘리에트를 열렬히 사랑하는데, 그녀는 눈길조차 주지 않소. 하지만 그는 여기에 드나드는 인사들 가운데 가장 명철한 사람이오.」

투스넬은 나에게 자본주의가 현대 사회를 오염시킨다면서 이렇게 말했다.

「자본가들이 누구인가? 우리 시대의 군주인 유대인들일세. 지난 세기의 혁명은 임금의 목을 자르는 것이었지만, 우리 시대의 혁명은 모세의 목을 자르는 것이 되어야 하네. 나는 유대인이 누구인가라는 주제를 놓고 책을 쓸 생각일세. 스스로를 지킬 힘이 없는 백성들의 피를 빠는 자본가들, 그들은 프로테스탄트이고 메이슨이며, 당연히 유대인일세.」

나는 감히 물었다.

「하지만 프로테스탄트들은 유대교도가 아니지 않습니까?」

「유대교도나 프로테스탄트나 그게 그것일세. 영국 감리교 신자들이건 독일 경건주의 교도이건 스위스와 네덜란드의 개신교도이건 모두가 유대교도와 똑같은 책에서 하느님의 의지를 읽어 내려고 하지. 성경이란 근친상간과 학살과 야만스러운 전쟁의 이야기일세. 거기에서는 사람들이 배신과 속임수를 이용하여 승리를 거두고, 임금들은 신하의 아내를 가로채기 위해 그 신하를 죽이게 하며, 적장의 침소에 들어가 그의 목을 베는 여자들이 성녀로 추앙받네. 크롬웰은 성경을 인용하면서 자기네 왕의 목을 잘랐고, 맬서스는 성경의 가르침에 물든 나머지 빈곤층 자녀들의 생명권을 인정하지 않았네. 그들은 노예 제도를 그리워하며 시간을 보내는 종족이고, 신의 진노가 떨어질 징후를 아랑곳하지 않고 언제든지 황금 송아지 앞에 무릎을 꿇을 준비가 되어 있는 족속일세. 사회주의자라면 마땅히 반유대인 투쟁을 주요 목표로 삼아야 하네.

공산주의의 창시자가 유대인이라서 공산주의자들까지 끌어들이고 싶지는 않네만, 어쨌거나 중요한 것은 자본의 음모를 고발하는 것일세. 어째서 파리의 레스토랑에서는 사과 한 개 값이 노르망디에서보다 백배나 비싸단 말인가? 다른 민족들의 살을 뜯어먹고 사는 포식 민족, 장사꾼 민족이 있네. 옛날에는 페니키아인들과 카르타고인들이 그러했고, 오늘날에는 영국인들과 유대인들이 그러하네.」

「그렇다면 선생님 보시기엔 영국인과 유대인이 한통속입니까?」

「거의 그렇지. 영국에서 누가 총리가 되었는지 아나? 기독교로 개종한 세파라딤계 유대인인 디즈레일리일세. 그는 대담하게도 유대인들이 세계를 지배하기 위한 길로 나아가고 있다고 썼네. 물론 의회 연설에서 한 말이 아니라 그의 소설에 나오는 말일세.」

이튿날 그는 디즈레일리의 책 한 권을 나에게 가져다주었다. 책을 펼쳐 보니 다음과 같은 몇몇 대목에 밑줄이 그어져 있었다. 〈유럽에서 나타난 중요한 지식인 운동치고 유대인들이 대거 참여하지 않은 경우를 본 적이 있습니까? 예수회의 최초 회원들은 유대인이었습니다! 서유럽 전체를 불안하게 하는 러시아의 그 장막에 싸인 외교를 이끄는 사람들이 누구입니까? 바로 유대인들입니다! 독일에서 도모되고 있는 혁명은 누구의 후원 아래 진행되고 있습니까? 바로 유대인들입니다. 저 카를 마르크스와 그를 따르는 공산주의자들을 보세요. 독일에서 거의 모든 교수직을 독차지하다시피 한 사람들

이 누구입니까?〉¹

「디즈레일리는 자기 민족을 고발하는 무샤르가 아니라는 사실을 유념해야 하네. 그는 오히려 자기 민족의 미덕을 찬양하려는 것일세. 그는 자랑이라도 하듯 이렇게 쓰고 있네. 러시아의 재무 대신 칸크린 백작은 리투아니아 출신 유대인의 아들이고, 에스파냐의 재무 대신 멘디사발은 아라곤 지방의 개종한 유대인의 아들이라고. 또한 프랑스의 대원수(大元帥) 술트도 유대인이고, 제1제정기의 원수 마세나도 유대인이며 그 이름은 히브리어로 마나세라고……」

투스넬의 말이 맞는지는 확실치 않았지만, 나는 유대인들에 대한 그의 맹렬한 비난을 접하면서 매우 과격한 혁명 동아리들 내부에서 무슨 생각을 하고 있는지 짐작하게 되었고, 새로운 일거리에 관한 착상도 얻었다. 말하자면 이런 것이었다. 우선 예수회를 공격하기 위한 문서를 사줄 사람들이 있을까 하는 점을 놓고 보면 의심의 여지가 있었다. 어쩌면 프리메이슨회가 사줄 수도 있겠지만, 나는 아직 그 세계와 인연을 맺은 적이 없었다. 반대로 프리메이슨회를 공격하기 위한 문서는 예수회 회원들의 관심을 끌 수 있었겠지만, 내가 아직은 그런 문서를 만들어 낼 수 있을 것 같지 않았다. 그렇다면 나폴레옹 3세를 공격하기 위한 문서는 어떤가? 당연한 얘기지

---

1 디즈레일리가 1844년에 발표한 정치 소설 『코닝스비』 15장에 나오는 대목이지만, 에코가 인용하고 있는 이탈리아어 번역은 영어 원문에 상당한 변형을 가한 것이다(예컨대 〈저 카를 마르크스와 그를 따르는 공산주의자들을 보세요〉는 영어 원문에 없는 문장이다).

12. 어느 날 밤 프라하에서

만 그런 문서를 정부에 팔아먹을 수는 없었다. 그렇다면 공화주의자들에게 팔아야 하는데, 그쪽이 바탕을 놓고 보면 좋은 시장이기는 해도 외젠 쉬와 졸리가 이미 책을 낸 마당이라 내가 할 수 있는 말이 별로 남아 있지 않았다. 공화주의자들을 공격하기 위한 문서는 어떤가? 그런 문서는 정부에 팔아야 하는데, 정부는 이미 쓸 만한 정보를 다 가지고 있는 터라, 만약 내가 푸리에주의자들에 관한 정보를 주겠다고 라그랑주에게 제안한다면 그는 이미 얼마나 많은 정보원들이 마드무아젤 뵈크의 서점을 주살나게 드나들었는지 아느냐면서 코웃음을 칠 것이었다.

그렇다면 공격 대상으로 누가 남아 있는가? 세상에, 내가 왜 유대인들을 정면으로 공격하는 문서를 생각하지 못했을까? 사실 나는 유대인들에 대한 증오를 할아버지의 강박관념으로만 여겼다. 그런데 투스넬의 이야기를 듣고 나서 반(反)유대 시장이 바뤼엘 신부의 계승자들 쪽으로만 열려 있는 것이 아니라(사실 그들의 수는 얼마 되지 않았다), 혁명가들이며 공화주의자들이며 사회주의자들 쪽으로도 열려 있음을 깨달았다. 유대인들은 교회의 원수일 뿐만 아니라, 헐벗고 주린 백성들의 고혈을 빨고 있기에 백성들의 원수이기도 했고, 정부의 성격에 따라 다르긴 하지만 왕권의 적일 수도 있었다. 따라서 유대인들에 관한 문서를 만들 필요가 있었다.

나는 그것이 녹록지 않은 일임을 깨달았다. 가장 손쉬운 방법은 바뤼엘의 책을 계승하여 유대인들이 프리메이슨회며 성전 기사단과 공모하여 프랑스 혁명을 일으켰다는 식의 주장을 펴는 것이지만, 교계 일각에서라면 그런 문서에 혹할지 몰라도 투스넬 같은 사회주의자는 전혀 흥미를 느끼지 못할 것이었다. 따라서 사회주의자들에게는 유대인들과 자본 축적과 영국의 음모 사이에 어떤 관계가 있는지를 더 분명하게 말할 필요가 있었다.

나는 살아오면서 유대인을 만나려 하지 않았던 것을 처음으로 후회했다. 곰곰 생각해 보니 나는 유대인을 혐오해 왔고 그 혐오감에는 갈수록 원한이 깊게 배어들었지만, 정작 유대인에 대해서는 아는 바가 별로 없었다.

그 문제를 놓고 고심하던 차에 라그랑주가 하나의 해결책을 마련해 주었다. 앞서 보았듯이 라그랑주는 언제나 뜻밖의 장소를 골라 나를 불러냈는데, 이번에 그가 만나자고 한 장소는 페르 라셰즈 공동묘지였다. 따지고 보면 일리가 있는 선택인 것이, 사람들 눈에는 우리가 친족의 무덤을 찾아온 참배객이나 역사 속 인물들을 추모하는 낭만주의자들로 비칠 터였다 — 마침 우리는 짐짓 엄숙한 태도로 아벨라르와 엘로이즈의 무덤 주위를 빙빙 돌고 있었는데, 이 무덤으로 말하자면 예술가와 철학자 또는 시름에 잠긴 창백한 연인들의 발길이 잦은 곳이 아니던가.

「시모니니, 당신을 드미트리 대령에게 소개하고 싶소. 이 바닥에서는 그냥 그렇게만 불리는 사람이오. 그는 러시아 황제원 제3부를 위해 일하고 있소. 두말하면 잔소리가 되겠지만, 만약 당신이 상트페테르부르크에 가서 러시아 사람들에게 제3부에 관해 묻는다면, 모두가 무슨 뚱딴지같은 소리냐고 할 거요. 공식적으로 그런 기관은 존재하지 않으니까 말이오. 그 기관원들은 혁명 단체가 생겨나지 않도록 감시하는 임무를 맡고 있는데, 러시아는 여기보다 사정이 훨씬 심각한 모양이오. 그들은 데카브리스트의 계승자들과 아나키스트들을 경계해야 하고, 농노 상태에서 해방되었다고는 하나 여전히 불만이 많은 농민들의 동태에도 신경을 써야 하오. 몇 해전에 차르 알렉산드르 2세가 지주들의 저항을 무릅쓰고 농노해방 칙령을 내렸지만, 이제 약 2천만 명에 달하는 해방 농민들은 토지의 용익권을 얻기 위해 옛 주인들에게 돈을 치러야 하는 데다 그 토지 자체도 먹고살기에 충분하지가 않은 터라 다수가 일자리를 찾아서 도회로 몰려들고 있으니……」

「한데 그 드미트리 대령이 저한테서 무엇을 기대하는 건가요?」

「그는 유대인 문제에 관한 문서들을 모으고 있소. 이를테면…… 유대인들에 관한 평판을 나쁘게 만들 만한 문서들 말이오. 여기와 비교해서 러시아에는 유대인들이 훨씬 많소. 시골 마을에서는 그들이 읽고 쓸 줄 알고 무엇보다 셈에 능하기 때문에 여느 농민들에 비해 위험하고, 도시에서는 그들 가운데 다수가 혁명 단체에 가입해 있소. 러시아의 내 동료들은 이중의 문제를 안고 있소. 한편으로는 당장의 위험으로 나타나고 있는 유대인들을 감시해야 하고, 다른 한편으로는 농민들의 불만을 그들 쪽으로 유도해야 하는 거요. 아무튼 자세한 사정은 드미트리가 설명해 줄 거요. 그건 우리와 상관없는 일이오. 우리 정부는 프랑스 내의 유대인 은행가들과 좋은 관계를 유지하고 있으니 공연히 분란을 만들어서 그들의 심기를 불편하게 만들 필요는 없소. 우리는 그저 러시아인들에게 도움을 주려는 것뿐이오. 우리 업종에서는 한 손이 다른 손을 씻어 주듯 서로 도와주는 게 관행이오. 그래서 우리는 당신을 공짜로 드미트리 대령에게 빌려 주기로 했지만, 시모니니 당신은 명목상으로 보면 우리와 아무 관련이 없소. 아참, 잊고 있었는데, 드미트리가 당신에게 연락하기 전에 당신은 만국 이스라엘 동맹에 관해서 자세히 알아보는 게 좋을 거요. 6년쯤 전에 여기 파리에서 창설된 단체인데, 회원들의 면면을 보면 의사, 언론인, 법조인, 사업가…… 한 마디로 파리 유대인 사회의 알짜들이오. 그들의 정치 성향으로 말하자면 모두가 자유주의자들이고, 거개가 보나파르트파이기보다는 공화파인 게 분명하오. 그 단체가 내세우는 설립 취지는 종교와 나라를 불문하고 박해받는 모든 사람을 인권의 이름으로 지원한다는 것이오. 반대 증거가 나온다면 몰라도 현재로서는 공명정대한 시민들로 간주되고 있소. 그 내막을 들여다보고 싶기는 하지만 유대인들은 서로 친분을 맺고 있을 뿐만 아니라 마치 서로 꽁무니 냄새를 맡는 개들처럼 저희끼리는 동족인지 아닌지 금방 알아보기 때문에 그들 속으로 침투하기가 어렵소. 그래도 이스라엘 동맹 회원들의 신임을 얻는 데 성공한 사람이 있으니 당신은 그 사람과 접촉하면 될 거요. 야코프 브라프만이라는 유대인인데, 러시아 정교로 개종한 뒤에 민스크 신학교의 히브리어 교수가 되었소. 그는 지금 파리에 있소. 드미트리 대령과 황제원 제3부로부터 모종의 임무를 부여받고 온 것이니 오래 머물지는 않을 거요. 그는 유대인들 사이에 유대교 신자로 알려져 있기 때문에 만국 이스라엘 동맹에 들어가기가 쉬웠소. 그 사람이라면 그 단체에 관해서 당신한테 무언가를 이야기해 줄 수 있을 거요.」

「죄송한 말씀입니다만, 그 브라프만이 드미트리 대령의 정보원이라면, 그가 저한테 들려줄 이야기는 드미트리 대령도 이미 알고 있을 것입니다. 그러니 제가 드리트리 대령을 만나서 그 이야기를 다시 한다는 것은 아무 의미가 없지 않습니까?」

「순진하게 굴지 마시오, 시모니니. 왜 의미가 없겠소? 당신이 드미트리한테 그가 이미 브라프만을 통해서 알고 있는 이야기를 들려주면, 그의 눈에는 당신이 확실한 정보를 가진 사람으로 비칠 거요. 그가 이미 가지고 있는 정보를 확인해 주기 때문에 당신을 신뢰하게 되리라는 얘기요.」

브라프만. 옛날에 할아버지에게서 유대인의 생김새에 관한 이야기를 들었던 터라, 나는 그가 이런 모습을 하고 있으리라 지레 상상했다. 옆얼굴은 독수리 같고, 입술은 두툼한 데다 특히 아랫입술은 흑인들처럼 툭 튀어나왔으며, 눈은 우묵한 데다 당연히 질척하고, 위아래 눈꺼풀의 틈새는 다른 종족들에 비해 더 옹색하게 벌어져 있으며, 머리털은 구불구불하거나 곱슬곱슬하고, 귀는 양배추 잎사귀 같으리라······. 그런데 막상 만나 보니 그는 수도사 같은 인상을 풍기는 남자였다. 내가 이미 러시아인들이나 폴란드인들에게서 보았던 것처럼 반백의 수염이 덥수룩하고 다보록한 눈썹의 초리는 메

내가 이미 러시아인들이나 폴란드인들에게서 보았던 것처럼
반백의 수염이 덥수룩하고 다보록한 눈썹의 초리는
메피스토펠레스처럼 치켜 올라간 모습이었다.

피스토펠레스처럼 치켜 올라간 모습이었다.

개종을 하면 마음자리가 달라질 뿐만 아니라 얼굴 생김새도 바뀐다는 것을 보여 주는 살아 있는 증거였다.

그는 맛있는 요리를 유난히 좋아하는 것 같기는 한데, 무엇이든 다 맛보려 할 뿐 맛이 서로 잘 어울리도록 메뉴를 구성할 줄 모르는 촌스러운 탐식가의 면모를 보이고 있었다. 우리는 몽토르게유 거리에 있는 로셰 드 캉칼[2]에서 저녁을 먹었다. 한때 굴 맛이 좋기로 파리에서 으뜸가던 이 레스토랑은 20년 동안 문을 닫았다가 새 주인을 맞아 다시 문을 연 터라 모든 게 예전 같지는 않았지만, 그래도 굴은 여전히 있었고, 러시아에서 온 유대인에게는 그것으로 충분했다. 브라프만은 한 쟁반에 열두 개씩 담겨 있는 블롱[3] 굴만 몇 쟁반 해치우고 나서 비스크 데크르비스(가재 수프)[4]를 먹었다.

「유대 민족이 40세기 동안 생존해 오기 위해서는 어느 나라에 가서 살든 하나의 정부, 다시 말해서 국가 안의 국가를 이루어야만 했소. 유대 민족은 수천 년에 걸친 이산의 시대에도 도처에서 그런 국가를 유지해 왔소. 내가 찾아낸 문서들은 그런 국가가 카할이라는 이름으로 존재한다는 것, 그 법통이

---

[2] 〈캉칼(브르타뉴 지방에 있는 굴의 명산지)의 갯바위〉이라는 뜻의 상호가 시사하듯 19세기에 생굴 요리로 명성이 높았던 파리의 레스토랑. 1804년 문을 연 뒤로 한 차례 폐업과 재개업을 거쳐 오늘날까지 역사를 이어 오고 있다. 발자크의 여러 소설에 나오는 인물들의 단골집이며 생굴을 매우 좋아했던 발자크 자신도 자주 드나들었던 곳이다.
[3] *belons*. 프랑스 브르타뉴 해안의 블롱 강에서 나는 굴.
[4] *bisque d'écrevisses*.

면면하게 이어져 오고 있다는 것을 증명하고 있소.」

「카할이라는 게 뭡니까?」

「그 제도는 모세 시대에 형성된 것인데, 디아스포라가 시작된 뒤로는 음성화하여 유대교 회당의 그늘 속에서 운용되어 왔소. 내가 찾아낸 것은 민스크 유대인 공동체를 1794년부터 1830년까지 이끌었던 카할에서 작성한 문서요. 아주 소소한 것에 이르기까지 모든 사항이 낱낱이 기록되어 있소.」

그는 파피루스 두루마리 같은 문서를 펼쳤다. 그 종이들은 내가 이해할 수 없는 기호들로 덮여 있었다.

「유대인의 각 공동체에는 카할이라는 통치 기구와 베트 딘이라는 자치 법원이 있소. 여기 이 문서는 한 곳의 카할에서 나온 것이지만, 어느 카할의 문서든 이와 유사할 것이 분명하오. 이 문서는 많은 것을 말해 주고 있소. 유대인 공동체는 왜 자기네를 받아 준 나라의 법원이 아니라 공동체 내부의 법원이 결정한 바를 따르는지, 축제일들은 어떤 방식으로 정하는지, 율법에 맞는 요리를 하기 위해 동물들은 어떻게 도살해야 하며 불순하고 오염된 고기란 어떤 것인지, 그리고 그런 부위를 기독교인들에게 팔 때는 어떻게 하는지, 고리대금업으로 기독교인을 착취하고 그의 전 재산을 탈취하고자 할 때는 동일한 기독교인을 두고 유대인들 사이에 경쟁이 벌어지지 않도록 어떤 식으로 카할을 통해 착취 대상에 대한 권리를 사는지……. 이 문서에 따르면 하층 계급을 동정하지 않는 것과 부자가 가난뱅이를 착취하는 것은 비난받아 마땅한 짓이 아니라 오히려 칭찬받을 만한 행동이오. 그렇게 착취하는 자가 이스라엘의 자손이라면 말이오. 그런데 유독 러시아에서는 유대인들이 가난하오. 사실 아주 많은 유대인들이 부유한 유대인들이 이끄는 비밀 정부의 희생자들이오. 나 개인을 놓고 말하자면, 나는 유대인으로 태어났고 유대인들과 맞서 싸우지 않지만, 〈유대 사상〉이 기독교를 대체하려고 하는 것에는 반대하오. 나는 유대인들을 사랑하오. 그들이 살해한 예수가 나의 증인이시오······.」

브라프만은 잠깐 숨을 돌리며 아스피크 드 필레 미뇽 드 페르드로[5]를 주문했다. 그러고는 눈을 번득이며 자기가 만지작거리고 있던 종이들을 다시 가리켰다.

「이건 진짜 원본이오. 아시겠소? 종이가 오래되었다는 점, 문서를 작성한 서기의 필체가 균일하다는 점, 날짜는 서로 달라도 서명들이 동일하다는 점이 그 증거요.」

브라프만은 이미 그 문서를 프랑스어와 독일어로 번역해 놓았고, 라그랑주를 통해 내가 원본을 위조하는 능력이 뛰어나다는 것을 알게 되었다면서, 원본과 같은 시대에 작성된 것으로 보일 법한 프랑스어판을 만들어 줄 수 있느냐고 물었다. 이 문서가 다른 언어로도 작성되어 있다는 것은 중요한 일이라고 했다. 유럽 여러 나라에서 민스크 카할의 사례를 심각하게 받아들였고, 특히 파리의 이스라엘 동맹이 그것을 훌륭한 본보기로 여겼다는 식으로 러시아 정보기관을 설득하는 데 도움이 된다는 것이었다.

---

5 *aspic de filets mignons de perdreaux*. 어린 자고새의 가장 연한 살코기로 만든 젤리.

나는 그 문서로 말하자면 동유럽 한구석의 공동체에서 만들어진 것일 뿐인데, 어떻게 그걸 가지고 전 세계를 관장하는 카할이 존재한다는 것을 증명할 수 있느냐고 물었다. 브라프만은 걱정하지 말라면서, 그 문서는 그저 자기가 말하는 것이 순전한 날조가 아님을 보여 주는 증거물로만 사용될 거라고 대답했다—나머지에 대해서는 자기가 매우 설득력 있는 책을 써서 진짜 카할을 세계 곳곳에 촉수를 뻗치고 있는 거대한 문어의 형상으로 고발하리라는 것이었다.

그의 표정이 굳어지더니 독수리 같은 상호가 드러났다. 아무리 개종을 해도 유대인은 어디까지나 유대인임을 말해 주는 표정이었다.

「탈무드 정신의 바탕에 깔린 감정은 세계를 지배하리라는 과도한 야심, 유대교도가 아닌 자들의 모든 재산을 소유하고 말리라는 끝없는 탐욕, 예수 그리스도와 기독교인에 대한 원한이오. 유대교도가 모두 기독교인으로 개종하지 않는 한, 유대 민족은 자기들에게 삶의 터전을 마련해 준 기독교 나라들을 그저 자기들이 자유롭게 낚시질을 할 수 있는 호수로 여길 거요. 탈무드에서 이르는 것처럼 말이오.」

브라프만은 격렬한 비난의 말들을 토해 내다 지쳐서 에스칼로프 드 풀라르드 오 블루테(블루테 소스를 친 영계 편육)[6]를 주문하더니, 그 요리는 자기 취향이 아니라면서 필레 드

---

6 *escalopes de poularde au velouté*. 블루테 소스란 닭고기 육수나 생선 육수에 밀가루와 버터를 섞어 익힌 〈루〉를 넣어 진하게 만든 소스. 〈블루테〉는 벨벳(프랑스어로 블루르)처럼 부드럽다는 뜻이다.

풀라르드 피케 오 트뤼프(송로를 넣은 영계 심육)[7]로 바꾸었다. 그러고는 조끼 호주머니에서 은으로 된 회중시계를 꺼내며 말했다.

「아뿔싸, 시간이 벌써 이렇게 되었구먼. 프랑스 요리는 말이오, 맛은 일품이로되 접대가 느린 게 흠이오. 나는 약속이 있어서 이만 가봐야겠소. 시모니니 대위, 적당한 종이와 잉크를 쉽게 구할 수 있겠다 싶으면 나한테 알려 주시오.」

브라프만은 후식으로 바닐라 수플레를 먹자마자 그렇게 말을 맺었다. 나는 유대인과 식사를 했으니, 설령 그자가 개종한 유대인이라도 해도 식사비는 내 몫이 되리라 예상하고 있었다. 그런데 브라프만은 식사비라야 몇 푼 되지도 않는다는 듯 품위 있는 손짓을 하며 자기가 내겠다고 했다. 보아하니 러시아 정보기관이 그에게 호사를 누려도 좋을 만큼의 보수를 약속한 모양이었다.

나는 약간 난처한 기분으로 집에 돌아왔다. 한 세기하고도 반세기 전에 민스크에서 만들어진 문서, 그것도 누구는 잔치에 초대하고 누구는 초대하지 말라는 식의 시시콜콜한 지시들이 담긴 문서로는 파리나 베를린의 은행가들이 그런 법칙에 따라 행동한다는 것을 전혀 증명하지 못한다. 게다가 진본이 있는 문서의 위본을 만드는 짓은 설령 진본의 반만 베끼는 것이라도 하지 말아야 한다. 그건 절대 금물이다! 어딘가에

---

7 *filets de poularde piqués aux truffes.*

진본이 존재한다면, 누군가 그것을 찾으러 갈 사람이 반드시 있게 마련이고, 그러면 무언가 부정확하게 옮겨진 게 있다는 사실이 드러날 수 있다. 문서가 설득력을 얻기 위해서는 완전히 새로운 방식으로 구성되어야 한다. 그리고 가능하다면 원본을 드러내지 말고 그것에 관한 낭설을 흘림으로써 사람들이 실제로 존재하는 출처로 거슬러 올라가지 못하게 해야 한다. 성경에 나오는 동방 박사 이야기가 하나의 본보기가 될 것이다. 복음서 저자들 가운데 동방 박사들에 관해서 기술한 사람은 마태오뿐인데, 그는 몇 절(節)을 할애하여 그들을 언급하기는 했으나, 그들의 이름이나 명수는 말하지 않았고 그들이 임금이었는지 아닌지도 말하지 않았다. 그가 기술한 것을 제외한 나머지 이야기들은 그저 풍문이고 전승이었지만, 사람들은 동방 박사를 요셉과 마리아만큼이나 사실적으로 받아들인다. 내가 알기로 어느 도시에서는 그들의 유해를 모셔다 놓고 숭배하기도 한다. 유대인들의 음모를 폭로한다고 할 때는 그 내용이 기이하고 놀랍고 소설 같아야 한다. 그래야 폭로가 믿을 만한 것이 되고 사람들의 분노를 불러일으킬 수 있다. 유대인들이 자녀의 혼례를 이러저러한 방식으로 치르도록 저희 동류에게 강요하고 있다 한들 그런 이야기가 샹파뉴 지방의 포도밭 일꾼에게 무슨 의미가 있겠는가? 그딴 이야기가 유대인들이 그의 호주머니를 노리고 있다는 증거가 되겠는가?

그때 나는 깨달았다. 나는 이미 증거가 될 만한 문서, 아니 더 정확히 말하면 그런 문서의 그럴싸한 틀을 가지고 있었다 —

12. 어느 날 밤 프라하에서

그 틀만 놓고 보면 파리 사람들이 몇 해 전부터 열광하고 있던 구노의 오페라 「파우스트」보다 훌륭했다. 남은 일은 그 틀에 적당한 내용을 채워 넣는 것이었다. 내가 생각하고 있던 틀이란 두말할 것도 없이 천둥산 꼭대기에서 열린 프리메이슨 대표들의 집회, 주세페 발사모의 계획, 그리고 프라하의 묘지에서 열린 예수회 회원들의 심야 회의였다.

유대인들의 세계 지배 계획을 폭로한다면, 어디에서 출발해야 할까? 그야 투스넬이 내게 일깨워 준 것처럼 그들이 황금을 소유하고 있다는 사실에서 출발해야 한다. 군주들과 각국의 정부에게 경각심을 갖게 하자면 유대인의 세계 정부를 논해야 하고, 사회주의자와 아나키스트와 혁명가들을 만족시키기 위해서는 황금의 소유를 강조해야 하며, 교황과 주교들과 본당 신부들에게 불안감을 주기 위해서는 유대인들이 기독교 세계의 성스러운 원칙을 파괴하려 한다고 말해야 한다. 그리고 모리스 졸리가 훌륭하게 설파했던 루이 나폴레옹의 권모술수, 그리고 졸리와 내가 외젠 쉬의 소설에서 배운 예수회의 위선도 조금 버무려 넣어야 한다.

나는 다시 도서관에 갔다. 이번에는 토리노가 아니라 파리에 있는 도서관에서 프라하의 유대인 묘지를 그린 다른 판화들을 찾아냈다. 프라하의 게토에 이 묘지가 생긴 것은 중세 때였는데, 게토의 유대인들은 애초에 허가된 테두리를 벗어나 묘지를 확장할 수가 없었던 터라 수백 년 동안 무덤 위에 또 무덤을 쓰는 식으로 약 10만 구의 시신을 여기에 묻었다. 그에 따라 비석들은 갈수록 빼곡하게 들어차서 서로 등을 기댈 지경에 이르렀고, 유대인들이 화상(畵像)을 두려워하는 탓에 초상화 하나 새겨져 있지 않은 비석들에는 그저 딱총나무의 검은 그림자만 드리워 있었다. 아마도 판화가들은 묘지의 기이한 풍광에 매료되었을 것이고, 이 비석의 버섯밭을 사방에서 불어오는 바람에 휘어지는 황야의 관목처럼 묘사함으로써 그 음산한 분위기를 과장했으리라. 그들의 판화를 보면 이 묘지는 늙은 마녀가 입을 크게 벌려서 흉측한 이빨들을 드러내고 있는 것 같은 모습이었다. 하지만 상상력이 더 풍부한 판화가들은 묘지에 달빛이 비친 광경을 형상화하고 있었다. 나는 그 판화들 덕분에 마녀 집회를 연상시키는 그런 분위기를 활용할 수 있으리라 확신하게 되었다. 나는 거기에 유대교 랍비들이 모여 있는 광경을 상상했다. 비석들은 마치 지진이 일어나서 포석들이 삐죽삐죽 솟아오른 것처럼 이리저리 기울어져 있고, 그 사이사이에 랍비들이 외투로 몸을 감싸고 두건으로 머리를 가린 차림으로 자리를 잡고 있다. 모두가 희끗희끗한 염소수염을 길렀고 몸이 구부정하다. 그들은 자기들이 몸을 기대고 있는 비석들처럼 비스듬하게 선 채로 음모를 꾸미는 데 몰두해 있다. 어둠 속에 웅크리고 있는 유령들이 하나의 숲을 이루고 있는 형국이라. 그들의 한복판에는 랍비 뢰브의 무덤이 있으니, 이 랍비는 모든 유대인의 원수를 갚기 위해 진흙으로 골렘이라는 괴물을 창조했다는 바로 사람이다.

이야말로 뒤마의 천둥산 장면보다 훌륭하고, 예수회 사제들의 집회 장면보다 훌륭하지 않은가.

당연한 얘기지만, 나는 그 무시무시한 밤의 집회를 목격한 사람의 구두 증언을 기록한다는 식으로 문서를 작성할 생각이었다. 그 증인은 신원이 밝혀지면 사형을 면할 수 없으므로 부득불 익명을 유지해야 하는 사람으로 소개될 것이었다. 나는 그가 밤중에 랍비로 변복하고 예정된 의식이 시작되기 전에 묘지로 들어가는 데 성공한 것으로 상상하고 그의 눈으로 본 집회 장면을 머릿속에 그려 보았다. 그는 랍비 뢰브의 무덤 근처에 다닥다닥 붙어 있는 비석들 사이에 몸을 숨기고 있다. 이윽고 자정을 알리는 종소리가 울리고 — 마치 신성 모독의 한 방식이기라도 하듯, 멀리서 기독교 교회당의 종소리가 유대교 집회의 시작을 알리는 것이라 — 열두 사람이 검은 외투로 몸을 휘감은 채 당도하자, 마치 무덤 속에서 튀어나온 것 같은 목소리가 그들 열두 명의 로셰 바테 아보트, 즉 이스라엘 12지파의 우두머리들에게 인사를 건네고, 그들은 저마다 〈오 저주받은 자의 아들이여, 우리의 인사를 받으시라〉하고 대답한다.

이어 천둥산 장면에서와 마찬가지로, 그들을 소집한 사람이 묻는다. 〈우리의 마지막 모임 이후로 백 년의 세월이 흘렀소. 그대들은 어디에서 왔으며 어느 공동체의 대표이시오?〉 그들은 저마다 돌아가면서 대답한다. 암스테르담에서 온 랍비 유다, 톨레도에서 온 랍비 벤하민, 보름스에서 온 랍비 레비, 페슈트[8]에서 온 랍비 마나세, 크라쿠프에서 온 랍비 가트,

---

8 도나우 강 서안의 부더와 오부더, 동안의 페슈트가 합쳐져서 부다페스트가 된 것은 1873년의 일이다.

로마에서 온 랍비 시메온, 리스본에서 온 랍비 세불론, 파리에서 온 랍비 루벤, 콘스탄티노플에서 온 랍비 단, 런던에서 온 랍비 아세르, 베를린에서 온 랍비 이자셰르, 프라하에서 온 랍비 나프탈리. 그러자 제13의 참석자는 그들에게 저마다 자기 공동체의 재산 상태를 말하게 하고, 로스차일드 집안과 전 세계에 걸쳐 승승장구하고 있는 유대인 은행가들의 재산을 합산한다. 그렇게 해서 나온 총액은 21억 프랑, 유럽에 사는 유대인이 350만 명이니까 1인당 재산은 6백 프랑인 셈이다. 제13의 목소리가 논평하되, 2억 6천5백만 기독교인들을 섬멸하기에는 아직 충분하지 않지만, 그 정도면 일을 시작할 만하오.

그들이 무슨 말을 하는가에 대해서는 더 생각해야 할 터였지만, 마지막 장면의 윤곽은 이미 잡혀 있었다. 이를테면 이런 식이다. 제13의 목소리는 랍비 뢰브의 영혼을 불러낸다. 그러자 그의 무덤에서 푸르스름한 빛이 솟아오르더니 눈이 부실 만큼 점점 강렬해진다. 그러다가 열두 랍비들이 무덤에 돌을 하나씩 던지자 빛이 점차 스러진다. 열두 랍비들은 어둠이 삼켜 버린 듯(흔히 하는 말대로) 여러 방향으로 사라져 가고, 본래의 모습으로 돌아간 묘지에는 창백한 우수가 서려 든다.

말하자면 뒤마와 쉬와 졸리와 투스넬이 합쳐진 셈이다. 빠진 것이 있다면, 내 영혼의 길잡이로서 나를 그런 재구성 작업으로 이끌어 준 바뤼엘 신부, 그리고 열렬한 가톨릭 신자의 관점이었다. 때마침 라그랑주가 그 부족한 부분을 메울 수 있는 기회를 마련해 주었다. 그는 내가 어서 이스라엘 동맹과 관계를 맺도록 부추기려는 듯 구즈노 데 무소를 만나 보라고 했다. 내가 알기로 그는 교황 지상주의를 신봉하고 정통 왕조를 지지하는 언론인이었으며, 마법과 악마 숭배와 비밀 결사들과 프리메이슨회를 고발하는 일에 누구보다 앞장서 온 작가였다.

「우리가 짐작하기로」하고 라그랑주가 말을 잇대어 「그는 어떤 저서에 마지막 손질을 가하고 있는데, 그건 유대인들에 관해서 그리고 기독교도의 유대교화에 관해서 이야기하는 책이오. 내가 무슨 말을 하려는지 알겠소? 당신이 우리의 러시아 친구들을 만족시킬 만한 자료를 수집하고자 한다면 그를 만나는 게 도움이 될 거요. 그가 무엇을 준비하고 있는지 더 정확하게 알아내는 것은 우리 쪽에도 도움이 될 터인데, 그도 그럴 것이 우리는 우리 정부와 가톨릭교회와 유대인 금융가들 사이의 좋은 관계가 틀어지는 것을 원치 않소. 당신은 스스로를 유대 문제 연구자로 소개하고 그의 저작들을 찬미하는 척하면서 그에게 접근할 수 있을 거요. 당신을 그에게 소개해 줄 수 있는 사람이 있소. 달라 피콜라라는 신부인데, 이미 우리에게 많은 도움을 준 바 있소.」

「하지만 저는 히브리어를 모릅니다.」

하고 내가 말하자

「구즈노는 히브리어를 안답디까? 꼭 원수의 언어를 알아야 그자를 증오할 수 있는 건 아니잖소?」

이제(갑자기!) 달라 피콜라 신부와 처음으로 만났던 일이 생각난다. 마치 그가 내 앞에 있는 것처럼 그 모습이 눈에 선하다. 그는 나의 분신도 아니고 나와 꼭 닮은 사람도 아님을 알겠다. 나이가 적어도 예순 살은 되어 보이고, 꼽추에 가깝도록 등이 구부정한 데다 사팔뜨기에 뻐드렁니다. 카지모도 신부로군, 하고 나는 그때 생각했다. 게다가 그의 말투에는 독일인의 억양이 배어 있었다. 달라 피콜라가 내게 속삭였던 말이 생각난다. 그는 유대인들뿐만 아니라 메이슨들에 대한 경계도 늦추지 말아야 한다고 말했다. 따지고 보면 두 세력이 똑같은 음모를 꾸미고 있기 때문이라는 것이었다. 나는 한꺼번에 둘 이상의 전선에서 싸움을 벌이면 안 된다고 생각하던 터라 그의 주장에 온전히 동의하지는 않았지만, 그가 넌지시 알려 주는 이야기들을 들으면서 예수회가 프리메이슨 도당에 관한 정보에 관심이 많다는 사실을 깨달았다. 가톨릭교회는 프리메이슨회의 창궐에 맞서 격렬한 공격을 준비하고 있는 게 분명했다.

「어쨌거나」 하고 달라 피콜라가 말을 맺으며 「그쪽 사람들하고 접촉해야 하는 날이 오거든 나한테 말하시오. 나는 파리에 있는 한 회당에 소속되어 있고 거기에 내가 잘 아는 사람들이 있으니까 말이오.」

「사제이신데 프리메이슨회에 소속되어 있단 말입니까?」

하고 내가 물으니 달라 피콜라는 미소를 지으며

「당신이 어찌 알겠소? 사제들 가운데 메이슨이 얼마나 많은지……」

메이슨들과 접촉하는 일은 나중에 생각하기로 하고, 나는 우선 구즈노 데 무소를 만나게 해달라고 부탁해서 면담 약속을 얻어 냈다. 그는 이미 정신이 흐려진 칠순 노인이었고, 자기만의 생각에 사로잡혀 있었으며, 악마의 존재를 증명하는 일이나 마법사와 주술사, 심령술사, 동물 자기설 신봉자, 유대인, 우상 숭배에 빠진 사제, 일종의 생명 원리가 존재한다고 주장하는 〈엘렉트리시스트〉를 고발하는 일에 몰두해 있었다.

일단 말보가 터지자 그는 유대인 문제의 기원까지 거슬러 올라가서 장광설을 늘어놓기 시작했다. 나는 하는 수 없다는 심정으로, 모세며 바리새인이며 산헤드린이며 탈무드에 관한 노인의 견해를 들었다. 그래도 구즈노가 자기 앞의 외발 원탁에 병째로 내놓은 코냑의 맛이 일품이라서 그 시간을 그런대로 견딜 수 있었다.

그는 창녀들의 비율을 보면 유대인들 쪽이 기독교도 쪽보다 높다고 알려 주었고(하기야 복음서를 보면 예수가 어디를 가든 죄 지은 여자들과 마주치지 않는가? 하고 나는 생각했다), 탈무드의 윤리에는 이웃이 존재하지 않으며 이웃에 대한 의무도 언급되지 있지 않음을 논증하면서, 자기들의 행동을 정당화해 주는 그런 근거들이 있기에 유대인들이 인정사정 보지 않고 남의 가정을 파멸시키고 처녀들을 능욕하고 고리대금업으로 홀어미와 노인의 피까지 빨아먹은 뒤에 그들을 길거리로 나앉게 하는 것이라고 주장했다. 또한 그는 창녀들의 비율과 마찬가지로 범죄자의 비율에서도 유대인들 쪽이 기독교도 쪽보다 높다고 말했다.

「이거 아시오? 라이프치히 법원에서 재판한 절도 사건 열두 건 중에서 열한 건이 유대인들의 소행이었다오.」

하더니 구즈노는 얄궂은 미소를 지으며 뒤를 대어

「하기야 골고다 언덕에는 도둑 두 명에 의인은 한 명뿐이었소. 게다가 대체로 보아서 유대인들이 저지르는 범죄는 매우 패덕한 것들이니 사기, 모조, 고리대금업, 위장 도산, 밀수, 화폐 위조, 공금 횡령, 부정한 상거래 따위는 물론이려니와 입에 담기조차 싫은 악행도 허다하오.」

고리대금업에 관한 자세한 설명이 한 시간 가까이 이어지고 나서 유아 살해와 인육을 먹는 관습에 관한 더없이 신랄한 이야기가 나오더니, 그다음에는 마치 음지에서 비밀리에 행해지는 그런 것들을 백주에 버젓이 자행되는 행위와 대비하려는 듯 유대인 금융업자들의 공적인 악행과 그들을 저지하거나 벌하지 못하는 프랑스 정부의 약점에 대한 성토가 터져 나왔다.

재미로 치자면 제일이지만 쓸모는 별로 없는 대목도 있었으니, 구즈노 데 무소가 마치 자기 자신도 유대인인 양 기독교인들보다 유대인들의 지력이 우수하다고 말할 때가 그러했다. 그 주장의 근거는 내가 투스넬의 입을 통해서 들었던 바로 그 디즈레일리의 주장이었다—그러고 보면 다른 점에서는 몰라도 이 점에서는 푸리에를 추종하는 사회주의자들과 왕당파 가톨릭 신자들이 유대인들에 대한 똑같은 견해로 서로 연결되어 있었던 셈이다. 또한 그는 유대인들이 허약하고 병에 잘 걸린다는 통설에 반대하고 있었다. 아닌 게 아니라 유대인들은 신체를 단련하거나 무예를 익히는 법이 없었고(그에 반해서 그리스인들이 운동 경기에 얼마나 큰 가치를 부여했는지 생각해 보라) 기력이 실하거나 몸이 튼튼하지도 않았지만, 다른 민족들보다 더 오래 살고 자식도 턱없이 많이 낳았으며 — 이는 그들의 주체할 수 없는 성욕에 기인한 것이기도 하다 — 세상에 역병이 창궐하여 무수한 사람이 죽어 나갈 때도 그들만은 멀쩡했다 — 이는 그들이 세상의 침략자들보다 위험하다는 것을 뜻했다.

「어디 한번 이유를 설명해 보시오.」 하며 구즈노가 다시 언성을 높이더니 「유대인들은 도회에서 가장 불결하고 위생 상태가 좋지 않은 구역에 살고 있었음에도 콜레라가 돌 때마다 거의 언제나 전염을 모면했소. 1348년의 페스트를 두고 당대의 한 역사가는 유대인들이 어느 나라에서도 페스트에 걸리지 않았다면서 그 이유가 비밀에 싸여 있다고 말했소. 또한 프라스카토르는 1505년에 유행한 티푸스가 유대인들만 피해 갔다고 말하고 있으며, 데그너는 1736년 네이메헌에서 이질이 돌았을 때 유대인들만 살아남았다는 사실을 입증했고, 바브루흐는 독일 내의 유대인들이 촌충에 감염되지 않는다는 사실을 증명한 바 있소.[9] 이걸 어떻게 생각하시오? 세상에서 가장 불결할 뿐만 아니라 혈족끼리만 혼인을 하는 민족에게 어째서 그런 일이 가능하겠소? 이건 자연 법칙에 어긋나

---

9 이 대목은 파리 통계학회 회보 제10권(1869) 5월 호에 실린 M. A. 르구아의 논문 「유럽 내 유대 종족의 통계생물학적 면역성에 관하여」에서 발췌, 인용한 것이다.

는 일이오. 자기들만 아는 식이요법이 있어서, 또는 할례를 하기 때문에 그런 일이 생기는 걸까요? 대관절 어떤 비법이 있기에 겉보기엔 허약한 그들이 우리보다 강해지는 것이오? 그들이 그렇게나 표리부동하고 강력한 적이라면 어떤 수단을 써서라도 섬멸해야만 하오. 당신도 아는지 모르겠으나, 그들이 약속받은 땅에 들어갔을 때만 해도 성인 남자들의 수가 60만 명밖에 되지 않았고, 성인 남자 한 명당 세 명의 식구가 딸린 것으로 치면 전체 인구가 250만 명쯤 되었던 셈이오. 그런데 솔로몬 시대에는 전사들의 수가 130만, 그러니까 전체 인구는 약 5백만 명으로 그때의 갑절이 되었소. 그럼 오늘날은 어떻소? 그들이 모든 대륙에 흩어져 있어서 정확한 수를 헤아리기는 어렵지만, 가장 조심스럽게 추산하더라도 1천만 명은 족히 될 것이오. 그들은 나날이 불어나고 있소.」

원망을 토로하느라 지쳐 버린 것 같은 그의 모습을 보노라니 앞에 놓인 코냑을 한 잔 따라 주고 싶은 마음이 일었다. 하지만 그는 이내 왕성한 기력을 되찾아 메시아 신앙과 카발라에 관한 장광설을 늘어놓기 시작했다(보아하니 마법과 사탄 숭배에 관한 자신의 저서들을 요약할 기세였다). 나는 만족감을 넘어 현기증을 느꼈고, 몸을 일으키는 게 기적이다 싶을 만큼 가까스로 일어나 감사를 표하고 물러 나왔다.

정보가 필요 이상으로 많아, 하고 나는 생각했다. 라그랑주 같은 사람들에게 팔아야 할 문서에 그 많은 정보를 다 집어넣었다가는 기관원들에게 붙잡혀 감옥에 갇힐 염려가 있었고,

12. 어느 날 밤 프라하에서

원망을 토로하느라 지쳐 버린 것 같은
그의 모습을 보노라니 앞에 놓인 코냑을 한 잔
따라 주고 싶은 마음이 일었다.

심지어는 뒤마 소설의 한 주인공이 당한 것처럼 이프 섬의 성채에 보내질 수도 있었다. 지금 이 글을 쓰면서 기억이 되살아나거니와, 구즈노 데 무소의 『유대인과 유대교 및 기독교 민족들의 유대교도화』는 분명 1869년에 활자도 아주 작고 분량도 거의 6백 쪽에 달하는 책으로 출간되었고, 비오 9세의 강복을 받았을 뿐만 아니라 대중에게서도 큰 인기를 얻었다. 그러고 보면 내가 그 책을 소홀하게 다뤘다고 볼 수도 있지만, 사실 당시에 벌써 유대인들을 공격하는 소책자며 두툼한 책들이 곳곳에서 출간되고 있던 터라 나로서는 책의 내용이 지나치게 방대하다고 느꼈고, 그래서 선별을 해야 하리라고 생각했다.

내가 구상한 프라하의 묘지 장면에서 랍비들이 주고받는 이야기는 이해하기 쉽고 민중의 삶과 직결된 것이라야 했다. 또한 얼마만큼은 새로운 이야기라야 했다. 유대인들이 제례를 위해 유아를 살해한다는 식의 몇 세기 전부터 전해 내려오는 풍문, 마녀의 전설처럼 그저 아이들이 게토 주위를 어슬렁거리지 않도록 하는 데나 도움이 되는 이야기는 사절이었다.

그리하여 나는 인류의 불길한 미래를 예고하는 그 심야 집회에 관한 보고서를 이런 식으로 다시 작성했다. 먼저 제13의 목소리가 허두를 뗀다.

「우리 조상님들이 물려주신 전통에 따라 이스라엘 백성 중에서 뽑힌 현자들은 한 세기에 한 번씩 거룩한 랍비 시메온 벤 예후다의 무덤 주위에 모여야 하오. 일찍이 아브라함에게 권세가 약속되었지만, 17세기 전에 십자가가 그 권세를 우리에게서 앗아 갔소. 이스라엘 민족은 적들에게 짓밟히고 능욕을 당하고 끊임없이 죽음과 겁탈의 위협에 시달리며 저항해 왔소. 우리 민족이 온 세상으로 흩어졌다 함은 온 세상이 우리 것이 되어야 함을 뜻하는 것이오. 아론의 시대 이래로 황금 송아지는 우리에게 속해 있소.」

「그렇습니다.」하고 랍비 이자셰르가 말을 받아「우리가 세상의 모든 금을 독차지할 때 진정한 권력이 우리 수중에 들어올 것입니다.」

다시 제13의 목소리가 말끝을 달아

「이스라엘 민족의 대표들이 여기 이 묘지에 모이는 것은 이번으로 열 번째요. 지난 천 년 동안 우리는 적들에 맞서 혹독하고도 끈질긴 투쟁을 이어 왔고, 그러는 사이에 한 세대를 거칠 때마다 선택받은 이들이 우리 랍비 시메온 벤 예후다의 무덤 주위에서 모임을 가져 왔소. 하지만 지나온 세기들을 돌이켜 볼 때 우리 조상들은 오늘날처럼 많은 황금과 그에 따르는 막강한 권력을 얻는 데에 성공한 적이 없었소. 파리, 런던, 빈, 베를린, 암스테르담, 함부르크, 로마, 나폴리 등지에서, 그리고 로스차일드 가문의 모든 은행과 기업에서 우리의 겨레붙이들이 재정을 좌지우지하고 있소. 랍비 루벤, 파리의 사정을 잘 아는 그대가 말해 보시오.」

하니 루벤이 대답하되

「오늘날 황제나 왕이나 대공으로 군림하고 있는 자들은 누구나 군대를 유지하기 위해서 그리고 흔들리는 옥좌를 떠받치기 위해서 우리에게 과도한 빚을 지고 있습니다. 따라서 우리는 그들의 차입을 더욱 조장하면서 우리가 국가에 제공하는 자본의 변제를 확보하기 위해 조세 관리권은 말할 것도 없고 철도와 광산의 경영권이나 삼림과 제철소와 대규모 공장과 그 밖의 부동산들을 담보로 잡아야 합니다.」

「농업을 간과하면 아니 됩니다. 농업은 앞으로도 모든 나라의 주된 수입원으로 남게 될 테니까요.」하고 로마에서 온 시메온이 나서더니 「대토지 소유권을 한목에 얻을 수는 없겠지만, 정부에 압력을 가해서 소유권을 분할해 내면 취득이 용이해질 것입니다.」

이어서 암스테르담의 랍비 유다가 말을 받아

「한데 이스라엘 땅에 사는 우리 형제들 다수가 개종을 하고 그리스도교 세례를 받아들이고 있으니……」

하는데 제13의 목소리가 말을 자르며

「그건 중요하지 않소! 세례받은 자들도 얼마든지 우리에게 도움이 될 수 있소. 비록 그들의 몸은 세례를 받았을지언정, 그들의 정신과 영혼은 이스라엘에 대한 지조를 굳게 지키고 있기 때문이오. 앞으로 1세기가 지나면, 이스라엘의 자식들이 그리스도인이 되고 싶어 하는 일은 없을 것이고 오히려 많은 그리스도인이 우리의 거룩한 신앙 속으로 들어오려 할 거요. 그때 이스라엘은 그들을 경멸하며 내칠 것이오.」

「그렇다 해도 당장에는」 하고 랍비 레비가 말을 받더니 「기독교회가 우리의 가장 위험한 적임을 고려해서, 기독교도 사이에 자유사상과 회의주의를 만연시키고 그 종교의 사제들을 비천하게 만들어야 합니다.」

「진보의 관념을 널리 퍼뜨려 그 결과로 모든 종교가 평등하다는 생각을 받아들이게 합시다.」하며 랍비 마나세가 끼어들더니 말끝을 이어「학교의 교과 과정에서 기독교를 전파하기 위한 종교 수업을 폐지시키기 위해 투쟁합시다. 우리 이스라엘 백성들은 능력이 뛰어나고 공부를 열심히 하기 때문에 기독교 학교들의 교수와 교사 자리를 어렵지 않게 얻을 것입니다. 그렇게 되면 종교 교육은 가정에 맡겨지게 될 것이고, 대다수 가정에서는 그런 교육을 수행할 시간이 없을 터이므로 기독교인들의 신앙심은 갈수록 약해질 것입니다.」

그다음은 콘스탄티노플의 랍비 단의 차례.

「무엇보다 거래와 투기가 우리 수중을 벗어나게 해서는 아니 됩니다. 술과 버터와 빵의 거래를 독점해야 하는바, 그럼으로써 우리가 농업과 농촌 경제의 지배자가 되기 때문입니다.」

프라하에서 온 나프탈리도 나선다.

「판검사와 변호사 자리도 노려야 합니다. 그리고 이스라엘의 자손들이 이미 숱하게 재무 장관 자리에 올랐던 터인데, 공교육의 수장이 되지 말란 법도 없지 않습니까?」

끝으로 톨레도의 랍비 벤하민이 말한다.

「우리는 사회에서 중요한 구실을 하는 모든 직업에 친숙해져야 합니다. 철학, 의학, 법학, 음악, 경제, 요컨대 학문과 예술과 문학의 모든 분야에서 우리의 천재성을 부각시켜야 합니다. 우리가 특히 두각을 나타내야 할 분야는 의술입니다. 의사는 환자 가족의 가장 깊숙이 감춰진 비밀을 파고들 수 있고 기독교인들의 생명과 건강을 자기 손아귀에 넣을 수 있습니다. 그리고 우리는 이스라엘의 자손들과 기독교인들의 혼인을 장려해야 합니다. 하느님의 선택을 받은 우리 민족의 내부로 극소량의 불순한 피가 들어온다고 해서 우리가 오염될 리는 없을 터이니, 우리 자녀들은 신망이 두터운 기독교도의 가족들과 연분을 맺어도 좋을 것입니다.」

「우리의 회합을 마무리합시다.」하고 제13의 목소리가 말을 잇대어 「황금이 이 세상의 으뜸가는 권력이라면, 버금가는 권력은 언론이오. 우리 겨레붙이들은 각국에서 모든 일간 신문의 경영을 맡아야 하오. 언론을 절대적으로 지배하게 되면, 우리는 명예와 미덕과 공정함에 대한 대중의 의견을 변화시킬 수 있을 것이고, 가족 제도에 대한 공격에 나설 수 있을 것이오. 필요한 경우에는 사회의 주요 현안에 대한 대중의 관심을 촉구해야 하고, 프롤레타리아를 통제해야 하며, 사회운동 단체에 우리 선동가들을 침투시켜 우리가 원하는 때에 봉기를 일으킬 수 있도록 해야 하고, 때로는 노동자들을 거리로 내몰아 혁명의 대오를 짓게 해야 하오. 그로 인해 갖가지 참사가 벌어지겠지만, 그것들을 통해 우리는 일찍이 하느님께서 우리의 시조 아브라함에게 약속하셨던 대로 세상의 지배자가 되리라는 우리의 유일한 목표에 점점 다가갈 것이오. 그러면 우리의 권능은 거대한 나무처럼 자랄 것이고, 그 가지들에는 부와 쾌락과 행복과 권력이라는 이름의 열매들이 주렁주렁 매달릴 터인즉, 그 열매들이야말로 장구한 세월 우리 이스라엘 민족의 하나뿐인 운명이었던 그 끔찍한 처지를 견뎌

온 것에 대한 응분의 보상일지라.」

 내 기억이 맞는다면, 프라하의 묘지 심야 회동에 관한 보고서는 그렇게 끝나고 있었다.

 망각의 늪에 빠졌던 사건들을 복원하고 나니 녹초가 된 기분이 든다. 아마도 몇 시간 동안 숨 가쁘게 글을 써나가면서 몸에 힘을 주고 마음에 흥분을 일으키기 위해 술을 마신 탓이리라. 게다가 어제부터 식욕이 없고 먹기만 하면 구토가 나려고 한다. 잠에서 깨어나면 욕지기가 솟는다. 아무래도 내가 일을 너무 많이 하는 모양이다. 아니면 증오감에 사로잡힌 탓일 수도 있다. 증오가 나를 삼키고 있는지도 모른다. 프라하의 묘지에 관한 대목을 다시 읽노라니, 얼마쯤 거리를 두고 그 시절을 되돌아보아서 그런지 그땐 몰랐던 사실을 비로소 깨닫게 된다. 유대인들의 음모를 아주 그럴싸하게 엮어 낸 그 경험은 내 인생의 중대한 계기가 되었다. 소년기와 청년기에 내가 유대인에 대해서 품었던 그 혐오감은 (뭐랄까?) 한낱 관념과 같은 것이었고 할아버지가 주입하신 교리문답의 판에 박은 말들처럼 그저 머리로만 받아들인 것이었는데, 마녀 집회를 닮은 그 심야 회동을 생생하게 그려내고 나자 비로소 내 관념에 살이 붙고 피가 돌았으며, 유대인의 신의 없음에 대한 나의 원한, 나의 앙심은 추상적인 관념에서 억누르길 없는 격렬한 감정으로 변했다. 오호라, 정녕 프라하 묘지의 그 밤이 필요했다. 그 사건에 관한 증언을 작성하고 나서야 나는 비로소 사람들이 왜 그 저주받은 종족 때문에 우리 삶이 오염되는 것을 견뎌 내지 못하는지 이해하게 되었다.

나는 그 문서를 읽고 또 읽은 뒤에 나에게 하나의 사명이 있음을 온전히 깨달았다. 어떻게든 내 보고서를 누군가에게 팔아야 했다. 다만 그 문서의 구매자는 이런 사람이라야 했다. 거금을 낼 수 있는 사람, 문서를 신뢰하고 그것의 신빙성을 높이는 데 기여할 만한 사람…….

오늘 밤에는 이쯤에서 글쓰기를 중단하는 게 낫겠다. 증오는(한낱 추억일지라도) 마음을 어지럽힌다. 손이 떨린다. 자러 가야겠다. 이제 그만 자자.

13

달라 피콜라라는 자신이
달라 피콜라가 아니라고 한다

1897년 4월 5일

오늘 아침 내 침대에서 깨어나 옷을 입고 내 인격에 어긋나지 않을 만큼 최소한의 분장을 했소. 그런 다음 여기에 와서 당신의 일기를 읽어 본즉, 당신은 달라 피콜라 신부라는 사람을 만났다고 하는데, 당신이 묘사하고 있는 그 사람은 분명코 나보다 나이가 많고 게다가 꼽추이기도 하구려. 나는 당신 방에 있는 거울 — 내 방에는 성직자의 삶에 걸맞게 거울이 없소 — 앞에 가서 내 모습을 비춰 보았거니와, 자기 자랑에 빠져들고 싶지는 않지만 이 점만은 지적하지 않을 수 없으니, 나는 용모가 반듯하고 사팔눈을 뜨지도 않으며 앞니가 밖으로 벋지도 않았소. 또한 나는 프랑스어를 훌륭하게 구사하며, 설령 외국인의 억양이 남아 있다 해도 독일인이 아니라 이탈리아인의 억양이 조금 남아 있을 뿐이오.

하면 당신이 만났다는 그 달라 피콜라 신부는 대관절 누구요? 그 사람이 정녕 달라 피콜라라면 나는 누구란 말이오?

14

비아리츠

1897년 4월 5일, 정오 무렵

나는 느지막이 잠에서 깨어나 내 일기장에서 당신이 남겨 놓은 짤막한 글을 발견했소. 당신은 아침잠이 없는 편이구려. 한데 신부님, 이게 대체 어인 일이오? 앞으로 며칠이 가기 전에 당신이 어느 날이든(또는 어느 밤이든) 이 대목을 읽으리라 생각하고 하는 말이거니와, 당신은 정녕 누구요? 바로 이 순간, 내가 전쟁 전에 당신을 죽였다는 사실이 떠오르니 이게 어찌된 영문이오? 당신이 정말 죽었다면 나는 한낱 그림자에게 말을 하는 것이오?

내가 당신을 죽였소? 무슨 연유로 나는 시금 그것을 확신하는 것이오? 어떻게든 기억을 되살려 보아야겠소. 하지만 그러기 전에 먼저 무언가를 먹어야 할 것 같소. 기이하게도 어제는 음식을 생각하기만 해도 욕지기가 나더니 이젠 무엇이든 닥치는 대로 삼켜 버리고 싶소. 만약 내가 마음 놓고 집

밖으로 나갈 수 있다면, 의사를 찾아가 봐야겠소.

    프라하 묘지의 회동에 관한 보고서를 다 작성하고 나서 나는 드미트리 대령과 만날 채비를 했다. 나는 브라프만이 프랑스 요리에 만족했던 것을 기억해 내고 드리트리 대령도 로셰 드 캉칼로 초대했지만, 그는 음식에 관심을 보이지 않고 그저 내가 주문한 요리들을 조금 깨작거리기만 했다. 그는 눈이 조금 비스듬하게 생긴 데다 눈동자가 작고 눈빛이 날카로워서 담비의 눈을 생각나게 했다. 담비라고? 그러고 보니 그건 내가 한 번도 본 적이 없는 동물이다(어쨌거나 나는 유대인을 만나 보지도 않고 혐오하듯 담비를 싫어한다). 드미트리는 상대방을 불편하게 만드는 특이한 재능이 있는 듯했다.

    그는 내 보고서를 주의 깊게 읽고 나서 말했다.

    「아주 흥미롭소. 얼마요?」

    그런 사람들과 흥정을 하는 것은 즐거운 일이었다. 나는 상대의 눈이 튀어나올 것을 예상하면서 5만 프랑을 부르고, 내 정보원들에게 얼마나 많은 돈을 주었는지 설명했다.

    드미트리는「너무 비싸오.」하고 내 말을 무지르더니「아니 나한테는 너무 비싸다는 거요. 비용을 분담할 수 있는지 알아봅시다. 우리는 프로이센의 정보기관과 우호 관계를 맺고 있고, 그들 역시 유대인 문제를 안고 있소. 나는 2만5천 프랑을 금화로 주고 이 문서의 사본을 프로이센 사람들에게 넘겨주는 것을 허락할 테니, 나머지 반은 그들에게서 받으시오. 그들에게 알려 주는 일은 내가 맡겠소. 그들은 당연히 당신이 나한테 준 것과 같은 원본을 원할 테지만, 내 친구 라그랑주에게서 듣자 하니 당신은 원본을 여러 개 만들어 내는 재주가 비상하다고 합디다. 당신에게 연락을 취해 올 사람의 이름은 슈티버요.」

그것으로 끝이었다. 그는 내가 코냑 한 잔을 권하자 정중하게 사양하고 일어서더니, 러시아식이라기보다는 독일식으로 꼿꼿한 몸과 거의 직각이 되도록 고개를 깍듯이 숙이고는 레스토랑을 나섰다. 식사비는 당연히 내 차지였다.

나는 라그랑주에게 면담을 요청했다. 그는 이미 나한테 말한 적이 있는 프로이센 첩보 활동의 책임자 슈티버에 관한 이야기를 더 들려주었다. 슈티버는 국외 정보 수집을 전문으로 하고 있었지만, 국가의 안녕을 해치는 비밀 결사와 운동 단체에 침투하는 일에도 능했다. 10년 전에는 독일인들뿐만 아니라 영국인들에게도 골칫덩어리였던 마르크스라는 자에 대한 정보를 수집하는 데 발군의 능력을 발휘하기도 했다. 그 자신이 직접 했는지 아니면 플뢰리라는 가명으로 활동하던 자기의 요원 크라우제를 시켜서 했는지는 확실치 않지만, 의사 행세를 하며 런던에 있던 마르크스의 거처에 잠입하여 공산주의 연맹 가입자 명부를 절취했다고 한다. 그 교묘한 공작 덕분에 다수의 위험인물을 검거할 수 있었다」고 라그랑주는 말을 맺었다. 나는 불필요하게 대비를 한 것 같다고 지적했다.

1 실제로 비스마스크 정부에서 정보기관 책임자로 활동한 빌헬름 슈티버의 저서 『수상의 첩보원. 현대 첩보 활동 창시자의 회고록』을 전거로 삼은 이야기.

나는 라그랑주에게 면담을 요청했다.

고작 그 정도의 속임수에 당하는 것으로 보건대 그 공산주의자들은 멍청이들이었으니 그냥 내버려둬도 큰 문제를 일으키지 않았을 거라는 얘기였다. 하지만 라그랑주는 사람의 일이란 누구도 장담할 수 없는 거라고 말했다. 범죄가 저질러지기 전에 예방하고 미리 벌주는 게 상책이라는 것이었다.

「정보기관의 요원이라는 자가 이미 벌어진 일에 개입해야 한다면, 그건 패배했다는 얘기요. 우리의 임무는 선수를 치는 데에 있소. 말하자면 일이 미리 벌어지게 만드는 거요. 우리는 가두에서 소요 사태가 벌어지도록 하는 데에 적잖은 돈을 쓰고 있소. 그렇다고 많은 것이 필요하다는 얘기는 아니오. 왕년에 옥살이를 했던 자들 수십 명에 사복 경관 몇 명이 가세해서 「라 마르세예즈」를 부르며 레스토랑 세 곳과 창가 두 곳 정도를 약탈하고 신문 판매대 두어 곳에 불을 지르면 정복 경관들이 출동하여 몸싸움을 조금 벌이는 척한 뒤에 모두를 체포하면 그만이오.」

「그래서 얻는 게 무엇인가요?」

「그런 공작은 선량한 부르주아들의 불안과 긴장을 고조시키고 강권 통치가 필요하다는 것을 모두에게 설득하는 데 도움이 되오. 만약 어느 패거리가 모의한 진짜 소요를 진압해야 하는 경우라면, 우리는 그렇게 쉽사리 사태를 수습하지 못할 거요. 여담은 그만하고 슈티버 얘기로 돌아갑시다. 그는 프로이센 비밀경찰의 우두머리가 된 뒤로 곡마단원의 복장을 한 채로 동부 유럽의 마을들을 두루 돌아다니면서 모든 것을 기록하고 장차 프로이센 군대가 베를린에서 프라하까지 행군할 때 거쳐 가야 할 길을 따라서 첩보망을 조직해 두었소. 그리고 머잖아 프랑스와 프로이센 사이에 반드시 전쟁이 일어나리라 예상하면서 프랑스 쪽에서도 그와 비슷한 일을 벌이기 시작했소.」

「그렇다면 제가 그 사람을 만나지 않는 게 낫지 않겠습니까?」

「아니오. 그를 감시해야 하오. 그러니까 우리 요원들이 그를 위해 일을 하고 있는 편이 낫소. 또한 당신이 그에게 알려 주기로 되어 있는 유대인들에 관한 정보는 우리와 별로 상관이 없소. 따라서 당신이 그와 협력하는 것은 우리 정부에 전혀 손해를 끼치지 않을 거요.」

일주일이 지나서 나는 슈티버의 서명이 들어간 짤막한 편지를 받았다. 그는 나에게 너무 번거로운 일이 될지 모르지만, 뮌헨에 가서 자기가 신임하는 부하들 가운데 하나인 괴체라는 사람을 만나서 보고서를 건네줄 수 있느냐고 물었다. 그건 당연히 번거로운 일이었으나 나는 보수의 나머지 반이 너무나 아쉬웠다.

나는 라그랑주에게 그 괴체라는 사람을 아느냐고 물어보았다. 그의 대답인즉 괴체는 우편국 직원으로 일하면서 사실상 프로이센 비밀경찰의 선동 분자로 활동하던 자였다. 1848년 봉기 이후에 그는 민주당 지도자를 음해하기 위해 그 지도자가 국왕을 살해하려고 했다는 내용이 담긴 가짜 편지들을 만들어 냈다. 그런데 베를린에는 판사다운 판사들이 있었는지, 누군가 그 편지들이 가짜라는 사실을 입증해 냈고, 괴체는 그 파렴치한 사건의 후폭풍에 휘말려 우편국을 떠나

야만 했다. 게다가 비밀 정보기관이라는 데가 문서를 위조하는 것은 허용해도 문서를 위조했다가 발각되는 것은 용서하지 않는 곳인지라, 그 바닥에서조차 그의 신용은 땅에 떨어지고 말았다. 그는 소설가로 변신하여 존 레트클리프 경이라는 필명으로 역사 소설 나부랭이를 쓰면서, 한편으로는 반유대주의를 선동하는「크로이츠차이퉁」이라는 신문에 글을 계속 기고했다. 그러자 정보기관은 유대인 세계에 관한 정보를 유포할 목적으로 그를 다시 기용했다. 그가 제공하는 정보들의 진위는 중요하지 않았다.

이런, 나와 똑같은 일을 하는 사람이구먼, 하고 나는 생각했다. 그런데 라그랑주의 설명에 따르면, 프로이센 정보기관이 내 보고서와 관련해서 그를 끌어들인 것은 그들이 내 보고서를 그다지 대수롭게 여기지 않는다는 뜻이었다. 별로 관심은 없지만 그래도 그냥 무시하기는 찜찜하니까 대단치 않은 인물에게 검토를 맡긴 뒤에 나에게 돈을 줄지 말지를 결정하리라는 것이었다.

「그럴 리가 없습니다.」하고 반발하며 나는 목청을 돋워 「독일 사람들은 내 보고서에 관심이 많습니다. 오죽하면 거금을 주겠다고 약속했을까요.」

「누가 그런 약속을 했소?」

하고 라그랑주가 묻기에 드미트리라고 대답하자, 그는 빙그레 웃으며

「그는 러시아 사람이오, 시모니니. 더 설명해야 알겠소? 러시아 사람이 독일 사람들을 대신하여 당신에게 무언가를 약

속했소. 자기 돈 드는 거 아니라고 공수표를 날린 게 아니고 뭐냔 말이오? 그렇다 해도 뮌헨에 가는 게 좋겠소. 우리 역시 그들이 무슨 일을 꾸미고 있는지 궁금해하는 터요. 그리고 괴체는 믿을 수 없는 사기꾼이라는 점을 항상 유념하시오. 사기꾼이 아니고서야 그런 일을 하면서 살아갈 리가 없소.」

라그랑주는 내 처지를 친절하게 배려하지 않았다. 하지만 괴체와 내가 악당이라면 우리에게 일을 시키는 자들, 그러니까 라그랑주 자신도 악당의 범주에 들어가지 않는가. 아무려면 어떠랴, 돈만 듬뿍듬뿍 준다면야 그런 소리에 괘념할 내가 아니로다.

뮌헨의 거대한 맥줏집에서 받은 인상은 이 일기의 어느 대목에서 이미 말하지 않았나 싶거니와, 바이에른 사람들은 기다란 공동 식탁 주위로 몰려들어 팔꿈치를 서로 부딪쳐 가며 기름기 많은 소시지를 우걱우걱 먹어 대고 술통만큼이나 커다란 잔에 담긴 맥주를 벌컥벌컥 들이켰으며, 남녀가 짝을 이룰라치면 남자보다 여자가 더 많이 웃고 더 시끄럽고 상스러웠다. 그들은 분명코 열등한 종족이었다. 거기까지 가는 것만도 더없이 피곤한 일이었거늘, 여독이 있는 채로 그 게르만 족의 땅에 머물자니 단 이틀인데도 여간 고생스럽지 않았다.

괴체가 약속 장소로 정한 곳은 바로 그런 맥줏집이었다. 그 독일 첩보원은 한눈에 보기에도 천생 그런 바닥을 누비며 남의 뒤나 캐고 다닐 자였으니, 같잖게 고상한 옷차림을 하고 있어도 떳떳하지 못한 일을 하며 살아가는 자의 그 교활한 본색을 감출 수는 없었다.

그는 엉터리 프랑스어로 대뜸 내가 어디에서 정보를 얻었는지 물었고, 나는 대답을 얼버무리며 화제를 돌려 가리발디를 따라 시칠리아 원정에 참가했던 과거의 실수를 언급했다. 그러자 그는 화들짝 반색을 하면서 자기가 마침 1860년의 이탈리아 사태에 관해서 소설을 쓰는 중이라고 했다. 집필은 거의 끝났고 제목은 〈비아리츠〉이며 여러 권으로 낼 예정인데, 모든 사건이 이탈리아에서 전개되는 것은 아니고 시베리아, 바르샤바, 그리고 소설 제목으로 삼은 비아리츠 등지로 무대가 옮겨진다는 것이었다. 그는 제 풀에 신이 나서 그 소설에 관한 이야기를 떠벌렸고, 역사소설의 시스티나 예배당이라 할 만한 걸작이 곧 나올 거라면서 스스로 흐뭇해했다. 그가 소설에서 다뤘다는 여러 사건들이 서로 어떻게 연결되는지는 알 수 없었지만, 이야기의 핵심은 세계를 은밀하게 지배하는 세 무리 사악한 세력의 끊임없는 위협인 모양이었고, 그 세 세력이란 프리메이슨회와 예수회와 유대인들이었는데, 특히 유대인들은 앞의 두 세력 내부에까지 침투하여 개신교를 믿는 게르만족의 순수성을 근저에서 훼손하고 있는 세력이었다.

그의 장황한 설명을 요약하자면, 『비아리츠』라는 소설은 마치니파의 메이슨들이 이탈리아에서 꾸민 음모들을 보여 준 다음, 무대를 바르샤바로 옮겨 메이슨들이 니힐리스트들과 손잡고 러시아에 맞서 싸우는 이야기를 전개하는데, 여기에서 니힐리스트들은 슬라브 민족들이 어느 시대에나 배출하는 저주받은 종족이며 이들과 메이슨들의 대부분은 유대인들이다 — 중요한 것은 바이에른의 일루미나티와 카르보나리를 모방한 그들의 신입 회원 모집 방식인데, 각 회원은 아홉 명의 신입 회원을 모집하되 그들끼리 서로 알지 못하게 해야 한다는 것이 바로 그것이라. 그다음 이야기는 다시 이탈리아에서 전개되거니와, 사르데냐 왕국의 군대가 양시칠리아 왕국 쪽으로 전진해 가는 것을 주된 줄거리로 하여 숱한 사건들이 복잡하게 얽혀 드는데, 공격, 배신, 귀족 가문 여인들에 대한 겁탈, 파란만장한 여행을 다룬 장면들이 나오는가 하면, 용감하기 이를 데 없는 아일랜드 정통 왕조 지지자들의 활극, 말 총 아래에 숨긴 밀서, 카르보나리의 일원으로서 비열하게도 한 처녀(정통 왕조를 지지하는 아일랜드 처녀)를 겁탈하는 카라촐로 대공, 뱀들이 서로 얽혀 있는 형상의 한복판에 빨간 산호가 박혀 있는 의미심장한 반지들의 발견, 나폴레옹 3세의 아들에 대한 납치 기도, 교황령의 충성스러운 독일 용병들이 참변을 당한 카스텔피다르도의 비극 등에 관한 이야기가 펼쳐지고, 벨셰 파이크하이트[2]에 대한 풍자가 섞여 든다 — 괴체는 아마도 나를 모욕하지 않으려고 그렇게 독일어로 말했겠지만, 나는 왕년에 독일어를 조금 공부한 터라 그 말이 로망족 특유의 비겁함이라는 뜻임을 알아차렸다. 소설은 아직 제1권의 말미에도 도달하지 않았건만, 이 대목에 이르면 사건은 점점 더 미궁으로 빠져든다.

---

2 *welsche Feigheit.* 로망족의 비겁함이라는 뜻.

괴체는 갈수록 자신의 이야기에 도취하여 약간 돼지처럼 생긴 눈을 번득이고 침을 튀기는가 하면, 어떤 착상들은 스스로 생각하기에도 정말 대단하다면서 제 풀에 웃어 댔다. 그는 찰디니와 라마르모라를 비롯한 사르데냐 왕국의 장군들에 관한 험담을 내게서 직접 듣고 싶어 하는 눈치였다. 가리발디 진영의 지휘관들에 관한 증언도 당연히 듣고 싶었을 것이었다. 하지만 첩보의 세계에서는 정보가 다 돈인 터라, 나는 이탈리아에서 벌어진 일들에 관한 흥미진진한 정보들을 그에게 공짜로 제공하는 것은 적절치 않다고 판단했다. 게다가 내가 가진 정보들은 그냥 묻어 두는 편이 나았다.

나는 괴체가 방법을 잘못 선택했다고 생각했다. 어떤 위험에 관한 사람들의 관심을 불러일으키고자 한다면, 천의 얼굴을 가진 위험을 찾으면 절대로 안 된다. 위험은 단 하나의 얼굴을 가져야 하며, 그러지 않으면 사람들의 관심이 흐트러진다. 유대인들을 고발하고 싶으면 유대인들 얘기를 해야지, 아일랜드 사람들과 나폴리 왕국의 대공들과 사르데냐 왕국의 장군들과 폴란드의 애국자들과 러시아의 니힐리스트들을 끌어들일 필요는 없다. 한 불에 고기를 너무 많이 올려놓으면 안 되는 법이라. 이야기가 어쩌면 그리도 산만하단 말인가? 소설은 그런 식으로 썼지만, 괴체 자신은 오로지 유대인 문제에만 몰두해 있는 것처럼 보였다. 내가 그에게 제공하러 온 문서가 유대인들에 관한 것이니 나에게는 참 잘된 일이었다.

사실 그 자신의 말마따나 그는 돈이나 세속의 영화를 위해서가 아니라 게르만족의 후예들을 유대인들의 함정에서 해방시키기 위해 그 소설을 쓴 것이었다.

「루터의 말씀으로 돌아가야 하오. 그분이 가라사대, 유대인들은 악하고 유해하고 뼛속까지 악마적이며, 수백 년 동안 우리의 화근이자 역병이었고 우리 시대에도 여전히 그러하다고 하셨소. 또한 그분의 말씀에 따르면, 유대인들은 신의를 저버리는 뱀들이고, 독기와 탐심과 앙심을 품은 자들이며, 살인자들이자 악마의 자식들이고, 백주에 일을 저지를 수 없어서 은밀하게 사람들을 해치는 자들이오. 그들을 치유할 방법은 단 하나, 셰르페 바름헤르치히카이트[3] — 굳이 번역하자면 〈가혹한 자비〉 정도가 되겠지만, 내가 이해하기로 루터는 자비를 보이지 말아야 한다는 뜻으로 말씀하신 거요. 그분은 당대의 그리스도인들에게 이렇게 권고하셨소. 유대교 회당들에 불을 지르되 타지 않는 것들은 흙으로 덮어서 회당의 돌멩이 하나도 다시는 사람들 눈에 띄지 않게 해야 하며, 그들의 집을 부순 다음 그들을 외양간으로 쫓아내어 집시들과 같은 신세로 만들어야 하고, 거짓과 저주와 신성 모독만 가르치는 탈무드 문헌들을 그들에게서 빼앗아야 하며, 그들에게 고리대금업을 금지시켜야 할 뿐만 아니라 그들이 소유하고 있는 금은보화와 현금을 몰수해야 한다고 말이오. 또한 젊은 유대인 남자들의 손에는 괭이나 삽이나 도끼를 쥐어 주고, 젊은 유대인 여자들의 손에는 베틀 북이나 물렛가락을 쥐어 주어야 한다고 하셨으니, 그 이유인즉……」

3 *schärfe Barmherzigkeit*.

괴체는 냉소를 흘리면서 설명을 잇대어

「아르바이트 마흐트 프라이,[4] 다시 말해 노동을 해야 자유로워진다는 거요. 루터가 보기에 마지막 해결책[5]은 광견병에 걸린 개들을 쫓아 버리듯 유대인들을 독일에서 추방하는 것이었소.」

그러고는 다시 말끝을 달아

「사람들은 루터의 가르침에 귀를 기울이지 않았소. 앞으로는 어떠할지 모르겠으나 이제까지는 그래 왔소. 고대 그리스·로마 시대 이래로 유럽인들은 비유럽 민족들을 추하다고 여겨 온 게 사실이오 — 오늘날에도 여전히 동물 취급을 받는 흑인들을 보시오. 하지만 과거에는 우월한 종족을 식별하기 위한 기준이 아직 분명하게 정해져 있지 않았소. 오늘날 우리는 여러 인종 가운데 백인종이 가장 높은 자리에 있다는 것도 알고, 백인종 가운데 가장 진화한 본보기가 게르만족이라는 것도 알고 있소. 한데 유대인들이 우리들 사이에 있기 때문에 종족 교배의 위험이 항상 도사리고 있소. 그리스 시대의 조각상을 보시오. 용모는 더없이 수려하고 몸매에는 기품이 넘치오. 그런 아름다움이 늠름한 기상과 동일시된 것은 당연한 일

---

4 *Arbeit macht frei*. 훗날 나치의 슬로건이 되어 여러 강제 수용소의 정문에 나붙었던 이 문장은 1873년 독일의 언어학자이자 작가인 로렌츠 디펜바흐가 소설의 제목으로 사용하면서부터 널리 알려지게 되었다. 괴체는 공식적인 저작권자인 디펜바흐보다 몇 년 앞서 이 문장을 사용하고 있는 셈이다.

5 이것 역시 나치의 용어이다(독일어로는 엔틀뢰중). 유럽 내 유대인들에 대한 계획적이고 의도적인 대학살. 즉 홀로코스트라고도 하고 쇼아라고도 하는 그 만행을 나치는 그렇게 불렀다.

14. 비아리츠   389

이었소. 우리 게르만 신화의 위대한 영웅들에게서 보듯이 몸이 아름다운 사람은 용감한 사람이기도 했소. 이제 셈족의 피가 섞인 탓에 그 아폴론들의 용모가 변했다고 상상해 보시오. 살결은 가무잡잡해지고 눈은 새까매지고 코는 매부리코가 되고 몸은 짜부라졌다고 상상해 보란 말이오. 호메로스의 안목으로 보자면, 그런 외모는 테르시테스 같은 못난이의 특징이고 비천함의 전형이오. 기독교의 전설에 따르면 모든 인종은 아담의 후예이지만, 그런 전설에는 아직 유대인의 정신이 깊이 배어 있는 거요(사실 초기 기독교의 초석을 놓은 바오로는 오늘날의 터키에 해당하는 소아시아 출신의 유대인이었소). 인간들은 태초의 동물 상태에서 벗어난 뒤로 서로 다른 길을 걸어왔소. 우리는 길이 여러 갈래로 갈라지기 시작한 그 분기점으로 되돌아가야 하오. 프랑스의 계몽 사상가들은 사해동포주의와 평등과 박애를 내세우며 헛소리를 했지만, 우리는 그와 반대로 우리 민족의 진정한 기원으로 돌아가야 한다는 거요. 그것이야말로 새로운 시대정신이오. 바야흐로 유럽에서 민족의 재탄생이라는 말이 나오고 있는데, 이는 태초 종족의 순수함을 되찾자는 뜻이오. 다만 재탄생이라는 말 ― 그리고 그 결말 ― 은 오로지 게르만족에게만 의미가 있소. 예를 들어 이탈리아에서는 옛날의 아름다움으로 돌아간다는 게 웃기는 일이오. 고대 로마인들 역시 셈족이었기 때문에, 일껏 돌아가 봐야 가리발디 같은 앙가발이나 당신네 임금 같은 땅딸보나 카부르 같은 난쟁이를 만나게 될 거요.」

「고대 로마인들이 셈족이었단 말입니까?」

「베르길리우스를 읽어 보지 않았소? 고대 로마인들의 시조는 트로이 사람, 그러니까 아시아인이었소. 그리고 그렇게 셈족이 이주해 옴에 따라 고대 이탈리아의 민족들의 기상이 사라진 거요. 켈트족에게 무슨 일이 일어났는지 보시오. 그들은 로마 문명에 동화하여 프랑스인들이 되었소. 그들 역시 라틴 민족이 된 셈이오. 오로지 게르만족만이 다른 피로 오염되지 않은 순수한 혈통을 지켜 내고 로마의 지배를 분쇄하는 데 성공했소. 아리아족이 우월하고 유대 민족과 그들의 피가 섞인 라틴족이 열등하다는 것은 예술 작품을 보아도 알 수 있소. 이탈리아나 프랑스에서는 바흐, 모차르트, 베토벤, 바그너 같은 음악가가 나오지 않았소.」

괴체는 아리아족의 영웅들을 찬양하고 있었으나 정작 그 자신의 생김새를 보자면 그런 영웅들의 풍모와는 거리가 있었으니, 굳이 진실을 말해야 한다면(아, 진실을 말하는 일의 이 거북함이여!) 내 눈에는 그가 게걸스럽고 육욕이 강한 유대인처럼 보였다. 하지만 나로서는 결국 그에게 기대를 걸지 않을 수 없었던 것이, 나에게 나머지 2만 5천 프랑을 지불하기로 되어 있는 프로이센 정보기관이 그를 신용하기 있었기 때문이라.

사정이 그러함에도 나는 심술궂은 장난기가 발동하는 것을 억누르지 못하고, 그 자신을 아폴론의 풍모를 지닌 우월한 종족의 좋은 표본으로 여기느냐고 물었다. 그는 눈에 칼을 세우고 나를 노려보다가 대답하되, 어떤 종족에 속한다 함은 단지 신체를 두고 말하는 것이 아니라 무엇보다 정신을 두고 말하는 것이라 했다. 자연에도 사고가 생기는 법이라서 어쩌다 유대인이 금발에 파란 눈을 하고 태어나기는 하지만, 그건 육손이가 태어나고 곱셈을 할 줄 아는 여자가 생겨나는 것이나 진배없는 일일 뿐, 유대인은 어디까지나 유대인이라. 그와 마찬가지로 설령 아리아족 사람이 검은 머리를 하고 있더라도 자기 민족의 정신을 가지고 살아간다면, 그가 아리아족에 속해 있음은 변함없는 사실이다.

말은 그렇게 했지만, 괴체는 내 질문 때문에 맹렬하던 기세가 꺾이고 말았다. 그는 냉정을 되찾고 빨간 체크무늬가 들어간 커다란 손수건으로 이마의 땀을 훔치고는 우리 만남의 목적인 보고서를 달라고 했다. 나는 문서를 넘겨주었고, 그가 했던 모든 말로 미루어 그가 매우 만족하리라 지레짐작했다. 프로이센 정부가 루터의 가르침에 따라 유대인들을 제거하고자 한다면, 프라하의 묘지 이야기는 마치 처음부터 유대인들의 음모에 관해 프로이센의 온 국민에게 경종을 울리기 위해 작성된 것처럼 보일 법했다. 괴체는 간간이 맥주를 한 모금씩 마시기도 하고 여러 차례 눈썹을 일그러뜨리거나 몽골 사람처럼 보이도록 눈살을 찌푸리기도 하면서 천천히 읽더니 이런 말로 결론을 내렸다.

「우리에게 이런 정보가 실제로 도움이 될지는 잘 모르겠소. 유대인들의 음모에 관해서 우리가 익히 알고 있던 것을 이야기하고 있으니 말이오. 물론 이야기 자체는 훌륭하오. 만약 이게 지어낸 거라면 그 솜씨가 일품이라 아니할 수 없소」

「그런 말씀 마십시오, 헤르 괴체, 저는 허위 문서를 팔자고 여기까지 온 게 아닙니다!」

「그 점에 대해서는 조금도 의심하지 않지만, 나 역시 남의 돈을 받고 일하는 몸이니 그들에 대한 의무를 다하지 않을 수 없소. 이 문서가 진본임을 입증해야 하오. 헤르 슈티버의 사무실에 제출해야겠소. 괜찮으시다면 이것을 나한테 맡기고 파리에 돌아가시오. 몇 주일 뒤에 답변을 주리다.」

「하지만 드미트리 대령한테 듣기로는 이미 얘기가 다 되었다고……」

「다 되지 않았소. 아직은 아니오. 다시 말하지만 그냥 나한테 맡겨 두고 가시오.」

「솔직하게 말씀드리겠습니다, 헤르 괴체. 지금 손에 들고 계시는 것이 원본입니다. 그게 원본이라고요, 아시겠습니까? 그 문서의 가치는 두말할 것도 없이 거기에 담긴 정보에 있는 것이지만, 문제의 회동이 끝난 뒤에 프라하에서 작성된 보고서의 원본이라는 점에서 더 큰 가치가 있습니다. 저는 그 문서가 내 손을 벗어나 여기저기로 돌아다니는 것을 허용할 수 없습니다. 약속한 보수를 받는다면 모를까 그 전에는 안 됩니다.」

「너무 의심이 많으시구려. 좋소, 맥주 한두 잔 더 시키시고 한 시간만 기다려 주시오. 내가 그 동안에 이 문서를 베끼겠소. 당신 말마따나 이 문서에 담겨 있는 정보들은 그 자체로 가치가 있소. 만약 내가 당신을 속이고자 한다면 그냥 그 정보들을 기억에 간직하기만 하면 될 것이오. 분명히 말하지만 나는 방금 읽은 것을 거의 단어 하나도 틀리지 않고 기억해 내는 사람이오. 하지만 나는 이 문서를 헤르 슈티버에게 제출하고 싶소. 그러니 이것을 베끼게 해주시오. 원본은 당신과 함께 이 맥줏집에 들어왔고, 당신과 함께 여기에서 나갈 거요.」

안 된다고 할 구실이 없었다. 나는 그 역겨운 독일 소시지 몇 개로 내 미각에 모욕을 가했고, 맥주를 적잖이 마셨다. 그래도 독일 맥주 중에는 더러 프랑스 맥주만큼 맛있는 것도 있음을 인정해야겠다. 나는 괴체가 내 문서를 통째로 베낄 때까지 기다렸다.

우리는 냉랭하게 헤어졌다. 괴체는 둘이서 음식 값을 나누어 내자는 뜻을 내비쳤고, 내가 맥주를 두세 잔 더 마신 것을 계산에 넣기까지 했다. 그는 일주일 뒤에 소식을 보내겠노라 약속했고, 나는 내 돈을 들여 가며 그 먼 길을 갔다가 드미트리가 미리 약정한 보수는커녕 땡전 한 푼 구경하지 못하고 허탕을 쳤다는 사실에 속이 부글부글 끓었다.

어쩌면 그리도 멍청했을꼬, 하고 탄식하며 나는 혼잣말을 이어, 드미트리는 슈티버가 절대로 돈을 내지 않으리라는 것을 뻔히 알면서 반값에 내 문서를 사 간 거야. 라그랑주 말마따나 러시아 사람을 믿지 말았어야 해. 어쩌면 내가 가격을 너무 높이 불렀으니까 반을 받은 것으로 만족했어야 했는지도 몰라.

나는 독일인들이 다시는 나타나지 않으리라 확신했고, 아닌 게 아니라 몇 달이 지나도록 아무 소식이 없었다. 라그랑주를 만나 근심을 털어놓자, 그는 함박웃음을 지었다.

「그건 병가상사요. 우리가 성자들을 상대로 일하는 건 아니잖소?」

나로서는 그렇게 웃고 넘길 일이 아니었다. 프라하 묘지 이야기는 너무나 잘 짜인 것이라서 그냥 시베리아 땅에서 허비되게 내버려둘 수가 없었다. 나는 그것을 예수회 사람들에게 팔 수 있으리라 생각했다. 따지고 보면 유대인들에 대한 최초의 본격적인 고발과 그들의 국제적인 음모에 대한 최초의 암시는 바뤼엘과 같은 예수회 사제들에게서 나왔고, 내 할아버지의 편지는 필시 예수회에 속한 다른 인물들의 관심을 끌었을 터이다.

나와 예수회 회원들 사이에 다리를 놓아줄 수 있는 사람은 달라 피콜라 신부뿐이었다. 나를 그에게 소개해 준 사람은 라그랑주였으므로, 나는 라그랑주에게 도움을 청했다. 그는 달라 피콜라 신부에게 내가 찾고 있음을 알려 주겠다고 했다. 과연 얼마쯤 지나서 달라 피콜라가 내 가게로 왔다. 나는 상거래의 세계에서 흔히 말하듯, 내 물건을 그에게 보여 주었고 그는 관심을 보이는 눈치였다.

「당연한 얘기지만」 하고 그는 운을 떼더니 「나는 당신의 문서를 면밀히 검토한 다음에 예수회의 누군가에게 알려야 하오. 그들은 상자도 열어 보지 않고 물건을 사는 사람들은 아니니까요. 바라건대 나를 믿고 며칠 동안 이것을 나에게 맡겨 주시오. 이것이 내 손을 떠나는 일은 없을 거요.」

점잖은 성직자가 그렇게 나오는데 어찌 믿지 않으리오.

일주일 뒤, 달라 피콜라는 가게에 다시 나타났다. 나는 그를 2층 서재로 안내하고 마실 것을 대접하려고 했는데, 그의 표정이 영 살갑지 않았다.

「시모니니」 하고 허두를 떼며 그는 목청에 힘을 주어 「당신은 정녕코 나를 바보로 알았소. 그래서 내가 예수회 신부들 눈에 문서 위조나 하는 자로 비치게 하고, 그럼으로써 내가 오랫동안 가꿔 온 좋은 인맥을 망쳐 버리려고 했소.」

「신부님, 무슨 말씀을 하시는 건지 도통……」

「사람 작작 놀리시오. 당신은 비밀문서라도 되는 듯이 이것을 나에게 주었고(하면서 그는 프라하의 묘지에 관한 내 보고서를 탁자 위로 내던졌다), 나는 아주 높은 가격을 부를 작정이었는데, 예수회 사제들은 내가 무뢰한이라도 되는 양 바라보다가 친절하게 알려줍디다. 내가 일급비밀이라고 말한 그 문서는 이미 출간된 존 레트클리프라는 작가의 소설 『비아리츠』의 일부로 들어가 있으며, 그 문장들도 단어 하나하나까지 똑같다고요(하면서 그는 다시 책 한 권을 탁자 위로 내던졌다). 두말할 것도 없이 당신은 독일어를 할 줄 알고, 그 소설이 나오자마자 읽었소. 당신은 프라하의 묘지에서 랍비들이 심야에 회동하는 이야기를 접하자 그것에 마음이 끌렸고, 허구를 실제의 사건으로 속여서 팔아먹겠다는 유혹을 이기지 못했던 거요. 그런데 당신한테도 표절자들 특유의 뻔뻔함이 있어서, 라인 강 건너 이쪽에서는 독일어 소설을 읽지 않으리라 확신하고…….」

「이봅시오, 제가 제대로 이해했는지는 모르겠으나…….」

「이해하고 자시고 할 게 뭐가 있소? 아무짝에도 쓸모없는 이 종이 뭉치를 쓰레기통에 버리고 당신과 다시는 상종하지

「시모니니」 하고 허두를 떼며 그는 목청에 힘을 주어
「당신은 정녕코 나를 바보로 알았소.」

않을 수도 있었지만, 나는 남한테 당한 만큼 앙갚음을 해줘야 직성이 풀리는 쩨쩨한 사람이오. 당신한테 미리 말하지만, 나는 당신의 정보기관 친구들에게 당신이 어떤 사람인지 당신의 정보들을 어느 정도나 신뢰할 수 있는지 다 알려 줄 거요. 내가 왜 여기에 와서 당신에게 그 사실을 미리 말하는지 아시오? 그건 의리 때문이 아니라 ─ 당신 같은 사람에게 의리 따위는 가당치도 않으니까 ─ 기관원들이 당신 등짝에 단검을 꽂기로 결정하면 당신은 누구 때문에 칼침을 맞는지 알아야 하기 때문이오. 칼을 맞는 사람이 누가 자기를 살해하는지 모른다면 복수하기 위해 누군가를 살해한들 무슨 소용이 있겠소?」

모든 게 분명했다. 괴체라는 그 사기꾼(라그랑주는 그가 레트클리프라는 가명으로 연재소설을 쓰고 있다고 하지 않았는가)은 내 문서를 슈티버에게 결코 제출하지 않았다. 그자는 소설을 마무리하고 있던 차에 내 문서의 주제가 자기 소설과 기막히게 잘 어울리는 데다 유대인들에 대한 증오심을 격렬하게 드러내는 자신의 성향과도 딱 들어맞는다는 것을 알아차리고, 실화(적어도 그자는 그것을 실화로 여겼으리라)를 가로채어 자기 소설의 한 부분으로 만들어 버린 것이다. 라그랑주는 그 파렴치한 작자가 이미 문서를 위조했다가 발각된 적이 있다는 사실도 알려 준 바 있다. 순진하게도 위조자의 함정에 빠졌다는 사실에 나는 미치도록 화가 났다.

그런데 엎친 데 덮친 격으로 분노에 공포가 더해졌다. 달라 피콜라는 내가 등짝에 칼침을 맞으리라고 말할 때 아마도 자기가 비유를 사용하고 있다고 생각했을 테지만, 라그랑주가 분명히 말하지 않았던가. 첩보의 세계에서는 어떤 요원이 거추장스러워지면 그자를 제거해야 하는 법이다. 황차 소설의 한 대목을 잘라 내어 비밀 정보인 것처럼 속여서 팔려다가 망신을 당한 정보원이 있다고 상상해 보라. 그는 스스로 신임을 잃은 것으로 그치지 않고, 예수회 앞에서 정보기관을 웃음거리로 만들 수도 있는 짓을 벌였다. 누가 그런 자를 계속 수하에 두려고 하겠는가? 그런 자는 칼침을 맞고 센 강에 둥둥 떠다니는 신세가 되고 말리라.

나는 막다른 골목에 몰려 있었다.

빠져나갈 방도는 단 하나, 달라 피콜라가 입을 열지 못하게 하는 것뿐이다.

나는 거의 본능에 따라 행동했다. 내 책상 위에는 시우쇠로 만든 아주 무거운 촛대가 하나 놓여 있다. 나는 그것을 집어 들고 달라 피콜라를 벽으로 밀어붙였다. 그는 눈을 휘둥그렇게 뜨고 한숨 섞인 말로「설마 날 죽이려는 건 아니겠지…….」

「아니긴, 유감이구려.」하고 나는 대답했다.

정말 유감스러운 일이었지만, 어차피 해야 할 일이라면 제대로 해야 하는 것이었다. 나는 타격을 가했다. 신부는 뻐드렁니 사이로 피를 뿜으면서 즉시 고꾸라졌다. 나는 시체를 바라보았다. 죄책감은 조금도 들지 않았다. 이건 그가 자초한 일이었음이라.

다만 그 거추장스러운 시신을 치우는 것이 문제였다.

내가 가게와 2층 살림집을 샀을 때, 전 주인은 지하실 바닥에 나 있는 뚜껑 문을 가리키며 말했다.

「여기로 들어가면 층층대가 나올 텐데, 처음엔 악취가 진동해서 기절할 것만 같고 도무지 내려갈 엄두가 나지 않을 겁니다. 하지만 이따금 내려갈 필요가 있습니다. 당신은 외국인이라서 아마 그 복잡한 사연을 잘 모를 겁니다. 옛날에 사람들은 오물을 길에다 버렸고, 창밖으로 똥오줌을 버릴 때는 그러기 전에 〈물을 조심하시오!〉라고 소리치는 것을 강제하는 법률까지 만들었지만, 그게 너무 번거로우니까 사람들은 밤에 요강을 비웠고 어쩌다 그 아래로 지나가는 사람들은 변을 당하기가 일쑤였습니다. 그러다가 길가에 도랑을 냈고 마침내 그 도랑에 덮개를 씌움으로써 하수도가 생겨난 겁니다. 근자에 오스만 남작이 파리에 훌륭한 지하 하수도 망을 건설했지만, 그건 주로 하수를 흘려보내는 데 쓰이고, 대변은 당신네 변기 아래에 있는 도관이 꽉 막혀 있지 않을 때에 한해서 그 도관을 타고 별도의 오물통으로 내려가는데, 이 오물통은 밤중에 왕창 비워 내야 합니다. 사정이 그러하다 보니, 사람들은 하수도로 직결되는 수세 장치를 설치해야 하지 않을까 생각하고 있습니다. 다시 말하면 오수며 다른 오물들을 모두 하수도로 흘려보내야 하지 않을까 생각한다는 것이지요. 바로 그 점에 착안해서 십여 년 전에 법률 하나가 만들어졌고, 그 법에 따르자면 집주인들은 너비 1미터 30 이상의 통로를 만들어서 자기네 집과 하수도를 연결해야 합니다. 이 문을 열고 아래로 내려가시면, 바로 그런 통로가 나오기는 합니다만, 이 집의 통로는 법으로 정해진 것보다 폭도 좁고 높이도 낮습니다. 그도 그럴 것이, 그렇게 넓고 높은 통로는 변화가 에 있는 집들에나 만드는 것이고, 아무도 신경을 쓰지 않는 외통골목에 있는 집들에서는 그렇게까지 할 필요가 없어요. 그리고 법대로 하자면 당신은 쓰레기를 가지고 내려가서 정해진 자리에 버려야 하지만, 여기는 평생을 가도 당신이 정말로 그렇게 하는지 감시하러 올 사람이 없을 겁니다. 그러니까 온갖 오물을 밟고 다닐 생각만 해도 역겨운 기분이 드시면, 이 계단으로 해서 쓰레기를 그냥 아래로 던져 버리세요. 그러다가 어느 날 비가 많이 내리면 하수도 물이 불어나서 그것들을 멀리 쓸어 가지 않겠습니까? 그건 그렇다 치고, 요즘처럼 시절이 어수선할 때는 하수도로 내려가는 이런 통로가 있다는 게 다른 점에서도 도움이 될 수 있을 겁니다. 우리는 파리에서 10년이나 20년에 한 번 꼴로 혁명이나 폭동이 일어나는 시대에 살고 있으니, 지하에 도망갈 구멍이 마련되어 있다는 것은 결코 나쁜 일이 아니지요. 파리 사람이라면 누구나 그러듯이 당신도 최근에 나온 『레 미제라블』을 읽으셨을 텐데, 그 소설에서 보면 주인공이 부상자를 등에 업고 하수도로 도망칩니다. 제가 무슨 뜻으로 하는 말인지 아실 겁니다.」

연재소설의 애독자이니만큼 나는 위고의 이야기를 잘 알고 있었다. 당연히 그 주인공이 하는 것을 그대로 좇아 행하고 싶지는 않았고, 어떻게 그 인물은 땅속의 하수도로 그렇게 먼 길을 갔을까 하는 생각만 들었다. 파리의 다른 지역들에 건설된 지하 하수도는 제법 높고 넓은지 모르겠으나, 모베르 외통골목 밑으로 지나가는 하수도는 몇 세기 전에 만들어진 게 분명했다. 그보다 먼저 달라 피콜라의 시신을 2층에서 가게로, 다시 지하실로 끌어내려야 하는데 그것 자체도 쉬운 일은 아니었다. 그나마 다행이었던 것은 달라 피콜라의 작은 몸뚱이가 그럭저럭 다룰 수 있을 만큼 구붓하고 비쩍 말라 있다는 점이었다. 그러나 시신을 뚜껑 문 아래의 층층대를 통해 아래로 내릴 때는 그냥 데굴데굴 굴리는 수밖에 없었다. 그런 다음에 나도 내려갔고, 시신이 바로 내 집 아래에서 부패해가는 것을 피하기 위해, 몸을 구부린 채 시신을 몇 미터쯤 끌고 갔다. 한 손으로 남포등을 높이 들고 있어야 했으므로 다른 손으로 시신의 발목을 잡고 끌어야 했다—불행히도 손이 두 개뿐이라서 코를 막을 수는 없었다.

누군가를 죽이고 그 시신을 내가 직접 치워야 했던 것은 그때가 처음이었다. 니에보와 니누초가 죽었을 때는 내가 시신에 신경을 쓸 필요도 없이 일이 마무리되었다(다만 니누초의 경우에는 시칠리아에서 처음으로 칼침을 놓았을 때 뒤처리를 잘했어야 후환이 없었으리라). 그날 나는 절실히 깨달았거니와, 살인의 가장 성가신 측면은 시체를 치우는 일이다. 사제들이 사람을 죽이지 말라고 가르치면서도 전쟁터에서는 예외라고 말하는 이유도 분명 거기에 있으니, 전쟁터에서는 시체를 독수리에게 맡길 수 있지 않은가.

나는 고인이 된 신부를 10미터쯤 끌고 갔다. 내 대변뿐만 아니라 나보다 먼저 어느 인간이 싸질러 놓은 똥 무더기 사이로 성직자를 질질 끌고 간다는 것은 유쾌한 일이 아니며, 그런 이야기를 바로 그 피해자에게 한다는 건 더더욱 고약한 일이라. 세상에, 내가 지금 무슨 말을 하는고? 달라 피콜라가 정말 다시 살아나기라도 했단 말인가? 아무튼 그렇게 똥 무더기를 짓밟으며 나아가니 멀리 한 줄기 불빛이 희미하게 보였다. 그건 모베르 외통골목 어귀에 차도로 통하는 구멍이 나 있다는 뜻이었다.

애초에는 물이 많이 흐르는 하수도 한복판의 집수(集水) 도랑까지 시체를 끌고 가서 물속에 던져 버릴 생각이었다. 그러다가 다시 생각해 보니, 시체가 물에 떠내려가다 보면 센 강에 도달할 수도 있을 것이고, 그러면 누군가에게 발견되어 그 신원이 밝혀질 수도 있겠다 싶었다. 그건 옳은 생각이었다. 이유인즉 이 글을 쓰는 지금에 와서 알게 된 사실이지만, 센 강의 클리시 쪽 하류에 있는 커다란 공용 쓰레기장들에는 강물에서 건져 올린 쓰레기가 쌓여 있는데, 최근 6개월 동안에 거기에서 개 4천 마리, 송아지 다섯 마리, 양 스무 마리, 염소 일곱 마리, 돼지 일곱 마리, 닭 여든 마리, 고양이 예순아홉 마리, 토끼 950마리, 원숭이 한 마리, 보아 뱀 한 마리를 찾아냈다고 한다. 신부의 시신을 발견했다는 말은 없는데, 하마터면 내가 그 통계를 훨씬 놀라운 것으로 만드는 데 기여할 뻔했다. 그러니까 시신이 강물로 떠내려가기를 바라지 않는다면, 거기에 그냥 버려두는 게 상책이었다. 하수도 벽과 물도랑 — 이것은 필시 오스만 남작의 파리 재개발 사업이 시작되기 훨씬 전부터 있었으리라 — 사이에는 아주 좁은 둑길이 있었고, 나는 거기에 시체를 끌어다 놓았다. 그곳의 독한 기운과 습도를 감안하건대 시체는 빨리 부패할 것이고, 그러고 나면 신원을 확인할 수 없는 뼈만 남으리라는 생각이 들었다. 또한 모베르 외통골목의 특성으로 보아 그 골목 아래의 하수도를 청소하거나 보수하는 일은 절대 없을 것이고, 따라서 거기까지 올 사람은 아무도 없으리라는 확신도 들었다. 그리고 설령 누가 거기에서 인간의 유해를 발견한다 하더라도, 그것이 어디에서 왔는지를 밝혀내야 하는 문제가 뒤따를 것이었다. 사실 누구든 길바닥에 나 있는 구멍을 통해 하수도로 내려갈 수 있으므로 시체를 발견 지점에 끌어다 놓은 범인을 찾아내는 것은 여간 어려운 일이 아닐 터였다.

나는 다시 서재로 올라와서 괴체의 소설을 집어 들고 달라피콜라가 서표를 끼워 놓은 면을 펼쳤다. 내 독일어 실력이 녹슬기는 했지만, 미묘한 어감까지는 아니더라도 대강의 내용을 파악할 수는 있었다. 과연 프라하의 묘지에서 랍비가 하는 연설이 내가 쓴 대로 들어가 있었다. 다만 괴체는 연극적인 감각이 없지 않은 자인 듯 심야의 공동묘지를 조금 더 풍부하게 묘사했고, 먼저 살쩍이 곱슬곱슬한 폴란드 랍비가 정수리에 모자를 얹은 모습으로 로젠베르크라는 은행가와 함께 등장하는 것으로 설정했으며, 묘지에 들어갈 때는 일곱 음절로 된 카발라 용어를 문지기에게 속삭여야 한다는 이야기를 새로 끼워 넣었다.

그러고 나서 원본에는 내 제보자로 되어 있는 사람이 라살리라는 인물의 안내를 받으며 등장하는데, 이 라살리는 백 년에 한 번씩 열리는 모임을 참관하게 해주겠다며 그를 데려온 것으로 되어 있었다. 그들 두 사람은 가짜 수염을 달고 테가 넓은 모자를 쓴 모습으로 변장하고 있었다. 그다음의 이야기는 내가 쓴 것과 거의 비슷하게 전개되고 있었다. 무덤에서 푸르스름한 빛이 솟아나는 장면이며 랍비들의 검은 형체가 어둠 속으로 사라져 가는 장면이 나오는 결말 부분도 동일했다.

그 비열한 작자는 나의 간결한 보고서를 이용하여 싸구려 연극 같은 장면들을 만들어 냈다. 돈 몇 푼을 벌기 위해서라면 무슨 짓이든 할 수 있는 자였다. 돈이라면 신의고 나발이고 필요 없다는 얘기였다.

그거야말로 유대인들이 원하는 바가 아닌가.

이제 자러 가야겠다. 과도한 식도락을 추구하는 내 습관에서 벗어나는 행동을 했다. 포도주를 조금 마시는 대신 칼바도스를 과도하게 많이 마신 것이다(과도하게 머리가 어질어질하다 — 그러고 보니 내가 같은 말을 되풀이하고 있다). 그렇긴 해도 이 술기운을 빌려 꿈을 꾸지 않는 깊은 잠에 빠져들고 싶다. 그래야 내일 아침에 달라 피콜라 신부로 깨어날 수 있지 않을까 싶다. 달라 피콜라는 죽었고 내가 그 죽음의 원인이자 증인인 게 분명한데, 이제 내가 어떻게 그 고인의 몸을 빌려 깨어날 수 있을지 궁금하다.

〈제2권에 계속〉

옮긴이 **이세욱** 1962년에 태어나 서울대학교 불어교육과를 졸업하였으며, 현재 전문 번역가로 활동하고 있다. 옮긴 책으로 베르나르 베르베르의 『웃음』(전2권), 『신』(1, 2부), 『인간』, 『뇌』(전2권), 『타나토노트』(전2권), 『개미』(전5권), 『아버지들의 아버지』(전2권), 『천사들의 제국』(전2권), 『여행의 책』, 움베르토 에코의 『로아나 여왕의 신비한 불꽃』(전2권), 『세상 사람들에게 보내는 편지』(카를로 마리아 마르티니 공저), 장클로드 카리에르의 『바야돌리드 논쟁』, 미셸 우엘벡의 『소립자』, 미셸 투르니에의 『황금구슬』, 카롤린 봉그랑의 『밑줄 긋는 남자』, 브램 스토커의 『드라큘라』, 장자크 상페의 『속 깊은 이성 친구』, 에리크 오르세나의 『오래오래』, 『두 해 여름』, 마르셀 에메의 『벽으로 드나드는 남자』, 장크리스토프 그랑제의 『늑대의 제국』, 『검은 선』, 『미세레레』, 드니 게즈의 『머리털자리』 등이 있다.

프라하의 묘지 1

발행일	2013년 1월 15일 초판 1쇄
	2021년 1월 15일 초판 6쇄
지은이	움베르토 에코
옮긴이	이세욱
발행인	홍예빈·홍유진
발행처	주식회사 열린책들

경기도 파주시 문발로 253 파주출판도시
전화 031-955-4000 팩스 031-955-4004
www.openbooks.co.kr

Copyright (C) 주식회사 열린책들, 2013, *Printed in Korea*.
ISBN 978-89-329-1608-8 04880
ISBN 978-89-329-1607-1 (세트)

이 도서의 국립중앙도서관 출판예정도서목록(CIP)은 서지정보유통지원시스템 홈페이지(http://seoji.nl.go.kr)와 국가자료공동목록시스템(http://www.nl.go.kr/kolisnet)에서 이용하실 수 있습니다.(CIP제어번호:CIP2013000070)

이 책의 본문 종이는 한솔제지의 클라우드(80g/m²)를 사용했습니다.